ハヤカワ文庫JA

〈JA1142〉

篠田節子ＳＦ短篇ベスト

ルーティーン

篠田節子

目次

ルーティーン

小羊

亀裂《きれつ》の入ったコンクリート壁には、いくつものしみやペンキの跡があった。壁に貼りついた人々の怯《おび》えた視線が、カメラに向けられている。地下都市の通路だろうか。淡い闇の中で、白目だけが蛍のように浮かび上がっている。カメラはゆっくり移動し、排水溝の脇に肩を寄せ合って震えている子供たちを映し出す。

また、どこかの国で内戦が始まったらしい。

Ｍ２４は、眉《まゆ》をひそめて、壁画スクリーンに見入った。戦争や事故などのむごたらしいニュースが始まると、スクリーンの立体映像は、旧式のビデオ装置のような二次元映像に自動的に切り替わってしまう。ここの施設にいる「神の子」たちの心の平安を乱すからだ。

画面の中では、風が吹いている。微風だ。スクリーンの中の子供たちは大きな目をいっぱいに見開いて、カメラを凝視している。苦痛も恐怖もない。死の間際の放心の表情。

風が、中央にいる子供の赤ちゃけた髪をふわりと巻き上げた。それが無人カメラのとらえた、彼らの最後の映像だった。

一瞬の後、子供たちは蒸発した。蒸発という言葉が不適切であるなら、その体が分子レベルにまで分解して、飛び散った。跡には肉片も一滴の血液も、汚らしいものは何一つ残っていない。苦痛もおそらくなかっただろう。

コンクリート壁にも何の変化も起きていない。建築物や道路まで壊すような非効率的な道具を戦争や暴動の鎮圧に使っていたのは、前世紀末までのことだった。

映像は再び立体に戻り、浜辺の夕焼けを映し出した。金色に輝きながら足元を洗う幻の水を見下ろしながら、M24は深く息をついた。

殺された子供たちへの哀切な思いはないが、人の愚かさへの深い絶望があった。

ここを一歩出ると、人々は憎み合い、傷つけ合いながら暮らしている。それが世界なのだ。だから自分たち「神の子」は、他者のための生を、奉仕の一生を生きる。それでも外界の人々の姿を目《ま》のあたりにすると、心は痛む。

M24はスクリーンの中の輝かしい夕焼けを背に、部屋を出た。真珠色のチューブのような廊下が、緩やかにカーブしながら続いたつきあたりが食堂である。

ここの施設には「神の子」のそれぞれの個室の他、食堂やシスターたちの共同作業場、資料室などのスペースが二十ほどある。さらに別棟に聖堂と病院があり、それが彼女、M

24の知っている世界のすべてである。

　聖堂と病院は、一辺を接して建つ純白の双子のドームであり、朝日が上ると壁面のタイルは金色に輝き、夕暮れとともに深い青に沈むこの双子のドームを抱えるように、敷地全体は、高さ六メートルほどの白壁で取り囲まれていた。

　神の子たちは、外の世界を見たことがない。外の世界にあこがれを抱く者もいない。スクリーンを通して眺める外界は、汚らしくおぞましい。だから白壁は、彼らを閉じこめるものではなく、彼らを守る砦《とりで》である。戦争、貧困、病気、あらゆる苦痛に満ちた世界から、その樹脂でできた柔らかく堅牢《けんろう》な壁が、神の子たちを隔て、大切に守っている。

　しかし彼らは周囲を囲まれているだけで、天に対しては開放されていた。共有スペースや廊下の天井は、透明樹脂でできていて、昼は程よく光線をさえぎり夜は星が瞬いている様《さま》が見える。

　M24が食堂に入っていったときは、四十人あまりの神の子と、世話をしてくれる女たちがすでに集まっていた。彼らに名前はない。神の子も、教師も、賄いの女たちも別《わ》け隔てなくシスターと呼ばれている。そして狭義のシスターというのが、教師や神の子の身辺の世話をする女性たちである。

　神の子には、名前の代わりにナンバーが与えられており、どうしても個人を特定しなければならないときにはそれを使う。

彼女、黒い髪と、低い鼻に愛敬《あいきょう》のある丸い目をした、小柄な神の子に与えられたナンバーはM24である。ナンバーの由来を彼女は知らない。神の子は金色の鎖を首から下げているが、ヘッドは十字架ではない。小さな四角いプレートだ。それにM24と書いてあるので、自分の名前をM24と彼女は認識していた。

短い鎖にクリスプはなく、もの心ついたときから体にくくりつけられていたから、M24はそれを自分の体の一部のように感じていた。それはどうやらIDカードのようなものらしかった。

身辺の世話をしてくれるシスターは、何か鍵《かぎ》のような物を使って、ときおりプレートをM24の首から外す。そしてそれをスクリーン脇の操作盤の溝に入れる。すると、スクリーンに文字が映し出されるのだが、M24には読めない。

詩や物語に使われる流麗な文字と響きの美しい言葉にはもの心ついた頃から親しんでいるが、実用言語を神の子たちは、習得していないのだ。

しかしM24は自分のIDに興味はない。他者のための生を生きる神の子は、自分を持つことを許されない。装うこと、執着すること、自分の肉体に興味を持つことは罪である。

夕食のテーブルには、香りの良いパンや柔らかな茹《ゆ》で肉、ここの農場で作った野菜、そして大きなオレンジなどが並べられていた。これは神の子のためのもので、シスターたちの食物は、顆粒《かりゅう》状の澱粉《でんぷん》や人造肉である。

飢え、というのがどういうものなのか、M24は知らない。スクリーンには、体中真っ黒に汚れ、肋骨《ろっこつ》が透けて見える人々がよく映し出される。あれが飢えの結果だという。

自然に起きる飢餓は、ずいぶん前に克服された。しかし現代の飢えというのは、分け合えばみんながお腹いっぱい食べられるものを、それぞれが抱え込み、独り占めしようとする心から起きる。すべての争いや貧困の原因は、小さな自我に執着する心の内にあり、壁の向こうの世界に住んでいるのは、そうして何かに執着し、欲望から自由になれない人々なのだ。

幼いM24にそんなことを説いて聞かせたシスターの白い横顔はガラス細工のようにはかなく、美しかった。黒い髪と小麦色の肌をしたM24は、ときおり自分の肩や頬をくすぐるシスターの真っすぐな金髪の冷たく軽やかな感触に、痛切な憧《あこが》れを抱いた。

しかし今、そのシスターの白い頬には細かな毛細血管が浮き出て、肉のたっぷりついた顔にはほほえむ度《たび》に横皺《よこじわ》が寄る。声も大きくなって、丸太のような腕でパンの入ったバスケットを抱え、テーブルの間を歩く姿には、十年前の神々しい美しさはない。

生まれてからM24が感じた失望というのは、それくらいなものだが、幸い、神の子は、一人としてそんな姿にはならない。十六になる前に、祝福されながら現在の仮の姿を捨てるからだ。

この黒い髪も、短い手足も丸い顔も、すべては仮の姿。本当の自分は内側にある。仮の衣を脱ぎ捨てたとき、自分は他者と一体になり、完璧《かんぺき》な生が始まるとM24は信じている。そしてたとえ仮の姿だとしても、一番美しい時間だけを生きられることをM24は幸せに思う。M24は今、十五歳と八ヵ月になっていた。

食事が終わると、神の子たちはホールに向かう。四十人ばかりの少女は、互いにほとんど言葉をかわさない。かわす必要はない。ここでいさかいはほとんど起こらない。生まれたときから満たされていて、何かを取り合う前に与えられるからだ。

他人を蹴落《けお》としたり、うらやんだり、という心の有り様は、外の世界の話だ。たとえ競争の結果、手に入れた物があるにせよ、それは仮の姿でいるときの夢のような出来事にすぎない。

何よりも、神の子はみんな似通っていた。一緒に育てられたせいもあるかもしれない。物の感じ方や考え方が、ほとんど変わらないので、互いにうなずき、微笑をかわし合えば、たいていのことは通じ合う。

特にID番号のうち、ローマ字部分の同じ者は、顔形までそっくりだ。Mとつくのは、24番の他に八人いるが、みんな少し頭が大きく、顔立ちは扁平《へんぺい》で、鼻筋は太く、小麦色の肌に、漆黒の髪をしていた。

少女たちは、ホールの椅子に腰を下ろし、擂《す》り鉢形の部屋の底の部分にある舞台の方を一様に眺めていた。

まもなくそこに少年が一人現れた。今日の詩人だ。少年は淡いライトを浴びていた。背がひょろりと高く、いくらか猫背で鼻の頭が汗で光っているのが、M24のところからも見えた。あまりきれいな人でなくて、M24は失望した。

しかも少年の持っている楽器は、いつも来る詩人たちの物と少し違う。小さな筒が一つだけだ。詩人たちは、いくつものボードやスピーカーに取り囲まれて舞台に立つのが普通だった。

「古楽器です。人の力で音を出します。原始的な構造をしていますが、今の楽器にはない神秘的な響きがあると言われています。私には理解できませんが」

M24の疑問を察したものだろう。シスターの一人が、素早く説明した。

詩人たちは、白い壁の向こうから来る。人々の心が荒廃している外界から来る詩人たちが、美しい音楽を奏で、美しい言葉を操るのは不思議なことだったが、シスターはこう説明した。音楽は、神の意思と言葉であって、詩人はそれを人の感覚でとらえられる形に翻訳する特殊な力を備えた者だ。だから彼らの音楽や舞踏、詩などは、彼らの魂の内面を表すものではないのだ、と。要するに彼らは神の手段にすぎないのだった。

しかしそんなことは、神の子にとっては、どうでもいい。彼らの芸術は、神の子たちの心を楽しませた。おいしい食事と、美しいものを鑑賞すること、それに争うことなくできるゲームで、神の子の生活は構成されている。

舞台の中央まで歩いてきた少年は、黒い細身のズボンに筒を二、三度こすりつけた。いかにも粗野な動作だった。それからその筒を縦にくわえて、鼻の穴から息を吸いこむ。下品な呼吸音に、神の子たちはちらりと眉《まゆ》をひそめた。

少年は茅《かや》で切ったような細い目をしていた。淡い睫《まつげ》の下に、きらりと光が宿った。M24は、息を呑《の》んだ。そんな怜悧《れいり》な目を見たことがなかった。

その直後、ホール全体が、不思議な空気の流れに包まれていた。肉声にも、風の音にも聞こえる神秘的な音色が、少年の吹く粗末な管から溢《あふ》れ出て、規則的で幾何学的な音型を刻みながら、天空に駆け上り柔らかな春の雨のように輝きながら、下りてくる。

M24は背中から腕にかけてさっと鳥肌が立つのを感じた。心の奥底で何かが震え、弾《はじ》けた。

少年の頬には赤みがさしている。ときおり、苦しげに眉間《みけん》に皺を寄せ、口元を不自然に引き締めると、ただでさえ貧相な少年はますます醜くなった。しかしM24には、その姿さえどこか神秘的に映る。

小刻みに震え始めたM24の手をシスターが、優しく押さえた。はっとして周りを見回す。同じ列に座っている、自分そっくりのMナンバーの少女たちが、穏やかな表情で舞台をみつめている。自分だけが、得体の知れない感情の嵐に見舞われたことに、M24は不安を感じた。自分だけが違ってしまっていることが怖かった。

Ｍ２４はきつく瞼《まぶた》を閉じた。闇が広がった。闇の奥から旋律は立ち現れ、心の奥深くにしみ込んでいく。熱い涙が溢れてくる。

そのときＭ２４の体は、大柄なシスターにそっと抱きかかえられ、外に運び出された。心が必要以上に揺れるのは、ここでは好ましくないこととされている。自分の部屋のベッドに横たえられ、目を閉じていると、不意に遠い日の記憶が戻ってきた。

あの少年の吹いていた楽器の音、それとよく似た音を聞いたことがあった。シスターが一度だけ吹いてくれた楽器。少年の持っていた茶色の物ではない。銀色にきらきら光っていて、シスターは少年と違って、それを横に構えて吹いた。

銀の楽器はいつもは資料室の鍵のかかるガラス箱に収められていた。ここの人々は、楽器に触ることは禁止されている。シスターは、秘密よ、といたずらっぽく笑って、聞かせてくれたのだ。褐色の髪をした、頬に淡くそばかすの浮いた快活なそのシスターをＭ２４は好きだった。けれどもいつの間にか彼女はいなくなってしまった。どこへ行ったのかわからない。尋ねることはできない。シスターはシスターであって、どこのだれという区別をしてはいけなかったからだ。

灰色の蜘蛛《くも》のような少年の吹く笛は、あのときのシスターの横笛の音色よりもさらに精妙で奥深く、何か生命の根幹に触れてくるような神秘的で生々しい色合いを持っていた。

翌日、奉仕があった。

清潔なベッドに、M24は横たえられた。隣にいるのも、そのまた隣にいるのも、自分とそっくりの容貌《ようぼう》をしたMナンバーの神の子だった。

神の子たちはベッドに寝かされ、蜂蜜《はちみつ》のように甘い薬を飲んで眠る。この儀式が奉仕である。

シスターの説明によれば、裸になったり、血液を採取したり、煩わしさや少しばかりの痛みを伴うので、すべては眠っている間に行われる。

ここの生活を終え仮の姿を終える日も近いことをM24は知っている。奉仕の時間が頻繁に組まれるようになると、まもなく「その日」が来るのだ。

横たわっていると手足がひんやりと冷たくなって、頭の芯《しん》が痺《しび》れてきた。視野を覆うシーツの微妙な凹凸が、いつかスクリーンで見た雪を被《かぶ》った遠い山並みに姿を変え、やがてその輪郭も溶けて白い光に満たされた礼拝堂の光景になった。

少女が一人、大理石の祭壇を上って行く。銀のドレスの長い裳裾《もすそ》が、歩を進めるごとに波打ちながら、するすると階段を滑っていく。

昨日まで一緒にいた年嵩《としかさ》の神の子が生まれ変わる儀式を、幼いM24は、憧れを持ってみつめていた。

ステンドグラスが頭上にきらめき、階段と少女の銀のドレスの上に淡い光のかけらを投げかける。正面の祭壇に飾られた百合《ゆり》の花が、むせかえるような甘い香りを放っていた。しかし礼拝堂のどこにも十字架はない。M24も他のシスターたちも、不思議には思わない。もとよりここのどこにも、十字架などないからだ。

祭壇の正面には、やはり花に飾られた寝台がしつらえられていて、神の子は、その前に立つ。シスターの一人が、膝《ひざ》を折って一礼した後、花の冠を彼女の頭上に載せる。そしてそのまま神の子は、祭壇を下り中央の扉の向こうに消える。

再び戻ってきたとき、神の子は銀のドレスから、足首までの長さの白い前あきの質素なガウンに着替えている。そして再び祭壇を上る。

立ち襟の長いガウンを着た司祭が、祭壇の上で待っていて神の子を迎える。灰色の髪を後ろに流した背の高い男だった。司祭はM24が覚えているだけで、今まで六回替わったが、記憶の中にあって、いつも夢に出てくる司祭は、なぜかいつもこの人だ。

神の子は祭壇上の寝台に仰向《あおむ》けになり、司祭が福音を授ける。やがて祭壇の向こう側の扉が開かれ、シスターが寝台を押すと、神の子は吸いこまれるようにそちらに消えていく。

祭壇の向こうに何があるのか、M24は知らない。向こうに行った神の子がどうなるの

者と一体になり、初めて完璧な生を得るという、シスターの教えは何を意味するの

の子はだれも知らない。疑問を持つのは罪だ。確実なのは、向こうに行った人とは、

云えないということだけだ。

M24は麻酔の淡いまどろみから醒《さ》めようとしている。うとうとしながら、無意識に首から下げたプレートに触れた。滑らかで冷たい感触は、自分自身の皮膚のように馴染《なじ》んで、触れていると落ち着いた。M24と刻まれた文字を指の腹で辿《たど》る。

自分は何の脈絡もなくここに現れ、どこへともなく消えていくのだろうか?

ふと疑問がわいた。

自分は、いったい何なのだろう?

一番古い記憶は、やはりあの「儀式」だ。シスターの膝に抱かれて、祭壇を見上げた。きれいだった。ステンドグラスが、ここでの仮の生を終える神の子のドレスに淡い色の影を広げていた。美しい映像だけが、残っている。

その前のことは思い出せない。父母がどんな人だったのか、悲しい別れの記憶もなければ、ここに連れて来られた記憶もない。いったい自分の始まりは、何だったのか?

こめかみのあたりが、痛み始めた。なぜこんなことを考えているのかわからない。疑問を持ち、考えるのは罪だったはずだ。もしかすると昨日の奇妙な楽器のせいかもしれない。あの不思議な音の連なりの向こうに、大きな得体の知れない世界が見えた。ここの平穏で清らかな世界でもなく、壁の外にある憎しみと喧噪《けんそう》に満ちた世界とも違う何かが、見えた。

「お目覚めになられましたか?」

彼女の倍くらいの年月を生きてきたシスターが、M24のベッドにひざまずき、そっと手を取る。彼女たちの言葉遣いが、ここ数日でひどく恭《うやうや》しいものに変わってきた。

「私はどこから来たの？」

ふらつく頭を起こし、M２４は尋ねた。シスターは、意味がわからないらしく小さく眉を寄せた。

「外の人々には、父や母がいるけれど、神の子はどこから来るの？　私はなぜ、ここにいるの？」

シスターは、穏やかに微笑んだ。

「あなたの家族は、ここにいます」

「そうじゃなくて私はどこで生まれたの？　それとも……」

M２４は何の感動もこめずに続けた。

「もの心つく前に、両親に捨てられたの？」

壁の向こうでは、貧困や戦争によって、よくそんなことが起きると聞いている。

シスターは、かぶりを振った。

「汚《けが》らわしいことを口にするものではありません。あなたたちは選ばれた神の子なのです。捨てられた子供は、ここへは来られません」

「私は外から来たの？」

シスターはうなずき、人差し指を天に向けた。

「確かに外から、ただし壁の向こうからではありません。神から命を授かったのです。小さな、小さな核に、神の命を吹き込まれたのです」

「核？」

シスターは、祈るようにM24の手を両手ではさみ込んだ。

「考えることはいけません。信じ、従うことです。考えることは、自分の小さく愚かな知識に捕らえられることです。あなたが従わなければならないのは、神という大きな知恵なのです」

M24は、シスターの手を握りしめたまま、迷いにからめられたように、長い間じっとしていた。

まもなくシスターは身を起こし、四十八時間後に、彼女に本当の生が授けられることを告げた。M24は、シスターの顔をみつめ、ゆっくりうなずいた。ようやく訪れた晴れがましい日だが、感激も怖れもない。神の子は自分の身に起きるすべてのことを淡々と受けとめる習慣がついていた。

何か欲しいものはないか、とシスターは尋ねた。欲しいもの、と言われてもとっさには思い浮かばない。ここでは何もかもが満たされすぎている。とりあえず欲しいのは、考える時間であった。

廊下に出ると神の子たちは、彼女の姿を見て、片膝をついて恭しく頭を下げた。自分を迎える人々の憧憬《どうけい》と尊敬の入り交じった視線をM24は肌で感じた。

　その日、M24は部屋を移された。儀式までの四十八時間を過ごす部屋は、広々とした円形をしていた。天井は透明の樹脂でできていて柔らかく陽光を遮り、見上げると淡い雲がゆっくりと空を流れていく様がのぞめた。運びこまれた水耕栽培の花々が、むせかえるような芳香を放っている中で、M24は軽い憂鬱《ゆううつ》と不安を感じた。

　しばらくしてシスターがやってきて、白銀の光沢を放つ柔らかな部屋着に着替えさせた。それから食事が部屋に運ばれてきた。大きな透明の盆には、果物や、不思議な芳香を放つ飲み物、それに真っ白な蟹《かに》の身のようなものなど、今まで口にしたことのない食物が載っていた。グラスに入った青く甘い液体を飲むと、軽いめまいの後、満たされた幸福な気分になった。食物の一つ一つが滋味深く感じられた。目にするものすべてが突然美しく輝き出し、光と影が交錯しながら、体の周りを回り始める。憂鬱や不安は霧が晴れるように脳裏から去り、まもなく来る儀式に、胸苦しい程の憧《あこが》れを感じた。意識が神の理性の光に照らされたように清明になり、何もかもが生き生きと輝いてみえた。

　食器が下げられ一人になると、彼女は壁のボタンを押してスクリーンを鏡に変えた。壮麗なプラチナの衣装を身につけた彼女自身が立っていた。ゆったりと束ねた真っすぐな黒髪と、下膨れの輪郭と丸い目をした自分の姿をいとおしく感じる。明かりを消すと、部屋全体が、月の光に濡《ぬ》れたように白く浮かび上がる。その微光の下で、M24は眠りについた。幸福な夢を見たような気がする。

しかし翌朝、感動は醒めていた。着馴れない白銀色のローブは、肌にまつわりついて、少々煩わしい感じに変わった。部屋の中央に立ったまま、M24は樹脂の天井越しに、太陽が移動していく様をぼんやりと見上げていた。

M24のものうい表情を見て取ったらしく、シスターがホールに詩人の一人を呼んだ。漆黒の髪を腰まで垂らした美しい青年だった。きらきらと光る数枚のボードに青年が手をかざすと、ホールは音に包まれた。耳馴染んだ音だ。澄みきった完璧な音色が、重層的な音のタペストリーを織り上げていくのをM24は、たった一人で聞いていた。

しかし二十分も過ぎた頃、M24の聴覚は順化を起こした。演奏の冒頭に覚えた感動は去って、至純の美と言われるこの楽器の音も、聴覚を間断なく刺激するだけの退屈な物に変わった。

M24は、席を立った。演奏はすみやかに止まった。

シスターは彼女を部屋に連れていくと、あの青色をした飲み物を差し出した。M24は、黙って首を横に振ると、その幸福な気分になる飲み物を向こうに押しやった。普段なら許されない拒否の意思表示が、今なら大目に見られることにM24は気づいていた。少し困ったような表情で、シスターは壁のスイッチに手を触れた。天井の樹脂に微妙に曇りが入って、部屋は柔らかく陰った。

「何か欲しい物は、ありませんか？」

シスターは、彼女の顔を覗《のぞ》きこんだ。

「物、でなくてもいい？」

シスターはうなずいた。

「少年を」と答えた。

「あの昔の楽器を操る少年を」

Ｍ２４がそう付け加えると、シスターは驚いたように目をしばたたかせた。

「彼を？」

Ｍ２４はうなずいた。

「美しい詩人ではなくて？」

「楽器を持って、ここに来るようにと」

シスターは、怪訝《けげん》な顔をした。

少年はまもなく連れてこられた。

痩《や》せて手足の異様に長い少年は、目鼻がそばかすで埋まっていて、舞台で見たときよりさらに貧相で、斑点《はんてん》のある灰色の蜘蛛《くも》そっくりだった。

少年は落ち着かない視線を室内に漂わせた。「聞かせて」と言うと、少年はおもむろに布の袋を開き、笛を二本取り出し、大きく長い方を唇に当てた。

Ｍ２４は、シスターの方を一瞥《いちべつ》した。シスターは膝を折って素早く一礼すると、部屋を出ていった。この部屋に来てから丸一日が経過し、今、周りの者はＭ２４の視線一つで、動くようになっている。

風のような音が、不意に部屋を包んだ。この前ステージで聴いたときよりも、茫洋《ぼうよう》とした音だった。唇を奇妙な形に緊張させ、少年は縦笛を吹いていた。痩せた肩が、空気を吸いこむ度にかすかに上下する。笛に開いた穴を閉じたり開いたりする指は汚れていて、爪には黒く泥が詰まっている。しかし彼のつむぎ出す世界は、美しく壮大だった。底知れない闇が現出したと思った瞬間、一転して世界は輝きに満たされ、光の微粒子がうねりながらゆるやかに上昇した次には、雪崩《なだれ》のように落ちてくる。

薄汚れた少年の姿は、その瞬間、神に変わる。ブレスする度にわずかに揺れる痩せた身体は優美で、半ば閉じた目は、無限の彼方《かなた》に焦点を結んでいる。張りつめた表情に漂う、あたりを払うような威厳に、Ｍ２４は息を呑んだ。生まれてこのかた、漠然と受けとめてきた神という概念を、今はっきりと五感で捉《とら》えたような気がした。

長い音を響かせて、少年は静かに唇から笛を離した。しばらくの間、Ｍ２４は茫然として、少年と笛を交互にみつめていた。演奏を終えた少年の姿から、神は去っていた。目の前にいるのは、かさついた象牙《ぞうげ》色の皮膚をした、決して美しくない外界の人だった。「それ」とM２４は、笛を指差した。神秘の楽器だった。神の住まいがあるとするなら、それであるような気がした。

「それ、吹いてみたい」

楽器の演奏を許されていないことを忘れ、M２４は言った。少年は黙って笛を手渡した。M２４は吹き口に唇を当て、息を吹き込んだ。演奏していたときの少年のような醜い唇の形にならないように、気をつけながら。

音は出た。ヒーという木枯らしのような寒々しい音だ。M２４は信じられない思いで、少年を見上げる。少年は驚いた様子もなく、M２４を見ていた。今度はもう少し、丁寧に息を吹き込む。すると今度はさきほどの木枯らしの音さえ出ない。自分の魂は、この管の中に住まう神には通じないのだろうか、とM２４は悲しくなった。

楽器の演奏を許されていない理由は、それが苦しみを伴うからだった。練習の苦しみ、そして次第に楽器の魔力に引き込まれ、音を極めようとして味わう苦しみ。極めようとする状態は幸福ではない。それが努力という名で称賛された時代があったが、それはただ、自分自身の生に執着する心にすぎない。他者の生を生きることを目的として生まれてきた神の子にとって、苦しむことは罪なのだ。例外として、彼女たちに与えられているのは、「リラ」という竪琴《たてごと》と「パン」という横笛だ。いずれも糸を弾いたり、息を軽く吹き込んだりすると、プログラムされた通り音楽を奏でてくれる。少年は、袋からもう一本の小さな楽器を取り出すと、M24に手渡した。

「大きい方は、無理だ。音を出すだけで大変だから」

変声期を迎える前の、いくらか甲高い声で、少年は言った。渡された楽器は、M24の肘《ひじ》から指先までくらいの長さだった。その顔の醜さにM24は閉口しながら、真似をして吹いてみる。少年は、下唇を丸めて見せた。一応音が出た。音は出たが、旋律にはならない。「リラ」と「パン」は手を触れたり、息を吹き込んだりすれば、自動的に美しい音色で音楽を奏でたというのに、これはどうしたことかと、M24は思いどおりにならぬ楽器に当惑していた。

少年は、M24に指使いと音階を教えた。少年の手は、ひやりと冷たく湿っていて枯れ草の腐ったような匂いがした。

「こんなことより、この前聴いた曲を吹きたい」

「無理だ」

少年は即座に答えた。

「どうして？」

「これができないと、何も吹けない。それにこの前の曲を吹くには、最低七年はかかる」

「七年？」

少年は小さく首を振ってから、M24に笛を再び持たせた。そしてゆっくりと四つ、手を叩《たた》いた。「四拍音を伸ばして」

意味もわからず、M24は従った。四拍も吐くのは苦しかった。

「音を作る基本なんだ」

少年は説明した。なんでこんなことをしなくては音にならないのか。M24にはまったく理解できない。時間をかけて練習すること、いや訓練と技術の習得の関係についてさえ、M24は知らない。

M24は笛を唇から離して、その場に置く。

「もう、いいの」

少年はそれを拾い上げ、いきなりM24の目の前に突き出し、その手を摑《つか》んで握らせた。

「やれよ。吹いてみたいって言っただろ」

M24は唖然《あぜん》として、少年を見上げた。心臓が激しく打って、こめかみがずきずきと痛み出す。今まで、こんな乱暴な物の言い方をされたことはない。少年の細い目の中で、薄茶色の瞳《ひとみ》が興奮した光を放っている。

これが、いつかシスターの言った執着というものなのだろうかとM24は思った。あの美しく壮大な音の宇宙は、軽やかに飛翔《ひしょう》する少年の創造力から生まれたものではなく、軽《けい》蔑《べつ》されるべき努力や、執着や、人の持つもろもろの汚れた意志から生まれたものだったのだろうか。

「もう時間がないんだろう。これが最後の望みなんだろう」

「最後の……」

Ｍ２４は、意味がわからず少年の淡い色の瞳をのぞきこんだ。少年ははっとしたようにＭ２４の顔を凝視し、そのまま膝をついて頭《こうべ》を垂れた。しばらくして凍りついたような顔を上げた。そしてＭ２４の手から笛を取り上げ、自分で吹いてみせた。旋律に覚えがあった。この前、聴いたのは、たくさんの小さな変奏曲の連なりだったが、その冒頭に出てくるテーマだった。その一番、単純な曲を少しずつ切って、少年は指使いを説明した。

Ｍ２４は少年から笛を受け取り、少年が吹いたとおりに繰り返す。初めの三小節はすぐにできた。少年の音とは違ったが、同じ旋律になった。次はむずかしかった。もう少し行くと、前に覚えた指使いを忘れた。少年はその部分を反復させた。こんな苦しく退屈なことをするのは、初めての経験だった。

夜も更けてきた頃、彼女の耳と指は、いくつかの音程とそれの法則を覚え始めた。

退屈で苦しい繰り返しの中に、心を溶かすような旋律が交じり始める。

音が安定してきた。横隔膜を上下させる筋肉と指と唇、彼女の身体の一つ一つのパーツが、協合し音を作り上げていくのがわかる。

自分の肉体に関心を持ってはいけない、と教えられてきた。肉体は衣装のようなもので、もっとも大切な物を包んでいるだけのものにすぎないのだから、と。しかしその衣装は、こんな無意味なことを繰り返すうちに、「もっとも大切な物」を喜ばせるほどの力を帯びる。「もっとも大切な物」は「魂」だった。体と魂の関係が逆転するような、不思議な感じをM24は持った。

天空の月が傾きかける頃、彼女は短い曲を吹けるようになっていた。体験したことのない喜びだった。美しい花を見、美しい曲を聴き、美しい物を着るよりも、さらに深い、何か心の底から滲《にじ》み出してくる喜びだった。

少年は微笑んだ。M24は覚えたばかりの曲を何度も繰り返した。しかし喜びは続かなかった。まもなく自分の音の平板さや貧弱さに気づいた。やっと指がひっかからずに動いたというのに、その音は少年の奏でる、人の心の深部に染みいるような深い情感を伴ってはいなかった。

「三年目あたりから本当の音が出てくるんだ」

少年は、M24から笛を取り上げ、布で拭《ふ》いて袋にしまった。

「三年……」

その年月は、M24にとっては永遠のような気がする。

「三年も、こんなことをしているの」

「三年で、ようやく音になる、といっただけだ。僕は二十七年間吹いている」

少年はどう見ても、十三、四歳にしか見えない。その少年がどうやって、二十七年も笛を吹けるのだろう。そしてそれ以上に驚いたのは、二十七年というのは、何かの間違いとしても、三年もの長い間、本当の音を出すための努力をしなければならないということだった。

「苦しくない？」

「苦しいよ。ただ、生きているのはそういうものだし、その中に、ああいいな、と思う瞬間があるから」

「どうして……」

芸術は、楽しむための物なのに、この少年は進んで苦しみを得ようとしている。少し前なら卑しいことと思ったことが、今は神に近づく行為に見えてくる。

「今でも、思いどおりにはならない。吹けるようになると、さらにその上の何かが、見えてきて、満足のいくことがないんだ。いつになれば完璧なものになるのかわからないし、あるいは永遠に完璧なところには辿《たど》りつけないかもしれない」

「なぜ、わざわざそんなことをしているの？」

少年は照れたように微笑んだ。細い目がくっきりと美しい弧を描いた。

「愛しているから。愛していると悟った瞬間に、それが宿命になる」

「宿命……」

宿命という言葉が、自分にとって特殊な意味を持っていることを、M24は思い出した。

「明日の朝で、仮の生は終わるの」

M24はぽつりと言った。少年はうなずいたきり、顔を上げない。

「新しい生、本当に生きるって、どういうことなのかしら。そのとき笛を吹き続けていられるのかしら」

そう尋ねた後で、M24は少し恥じた。これこそが、自分に執着するということなのだ。仮の生や、仮の衣装に関心を持つというあさましい考えだった。

少年は、硬い表情で目を伏せたまま、いったんしまいかけた笛を再び取り出した。

「続けて」

厳しい声で言った。M24には、少年が急に大人びて見えた。

「到達点なんか永久にないんだ。でも夜明けに辿りついた所が、あなたにとっての完成かもしれない」

あなた、という対等の言葉を少年は使った。M24は彼の言っていることがわからなかったが、奇妙な親近感を覚えた。蜘蛛のように醜く貧相なこの少年は、彼女が生まれてこのかた会った、だれにも似ていなくて、だれとも違う間柄だということを「あなた」という奇妙な呼び掛けが表していた。

「私は、明日の朝、いったいどこへ行くの」

M24は笛を握り締めたまま、それを唇には当てず、つぶやいた。疑問を持ってはならなかった。神の子は神を信じ、神に従わなくてはいけなかった。

少年は、身じろぎした。

「私たちは、他者のための生を生きているの。そしてそれが完成する時が、まもなく来る。でも、実際はどんなことなのか、わからない。仮の衣装を脱ぎ捨て、本当に大切な物を得る。そして永遠で完璧な他者のための生を生き始める。その中で今、ここであなたに出会って、こうして笛を吹いたことには、どんな意味があるの？」

少年は目を上げ、震えながら彼女を見上げた。

「意味なんかないんだ。他者のために生きるんだから」

眉間《みけん》に皺《しわ》を寄せて、小さな声で少年は答えた。

「だからあなたたちは、良い物を食べてきれいな物を着て、僕たちみたいに身体や爪を真っ黒にすることもなく、あらゆる危険から遠ざけられて、大切に生かされている」

「ええ、この世界の向こうで、人々は些細《ささい》なことで争い、憎み合い、張り合って、暮らしている。あなたもそうして苦しみながら、生きている。私たち、外の世界に行ったことはなくても、スクリーンで毎日見ているから知っているの。人々は、汚らしい建物に暮らして、見るもおぞましい食物を口にして、無意味なことを話し、些細なことでけんかしている。なぜそんな所で、あなたのような美しい音楽ができるのか、不思議だった」

少年の細い目がきらりと光り、そばかすが茶色く目立った。

「そのとおり。確かに僕の家は地下通路の脇にある。排水溝の水が、ときどき溢《あふ》れこんできて、床もシーツも壁も濡《ぬ》らす。僕は、人の楽しみのために呼ばれて笛を吹く。あるいは、人が死んだときに魂を慰めるために呼ばれて吹く。ときには殺される間際の人間の心を鎮めるために連れてこられる。そして金や供物をもらって生きている。政府配給の得体の知れない人造肉や澱粉粒や、ビタミン錠剤を食べて生きているんだ。家族はいたらしいが、ずいぶん前に感染症で死に絶えた。僕だけが、古式の笛を吹くという特殊技能があるために、保護され生き延びた」

それから少年は、急に話題を変えた。

「遠い昔、人造肉ができる前は工場で無菌状態の家畜を飼っていた。あらゆる汚い物から遠ざけられ、大切に扱われて八ヵ月経つと市場に出される」

Ｍ２４は意味がわからず、首を傾げた。

少年は口をつぐんだ。薄い色の眉《まゆ》を寄せて、目を閉じた。

「ごめん。つまらないことを言った」

「つまらないこと？　家畜って何のこと？」

少年は、唇を噛《か》んで沈黙した。そのまま長い間動かなかったが、やがて顔を上げると、いきなり彼女の腕をつかんで抱き寄せた。腐った木の匂いがして、Ｍ２４は顔を背けた。

少年の手は、両生類《りょうせい》のそれのように湿ってつめたかったが、温かな血が流れこんでいるような親しさが感じられた。

少年は耳元で何かささやいた。

「え?」

「逃げる気は、ある?」

少年はそう尋ねた。

M24は、目をしばたたかせた。

「生きたいか? 殺されるのはいやだろう」

反射的に少年の手を振り解《ほど》こうとしたが、少年は力を込めて放さなかった。死とか、殺すなどというのは、口にすることさえはばかられる言葉だった。

「祭壇の向こうにあるのは、神の国なんかじゃない」

「どういうこと?」

「君は、殺される」

何を言っているのか理解できない。

「光は、ハロゲンランプで、あなたが運びだされる先は、隣のドームだ。聖堂と接して建っているじゃないか。隣の病院さ。神への道とは、二つのドームをつなぐ廊下のことだ」

「病院?」

「最後まで聞け。あなたの身体は、そこに運ばれて必要な臓器を取り出されて、他人に移植される」

　意味がわからないまま、ぼんやりと少年の喉《のど》をみつめる。鶏のようにぶつぶつと毛穴が開いた肌の上に、喉仏はなかった。

「どういうこと？　なぜそんなことがわかるの？」

「みんな知ってることとさ。神の子以外は。臓器移植の歴史は、人工臓器の開発より、ずっと古いけど、未《いま》だに行われている理由は、移植されて人の身体にフィットしてしまえば、樹脂製のものより快適だからさ。とくに自分の身体のタイプにフィットする臓器をいつでも供給できるシステムが確立されてからは、人工臓器よりずっと高くつくけど、金のある人間や社会的な重要性を認知されている人間はこっちを選ぶ」

　M24は、少年の言っている意味がわからず混乱した。

「他者のための生を生きるっていうのは……」

「そう、他者っていうのは、あなたと血液型や免疫機構がよく似ていて、そろそろ自分の内臓の機能が落ちてきたんで、取り替えたがっている上流の人々や成り金」

　驚きと、恐れが、ゆっくりと体を這《は》い昇ってきた。他者のための生が、死を意味することとは、漠然と意識はしていた。しかしそれは、崇高な魂の国への入り口であると信じていた。

しかし本当に大切なもの、というのは、魂でも精神でもなく、この身体の中にある内臓のことなのだろうか。

「あなたの供給するのが、心臓なのか、肝臓なのか、脳なのか、僕は知らないけど、とにかく身体の中のどれかだ」

「脳？」

「もちろん人格に関わる所は使わないけど、運動機能に関係する部分は、昔から使っている。今世紀初頭にパーキンソニズムが消えたのは、脳移植が普及したからさ。つまりあなたは、その大切な内臓のパッケージにすぎないんだ」

Ｍ２４は何がなんだかわからなかった。体内の力がぬけてきてその場に、膝をついた。あまりにたくさんの情報が入ってきて理解ができない。確かなのは、自分が殺されるということだ。

死への恐れはない。しかし自分が何者だかわからないこと、自分が他者にとって必要な内臓のパッケージにすぎないという少年の言葉が、何か得体の知れない絶望感をもたらした。

少年は、長い指でＭ２４の背中にためらうように触れた。

「あなたは今、死ぬ前の供養をされているんだよ。供養って意味わかるか？　僕たちの祖先がやってた宗教儀礼の一つ。僕たち詩人は、ずいぶん昔からそういう儀礼に関わってきた」

少年は言葉を切ると、少し息を吸い込んで尋ねる。

「生き延びる意志はあるか？　ここにいる何倍も辛《つら》いと思うけど」

Ｍ２４は、答えられなかった。生か死かという選択の問題ではない。生、死、神、魂といった概念で構成された美しい世界が、突然、崩れ落ちていった。少年は、Ｍ２４の腕をとって、自分の方に振り向かせた。

「余計なことを言ってはならないというのが、僕たちの職業倫理だ。神の子は、外界の価値体系とは別のところで生きている。しかし本当のところ僕たちと何も変わってはいない。同じように迷ったり、何かを求めたりしている。あなたは、神の子でも、家畜でもない。何も知らずに生きて、何も知らずに殺されていく普通の人間だ。真実を知った以上、ここからあなたが無事逃げてくれないと、僕は、たぶん死ぬまで後悔すると思う」

Ｍ２４の体は、小刻みに震えていた。

ここから逃げる、逃げないという選択は、生か死かというより、さらに現実感がなかった。

「でも、なぜそれが私なの？」

少年は首を振った。

「わからない。だけど、なぜ僕が神の子でないのか、ということだけはわかる。僕は薄汚れているから、そんなヤツの身体なんか、欲しがるものはいない。感情的な問題だけじゃなくて、免疫の関係もあると思う」

「それじゃ、私はどこから来たの？」

少年は辛そうな顔をした。

「ここのシステムはよくわからないけど、神の子から臓器の提供を受けるのは、人間のドナーからもらうのと違って、倫理的に問題はないと説明されている。たとえ殺人を行った罪人であろうと、まもなく死ぬことがわかっている病気の人間からであろうと、普通の人間の身体から臓器を取ることは、許されていない。しかし神の子の身体からなら許される。臓器を採取するのが、神の子の存在理由だからだ、と説明されている。いったい神の子っていうのは、何なのか。いや、神っていうのは何なのか。本当は極貧の階層の子供か、あるいはその階層の代理母に産ませた子供か、そんなところかもしれない。だれかが勝手に人に非《あら》ずと定めた種類の人々から買われてきたのかもしれない。あなたの内臓の値段は、タウンの年間予算に匹敵する。でも世の中には、そのくらいを四、五年で稼ぎ出す人々もいるし、それだけ注ぎ込んでも、生かしておきたい重要な人物もいる。十六年間の養育費と買い取った代金を足しても、十分利益が出るからこういうビジネスが成立する」

「ビジネス？」

「そうだよ。人工臓器は国家事業だけど、贅沢《ぜいたく》品の移植臓器は一般企業がやってる」

国家事業だのビジネスだのという意味をM24は理解できなかった。しかし自分のいる所が、神の力によって運営された愛の国でないと考えるのは、辛かった。

「もう、説明はいいだろう。死にたくなければ、逃げるしかないんだ」

少年は促した。

「どうやって」

「簡単だ。小羊は外へ出ることを恐れている。逃亡を企てたりしないから、柵《さく》は低い」

「柵は、高いわ。私の背の何倍もあるもの」

「取り囲む壁は高いけど、ここで出たゴミや排水を流す管を通れば、逃げられる。直径二メートルの管で、ここから出た汚物は、それを伝って僕たちの住んでいる町にそのまま落ちてくるんだ」

「そんな不潔な……」

「住む所を追われた僕たちが、勝手にそこに住みついただけさ。ゴミや汚水は、放射能ほど怖くない。ただあまりきれいでないだけで」

M24は、不思議な思いにとらえられて少年を見上げた。

「ずいぶんいろいろなことを知っているのね。それに知恵もあるみたい」

「三十何年も生きていればね」

彼女は驚いて、少年のひょろ長い首や、そばかすの浮いた頬や、短く刈り込んだ小さな頭を見た。息を吐き出すと少年は、腰に手をやって金具を外し、ズボンを下げて自分の身体を見せた。M24は凝視した。神の子は、そんなとき女は目を伏せるものだとは教えられていなかった。

「このとおりだ」

少年は、唇に薄い笑みを浮かべた。

「人工的に第二次性徴の発現を止められている。僕たち詩人は一代限り。繁殖を抑制されることを条件に生存を許されている」

哀しげにそれだけ言うと、手早くズボンを引き上げた。M24には、少年の言葉も、なぜ彼が自分の身体を見せたのかも、そして彼の悲しみも何一つ理解できなかった。

「逃げる先は、ここととは違う。暗くて、じめついていて、不潔だ。病気もあれば、争いもある。しかも確実に老いていく。しかしそれは、生き永らえたという証拠だ」

「知ってる……。スクリーンで見たから。恐ろしい世界、おぞましい世界だって」

M24は、思い出して身を震わせた。このまま運命に従うにしても、逃げるにしても、行く先には今までのような平安はない。

「あなたの得た情報が、どんなものか知らないけど、ただ一つ言わせてもらえば、汚い世界だけど、人々は憎み合って暮らしているだけではない。憎しみもあるし、競争もあるけど、たぶん愛もある、と思う」

「神の愛以上に？」

「そう」

少年はうなずいた。

「商品として愛する以上の感情をみんな持っている」

Ｍ２４は、目を閉じた。少年の言うことが嘘か本当か、人を疑うという知性をＭ２４は持ち合わせていない。ただあまりにたくさんのことをいっぺんに知って混乱していた。

「行こう。廃棄物の処理孔は廊下の下だ。下の方に二十センチくらい汚水が流れているけれど、汚れるだけで危険はない」

少年は彼女の手を引いた。

「待って」

Ｍ２４はさけんだ。

「そんなことしてあなたは大丈夫？」

初めて人の身の上を案じた。

少年は笑った。

「みつかれば、臓器泥棒として罰せられる」

「どうして私のために、そんなことをするの？」

「臓器を盗む気はない。臓器のパッケージは笛を吹きたいなどとは考えないからさ」

乳白色の夜明けの光が降り注ぎ、M24の衣装のドレープや少年の顔に柔らかな翳《かげ》りを作った。M24は目を細めて、天井の透明樹脂の彼方《かなた》にある空を見上げた。

「その大げさな衣装を脱ぐんだ。じゃまになるから」

M24は長く裾を引くローブにためらいながら手をかけた。少年は小さく舌打ちして近づき、M24の肩から手早くそれを滑り落とした。袖《そで》なしの下着姿になったM24の胸で、IDカードが揺れた。

「臓器管理カードか」

そう言いながら少年は、唯一、彼女が彼女であることを証明する物を引きちぎった。

自分の身体と一体だと信じていたものが、わずかな物理的力で離れたことにM24は困惑した。とっさにそれを取り返そうと手を伸ばした。

「いらないんだよ、こんなものは。君は解放されたんだ」

M24は首を振った。それに自分のルーツが刻みこまれていたことを思い出したのだ。

「あなたは字を読める？」

「実用的な字は読めるけど、修辞的な文字はだめだ」

M24は少年の手からカードを取り上げ、スクリーン脇の小さな鍵穴《かぎあな》にそれを差し込んだ。部屋の壁面に、いつかM24が見た数字と奇妙な文字が映しだされた。

少年の視線が素早く動いた。スクリーンの青白い光を受けて、少年の顔から血の気が引いていく。

「読めるのね。どこの国の言葉？」

「外国語じゃない。コンピュータ言語さ」

　少年は短く答えた。

「いいか、さっき僕の言ったことは、訂正する。あなたは買われてきたんじゃない。製造されたんだ」

「製造？」

「君の名前、M24は製造番号だ」

「私は、神の子でも、人間でもない？」

　M24は、自分のてのひらと、続いて胸、腹、足とめまぐるしく視線を動かした。

　少年は首を振った。

「君のMは母親、ミズエ・サトウのMだ。そして24は精子提供者番号。どうやら法的に結婚をしている君の父親らしい」

「私に父と母がいるの？」

「いや、精子提供者と卵の被採取者だ。そしてあなたの名前には、枝番がついている。正確にはM24ハイフンの31PP。さらにその後に扱った医療機関の名前が続く。昔は、こうした事業は一般企業ではなく医療機関が行っていた」

「私の両親というのは、だれなの」

M24は、はやる心を抑えかねていた。

「両親なんかいないっていっただろう」

「少年はいら立った様子で、M24の手首を摑《つか》み、ドアの方に視線を走らせながら早口で答えた。

「いいか、ミズエ・サトウの採卵年齢は四歳だ。上流の女は、パーフェクトな子供を作るために、ごく幼い時に、将来卵細胞になるはずの原始卵胞を採取して保存してある。これは成熟卵子と違って、生まれたばかりの女の子の卵巣にさえ数万もあるからだ。これを保存しておいて、必要な時が来たら培養液で成熟させる。このとき採取した原始卵胞は、おそらく数千からあるだろう。ミズエ・サトウが持った子供は、多くたってせいぜい一桁《けた》だ。すると残りはどうするか。治療用個体の核として使われる。治療用というのは婉曲《えんきょく》表現で、臓器採取用だ。ミズエ・サトウの法的な子供のために、取っておく。同じ親を持っていれば、身体のタイプが似通っている。いや、似通っている胚《はい》を選び、それだけ保存するのかもしれない。そしてやがて臓器を交換する時のために備える。一種の保険だ。枝番の31は、その臓器採取用胚の番号。初めのPはパーツ。採取臓器のことだ。後のPはパーフェクト、つまり障害はない、という意味だ。ちなみに、明日の午後二時に移植予定になっている相手は、レイ・サトウ、君の姉だ。歳は六十八歳」

「六十八歳？」

「僕たちの階層では、もう老齢だけど、たぶん彼女は、まだ中年にさしかかった程度の容貌だろう。しかし身体の内部は確実に歳を取る。そのために五十を過ぎたときに、あなた、M２４になるべき胚の凍結を解除したんだ。その日からあなたは、育ち始めた」

M２４は、小さな声を洩《も》らし、その場に凍りついた。自分の生は、臓器提供という一般的目的のためではなかった。他者のための生というのは、彼女の血縁者のためであった。M２４の生には、確実な目的があったのだ。

「もういいだろう。行こう」

少年は、M２４の手を取った。M２４は素早く少年の腕を振り解《ほど》いた。

M２４は激しくかぶりを振った。心の中で、何かが急激に変わっていく。

自分には存在理由があった。肉体が、仮の衣装であることをM２４は、今、確認した。生を全《まっと》うすることは、血のつながった者、自分のもっとも近しい者の一部となって生き続けることだった。

「どうしたんだ？」

少年は、怪訝な顔をした。

「これでいい」

「早く。あたりが明るくなってしまう」

少年は手を伸ばした。M24は後退《あとずさ》った。

「これが私の宿命なの」

「こうなるようにプログラムされていたの。受け入れなくては」

「宿命？」

「ばかなことを言ってる場合じゃない」

少年の顔をM24は正面からみつめた。

「シスターは嘘をついたりしなかった。いろいろ教えてくれてありがとう。あなたの言ったことは真実だった。あなたたちの真実。でも私の中の真実は別のもの。私は他者のために命をさずけられた者だった。幸せな十六年間を過ごせたと思う。壁の外の人々から見たら、本当に神の国のようなところで。だから私は充実した気持ちで、今日福音を受け、新しい生を始めることができるの」

「新しい生なんかじゃない。殺され、身体の一部を利用されるだけだ」

少年は怒鳴った。M24は微笑んで、少年の尖《とが》った顎《あご》に触れた。

「私は殺されるのでも、死ぬのでもなく、私の姉、いえ姉よりもっと近しい人の身体の中で生き続ける。それで私は完全な形になるの」

「おかしなことを言ってないで」

「なぜ、そんなに私を連れて行こうとするの。私は、あなたではないのに。出会ったばかりなのに」

少年は、ゆっくりM24から離れた。

「君の同胞《はらから》は、君に関心を持たないのか？　君の命がどうなっても、かまわないのか？　君はどうなんだ？」

少年は今度は、君という言葉を使った。

「君は、僕を呼んだ。この世の名残に呼んでくれた。そして話した。だから君が殺されるのは悲しく辛い。黙って見ているわけにはいかない」

「ありがとう」

M24は、少年を見上げた。熱い思いが込み上げてきた。感謝以上の得体の知れない感情だった。

先代の神の子たちと違い、向こうにあるものを知った上で、自分の運命を受け入れられたことに、M24は感謝していた。

彼女は少年の不恰好《ぶかっこう》なほど長い首に、腕を回した。

「会えて良かった……男の人とこうして話したのは初めてだったけど、すてきだった。ありがとう」

少年は、乱暴に彼女の手を振り解いた。

「僕は、男じゃない。永遠の少年だ。老人になっても衰えるだけで、成熟できないんだ。

男として君と向き合った覚えはない。ただ、死なせたくないだけだ。さあ、どうなんだ」

さえずるように甲高い声が、少年の細い声帯から絞りだされた。

M24は、傍らの寝台の上にゆっくりと腰かけると、背筋を伸ばした。

「私は、あなたの所に行くべき者ではない。行ってはいけないの。私がそこで生き永らえることに、何の意味もないから」

少年は、目を細めた。透明樹脂を通した朝日が薄い色の目を金色に燃え立たせている。

彼は自分の袋から、小さい方の笛を取り出すと、M24に押しつけた。

「もし気が変わったら、廊下のダストシュートに飛び込め。中は風が吹いていて君の身体を僕たちの所に運んでくれるはずだ。ゴミの処分場に放り出されたら、これを吹くんだ。笛の最高音は、町の隅々まで届く。待ってる」

「ありがとう」

M24は、少年の手を握った。もはや彼女の決意をひるがえすのは無理だと悟ったらしく、少年はその手を握り返すことも彼女の目を見ることもなく、ドアに向かって歩いていった。そしてドアの開く寸前に、振り返った。

「いいか、君は殺されるんだ。他者のための完璧な生なんかない。虚無だけだ。主を失った心臓だか、肝臓だか、脳の一部だかが、他人の身体の中で動くだけだ。君の主体的意識などどこにも残らない。そして君の生きてきた十六年は……」

少年は言葉を切って、少し躊躇《ちゅうちょ》していた。

「君の十六年は、空白だ」

それだけ言うと、乱暴にドアを閉めた。

部屋は、淡いすみれ色の光に満たされていた。すべての音が消えた。M24は目を閉じた。

少年の残していった笛が、手の中で温かみを帯びて在《あ》った。息を吹き込むと鳴った。教えられたとおりの指使いで吹いた。旋律は、少なくとも間違えることはなく奏でられた。不意に不安な落ち着かない気分に襲われた。唇から笛を離して、握り締める。虚《むな》しさが、じわじわと身体を締め付けてくる。

もう一度、小さな管に息を吹き込んでみる。貧しい音だ。少年の奏でた深遠な世界など望むべくもない。

神は彼の手の中に住む。不意にそう感じた。

M24は立ち上がりスクリーンに手を触れた。それは巨大な鏡に変わった。一人の東洋人の少女が、寝不足の目を赤く腫《は》らして立っていた。なめらかな肌が美しく、黒い髪が両肩に垂れる様も十分優美だったが、その黒く大きな瞳には、少年の持っていた知性の輝きも、触れると火傷《やけど》しそうな強烈な力もない。膜のかかったようなその表面には何もない。何もないのが、M24という名前を持った自分だった。それでもそれはそこにある。仮の姿ではなく、ある種の可能性を秘めた確固たる肉体であった。

再び笛を吹く。かさついた、細い、しかし純粋な、空気が管を通過するだけの音。これこそが、自分の十六年の生そのものだった。臓器パッケージとしてふさわしい「与えられた生」だった。

しかし笛を吹くという、こんな些細な行為の先にも、何かが見える。貧しい音が、少年の紡ぎだして見せた豊穣《ほうじょう》な世界に連なっていることをM２４は知っている。決して完成することのない世界。そして完成しない限り、その先に生きなければならない人生の時間の連なりがある。

M２４は笛を握り締めた。これまでにないほどの力をこめて笛を握り締めた。

次の瞬間、部屋の扉に突進し、全身でそれを開け放ち廊下へ飛び出した。

出会い頭にシスターにぶつかった。ずっと待機していたらしい。シスターは驚いたように目を見開いた。M２４は彼女を無視して、廊下を走った。シスターが、跡を追って来る。

M２４は廊下の端に辿りついて、壁のプレートに手を触れた。すぐさま床の一部がスライドして、直径八十センチ程の孔《あな》が開いた。透明な天井から差し込む光に、下を流れる汚水の表面がきらりと光った。

シスターが何か叫んでいる。

M２４は、片足をそっと中に差し入れた。管の中の強風にあおられ、下着の裾がばたばたと音を立てた。足首にゴミがぶつかった。

警報が鳴り渡った瞬間、M24は、そのダストシュートに身を躍らせた。シスターの悲鳴が警報に重なりあって反響した。

M24の身体は、ゴミを送る空気の流れに乗ってゆっくり落下し、汚水の上に着地した。生まれてこのかた経験したこともないような、激しい悪臭の中を彼女は、走り出した。風と風に運ばれる無数のゴミが、彼女の背中にぶつかった。一本の笛を指が真っ白になるくらい強く握り締め、M24は走る。

排泄《はいせつ》物を浮かべた水の飛沫《しぶき》が彼女の全身を濡らしていた。風が吹いている闇の向こうに、彼女は何も見ていなかった。何も見えない。しかしまぎれもない彼女自身の未来が、その先に続いていた。

世紀頭の病

1

「まったくわからんよ、近頃の女の子の考えることは」

コンピュータディスプレイの前で、人事課長の吉岡はつぶやき、舌打ちした。

朝一番で開いたメールが、勤続八年の女子社員から送られてきた退職届だったのだ。

「一身上の都合により」という文言は、吉岡がまだ新人として営業の最前線で働いていた一九〇〇年代末と変わらない。しかし本当の退職理由が、なんとも理解できない。

昨日、吉岡はこの女子社員を見るなり、怒鳴ったのだった。銀色というよりは、白いざんばら髪、黄土色の顔、薄茶色の唇。前世紀の末に流行《はや》ったやまんばメイクそのものだ。

流行は繰り返すというから、十年ほど前に流行ったコギャルファッションが復活するのはしかたない。しかしリバイバルとオリジナルは微妙な点で異なる。十年前には斬新《ざんしん》であったオリジナルは、現在見れば、すでに新味はない。その分、少しばかり当時よりも、先鋭化するのである。まさにその女子社員のやまんばメイクも当時のコギャルのものより、先鋭化していた。

皮膚は老婆《ろうば》の肌色をしているだけでなく、皺《しわ》やかさつきまでもコピーされており、どことなく涙っぽく、濁った眼球の感じまでも、完璧《かんぺき》に老人のそれだった。

もっとも女の子のファッションや流行については自分がコメントする必要はない、と考える分別が、吉岡にはある。しかし自分の会社の「女の子」が、そういう風体で出勤してきて仕事をしている、というのは論外だ。

「おい、なんだ、そのババアみたいな顔は」

ライトブルーの制服に、ババアメイクでデータ処理をしていた女子社員は、彼がそう怒鳴ったとたんに、処理中の資料を机に投げ出すと、いきなり更衣室に駆け込み、早退の届けも出さずに帰ってしまった。そして今朝、会社のコンピュータに、退職届のメールが送り付けられてきた。

妙な辞め方をする女子社員は彼女一人ではない。先週末も一人、無断欠勤した挙げ句に、総務担当が自宅に電話をすると、本人が出て、「辞めます」というしわがれ声を残して、いきなり電話を切った。

「辞めます」が確認できればいい。無断欠勤の後に、突然の死亡退職というケースが、最近、立て続けに二件あった。

「二十九歳って、女の厄年だっけ？」

吉岡と背中合わせに座っている経理係長が首を傾《かし》げた。

「は？」

「死亡退職の女の子が二人とも二十九、今回退職した子が、二十八だ」

「へえ」と人事課の若い男が吉岡のディスプレイを覗《のぞ》き込みながら言った。

「でも、望ましいことじゃないすか。この二十年、女の子が結婚しても、子供が生まれても、ぜんぜん辞めなくなっていたから。新陳代謝がなくなって、職場の空気が、どよーんって、暗いの、重いの、うんざりしていたんですよ。社員の士気の低下が懸念《けねん》されてたところですからね」

「若年退職制か、懐《なつ》かしい言葉だな」と定年間際《まぎわ》の経理係長がぽつりともらした。

「しかし新陳代謝はありがたいが、こういきなり退職届を送り付けられたり、死亡退職されたりじゃ、人の手配がつかなくてかなわない」と吉岡一人が頭を抱えた。

小関春菜《おぜきはるな》は、ぴっちりしたミニスカートのファスナーを上げる。柄もののストッキングもきれいに決まった。ファーのついたセーターの胸に触れて、小さく舌打ちする。

「やだ。下がってる……」

気のせいかもしれない。しかし昨日、風呂《ふろ》に入ったときもそんな気がした。十代でDカップだったバストだ。息子を産んで、ほんの短い期間であっても授乳したのだから下がる可能性はあった。だから十分にメンテナンスはしてきた。なのに、下がるだけではなく、しぼんでいる。しぼんで、だらりと下がっていた。

ダイエットの影響が胸だけに出たのだろうか、と両手で持ち上げてみる。

母親らしい格好などごめんだと思っていた。歳相応《とし》、などとんでもない。おばさんになるくらいなら死んだ方がましだ。

高校を優秀ならざる成績で卒業した春菜は、就職などというかったるいことはしなかった。しばらくぶらぶらしているうちに、三十五になるゼネコンのエリート社員、小関慎司《しんじ》と知り合い、ちょうど二十歳《はたち》になったのと、妊娠が判明したのをきっかけに結婚した。

子供が生まれてしばらくは、夢中だった。自分の格好など考えたこともなかった。

あれは我が子が二歳の誕生日を迎えたときのことだっただろうか。ふと町のショーウィンドウに映った自分の姿を見て愕然《がくぜん》とした。

袖口《そでぐち》の伸びたトレーナーに、流行遅れのブーツカットジーンズ。自然食やアメリカ製洗剤の共同購入に凝って、男に振り向かれもしなくなったオバサンそっくりだった。そのとき春菜はまだ、二十二歳だった。それがすでに女を捨てて、主婦になっている。こんなのって許せない、と思った。

新素材でできたストレッチのミニスカートに、襟刳《えりぐ》りの大きなセーター、髪にはラメを入れて若い娘風に装《よそお》い始めたのはそのときからだ。

しかし二十九歳の今、春菜はあきらかな体の異変に気づいていた。鏡を見ると異変はバストに起きているだけではなかった。唇の両脇《りょうわき》が下がっている。

「こんな顔になっちゃって。面白いことなんて、何にもないんだもん」と舌打ちして笑ってみる。唇の端は上がったが、今度は目尻《めじり》に皺が寄る。皺だけではない。目尻が下がっている。

髪にブラシを入れると、銀ラメに染めた髪の生え際が奇妙だ。自然な感じがする。少し前まで、髪が伸び始めるとそこだけ帯のように黒くなっていたのに、それがない。銀ラメに染めた髪の生え際は、ラメなしのただの銀、いや、白だった。

「やめてよ」

春菜は悲鳴を上げた。

鏡だ、と思った。きっと鏡がおかしいんだ。そうつぶやき、手早くファンデーションを塗る。伸びが悪い。

寝不足？　いらだちながら化粧を済ませ、家を飛び出した。近所の人々が、無遠慮に自分の顔を見ていく。いつものことだ。あそこの奥さん、子供がいるっていうのに、なんなのあの格好。そんな声にならない非難の言葉と、実のところ羨望《せんぼう》のこもった眼差《まなざ》し。

あんたたちみたいになるなら死んだ方がまし、とオバサンたちの視線を跳ね返しながら、春菜はブーツの踵《かかと》を鳴らして地下鉄の駅に急ぐ。

友達との待ち合わせ場所についたのは、それから三十分後だった。これから昼を挟み、子供が学校から帰ってくる午後三時までが、彼女の時間だ。その間は、何をしていてもいいと夫の慎司からお墨付きをもらっている。夫と子供のいる時間にちゃんと家にいれば、それ以外の時間は、彼女のものだった。

夫が会社の若い女に手を出していることも、春菜は知っている。いちいちチェックを入れるようなメンドいことはしたくない。それよりは自分には自分の友達関係と世界があるので、邪魔されたくはない。

駅前で待っていると、高校時代からの親友のユッコが来た。ユッコはまだ独身だ。カレシのだれも、彼女と結婚してはくれなかった。だから二十歳過ぎたら、未婚の三十過ぎのオヤジと付き合った方がいいと忠告したのに……。

春菜に気がつくと、ユッコはこわばった顔で駆け寄ってきた。

「明日香《あすか》が死んじゃった」

「うそっ」

高校は別だが、明日香も一緒に遊んだ仲間だった。「あのコ、性格いいよね」とみんなに慕われ、男からも女からも好かれる子だった。

「家とかに電話しても、だれも出なくって、変だなと思ってたら、ゆうべ実家のお母さんが電話してきて死んじゃったって。病気だって」

「何の病気？」

「知らない、そんなこと。向こう、泣いてるし、聞けないじゃん」

そこまで言って、ユッコははっとしたように春菜の顔を凝視した。

「ねえ、疲れてる？」

「なんで？」

「顔、ひび割れてる」

「うん、化粧、のらなくて」と人差し指の腹で自分の顔をこすって、ぎょっとした。しなしなと柔らかい。顔から肉が落ちている。ずっと小顔に憧《あこが》れてきた。顔痩《や》せを願ってマッサージもしてきた。今、あれほど嫌だった頰《ほお》の肉が、確かに落ちている。しかし面《つら》の皮の大きさは変わってない。つまり皮が余っている。しなやかにたるんで、指で摘《つま》むとすっと伸びる。

「いやっ」と叫んで地団駄を踏み、そのとたんにがくりと前のめりに崩れた。膝《ひざ》に激痛が走ったのだった。しゃがみ込んだまま見上げたユッコの顔がやけに黄色く、ぼんやりとしている。まだ昼前だというのに、あたりは暗い。

二時間後、春菜は大学病院の診療室にいた。

「体内に過酸化脂質がかなり蓄積されてるね。まあ、歳をとればだれでもこうした症状は出てくるんだけど」

年配の医長が、横柄《おうへい》な口調で説明した。

膝を痛めて歩けなくなった春菜は、商店街からタクシーに乗って近くの病院に行った。しかし春菜を診察した医者は、即座に紹介状を書いて、この大学病院に回してしまったのだった。

「つまり成人病というか、生活習慣病の一種ですか？」と会社を早退してやってきた夫の慎司が医者に尋ねた。

「いや、正確に言うと、病気ではなくて、一種の代謝異常なので、まあ一言で言えば老化だね」

「老化？」と春菜と慎司は同時に叫んだ。

「驚くことはないよ。老化というのは生まれたときから始まってるわけで、とすれば病気ではない」

「で、治療法は？」

茫然《ぼうぜん》としている春菜の代わりに夫は尋ねた。

「老化に伴って、さまざまな病気にかかりやすくなるので、そうした病気について治療はできるがね」

「老化そのものの治療はないんですか」

「老化の治療法なんてものは存在しないよ。そんなものは有史以前からの人類の夢だ」

平然とした口調で、医者は答えた。

「しかし妻は、まだ二十代ですよ。それが老化だなんて」

「だから老化は生まれたときから始まっている、と言っただろう」

春菜は、自分をみつめる夫の顔に浮かんだ困惑の表情と、その裏に覗く嫌悪感《けんおかん》を見た。その隣で、凍りついたように座っている八つになる息子の顔には混乱しか見えない。

その夜、空いていた病室に入院させられた春菜は、化粧バッグから取り出した鏡を覗いた。

絶句した。馴染《なじ》みの無い顔がそこにあった。落ち窪《くぼ》んで白濁した目、だらりとたるんだ頬、口元の深い皺。そして鏡の柄を握る手は、透き通るように皮膚が薄くなり、緑色の静脈と無数のしみが浮いている。

なぜ、とつぶやいた。朝、家を出たときと比べてさえ、老化はぐんと進んでいる。

眠れないまま、闇《やみ》の中で目を開けていると、消灯後、二時間ほどして部屋が急に騒がしくなった。

隣のベッドの回りにカーテンが引かれている。そこは確か白髪の老女の寝ていたベッドだ。

中年の女が病室に駆け込んできた。そしてカーテンの内側に入るなり、「麻衣子、麻衣子」と泣き叫んでいる。「先生、娘をどうにかしてやってください」という絶叫の後、「ご臨終です」という医師の声が聞こえてきた。

「娘？」と春菜は思わず声を上げていた。その瞬間、自分の運命を悟った。なぜかわからないが、突然、歳をとり始め、老衰で死んでしまう「病気」。医長は老化は病気ではない、と言ったが、それは確実に病気だ。しかしなぜ、こともあろうに自分が？　もし自分が死んだら、夫はどうするのだろう？

本来、夫より八歳の息子の行く末を心配しなければならないところだが、夫の方が気になったのは、彼が最近、社の若い女と付き合っているからだ。

自分もそれなりに生活を楽しんでいるのなら許せる。しかしこんな風にいきなり自分だけが歳をとり、まもなく死ぬとわかったら話は別だ。自分よりも十五も年上の夫は、妻をさらに若い女に取り替えるだけではないか。そんなことは許せない。春菜は皺だらけの両手を握りしめて震えた。死ぬのは嫌だ、と思った。意地でも死ねない。

人事課長の吉岡は、自宅の居間で寝転がってテレビを見ていた。

その頭上を妻が跨《また》いで、洗濯物を運んでいく。黄ばみ、腿《もも》の部分のゴムのゆるんだパンツが目に入った。吉岡は眉《まゆ》をひそめて、視線をそらす。

「二十代後半の女性の突然死が、今、頻発しています」

ニュースキャスターの声が聞こえた。

「どうしてこんなことになったのか……、子供も小さいのに」と画面の中で、死んだ女性の母親とおぼしき中年女が声を詰まらせる。

二十代後半、とは言っているが、患者の年齢は二十八歳から二十九歳に集中している。

つい二週間くらい前から、異様な症例が各地の大学病院からいくつも報告されているということだった。ある日、いきなり老化が始まり、わずか二週間足らずで死に至る。心臓病や高血圧などを併発している例もあるが、たいていはそうした病気が悪化する前に、老衰で死んでしまう。原因は不明。

この日までに集まったデータによれば、不自然な老衰による死亡例はすでに、五十を超えている。しかし別の病名がつけられ、データとして上がってこないケースが相当数あるはずなので、実際の数はその四倍から五倍に達しているだろう。

この日、厚生労働省の中に特別対策委員会が設けられ、各医療機関は原因究明と予防、治療法の確立のために全力を尽くすことになった。

「しかし、なんだって、二十八、九の女なのだ？」と吉岡は首を傾げた。

「怖いわ。何の病気なのよ」と妻が悲鳴のような声を上げ、手にした洗濯物を床に落とした。

そういえば、女房はあと数日で二十九歳、まだ一応は二十代だったのだ、と吉岡はあらためてその緊張感のかけらもない、口紅さえ引いていない横顔を見る。

下膨れの顔に、度の強い眼鏡。知り合ったばかりの高校時代からそうだった。象のように太い足にルーズソックスをはいてはいたが、コギャルなどというしゃれたものではない。ルーズソックスはその時代、公立高校の制服の一部と化して、一般生徒に定着していた。別の女を目当てに行った学園祭で紹介されたのが今の妻だ。その場のノリで愛想を言ったのが運の尽きで、何年間もつきまとわれた挙げ句、結婚にもつれ込まれたのだった。

女子高生といえば、コギャルだ、援交だと騒がれた時代だが、実態から言えば、ファッションはともかくとして、大半の女子高生はクスリやウリには無縁だった。

またそのうち半分くらいはパーティーやクラブはもちろん、カラオケボックスにさえ足を踏み入れたことはなく、さらにその三分の一は、男にまったく相手にされないオタク女やさえない女だったのだ。その三分の一と吉岡は結婚していた。

自分の妻が突然死んだら、と吉岡はふと考えた。

その思いを察したかのように、「ねえ、あなたぁ」と妻が、にじり寄ってきた。

「もし、あたしが死んだら、どうする？」

「………」

「悲しい？　ねえ、悲しいわよね。泣いてくれるわよねぇ」

「ああ。悲しむよ。夫婦だもの」

吉岡は答えた。嘘《うそ》ではない。結婚前から、ときめきなど何も感じられず、半ば脅迫されるようにして結婚した妻だ。しかしそんな妻でも、いざ、死なれたら悲しいだろう。恋と「夫婦の歴史」は別物だ。子供の前で、棺《ひつぎ》に取りすがり、声を上げて泣くかもしれない。しかし……吉岡は思う。立ち直りは早いだろう。生きている自分には未来がある。次こそは……。

そのとき妻がパグのように額に皺《しわ》を寄せて、迫ってきた。

「あたし、死んだら大変よね。子供たちも小さいし。由美子はまだ一歳だから、あたしのことなんか、忘れちゃうかもしれないけど、愛は、四つだから難しいわね。新しいお母さんには、なかなかなつかないだろうし。あなたが男手ひとつで、娘たちを育てるしかないわね」

2

この夜のニュースを受けて、「これを機に、企業は若い女性の積極的な登用によって活性化を図るべき」と、非公式の場で口をすべらせた大臣が、超党派の女性議員団によって辞任させられたのはその四日後のことだった。

検査を待っていた春菜は、マガジンラックにあった週刊誌を何気なく手にした。老眼鏡をかけると、細かな文字がはっきり見えた。病院に運び込まれたときに、かなり進んでいた白内障は、ほぼ完治している。しかし二十一世紀の進んだ医療をもってしても、「老衰症候群」そのものの治療法はなく、したがって老眼は止められなかった。

週刊誌の見開き二ページの大きな見出しを見つけ出したとき、春菜の心臓は大きくひとつ打った。

「二〇〇〇年代最初にして最大の性病、『老衰症候群』ってなんだ!?」

そこには、ある大学病院の医師の話、として、最近、若い女性の間に蔓延《まんえん》している老衰症候群について、彼の仮説が披露されていた。それは粘膜接触によって感染するウィルス性の病気で、潜伏期間は十二年から十三年。症状は体全体の劇的な老化のみ。もしウィルス検査がなされたなら、感染者はかなりの数が確認されるだろう。ただしエイズなどと違って発病後は、二週間程度で老衰死に至るので、さほど医療保険の財源を圧迫することはない。

なぜ患者が二十八、九歳の女性に集中しているのかは謎《なぞ》だが、おそらく前世紀の終わりに出現したコギャルと呼ばれるハイティーンの女性たちの行った不特定多数のパートナーとの性交渉が、この感染症を蔓延させ、潜伏期間が経過した現在に至って、患者の大量発生を引き起こしたのだろう、とその記事は結んである。

あのとき、と春菜の脳裏に、ある光景がよみがえった。封じ込めたい、戦慄《せんりつ》すべき記憶だった。

あの日、内腿《うちもも》から膝の少し上まで、びっしりとできた、きのこのような形のグロテスクないぼをレーザーで焼き取ったのだった。

様々な不快な症状はその前からあったが放っておいた。しかしまくり上げた制服のスカートの下から、「きのこ」が見えるのはさすがに嫌で、病院に足を運んだのだった。そこの太ったオバサンの産婦人科医は春菜に言った。

「あなた、何考えてるの？　そんなことしてると、将来、赤ちゃんを産めなくなるわよ」

「別にぃ」と春菜は横を向いた。説教されたことはもちろん、このオバサン医者に頼んでもいないエイズやクラミジアの検査まで勝手にされたことが不愉快だった。

「あなた一人の問題じゃないわ。パートナーにもうつしてしまうことになるのよ」

うつされたことについては腹が立つ。しかしだれかにうつす、ということに後ろめたさはない。自分だけに、こんなきのこが生えるなんて不公平なことは許せないし、いちいちそんなことを気にしていたら、人を好きになるなんてできない。

「あなたね」と、オバサン医者は声を張り上げた。

「あなたくらいの年頃の女性の場合はね、あたしたちオバサンと違って、内性器の構造から言って、感染しやすいのよ。尖圭《せんけい》コンジロームだけじゃないわ。感染して傷ついているところから、エイズに感染するかもしれないんだから。そうしたらあなた自身の命だって危ないのよ」

「ふぅん」とうなずいた。

別にいいじゃん、と思った。

今が楽しいんだし。どうせエイズで死ぬとしたって、ずっと先の話。だいいち長生きなんてしたくない。お母さんみたいに、太って、みっともなくなって、何もおもしろいこともなくなって生きてるなんて最低。三十前には死ねたらいいのに。二十歳《はたち》過ぎればもうバアだし。

「ちょっと、あなた聞いてるの。あなたの体の問題なのよ」とオバサン医者がわめいているのを春菜は冷めた思いでみつめていた。

オバサン医者に威《おど》されたにもかかわらず、春菜は、その後二十歳でめでたく妊娠し、無事に出産した。もちろんエイズなどに感染はしていなかったし、クラミジアも尖圭コンジロームもそのときには治療済みで、何の後遺症もなかった。

ま、こんなもんだよね、と春菜は思った。

しかしそれでは済まなかったのだ。十二年の潜伏期間を経て、病魔はいきなり目覚め活動を始めた。「発病して二週間で、老衰死に至る」という記事の部分を、春菜はもう一度読み返した。すると今日から十日くらいのうちに……。

震えが足元から上がってくる。吐き気を感じた。

あの頃、願ったとおりになった。まさに三十を目前にして死ぬ。

「二十歳過ぎればババア」とは言った。しかしまさかこんな正真正銘のババアになるとは想像だにしなかった。

オバサンになるくらいなら死んだ方がまし、と仲間うちで言いあっていたときは本気だった。しかしオバサンどころか、身体的に正真正銘のババアになったにもかかわらず、死ぬのは怖い。

何もかもがあの頃と変わった。いや、変わっていない。結婚し、子供を産み、二十九になったが、未《いま》だにオバサンになりたくはない。オバサンになるくらいなら死んだ方がましだ。五十過ぎて、不様な体になってまで生きていたくはない。

「三十前に死にたい」という思いは、「五十前に死にたい」に変わった。しかし、今すぐ死ぬのは嫌だ。

自分が死んだら、夫は若い愛人と結婚するだろう。そんなこと許せない。そのとき春菜はふと気づいた。自分の病気は粘膜感染する、と書いてある。ということは夫も感染しているはずだ。それなら、今、二十二歳の彼女もすでに感染している。つまり彼女も、あと十年もすれば……。

絶望の底からどす黒い笑いが込み上げてきた。一瞬遅れて怒りを覚えた。夫だけが、なぜ無事に済むのだ？

本当の不公平とはそのことではないか。女だけが発病して、オバサンになる前に死ぬのに男は無事だ。それでは世間の男はいい思いをするだけではないか。

その夜、吉岡の妻は、やけに機嫌が良かった。意味ありげに笑いながらそばに寄ってきたかと思うと、後ろから吉岡の首に両手を回した。

「あなた、浮気なんかしたことないわよね」

「ばかなことを」と吉岡は吐き捨てるように言った。ない。あってもない。

「あなた、あたしと結婚してよかったわね」

妻は、うふふと笑いながら週刊誌を彼の前に広げた。

「あたしのクラスでも、もてまくってるコはいたけど、今頃、みんな引きつってるんじゃないかしら。ねえ、あなた、やっぱり人生って平等にできてるわよね。真面目《まじめ》に高校生していた私たちは、今、幸せな家庭で、安心して子育てとかしてるのよ」

「ああ」と吉岡は力なく笑った。

「あの頃遊んでいたコたちは、いつお婆《ばあ》さんになって死んじゃうかと、毎日びくびくしながら、生活してるんだわ。ご主人たちだって、気が気じゃないわよね。あなた、あたしと結婚して本当によかったわ」

「ああ。よかったよ。君と結婚して非常によかった」

吉岡は絶望しながら、うなずいていた。


週刊誌に記事が出た直後、厚生労働省によってそれまでに解明されている「老衰症候群」の全容が公開され、対策委員会は、晴れて「老衰症候群特別対策委員会」の看板をかかげた。週刊誌の記事はほぼ正確なものだった。

その直後から、あらゆるメディアを通じ、若い女性たちに向けて、不特定多数のパートナーとの性交渉を戒《いまし》め、ウィルス検査を勧める内容のキャンペーンが張られた。

一方で、不公平なことには、この病気に感染するのは、膣《ちつ》の奥に子宮口が露出している若い女性に限られ、二十代も後半になると容易に感染しないことが判明し、身に覚えのある世のオバサンたちは、胸を撫《な》で下ろした。

「それにつけても、男の側の責任は？」という声が、一部の良識ある人々の口から上がったのはそれとほぼ同時だった。

年端《としは》もいかない少女たちに、そんな病気をうつした男たち、あるいはうつされた男たちが、現在も感染したまま、なおかつ無症状で歩き回っている。

「自分さえ良ければいいってものではないはずです。これこそ女性への新しい暴力です」

と、ニュースショーでは、中年の女性コメンテーターが絶叫した。

にやにやしながら聞いていた男性タレントの牧村達也《まきむらたつや》が、それを受けた。

「でもさあ、若い子ができなくなったから、あたしたちにだってチャンスがめぐってくるんじゃないかしらとか、内心期待してたりして……」

女性コメンテーターの顔は、赤くなったり青くなったりした。怒りのあまりなのか、それとも図星だったからなのか、視聴者にはわからなかった。

その直後、スタジオには抗議の電話とファックスとメールが殺到し、牧村達也は即座に番組を降ろされた。

しかし三十二歳のこの元人気タレントも、私生活に悩みがなかったわけではない。問題発言によって降番させられる二週間前から、なぜかできなくなっていたのである。かと言って、泌尿器科《ひにょうき》の門を叩《たた》くのには抵抗があり、むやみにいらついていたときの女性コメンテーターに対する暴言だった。

3

春菜の夫、小関慎司は、暗闇《くらやみ》の中でビデオ画面をみつめていた。

焦《あせ》っていた。何をどうやっても無理だった。若い愛人を相手にしてできなかったのが、三日前のことだった。風俗でもだめだった。ビデオの世話になってもできない。

「やはり奥さんの病気が原因でしょう」と泌尿器科の若い医者は言った。

「だれだって愛妻が重病になったら、そんな気にはなれませんよ」という医者の言葉に、慎司は自分が未だに妻を愛していたのだ、と思い知らされた。

意外な気がした。このところ妻が死んだら次は、と若い愛人の顔を思い浮かべる日々だったというのに、体がそれを許さない。心の深部では、妻を愛していたのか、それとも自分の中では死滅したと思っていた倫理観が、まだ生きていたのか？

あきらめてビデオをテレビに切り替えたとき、「老衰症候群」について、不埒《ふらち》な発言をして降番させられたタレント、牧村達也が大量の薬剤を服用し、救急車で病院に運ばれたというニュースが耳に入ってきた。

普段ならさっさとチャンネルを変えるようなくだらない話題だ。しかしその薬剤が勃起《ぼっき》不全治療薬と知って、はっとして耳をそばだてた。タレントは三十二歳。そんな若さでなぜ？

男は発病しないなどというのは、誤りだった。十代で感染した女性たちが、十二、三年の潜伏期間を経て、「二十歳過ぎたらババア」という自らの発言より若干遅くではあるが、ババアになり死に至るのに対し、男性は感染時の年齢にかかわらず、生殖に関わる機能のみに急速な老化が始まるのだった。

男の側の症状について発見と発表が遅れたのは、発病が命に関わる女性に比べ、男性の場合はとりあえず命に別状がなかったことと、発病年齢が若ければ若いほど、他人に言えない悩みとなって、患者たちが症状を隠したからだった。

症状の出た男性たちは、ひそかに薬を飲んでいた。様々な副作用で死者を出した十数年前の薬とは違い、そのての薬の安全性は飛躍的に高まっていた。その形態もものものしいブルーの菱形《ひしがた》から、風邪薬と区別のつかない白い錠剤に変わっている。手軽に薬局で買えるようになったことが、しかし今回、いくつかの騒動を引き起こした。

まず「老衰症候群」による勃起不全に、その薬は何の効果ももたらさなかったのである。素人《しろうと》の悲しさで、多くの男は投薬量を勝手に増やした。ビン一本分をいっぺんに飲めば、どんなに安全な薬でも体にダメージを与える。その結果、この一、二週間の救急車の出動件数は、劇的に増えていた。しかしそれがニュースになったのは、そうした患者の一人が最近、「老衰症候群」がらみの不謹慎な発言で、世間を騒がせたタレントだったからだ。

病院に運び込まれた牧村達也は胃洗浄をされて目覚めた。その後、カルテは自動的に神経内科に回され、彼はカウンセリングを受けることになった。現在のところ、この病気についての治療法は確立されていない。カウンセリングは患者が今後、二度とできないという現実を受け入れ、別のことに人生の希望を見いだしてもらうための精神的ケアを目的としている。

前世紀に比べ、飛躍的に進歩したのが、末期癌《がん》や極度のストレスを抱えた患者に対する、こうしたカウンセリング技術だった。しかし三十二歳にして一部分だけ老衰した牧村の心は、最先端のカウンセリング技術を駆使しても癒《いや》されることはなかった。カウンセラーが大学院を卒業したばかりの女だったこともマイナスに働いた。燃える心と冷えた体のギャップが三十二歳の彼を苛《さいな》んだ。

いきなり相談室を飛び出した彼は、うなだれた下半身を露出したまま、奇声を発して病院中を駆け回ったあげく屋上から飛び降り、下で待機していた消防隊のネットに救われた。

翌日、一人の内科医がやってきて、牧村に一錠の薬を見せた。その錠剤は、男性用「老衰症候群」治療薬とうたわれている。しかしその効能も副作用もまだ確認されてはいない。にもかかわらず、すでにインターネットを通じて、ひそかに市場に出回っていた。その薬は、今世紀初めにヒトゲノムの解析で特許を取り、今や遺伝子治療の分野で独占的な利益を上げているアメリカの製薬会社マグワイヤ社の試作品で、マグワイヤ28号という俗称で呼ばれていた。その臨床試験を受けてみないか、と医者は牧村に提案したのだった。彼が飛び付いたのは言うまでもない。

六時間おきに三回服用という指示に従い、牧村はその日の深夜に一錠、翌朝一錠、そして昼時に一錠飲んだ。三つ目のマグワイヤ28号を飲んだ後も、何の変化も起こらなかった。

その日の午後、彼はあるバラエティー番組の出演が予定されていたため、病院から車でスタジオに入った。「では、本番行きます」という声を合図に、彼はカメラのレンズをみつめて話し始めた。

「えー、皆様、こんばんは」

とたんに下半身を灼熱《しゃくねつ》感が貫いた。切なくもやついた思春期の劣情が胸のあたりを駆けめぐった。目の前のカメラのレンズが、その光る丸いガラスが、たとえようもなく扇情的だった。そのレンズに首まで埋まりたい、飲み込まれたいと思った。

「何をする、やめろ、あ、ばか」

カメラマンが叫び、テレビカメラを担《かつ》いだまま逃げていく。

自分でもどうしようもなかった。牧村達也は愛《いと》しいレンズを追いかけ、カメラマンからカメラをむしり取った。

スタッフたちは、カメラにのしかかり、尻《しり》を振っているタレントを遠巻きにして、茫然《ぼうぜん》とその様を眺めていた。

マグワイヤ28号の効果は確認された。多くの抗癌剤や抗生物質と同様、それは規則正しい服用により、薬の血中濃度が一定水準まで高まったとき、初めて効果が出るものだった。ただしその効果は、精神的な刺激により生理的な変化が起きるのではなく、血中濃度が一定値に達したとき、機械的に海綿体が充血するというもので、それが治療薬としては不完全な点ではあった。さらに効果が現われたその瞬間にたまたま目にしたものに、劣情をもよおすという問題点も確認されたのである。

さらに問題なのは、以後、服用を止《や》めても、効果が現われたその瞬間に目にしたものに遭遇すると、機械的に欲情するというフラッシュバック現象とでも言うべき副作用が出現することだ。その後、牧村達也は、テレビカメラと言わず、天体望遠鏡と言わず、レンズを見ると、抑止しがたい欲望に捕らえられ、その都度、体が反応するようになったのである。

いきなり道路際《ぎわ》のマンホール前でズボンを脱ぎ始める男や、スーパーマーケットの生鮮食料品売場でタコの刺身に向かって放出する男などが、公然猥褻《わいせつ》罪、猥褻物陳列罪、あるいは単なる器物損壊罪等で逮捕されるという奇妙な事件が頻発し始めたのはその頃のことだ。

妙な世の中になったものだ、と良識ある人々は、眉《まゆ》をひそめた。

小関春菜はまだ命を保っていた。中年の看護婦がやってきては「がんばりなさいね、希望を捨てないでね。まもなくいいお薬ができるのよ。それまでの辛抱よ」と励まし続けてくれている。その言葉を信じているわけではない。それでも看護婦の言葉はうれしく、また意地でも死にたくないという気持ちも強まっていた。

その頃、夫の慎司は、男性用「老衰症候群」治療薬、マグワイヤ28号の情報をインターネットでみつけた。もちろんネット上では、まだ効果が不完全なこと、深刻な副作用があること、服用には細心の注意が必要であること、などについては触れられていなかった。

たとえあったところで、意に介することはなかっただろう。

目が落ち窪《くぼ》み、しみの浮いた膚《はだ》にはドレープ状の皺《しわ》が寄り、全身くまなく年老いた妻。まもなく死ぬ妻と、体の一部分が死んだ状態でこの先、平均余命から言えばあと四十年近く生きなければならない自分。果たしてどちらが不幸なのかと考えていた矢先のことだった。

彼は即座にインターネットバンキングで薬の代金を払った。四時間後に、タブレットは宅配便で送られてきた。一回一錠、六時間おきに三回服用、という処方箋《しょほうせん》が添えられている。効果は三回目の服用の後に現われます、とある。

さっそく一錠を飲み込んだ。これで失った人生が取り戻せると思うと涙がこぼれそうになった。六時間後にもう一錠、愛人の顔と新生活に思いを馳《は》せながら飲んだ。八歳の息子がなついてくれるだろうか。たぶん大丈夫だろう、と根拠のない確信を持った。

そしてさらに六時間後、死に行く妻を思い浮かべ心のうちで小さく詫《わ》びた。

「すまない、春菜。君は死んでいくが、僕には僕の人生があるし、だれにでも幸福になる権利はあるんだ。それにそもそもこんな病気を僕にうつしたのは君なんだから、しかたないよね」

　それからおもむろに最後の一錠を飲む。

　何の変化も起きなかった。

　立ち上がり、歩き回ってみる、屈伸体操をする。変化はない。ビデオをかけて触れてみるが、何も起きない。

「どういうことだよ、おい」

　思わずパソコンのディスプレイに向かって怒鳴った。

　金はすでに振り込み済みだ。ネット上の売買には、この手の詐欺《さぎ》行為がつきものだ、という事実をあらためて思い知らされる。藁《わら》をも摑《つか》む思いで、何も考えず申し込み、金を振り込んだ自分が愚かだった。

　腹の虫がおさまらないまま、発売元に電話をかけようとしたとき、携帯電話の呼び出し音が鳴った。

　病院からだった。春菜の担当医師がすぐに来るように、と言う。

　いよいよだめらしい。とうに覚悟はしていた。相手が電話で詳しい説明をしないところをみると、すでに息を引き取った後かもしれない。

　慎司が病室に駆け付けたとき、妻はまだ生きていた。ドレープの寄った肌も白髪もそのままだったが、妙に元気だ。慎司を見ると、落ち窪んだ目でにっと笑い、茶色に変色した歯を剝《む》き出し、親指を立てた。


待機していた医師が立ち上がり、「どうです」と得意げに笑った。

「奥さんの場合、新薬が見事に効きました」

「は……」と慎司はまばたきをして、妻と医師の顔を見比べる。

「女性用『老衰症候群』の治療薬を、テストさせてもらったんですよ」

「女性用……」


医師は微笑してうなずいた。

「もともとの年齢が若いせいでしょう。効果はあっという間に出ました。老化の進行はすでに止まっていますし、内臓機能についてもほぼ完全に回復しています。もう赤ちゃんだって産めますよ」


俺の方の薬は効かずに、妻の方の薬は効いたということか？ 不公平だ、と慎司は唇を嚙《か》んだ。

「よかったわね、がんばったね」


中年の看護婦が、涙ぐみながら春菜の手を握りしめている。

「まあ、皮膚や髪、関節や眼球といったものは元に戻らないので、見た目はこのままですが、体の中はもう二十九歳ですよ」

「見た目はこのままって、それじゃ」

老女の容貌《ようぼう》のまま、五十年くらい生き長らえるわけですか、という言葉を慎司は飲み込んだ。

「ま、こんなもんだよね」と妻は、ふてぶてしく笑って肩をすくめた。

「どうせ二十歳過ぎたら、ババアなんだしさぁ」

妻は、すでに精神的にも病を克服しつつあった。

しかし自分は、と腹立たしくも情けない思いで、慎司は皺の中に目鼻があるような妻の顔を凝視する。

そのときだった。いきなり体の中から突き上げるような欲望を感じた。灼熱感が下半身を貫いた。

なんだ、と慎司は呻《うめ》いた。

三錠目の薬を飲んでから、二時間が経過している。薬の血中濃度が、今、ようやく十分に上がったことを慎司は知らない。

この瞬間、彼が凝視していた妻の顔が、体が、強烈な視覚刺激となって萎《な》えていた下半身を直撃した。

コヨーテは月に落ちる

もうどのくらい、経つだろう。ここに迷い込んでから。

いや、迷い込むも何もない。自分はここの住人、このマンションの一室を所有する人間なのだ。こともあろうに、自分のマンションで迷うとは。いや、出ることも、この建物の中にある自分の部屋に入ることとさえかなわないとは。

もっとも入れたとしても、中はがらんどうだ。家財道具はもちろん布団さえ運び込んでいない。ここを買って、薄汚い木造アパートの六畳二間から引っ越そうとした直前に、転勤の辞令が下りたからだ。

こつこつ貯めた一千万円と共済組合と住宅金融公庫と銀行からの借金、合わせて一千四百万の二十年ローン。一大決心をして手に入れた自分の城に一夜も泊まらないうちに、来週の月曜日には、青森にある事務所に出勤しなければならなくなった。

それが二十二年まじめに勤めてきたノンキャリアに対する人事課の処遇だ。しかしこの状態では、どうやって転勤の準備をすればいいのだろう。それどころか、どうやって出勤すればいいのか……。いや、もうすでに「来週の月曜日」は来てしまっているのかもしれない。

廊下にしゃがみ込み、冷たい壁にもたれて、寺岡美佐子《てらおかみさこ》はバッグからピルケースを取り出した。中の錠剤を口に入れ飲み下した。頭がはっきりしない。もう一錠、さらにもう一錠……。効きそうにないから、あと一錠。

少し休んだら、エレベーターホールの方に行ってみようと思う。さきほどそこにエレベーターホールはあったが、まだあるのかどうかはわからない。

人生に定かなものなどない。あの不条理な転勤辞令一つ見てもわかるではないか。目に映るこの世のものは、すべてが不確かだ。

そもそもここに自分が来るきっかけになった出来事だって、本来ありえないことだった。あれがいつのことなのか、美佐子の腕時計によれば、わずか二時間足らずの間に起きたはずなのだが、何日も経ったような気がしてしかたない。

宵闇迫る銀座の雑踏で、それは美佐子の左のふくらはぎをかすめてすれ違い、一瞬のうちに人の群れに呑み込まれていった。灰褐色の毛をした、中型の秋田犬ほどの大きさの動物。普通なら犬と見まごうはずで、現に近くを歩いていたサラリーマンの三人連れは、「おっ、野良犬か、めずらしいな、こんなところに」と声を上げた。

しかしそれは犬などではなかった。

透明な飴色《あめいろ》の目とピンと立った大きな耳、そしてほっそりした顔。振り返ったとき、それは人混みの中を驚く程の速さで駆け抜けようとしていた。

太く大きな尻尾がほぼ水平になびき、四本の脚は目に見えない一本の細いリボンの上を渡るように、見事なばかりの直線歩行を見せていた。犬では決してありえないフットワークだった。

見てはならないものを見た。とっさに美佐子はきびすを返して、その後を追っていた。

歩道を駆け出すと、帰宅を急ぐサラリーマン、買物をするＯＬ、そして同伴出勤してくるピンヒールの女性たちとぶつかりそうになった。よろめき、肩を接した人々に忙《せわ》しなく謝りながら、美佐子は走る。四十も半ばに達した体は、あの動物のように、しなやかに敏捷に人々の間を泳ぎ抜けることはできない。

コヨーテ。

交換留学生としてアメリカに渡った折、フィールドワークで目にした光景は、今でも脳裏に鮮やかだ。ロサンゼルスからバスで十一時間も行った砂漠。そこにある大学からさらにジープで四時間も走ったところにある先住民の居留地でのことだった。「民族言語とイメージ」というのが、たしかあの講座のテーマだっただろうか。夢のあった時代だった。輝かしく過ぎ去った一瞬だった。もう二十年も前のことになる。

砂漠の中の、特に生産力に乏しい不毛の地だけを選んで不定形に囲ったような居留地のゴミ捨て場にそれはいた。くず籠に首を突っ込み、中からとうもろこしの芯のようなものを引っ張り出してくわえたまま、美佐子を一瞥した。瞳が沈みゆく夕日を溶かし込んで金色に透けて見えた。

それは確かに犬ではなかった。ゴミを漁りながらも、さもしさはなく、凍り付くばかりの孤独と獣の誇りを見せて、砂の上に長い影を引いて立っていた。そして一瞬後には美佐子の脇をかすめて、一陣の風のように砂の上を走り去っていった。

そう、コヨーテは北アメリカの平原に棲む。ときおり何を間違えたのか、町に出てきてゴミを漁り、子供を襲うこともある……。

けれども、銀座の夕暮の雑踏に、出没するはずはない。いるはずのないものが現われ、それが人混みに消えた後も、美佐子は追い続けた。気がつくとすでに銀座を通り越し、新橋まで来ていた。

晩秋の日はとうに暮れている。

コヨーテどころではなかった。

まもなく儀式が始まるところだったのだ。無意味な儀式が。

「係長を送るんですから、いいところにしましょうよ」と若いキャリアが美佐子の歓送会場に決めた店は、銀座にあるフランス料理店だった。

別に私のためじゃない、と美佐子はつぶやいていた。レストランでの一次会が終わった後、若いキャリアやアルバイトの女性たちからの二次会の誘いをやんわりと断り、あとはみなさんで、と一万円札をそっと渡して消えるのが、中年のノンキャリアのたしなみというものだ。役所というフィールドの中で、棲み分けは厳然としている。

官庁に入ったのは、女性が一生働くにはここしかない、と思ったからだ。ノンキャリアであることなどさほど深刻に考えてはいなかった。その中で、与えられた仕事を着実にこなし、一つ一つ夢を失っていった。

銀座の人通りやネオンは今や途絶え、あたりは殺風景なオフィスビルの谷間に排気ガスが淀んでいるだけだ。コヨーテはいなかった。

見間違いだったかもしれないと思った。

コヨーテは、狼でも狐でも、ディンゴでも、もちろん犬でもない。あえて言えば、狼と狐の中間的なフォルムを持った動物と言えようか。だから姿だけ見れば、雑種の犬に似ていなくもない。しかし犬にあの四肢を交差させるような直線歩行はできない。

歓送会の開始時刻から五分が過ぎた。五分の遅刻は、美佐子の役人生活にはありえないことだった。二十二年間、配属された部署の机の前に、少なくとも十五分前には座っていた。霞が関にいたときも、名古屋の事務所にいたときも、そして地方の出先機関に飛ばされたときも、遅刻したことはない。面倒を見たキャリア組の若者を地方の自治体に送り出す壮行会でさえ、遅れたことはない。

しかし自分のための、自分が到着しなければ始まらないはずの歓送会に、美佐子は開始時刻を五分過ぎてもまだ行かず、コヨーテを追っていた。

目を上げると少し離れたビルの壁の液晶パネルに文字が流れている。そしてその前に人だかりができていた。口々に何やら騒いでいるところを見ると、西武の優勝か、それともオウムの信者でも捕まったのか？

文字が一転して日本列島の地図が大きく映し出された。季節はずれの大型台風でもくるのだろうか。

一瞥して通り過ぎ、新橋駅前に出た。殺風景なロータリーに、コヨーテの姿はない。

空車のタクシーが急発進してどこかに走っていく。人々が駅に殺到している。首を傾げてその様を見ている美佐子の脇をパトカーが猛スピードで走り去る。

歓送会の開始時刻から十五分が過ぎた。これから銀座に戻れば、二十五分の遅れだ。もう戻れないと諦めた。

そのときロータリー中央にある階段を、あの動物が軽やかな足取りで駆け上がっていくのが見えた。灰褐色の背中の毛が排気ガス臭い風にそよいでいる。太い尻尾がバランスを取るように左右に振れる。美佐子は、弾かれたように走り出す。階段を昇ると息が切れる。やがて無人電車の乗り場に出た。

コヨーテはいなかった。美佐子は切符を買い、ホームに駆け上がる。

発車寸前の電車に飛び乗ると同時にドアが閉まった。車輌の端から端まで見渡したが、灰褐色の毛並みはどこにもない。にもかかわらず、そこにははっきりと獣の匂いが残っていた。つんとくるような刺激臭。脂と尿と獲物の血の入り交じった匂いは、犬のものではない。馬でも牛でも山羊でもない。飼い慣らされることを毅然として拒否する獣の匂い。それに美佐子は切なく熱い胸のたぎりを覚えた。座席のひとつに腰かけ、外の闇に目を凝らす。無人電車は、カーブし緩やかに起伏した軌道上を滑るように進んでいく。

時計を見ると、六時四十分を回っていた。

レストランではもう料理が運ばれてきたことだろう。幹事は時計を見て、軽く舌打ちして宴会の開始を告げ、主賓がいないまま、シャンペンで乾杯が行なわれ、宴会が始まる。自分がいてもいなくても、会は和《なご》やかに進行していく。だれも不自由はしない。

しかし仕事の場面でだけは自分が必要とされる。誇らしさよりは、虚しさを感じる。

窓の向こうにあるのは、埋立地に囲まれた暗い海だ。ガラスの漆黒の面に自分の姿が映っている。

ツイードのスーツに、七宝《しっぽう》のペンダント、お揃いの七宝のイヤリング。この日のために装った精一杯のおしゃれ。ただし髪にまでは手が回らなかった。グレーのショートカットと言えば聞こえがいいが、カラーリングにもパーマにも無縁の髪。仕事の合間にビルの地下に入っている理髪店に行って切ってもらった。

初めて白髪を見つけたのは、転勤先の名古屋でのことだ。格別暑かったその年の夏がようやく終わろうとする頃だっただろうか。

すでに女の盛りは過ぎたのだとそのとき実感した。

安い給料をもらいながら、月二百時間を超える残業と持ち帰り仕事を抱えて、二十代はあっけなく終わっていた。結婚を意識しないということはなかったが、始発で家に戻り仮眠してまた出勤するといった生活では、恋に傾けるエネルギーなど、どこにも残らない。

三十代に入って、係長昇格の条件として出されたのが名古屋転勤だった。

慣れない土地での神経をすり減らす生活と白髪の代わりに、本省に戻った美佐子は係長のポストを与えられ、その二年後には再び地方の事務所に飛ばされ、去年、霞が関に戻ってきた。

名古屋時代に初めて発見した白髪は、新たな赴任地を与えられた今、頭全体を灰色に変えている。

法案の提出や予算編成のために膨大な資料を作るのは毎年のことだが、今年はさらに多忙だった。ある事件が起きて、書類を検察に押収されることになったのだ。その前に仕事に使う書類八千枚をコピーしなければならなくなり、美佐子たちは丸二日間、コピー機にはりついた。

一言で言えばキャリアの尻拭いで、それが転勤をひかえた美佐子の最後の仕事となった。そう言えば、十年ほど前、大臣のスキャンダルのもみ消しに若いキャリアとともに奔走したこともあった。それでもノンキャリアの出世は課長補佐どまり。結婚も人生のあらゆる楽しみもあきらめて打ち込むほどの仕事ではない、と気づいた時は四十になっていた。

だから家を買うことに最後の夢をかけた。せめて自分の勤め人としての人生を、形として残すために。

この九月、霞が関と直結する地下鉄路線につながる私鉄の沿線にマンションができた。女性の単身者にぴったり、とうたった地上二十四階のツインタワーのセキュリティは万全で、狭いながらも使い勝手は良さそうだった。南側の窓からは、遠く丹沢の山並みまでが見渡せる。

迷った挙げ句に、美佐子はそこを買い、直後に青森への転勤辞令が下りた。

電車はレインボーブリッジにかかった。軽い頭痛と耳鳴りが始まり、美佐子はピルケースから薬を取り出し、水なしで飲んだ。飲みすぎているのはわかっている。しかし書類作成中に頭がぼうっとなってミスでもしたら取り返しがつかない。会議中や業者を相手にしているときに震えがきたら信用にかかわる。

「更年期障害なんていうのはね、病気じゃないんだから、気の持ちようで乗り切れるものですよ。昔、女の人が何人も子供を産んで育てた頃は、問題にもされなかったんですよ。今みたいに便利じゃなかったから、忙しくてそれどころじゃなかったからね。あなたみたいに子供を産んだことがなくて、ずっと独身でいると、症状を強く自覚することが多いんだよね」

医者はそう言った。男の医者だった。

それから漢方に民間療法に自然食品、いろいろなものを試した。どくだみ茶、コラーゲン、よもぎ、テープ療法なんてものも試みた。どれも宣伝ほどの効果はなかった。

干しサボテンだけが効いた。行きつけの漢方薬屋で買ったもので、煎じて冷蔵庫に入れておき、毎日さかずき一杯ずつ飲む。初めは、これもだめだった。三日続けたが効果はなく、四日目にばかばかしくなって、残りの煎じ汁全部といつもの錠剤を三粒飲んだらどういうわけか効いた。一年ぶりくらいにぐっすり眠って、翌日は耳鳴りもほてりもなくなった。理由もなく心が弾み、高揚した気分になって、仕事にリズムが出てきた。しかしその翌日はぐったりと体中から力がぬけた。発汗とのぼせもひどい。

そこでまた飲んだ。サボテンだけでも、錠剤だけでもだめで、両方一緒に飲むと気分は急に壮快になる。そうするうちに量は少しずつ増えていった。増やさないと効かない。錠剤は普通の鎮痛剤だからいいが、サボテンは百グラム二千円もする。もう少し安いのはないの？　と尋ねると、色黒の顔に口ひげを生やしたうさん臭い店主は首を振った。

体の病気にも心の病気にも効く優れた薬だ。これでも安すぎる、と。ただし飲みすぎはいけない。このサボテンはあの世とこの世の間、あっちの宇宙とこっちの宇宙の間を隔てている壁に、穴を空けてしまう恐れがあるんだ。

人をくったことを、と美佐子は舌打ちした。私の心にはとうに穴が空いている。いくつもいくつも空いて、寒いったらありゃしない。この上、財布にまで穴を空けられてたまるか。そう悪態をついて、店を出た。

しかし今、ここにサボテンはないから、頭がぼうっとしてきても、飲めるのは鎮痛剤だけだ。五錠も飲んだら少し頭がすっきりした。

時刻はまもなく七時。歓送会無断欠席、これが二十二年の役所生活の中でたった一度の抵抗になるかもしれない。

そのとき窓の外の暗い海がうねったような気がした。墜落感をともなっためまいを感じた直後に、電車は大きく一つ揺れて止まった。

車内は意外なほど静かだ。騒ぐ客もいない。一呼吸おいて、海の向こうに見える都心の灯りが夏の花火のように砕け散り、空一面が輝いた。真昼のような青空ではない。磨き上げた銀の盆のように真っ白に輝いたのだ。すべては一瞬のことだった。

どのくらい時間が経っただろう。人工の光がところどころ瞬《またた》く埋立地を電車は蛇行しながら進んでいく。奇妙な音を立てて停まった電車のドアが開き、再び閉じる寸前、美佐子はプラットホームの階段を下りていく獣の太い尾の先端を見た。

慌てて席を立ち、閉まりかけたドアをこじ開けるようにしてホームに下りる。

「発車間際の駆け込みは、大変に危険です」という間の抜けたアナウンスを背に、美佐子は階段を駆け下りた。

無人の駅だ。駅員だけでなく、乗降客もいない。

外に出ると、整地されただけのだだっ広い土地が広がっていた。脇には作りかけのビルの土台らしきものが、錆びた鉄筋を直立させて放置されている。建材をおおったビニールシートが、木枯らしにぱたぱたと翻《ひるがえ》り、美佐子は上着の襟を立てる。

廃墟の町のようだ。いや、作りかけて放置された町か……。

街灯らしいものもないが、全体がぼんやりと明るい。雲が低く垂れこめ、淡く顔を出した月の光が空一面に鈍く反射しているのだ。

黎明《れいめい》を思わせるその光の中をコヨーテが走っていた。どこまでも平坦な大地に道らしきものはない。建物もない。そこここに月見草が丈高く茂っている。とはいっても、花の時期はとうに過ぎ、細長く枯れた種子とおぼしきものを付けているだけだ。そしてやはり枯れて褐色に縮れたセイタカアワダチソウが生い茂る。

埋め立てたきり開発しそこねた海の残骸のような土地をコヨーテは走る。頭を下げ、小刻みに四本の脚を動かし、止まることも急ぐこともなく、細いリボンの上を渡るようにどこまでも真っ直ぐに走る。

美佐子はその姿を追う。五分ほどで息が切れ、ローヒールの足首も痛み始め、崩れるようにその場にうずくまった。両手を膝に置き、しばらくの間荒い息をついていた。

やがて顔を上げたとき、コヨーテは視野から消えていた。雲間の月に照らされた夜の大地があるきり、駅もその前にあった建設途中のビルも、何もない。

すべてが幻だった……。

ふと目を上げ、自分が長い影の中にいることに気づいた。二本の影が乾いた大地の上に伸び、その一方が美佐子を呑み込んでいる。

雲は取り払われ月が輝いていた。

美佐子は小さな呻き声を上げ、何度も瞬きした。

いつのまにか、我が家の前に帰ってきている。いや、我が家ではない。我が家になりそこなったところ、最近買ったマンションが目の前に出現していた。しかしあのツインタワーが、ここ臨海副都心にあるはずはない。あれは霞が関に地下鉄で直結した東京北端の町にあるはずだ。

あるいは自分は、一旦、新橋からあの埋立地に行き、どこかで記憶を失って、ここにやってきたのか。

ひょっとすると、新橋から思いなおして歓送会の会場に行き、遅れたことを平謝りに謝り、その後二次会、三次会に付き合い、泥酔して自宅にたどりついたのかもしれない。いずれにせよ、記憶がなくなるほど泥酔したことは以前にはない。これは歳のせいか、それとも薬のせいなのか？

それにしても、やってきたのが現在寝起きしている高円寺の安アパートではなく、このマンションというところに、諦めるに諦めきれない自分の思いをあらためて知らされる。

ため息をついて美佐子は振り返った。

コヨーテから始まった幻覚はまだ続いているらしい。マンションの前にあるはずの道路はない。歩道橋も公園も、公園脇にある地下鉄出口も、そして道路を隔てた向こうに広がる中層の団地も、何もない。平らな土の上に、茶色に縮れたセイタカアワダチソウと種ばかりになった月見草が、冷たい風に揺れているばかりだ。ツイードの目の粗い生地を通し、寒さが皮膚に染み入ってくる。

美佐子は両手に息を吹き掛けながら、建物の中に入った。

磨かれた黒みかげ石の玄関ホールには、郵便受けが並んでいる。郵便受けの脇にインターホンがついており、エレベーターホールと玄関の間は、透明なガラス戸で仕切られている。美佐子はポケットを探った。冷たい手触りがあったが、それは高円寺のアパートの鍵だった。ガラス戸は、インターホンによって部屋の主に来訪を告げるか、部屋の鍵を差し込むかしなければ開かない。このマンションの誇るセキュリティシステムの一つだ。

ぼんやりと、郵便受けの２２０９という表示を眺める。二十二階の美佐子の部屋の番号だ。数字だけで名前は入っていない。この先数年は、入ることがないだろう。

そのとき滑らかな音がして、ガラス戸が開いた。住民が出てきたのかもしれないとそちらを見るが、人影はない。

寒気に追われるように美佐子は中に入り、二基あるエレベーターの一つに乗り、これといった意図もなく、二十二階のボタンを押していた。エレベーターはゆっくり上昇し、目的階で止まった。

タワーの中心部を通ったエレベーターを取り囲むように廊下と部屋が並んでいる。

表札のない２２０９号室の前まで来て、美佐子はノブを摑んでみた。金属の冷たさが、手のひらに伝わってくるだけで、当然のことながらドアは開かなかった。

廊下に立っていてもしかたないので、高円寺のアパートに戻ろうとエレベーターホールに向かい歩き出す。ふと違和感を覚えた。それが何に起因するのか、わからないままエレベーターに乗った。

１Ｆのボタンを押そうとして気づいた。ボタンがない。ドアの脇にはつるりとした壁があるだけだ。ボタンの上にカバープレートでも被せてあるのか、と手のひらで触れてみるが、それらしきものはない。

ぽかんと口を開いていると、網入りガラスを透かしてエレベーターが下降し始めるのが見えた。コンクリートの内壁と外のフロアの光景が交互に現われ、やがてエレベーターは止まり、ドアが開いた。逃れるように外に出る。さすがにボタンのないエレベーターにこれ以上乗っている気はしない。

エレベーターホールで階数を確認しようとしたが、それらしい表示はなく、いったい自分がどこにいるのかわからない。エントランスがないところを見ると、一階でないことだけは確かだ。デパートでもなし、懇切丁寧な案内板はいらないにしても、このわかりにくさはどうだろう。我ながらずいぶん妙なところを買ってしまったものだ、と美佐子は舌打ちした。

手がかりを求めて廊下を歩いていると、先程、二十二階で感じた違和感の正体がわかった。タワーの北側にある非常階段の扉脇にあるはずの小さな窓がないのだ。まるで壁に塗りこめられてしまったように、それは消えていた。すると急に外の景色を見たくなった。皮膚の下がざわつくような不安を覚えた。

来るときの埋立地の風景も、コヨーテの姿も、もう消えているはずだ。玄関を出れば、正面は広い道路になっている。それをまたいで、歩道橋が公園を横切り、真っ直ぐ駅ビルに続いている。駅ビルの二階にあるカフェテリアのピンクのネオンサインが、窓から見えるはずだ。それを確かめたい。

しかし窓がみつからないまま、いつの間にかエレベーターホールに戻っていた。廊下を一周していたらしい。

無人のケージがゆっくりと降りてきた。乗り込む前に、美佐子は中に首をつっこんで確認した。ちゃんとボタンはあった。それでは先程乗ったのはどういうエレベーターだったのかと、首を傾げながら乗り込み、1Fのボタンを押す。

エレベーターは二、三階分下降し止まった。ドアが開いたきりロックしたように、動かない。

まだ一階に着いてはいないはずだ。いったん降りて、向かい側にあるエレベーターの下りボタンを押したが、点灯しない。

故障かもしれない。

非常階段で下りるしかない。

廊下を回り込むと、不動産屋に案内された折の記憶どおり、非常口の緑色の扉があった。開けると、中は薄暗い照明がついている。しかし階段を下りることはできない。手摺りと壁の間には有刺鉄線が張ってあるからだ。いったい何のためのものなのかわからない。非常時以外立入禁止というなら、ロープで充分のはずだ。なぜ有刺鉄線などという大げさな物で封鎖するのか。

爆破か何かで、階段が途中で崩れたのだろうか。有刺鉄線の間からうかがうと、階段の中程までが、蛍光灯の青白い光に照らし出されているきり、その先は闇に沈んでいる。

ドアを閉め、美佐子は再びエレベーターホールに戻ろうとした。しかしみつからない。とにかく一周すれば着くはずだと、歩いてみたが、何周してもフロアのどこかにあったはずのその場所にたどりつかない。

何かがおかしい。いや、何もかもがおかしい。振り返るとめまいを感じた。廊下が微妙に歪んでいる。中央に立てば真っ直ぐに見通せるはずの廊下正面のドアがずれている上に、床面に微妙な傾斜が生じていた。

建物全体がねじれている。

真四角の角を切り落としたような形の八角形のタワー、その中心部をエレベーターが貫き、単身者用の、狭いが機能的な部屋が整然と配置されている。自分が買ったのは、そういうマンションだ。こんな複雑な建物を買った覚えはない。

かぶりを振って、美佐子は視線を足元に落とした。ローヒールの爪先に傷がつき、ストッキングの足首に、伝線が一本入っている。ここに来る前に、銀座で見たとおりの紛れもない自分の足だ。スーツに触れてみると、ツイードのちくちくとした感触が指先に伝わってきた。

これは現実の自分の身体だ。実在感がないのは、「ここ」という空間の方だ。不確かなのが、自分を取り巻く環境なのか、自分の意識なのか判断するのは難しい。とりあえず、自分の意識を疑うよりも、正常な「場」に脱出する方が先だ。

どこかに公衆電話でもないかと探したが、雑居ビルではないのでそれらしいものは見あたらない。

ふと時計を見て、首を傾げた。七時五分。電車を降りて一時間もさまよったような気がするが、五分しか経ってない。いや、途中で酔って記憶が途切れているとすれば、翌朝の七時五分かもしれない。廊下に外光は差し込まないので、確認はできない。あるいは単純に時計が狂っているのか。そう言えばここ二年以上、電池を取り替えてない。

とにかくここから出て、今が本当に何時なのかを知り、高円寺のアパートに戻り、着替え、そして……出勤しなければならない。

自分の使っていたファイルを整理し、後任の者に渡し、それから転勤だ。

一つのドアの前でためらいながら、インターホンを押した。

「はい……」

警戒感をあらわにして、女の声が答えた。それでも人の肉声が聞けたことに、美佐子はほっとした。

「あの、すみません。ちょっと教えてほしいんですが」

「迷ってしまって出られないんですが。エレベーターはどこにあるんですか？」

「……」

インターホンはぷつりと切れた。あたりまえだ。部屋の鍵がなければ入れないマンションの建物に、住人以外の人間が入ってきた。それだけでも気分が悪いのに、「迷ってしまって出られない」などと言われたら、だれだって切りたくなるだろう。

もう一度、インターホンを押したが、もうだれも出なかった。

あきらめて他の家のインターホンを押す。受話器を上げた音がするが、相手は何も言わない。

「すみません……」

「いりません」

いきなり遮られた。

「いえ、違うんです。すみません、エレベーターの位置がわからなくて、出られないんです」

「ばかじゃないの」という非難とも独り言とも言えない言葉を残し、インターホンは切られた。

喉が渇いた。急に足が痛み始めた。いったいいつまでこうしていればいいのか。渇きや痛みを感じるということは、やはりこれは現実だ。

再び廊下を歩き始める。

数歩もいかないうちに頭がぼうっとしてきて、その場に座り込んで薬を飲んでいた。

しばらく経つと、薬が効いてきたのか、思考力が戻ってくるような気がした。

そのとき気づいた。確かここに来る途中の電車の中で飲んだのが五錠、今飲んだのが三錠。足して八錠。職場を出るときに洗面所で飲んだような気もする。ピルケースには五錠しか入れてないはずだ。入れたくても、直径三センチ足らずの銀のケースにはそれ以上入らないのだ。

いったいいつの間に、自分は錠剤を足したのか、それともケースの底から鎮痛剤が湧いてくるのか？

立ち上がって廊下を歩き始める。二、三メートルも行かないうちにすぐに曲がり角があり、その先にエレベーターホールがあった。

待っていたかのようにエレベーターのドアが開いた。慌てて乗り込み、美佐子は小さく声を上げた。隅の方に人がいた。幽霊、妖怪の類ではない。アタッシェケースを抱えた、スーツ姿の若い男だ。ここに入ってから初めて見る人の姿だった。

疲れた様子でぐったりと壁に寄り掛かっていた男は、美佐子の姿を見ると、急に居住まいを正した。

「ここのマンションの人ですか？」

はい、と答えるべきか、いいえと答えるべきか迷った。確かに自分はここの二十二階の部屋を買った。しかし自分の買ったタワーはこんなややこしいところではない。

「たぶん……そうだと思うんですが、そうではないかもしれない。迷ってしまいまして」

「あっ」とその男も声を上げた。

「自分も迷ってしまいまして。なんだか変ですよね、ここ」

「はあ」

「ここから出られなくなって、何日も経つような気がするんです。気がするっていうのは、何せ外が見えないでしょう、今が昼なのか、夜なのか……会社に報告しておかなけりゃならないんですが、携帯は圏外になってて使えないし、公衆電話はないし。住人は『まにあってます』の一言で、話も聞いてくれないから、どうやって外に出たらいいのか、わからない」

泣きそうな声で、男は訴える。

「じゃ、あなたは、どうしてここに?」

美佐子は尋ねた。

「実は、自分は……」

男は名刺を取り出そうとするように、胸ポケットを探った。

そのときエレベーターのドアが開いた。

黒のみかげ石の床が見える。一階だ。

「ありがとう。やっと出られる」と美佐子は素早く足を踏み出す。

「ところが、そうもいかないんだよね」

若い男は、無力な笑みを浮かべた。

先程のエントランスに美佐子は立った。

正面にガラス戸があって、その向こうには郵便受けと、外に出るためのオーク材のドアがある。

しかしガラス戸が開かない。外から内へは鍵がなければ開かないが、内から外に出るときはステップに立っただけで開くはずのドアが、押しても引いてもびくともしない。

舌打ちして、男を振り返った。そのとき美佐子は、ここの雰囲気が入ってきたときよりも寒々しいのに気づいた。原因はすぐにわかった。白熱球が蛍光灯に変わっていた。いったいいつの間にだれが取り替えたのか。

「何度もここまでは来てるんですよね、でも開かないんっすよ」そこまで言って、男はふらふらとエントランスの脇にある郵便物取り出し口の狭い通路に入っていった。そこに段ボールが敷いてある。

「疲れたら横になるんですよ。いつまでいるのか知らないけど」

「なんでこんなところで？」

男は黙って開いている郵便受けに片手をつっこみ、外側についた細長い蓋を指先で持ち上げて見せた。

「ほら、外の空気があるんですよ。こうすれば指先に感じることができるでしょう」

「ところで、あなたはなぜここに入り込んでしまったわけ？」

軽い苛だちを覚えながら尋ねた。

「入り込んだって、仕事だからですよ。自分は就職して二年目なんですが、ノルマ厳しいんっす、うちの会社。それで課長に、契約がとれるまで、絶対社に戻ってくるなって言われて」

そこまで言って男は、「あっ」と声を上げて、いきなりアタッシェケースを開いた。

「あの、今、時間ありますよね」

「あるわけじゃないけど、どうしようもないわよね」と美佐子はため息をついた。

「アンケートに答えてくれませんか」

「え……」

「この三年の間に海外旅行とか、してる？」

男は突然砕けた口調になった。

「ぜんぜん」

「したいと思わない？」

「ええ。まあ」

「場所はどこ？」

「アリゾナ」

「アリゾナと言えば、ええと、北米大陸ね」

と男は調査用紙に何か書き込む。

「費用と日数はどれくらいならOK？」

他にもいくつか質問した後、男は明るく軽い口調で、言った。

「それで、今、僕たちYPC、ヤングペガサスクラブでは新会員をつのってるんだけど、一緒に旅行とかしない？　年会費たったの七千円でたとえば、ゴールドコーストに七万でいけちゃったりするんだ。ファックスとか、持ってるよね。おトクな情報をじゃんじゃん流すから。このくらいで驚かないで。実は友達を紹介してくれれば、たとえば、彼と二人で入ればそれが五万円になるんだ」

「ばか……」と美佐子は白髪頭を振った。

「友達でいいんだよ。たとえば会員を五人紹介してくれれば、君の分はただになったりするわけ」

「一生、ここをさまよってなさい」

男を置いて、エレベーターホールに戻った。

そのときエレベーターの脇に扉があるのに気づいた。ドアを叩いてみたが、応答はない。ノブに手をかけると抵抗もなく鉄の扉は向こう側に開いた。

悪臭がして、思わず片手で鼻を覆った。リノリウムの細い通路が延びていて、その先に扉がもう一つある。その先が何なのか、すぐに判断がついた。このマンションには、ゴミが道に飛び散り、野良犬やカラスが荒らすようなゴミ置場はない。管理の行き届いたゴミ置場が内部に作られているのだ。

そしてそこには清掃車が出入りできる入り口が外部と直接つながっているはずだ。

美佐子はドアを開けた。ゴミのにおいはさらにひどく、内部は暗かった。壁際にある電灯のスイッチを手で探る。不意にガサリ、と音がした。だれかがいる。暗やみでゴミを漁っている者がいる。目を凝らしたとき、光るものが二つ現われた。

目だ。緑に光る目が、美佐子の方を見ている。指にスイッチが触れて、内部は蛍光灯のまばゆい光に満たされた。

コンクリートの棚に重ねられたビニール袋、床に直接置かれたビンや缶、紙袋に無造作につっこまれた雑誌と新聞。そんなものの向こうにあれがいた。

灰褐色の毛に包まれた獣が、破れたビニール袋の中身から顔を上げ、さほど関心もない様子で、美佐子を見ていた。

「こんなところにいたの」

美佐子はそちらの方にゆっくりと近づいていった。

自分がここにはまり込んだのは、こいつのせいだった、と美佐子は遠い昔のことのように、銀座通りの光景を思い出した。この動物に導かれ、歓送会をすっぽかして、ここまで来てしまった。いや、歓送会から逃げるきっかけをコヨーテが作ってくれたのかもしれない。

怪訝な表情を浮かべたコヨーテは、小さく尻尾を揺らした。それからその揺れはゆったりと大きく、知らない者に対し攻撃の意図がないことを示す礼儀正しいものに変わった。先程の若い男は礼儀を知らず、ゴミを漁るコヨーテには礼儀があった。

美佐子はその肩に手を伸ばした。飴色の目が、知性を帯びたおちついた光をたたえて、しずかに美佐子を見上げていた。

美佐子はそれの脇を擦り抜け、ゴミ置場の端まで行った。シャッターが下りていて、そばの壁のスイッチに「開」「閉」と書いてある。「開」を押す。シャッターがゆっくり動き始める。外は夜明けなのだろうか。青白い光が差し込んできた。背後でのそりと獣が立ち上がり、爪の音を響かせて隣にやってきた。

しかしシャッターが二十センチほど上がったところで気づいた。向こうにコンクリートの壁のようなものがある。ゴミ運搬車の車止めか何かだろう。シャッターはなおも上がっていく。それは車止めではなかった。入り口いっぱいに築かれた壁だ。そして薄明の正体がわかった。コンクリート壁に張りついた蛍光灯だった。ちょうど都市の地下通路にある広告か、ビルの谷間にある飲み屋の飾り窓のような仕掛けのものだ。

いったいだれが、こんなものを作ったのだろう。

膝の裏に、ふわふわとした物が触れた。獣が体を寄せていた。美佐子を見上げる目に、同情の色がある。美佐子はその場にしゃがみこみ、それの首に両手を巻き付けた。

「どうしたんだろうね、いったい」

つぶやいて大きな頭に頬ずりをすると、それは控え目な仕草で美佐子の顔をなめた。その動物の頬に美佐子は触れた。荒く太い毛を掻き分けるようにそっと口元の皮膚をまくり上げて、思わず後ずさった。

犬の物でも、猫の物でもない、長く鋭い牙がそこにあった。コヨーテ、草原狼の名前にふさわしい牙だった。

コヨーテは、うるさそうに首を振って、美佐子の手から逃れる。そしてゴミ置場の出口のドアの方に行く。美佐子は慌ててその後を追う。

エレベーターホールに駆けていったコヨーテは、ちょうど開いていたエレベーターに乗った。美佐子がそれを追って乗ったとたんドアは閉まり、ケージは上昇し始めた。

やがてそれはどこか上層階で止まった。

エレベーターを下りたコヨーテはゆっくりした足取りで、美佐子の前を歩いていく。どこへ行こうとしているのかわからない。彼もまた出口を探しているのだろうか。廊下を曲がって、美佐子は立ち止まった。若い女がいた。制服姿の女子高校生だったが、眉の細い顔は四十女のように老けている。いや、実際に四十の女が、コスチュームプレイをしているだけかもしれない。関わり合いにならずに通り過ぎようとしたとき、「おばさん」と女が呼び掛けてきた。

「はあ?」と美佐子は立ち止まる。前を行くコヨーテも歩調を緩めた。

「窓、ないですか?　ここ」

「さあ、ないみたいね。前に来たときには、あったんだけど」

「これじゃ飛び降りれないよね」

女は口を尖らせ、「せっかく来たのに……」と足元に唾を吐いた。

「あんた、いつからここにいるの?」

さまよった挙げ句に、外に出られずついに窓から逃げようとしているのかもしれない。

「さっき」と億劫そうに女は答え、視線を逸らした。

「なんか、面白いこともなんもないし、このタワーから飛び降りたら、どうなるのかな、とか思って。親、泣くかもしんないけど」

「ああ、そう。がんばって」と言い残し、美佐子はコヨーテの後を追う。

コヨーテは小走りに廊下を行く。フロアを一周したように見えたが、同じところに制服姿の細眉の女はいなかった。目的を達成したのか、それとも別のところに行ったのかわからない。

コヨーテはやがてドアの一つの前で止まった。

ノブに手をかけると開いた。正面にあるのは、真っ直ぐなリノリウムの廊下だった。隣のタワーに空中でつながる廊下でもあったかしらと首を傾げる間もなく、コヨーテは走っていく。確信を込めた走り方だ。いよいよ脱出口がみつかったのか、と美佐子も追う。

やがて廊下はもう一つの扉に突き当たり、それを開けると曲がりくねった狭い通路になっていた。出口らしきものも窓もない。

そこで美佐子は動けなくなった。爪先も足首も膝も、どこもかしこも痛かった。空腹感から胃も痛み出した。しゃがみこみ、バッグを開ける。ピルケースと文庫本と手帳の下から、のどあめが出てきた。たばこの煙が部屋中に充満する役所の打ち合わせでは必需品だが、この場で腹の足しにはならない。コヨーテの姿はもうない。

このままここで自分は干涸びるのだ、と美佐子は思った。せっかく買ったマンションの部屋にはとうとう入れなかった。しかし青森に行くこともないし、歓送会で酒をつがれることもない。

時計は七時十二分を指している。名古屋の地下街で三千二百円で買った時計だ。八年も使っていれば狂ってもしかたない。

それにしても職場の人々はどうしたのだろう。霞が関の方は後任が決まっているからいいとして、青森事務所はしばらくの間、一人減員になる。

靴を脱いでその場に足を投げ出すと、足裏がにおった。ああ、やだ、とかぶりを振った。頭は白髪、足は臭い、関節は痛い、小さな字は見えない。たった一人で歳を取る……。

両手で頭を抱えて目を閉じたそのとき、温かく生臭い息を首筋に感じた。

コヨーテが戻ってきた。

その首に、美佐子は抱きついた。ざらついた毛並は温かく、ゴミのにおいが染みついていた。

自分に抱きついた人間に対して、格別な好意も拒否も示さず、コヨーテはされるままになっている。ふと足元に転がっているものに気づいた。フライドチキンだ。

「私に？」

コヨーテはあらぬ方を向いている。

「悪いけど、遠慮するわ。あなた、食べなさい」

骨の部分を持って、獣の口元に持っていくが、コヨーテは鼻面でそれを美佐子の方に押しつけてくる。美佐子はひどく気まずい気分になった。

相手の真心を裏切ったような、罪悪感に似たものを感じ、口に運ぶふりをした。しかしコヨーテは美佐子の動作を、深い色の瞳でじっとみつめている。そのまま口元から離すわけにはいかず、吐き気を覚えながら、美佐子はその肉に歯を立てた。冷えきっていたが、肉は腐ってはいなかった。香辛料と下味がきいていて、美味でさえあった。

コヨーテの視線はなお、美佐子の口元から離れない。

「わかったよ、わかった……。食べますよ、全部。後で絶対、下痢するわ」

飴色の目は、美佐子がその残飯とおぼしき一切れを咀嚼し、飲み込むのを静かに見守っていた。

食べおわると体が温かくなってきた。何か急に楽天的な気分になった。先程までの焦りも絶望感も自己嫌悪も腹が減っていたからなのだろう。

コヨーテは再びどこかに向かって歩き出し、元気を取り戻した美佐子がその後を追う。

そのとき廊下にまた人影が現われた。ぶよぶよと青白く太った若い女だ。そしてその女の前の部屋の扉は開いていた。

美佐子は素早く女のところに近づいた。

「あのすみません。ここから出たいんですけど」

「そこ、エレベーター」と女は右側を指差した。

「いえ、それが、一階に出てもガラス戸が開かなくて」

「知らない……そんなの」

美佐子は、とっさに開いたドアから、内部を見る。

手前に六畳の和室が見えた。甘ったるい体臭の漂ってきそうな部屋だ。ピンクのカーペット、籐の座椅子、テーブル、籐の引き出し、テーブルの上のティッシュの箱、ありとあらゆる物の上に、様々な色合いの、様々な材質の手作りとおぼしきカバーがかかっている。それらを照らし出しているのは、太陽の光だった。紛れもない昼間の光だ。

とっさに美佐子は言った。

「電話、貸してください。どうしても今すぐ、不動産屋さんに連絡を取りたいので。出られないんですよ、ここから」

女は後退《あとじさ》りするように、玄関の中に入った。

「うち、電話ないんです。あたし、電話、嫌いだから」

美佐子の鼻先で、ドアが閉められ、鍵のかかる音がした。

気がつくとコヨーテは、早く来い、と言わんばかりにこちらを振り向き、地団駄を踏んでいた。

美佐子がそちらに行きかけると、コヨーテは廊下を走り始めた。

いくつかの曲がり角を抜け、細い通路を抜け、美佐子はコヨーテを追って走る。

何か楽しい気分になってきた。

銀座から追ってきたコヨーテ、憧れの獣に導かれるようにここに来たのだ。それと一緒に走っているのが、そう悪い状態ではないように思えてきた。餌も分けてもらったことだし、飽きるまでここにいればいい。外に出たところで本州の北にある事務所で、代わりばえしない仕事を続けるだけなのだ。

やがて正面にガラスのドアが見えた。コヨーテが立ち止まる。追い付いた美佐子が観音開きのドアを開ける。暖かく湿った、カルキ臭い空気が淀んでいた。

プールだ。ごく小さな室内プールが、青いタイルの張られた部屋の中央にある。

このタワーにフィットネスクラブなどついていたっけ、と首をひねる間もなく、コヨーテはそろそろと水に入ると、泳ぎ始めた。何の目的があるという風でもなく、悠々と端まで行き、上がると体を振るって水気を切る。

プールサイドに小さな漆の葉に似た足跡をつけて、更衣室に入っていくのを美佐子は追う。更衣室を抜けたところは、トレーニングルームだ。いったい何年間、放置されているのだろう。床はざらつき、ベンチプレスのラバー部分がぼろぼろになり、エアロバイクのペダルは錆付いている。そうした器械類を飛び越え、コヨーテは走っていく。

そのときドアが開いた。さきほど別れた営業マンが現われた。

「あれ、おばさん、犬と散歩？」

ぽかんとした顔で尋ねた。

「あなたは？」

「歩き回ってるんですよ。契約、取れないから」

「さっき、ここの住人に会ったわ、その前は自殺志願のセーラー服の子」

男は笑った。

「ああ、あの連中ね。彼らも出られないみたいですよ。もっともあの部屋の前に立っている人は出たくても出られないんじゃなくて、出たくないだけなんだけど」

男はコヨーテの頭を無造作に撫でた。コヨーテは小さく唸り声を上げた。

「この建物は生きていて、自在に形を変えるんだ」

断定的な口調で営業マンは言った。

「自由に形を変えるっていうのは、当たってるかもしれないけど、ビルが生きてるっていうのは……」と美佐子は肩をすくめた。

「いや、生きてます。どうしてだか知らないけど、ビル自体が生きてて、目的を持っているんだ。人を閉じこめるっていう」

「まさか」

「目的意識というより義務感を持って人を閉じこめているのかもしれない。なぜかって、ここの住民は、ここから出て行きたくないから。僕がいくら扉を叩いても、助けを求めても『まにあってます』の一言だし。だれも外の世界とは関わり合いになりたくないんだ。だからこのビルは彼らを閉じこめて養ってる。究極のインテリジェントビルだ」

「私は、養われてなんかいないけど」

「そう、自分みたいに営業で入ってきたり、飛び降り自殺のために入ってきた人間は、このビルにとっては外界からの侵入者だ。当然養ってはくれない」

「私は、ここの住人なのよ。たまたま今、鍵を持ってないだけで」

「それは不運でしたね」

「つまり生きているビルが、私たちを閉じこめて、干乾《ひぼ》しになるまでさまよわせるって言いたいの？」

美佐子はコヨーテの首筋を撫でながら、低い声で言った。

「冗談じゃないわよ。私はここを買ったのよ。こつこつ貯めた一千万を頭金に二十年ローンを組んで、自分の物にしたのよ。たとえ一部分にしたって、主人は私の方なんだから」

ふと思い当たって、美佐子は男に尋ねた。

「あなたから見て、この建物の造りはどんな風になってるの？」

男は怪訝な顔をした。

「だから、私にとってはタワーになってるのよ。ツインタワーの一つ。八角形の真ん中にエレベーターが通っていて、周りを部屋が取り巻いてるの。北側に非常口」

「ほんと？」と男は瞬きした。

「自分には東西に長くて、日照権の関係で五階から上は部屋数が少なくなってる八階建ての……」

やっぱりね、と美佐子はうなずいた。

変幻自在に形を変えるこのビルは、この男にとっては、別の形をしていた。あの飛び降り志願の女にとっても、足元でおとなしくうずくまっているコヨーテにとっても、おそらく自分が見ているものとは異なる空間なのだ。

考えてみればこの世で起きている現象は、その情報を受信し再統合している脳により、一人一人、いや動物の一匹一匹に至るまで別々の様相を呈しているはずだ。同一の対象だからと言って、同じように認知していると考える方がおかしい。だれもが違う認知世界に生きていると思えば、結局のところ、自分たちは建物ではなく、自分を取り巻く世界に閉じこめられたということになる。

「あのね……」

美佐子はその場に座り込み、男を見上げた。「あたしはこんなビルに閉じこめられる前に、役人人生に閉じこめられちゃったのよ」

「はあ」と男は、怪訝な表情をした。

美佐子はコヨーテの首に腕を回した。コヨーテは飴色の目でどこか遠くを見ていた。たとえ別々の意識世界に生きているとしても、手の中の毛皮の感覚だけは確固たる現実感を保《も》ってこの動物とつながっていることを感じさせる。

「行こうか」

美佐子はコヨーテに囁き立ち上がる。

永遠に出口にたどりつかないビルの上下東西南北の三次元空間を、この獣と二人で歩き続けるのも運命かもしれない。そのことを美佐子はもはや悲観してはいない。自分の役人人生にしても同じようなものだ。廊下を歩き、エレベーターに乗り、疲れて動けなくなるまで出口を探して歩いてきただけだ。

しかし今、少なくとも孤独ではない。関節がすり減るまで歩き続け、疲れたら温かな毛並に顔を寄せて眠ることができる。そして、やがて干涸びていく。それでいい。

いったい何日間、歩いただろうか。あの後、もう一度玄関ホールで営業マンに会った。目蓋《まぶた》が落ち込み、肩のあたりが痩せて、ひどく憔悴した様子だった。

空腹だし、どこか柔らかい床の上で眠りたいが、マンションの住人にいくらインターホンで訴えても、出口を教えてはくれないし、もちろん中にも入れてくれない。セールスマンはそう言って泣き出しそうな顔をした。

美佐子の方は、コヨーテがときおり運んでくる残飯を分けてもらい、コヨーテに寄りそって暖を取りながら眠る。相変わらず時間の流れは遅い。まだ八時二十分だ。

営業マンの時計も美佐子のものと同じ時刻を示しており、自分の時計が狂っているわけではないことがわかった。どうやらここでは、流れる時間の単位が違うらしい。

少し前から、コヨーテの様子が変わったのが気になる。裏声に似た高い声で遠吠えし、落ち着かないそぶりでうろうろと歩き回っている。不意に走り出すかと思えば立ち止まる。それを数回繰り返し、美佐子が追い掛けるのも疲れた頃、何やら哀しげな目で美佐子を見つめ小さく鳴く。

何度かそんなことを繰り返した後のことだった。直線の廊下をコヨーテが走った。もともとそんな長い廊下がここにあったのか、それともコヨーテが走るから廊下が延びるのか、立ち止まったコヨーテにようやく追い付いたとき、廊下の脇に一枚の鉄の扉が現れた。それに前足をついて立ち上がって、コヨーテはさかんにひっかくような動作をした。

「開けろって言うの？」

美佐子は躊躇《ちゅうちょ》しながら、ノブに手をかけた。妙な予感があった。

扉を細く開ける。何のことはない。最初に見たあの非常階段だ。あの時同様、うっすらとした電気がともっていて、有刺鉄線でさえぎられた階段は暗かった。コヨーテは有刺鉄線のところまでくると、鋭い声で一声鳴いた。

「どうしたの？」

美佐子が尋ねると、それは飴色の目で美佐子を見上げた。痛切な表情に見えた。しかしそれは犬のような甘えと親しみを含んだ、人に助けを求めるものではない。悲しい知性と身震いするほどに冷えた孤独の影が見えた。

尻尾を下げて、コヨーテは有刺鉄線の前を行ったり来たりする。

美佐子ははっとした。

ここが、脱出口かもしれない。だから塞いであったのではないだろうか。

出てどうするのだ？　と美佐子は思った。

出たところで自分は以前と変わらぬ役人生活を送る。しかも本州の北の端の地で。そしてコヨーテは先住民居留地でゴミを漁る。それでも出たいというのか？

コヨーテは鋭く鳴いた。荒野を吹き渡る風を思わせる声だった。

促されるように、美佐子は有刺鉄線の端を探した。それは柵の下の部分にしっかり留めつけてある。

バッグの肩紐を本体から外す。その留め金の頑丈な金具を鉄線にひっかけて、ゆっくり引っ張る。小さく端を跳ね上げ、鉄線は外れた。皮膚を傷つけないようにつまみ、そっと指先に力を込めて下の一段目を外す。とたんにコヨーテは身を屈め、背中を刺《とげ》にひっかかれながらくぐり抜け、あっという間に闇の中に消えた。

「待って」

美佐子は有刺鉄線に手をかけ、力任せにそれを曲げた。手のひらに鋭い痛みが走ったがかまわず穴を広げる。それから四十を過ぎ固くなった体を二つに折って屈み込んだ。

頭と背中を、鉄の刺にひっかかれ、上着が破れた。美佐子は有刺鉄線の下をかろうじて通り抜け、暗い階段を手探りで下りる。

目を凝らすと暗がりに青白く光る二つの目が現れた。振り返ってこちらを見ている。

コヨーテは吠えた。裏声の長い遠吠えだ。

目が慣れてくると天井の辺りがうっすら明るい。踊り場に窓があって淡い光が差し込んでいる。

月だ、とわかった。月明かりの冷たい青……。窓は意外なくらい低い位置にあるのに足元は暗い。しかし天井部分だけが明るい。さらに一段下りて、美佐子は息を呑んだ。

奇妙な景色だった。

月が出ている。青白い半月だ。夜空は広い。上も前方も、そして下にも広がっていて、月は遥か下方で輝いている。まるで透明な水を湛えた深い泉の底に沈んでいるようだ。

コヨーテは一際、甲高く吠えた。

美佐子が振り返ったとき、コヨーテは立ち上がり、小さく体を震わせたところだった。

「だめ」と美佐子は叫んだ。

「行っちゃだめ」

しかしコヨーテは美佐子を見なかった。

犬のように、美佐子の方をうかがいはしなかった。

すがすがしく孤独な姿で立ち上がり、月を真っ直ぐに見下ろし、四肢を踏ん張った。

「だめ」

次の瞬間、コヨーテは、その窓の向こうに向かって跳躍した。

一瞬のうちに、美佐子の両手は空になった。胸に大きな穴が開いた。何かが破裂した後のようだ。寂しさの爆弾のようなものが……。

コヨーテの頭がガラスに激突し、乾いた音とともに透明な破片が降ってくる。次の瞬間、美佐子はガラスのなくなった窓に頭から突っ込んでいった。

体が浮いた。体中の毛穴が一斉に粟立つような落下の感覚と同時に、外界の空気を全身で感じた。

視野の中の月が迫ってくる。目の前をコヨーテが月に向かって落ちていく。

美佐子は腕を一杯に伸ばした。手元からバッグが離れ、大きく開いた口からまず定期券が、ポーチが、手帳が、ピルケースが、最後に出勤簿に押すための印鑑がこぼれて、ゆっくり後方に上って行った。美佐子の体とコヨーテだけが落下していく。

数秒後に、バッグを取り落とした美佐子の片手は、何かに触れた。ざらついた毛の密生する太く長い尻尾。

必死の思いで摑んだ。生きものの体の持つ独特の温かさが、有刺鉄線で傷ついた手のひらに伝わってくる。

美佐子は、コヨーテとつながった。つながったまま、どこまでも月に向かって落ちていく。

背後で一斉に、窓の開く音がした。マンションに養われ、マンションに飼われている人々の無数のため息が、木枯らしのように降ってきた。

青白く眩しい光輝を放って、月は今、視野いっぱいに広がっている。


十八時五十八分、核融合炉を搭載した軍事衛星が都心部に墜落。大気との摩擦により本体の大部分は燃えつき、地上にはわずかな破片が落下するのみという関係者の予測に反し、ほぼ完全な形で首都を直撃した。

衝撃で丸の内のビル群はすべて崩れ落ち、半径四キロ以内の可燃物は一斉に発火。死亡者数、不明。二十三区内に生存者のいる確率は極めて低い。

歓送会はとうにお開きになった。しかし美佐子はコヨーテとともに落ち続ける。

緋の襦袢

いろいろな歳の取り方があるものだ、と大場元子はため息をついた。

大牟田《おおむた》マサは先ほどからうつむいたまま、ただでさえ細い肩をすぼめている。

「世間の風というのは、冷たいものでございますね。わたくしたちの若い頃、男はみんな戦争にとられたのですよ。苦しい時代を女一人で生きるのは、決して楽なものではございませんでした。けれどこうしてみなさん豊かになったときに、なぜわたくしのような者が、犬猫のように寒空に放り出されるんでございましょうね」

マサはそこまで言うと、布袋からハンカチを取り出し、鼻に当てた。

元子は複雑な思いでうなずいていた。

この仕事をしていて「自業自得」、ましてや「因果応報」などという言葉は絶対に口にしてはならない。それがケースワーカーの基本的心得なのだ。彼女たちは社会的弱者であり、彼女たちが人間らしい生活をできるように必要なサービスを提供するのが元子たちの仕事である。

大牟田マサの地肌の見えるような白髪頭は、あるときヘアピースを使ってふわりと結い上げられる。そして入念な化粧がほどこされると、落ち窪んだ目に狡猾《こうかつ》な光を湛《たた》えたマサの顔は、微笑《ほほえ》んだ目元の皺《しわ》さえ上品な老婦人に一変する。そのとき彼女は、某国務大臣の異母妹「神宮寺綾子」であったり、某私立大学学長の愛人「梅崎聡子」であったりするのだ。

そうして今、この福祉事務所のカウンターに現われた彼女は、穿《は》き古した化繊のスカートにグレーとも紫ともつかぬブラウス、毛玉だらけのアクリルのカーディガン、という姿で、戸籍上の「大牟田マサ」を名乗っている。

それにしても、若い頃から五十間際まで、結婚詐欺《さぎ》を働いて奪った金はともかくとして、六十を過ぎてから罪もない人々から騙《だま》しとった金、裏口入学をさせてやるとか、息子の刑事起訴を取り消してやる、とかいう名目で手にした莫大な金は、いったいどこへ消えたのだろうか。

悪銭身につかず、とはよく言ったものだ。

服役して四年前に戻ってきたマサに年金はほとんどなく、生活保護を受けながら市内の木賃アパートで暮らしていた。しかしこの日、マサに言わせれば、すこぶる理不尽な方法で、その四畳半一間と台所だけのアパートから追い出されたのである。

買物から帰り家に入ろうとしたら、家財道具が全部放り出され、玄関のドアが釘づけにされていた、という。

元子はすでに大家に事実を確認し、次のアパートが見つかるまでの間だけでも、なんとか置いてくれるように頼んだのだが、はねつけられた。

マサには追い出されるだけの理由が十分にあった。家賃滞納だけではない。同じ棟の一階にある大家の家に入りびたり、半ば惚《ぼ》けた大家の母親に向かい「亡くなった息子があの世で迷っている」などと言っては、その年金を掠《かす》め取っていたほか、同じアパートの住人への寸借詐欺を繰り返していた。

警察に突き出されないだけありがたいと思え、と大家は言った。

季節は、十一月だ。いくら札付きの詐欺師とはいえ、身寄りのない七十二歳の老女を寒空に放り出すわけにはいかない。まずは新しい住まいを確保しなければならない。

しかしそう簡単には見つからないだろうということは、元子にも察しがつく。

家探しなどというのは、本来、本人がやることでケースワーカーの仕事ではない。しかしマサは自分で家探しをする気は毛頭ない。どこかないでしょうか、と元子を頼ってくる。

普通なら自分で家探しもできないくらいの高齢で弱っている場合、だれか身内に探してもらう。その身内もいないときに老人ホームを紹介するのが原則だ。しかしマサは「わたくし、まだ目も頭もしっかりしておりますでしょう、人様の間でわずらわしい思いはしないで暮らしたいのでございますよ」と言うのだから、しかたない。

元子はいくつか不動産屋を当たってみたが、案の定、大牟田マサの入れるような物件はどこにもない。

生活保護世帯の場合、借りられる家賃の上限は、この市では四万七千円である。しかしバブルの時代に、市内では古い木賃アパートがつぎつぎに取り壊され、マンションに建てかえられたため、安い賃貸住宅は現在ほとんど残っていないのだ。

それでも細かく当たれば何件かはあったが、借り手が一人住まいの老人となると大家は二の足を踏む。断らないにしても、保証人が必要で、その保証人に年齢や職業などについての厳しい条件がつく。身寄りがないうえ、大牟田マサのような人生を送ってきてしまうと、保証人を見つけることがまた難しい。

だから追い出されるような真似はしなければいいのだ、と元子は思わず愚痴《ぐち》りたくなるのを堪《こら》える。

物件がすぐに見つかりそうにはないので、マサにはとりあえず市内の女性専用の一時救護施設に入ってもらうことにした。そのことを告げたとたん、マサは不満そうな顔をした。

「都営住宅や市営住宅は空《あ》いてないの？」と、少し棘《とげ》のある口調になった。

「一杯です。それにあれは間取りの関係から単身世帯が入れないの」と答えると、「あたしたちのような、一人住まいの年寄りこそ、優先してもらっていいんじゃないの」と、先ほどのおっとりした口調が、なじるような調子に変わった。元子はいささかむっとしたが、「とにかく、今夜はそこに泊まって、明日になったら大牟田さんも自分で不動産屋さんを回ってね。目も頭もしっかりしてるんだったら」と答える。

「あたしなんか行ったたって、貸してくれないんですもの。昨日から神経痛が痛み出して、こんな寒いときに出歩くと、またひどくなるんですよ。あたしのような者にとっては、大場さんだけが頼りなんだから」とマサは、今度は上目遣いで擦り寄ってくる。

　彼女の担当になって二年、いつもこんな調子で元子は振り回されていた。

　マサが荷物を抱えて、救護施設に送られていったその数時間後、家賃一万、敷金なし、というアパートが見つかったという電話がかかってきた。情報を寄せたのは、元子の受け持っている地域の民生委員だ。市のはずれ、私鉄駅から歩いてわずか四分のところにある物件だそうだ。

　家賃の額から、倒壊寸前の木造アパートであろうと想像できた。しかしそれにしても敷金なし、とはどういうことだろう。

「もう、半年になりますよ、そのマンションに『空き部屋、家賃一万、敷金なし』って札がかかってから。扱っている不動産屋はわからないですけど。なんなら一度行ってみたらいかがです？」

民生委員は、道順を丹念に教えてくれた。マンションというのは冗談だろうが、たしかに足を運んでみる価値はある。

仕事が一区切りついた午後遅く、元子は言われたところに向かった。ちょうど同じ方向に用事のあった相談係の山口みゆきが、公用車を出してくれることになったのだ。

ハンドルを握ったみゆきは、「なんで大場さんが、年取った女詐欺師の代わりに、アパート探しをしなきゃならないんですか」と口を尖《とが》らせる。みゆきに言わせると、元子の仕事のやり方はなんでも自分で抱えこみすぎる。本来の仕事以外のことを親切心でやってやるのもいいが、公務のけじめがなくなるのは問題ではないか、と言う。

「でもねえ、相手は年寄りだし、彼女がいきなり行ったら門前払いされるのはわかってるしねえ」と元子は口ごもる。みゆきは呆《あき》れたように、助手席の元子を横目で一瞥《いちべつ》し、それきり何も言わなかった。

短い晩秋の日は暮れ始め、低く雲のたれ込めた空から、氷雨が降ってきた。公用車のヒーターの利きは悪く、シートからじわりと冷たさが腰に伝わってくる。

「戦争とか高度成長とか、変わっていく時代に薙《な》ぎ倒された人たちがいるのよ。私だってもうすぐ四十。独り者だし、やがて年を取ったときに、彼女と同じ立場になるかもしれない」

ぽつりと元子は言った。

「違いますよ」

みゆきは憤然として、片手でダッシュボードの上の雑巾をつかむと荒々しくフロントガラスを拭う。

「少なくとも、私たちは自分で働いて自分の生活をみてるじゃないですか。でも、大牟田さんが許せないのはね、オンナを売り物にして、生きてきたって点なんです」

「女を売り物かあ……」

元子は苦笑した。たしかにそうだった。その犯罪的行為の割には、マサの前科は少ない。それは女を売り物にしてきたからだ。結婚詐欺などという刑法上の犯罪はないし、そんなことを始める前、マサは三十代の半ばまで、あちらこちらの男たちをたらしこんでは、生活上の面倒をみさせてきた。そのことについては、たとえ彼らが破産しようと家庭が崩壊しようと、それは犯罪でも何でもない。

そしてマサが入学金詐欺やら金融詐欺やら、本当の犯罪に手を染めたのは、五十を過ぎ、女で勝負できなくなってきてからだ。それでもたいていは、自分よりも十、二十年上の男をターゲットにして、半ば色仕掛けで行なった犯罪だった。

五年前、拘置所に面会に行った元子の前任者に向かい、マサが「六十ババアったってね、あんた、帯をシュルシュルッと解《と》いて、赤襦袢《じゆばん》姿になれば、言うこときかない男なんていないってことさね」とうそぶいたことは、福祉事務所で知らない者はない。

いよいよ赤襦袢の威力も落ちてきた最近では、マサは霊感詐欺とでもいうべきものを始めた。

「あなたの死んだ息子が成仏《じょうぶつ》できずに苦しんでいる」「あなたが病気なのは、先妻の子供が祟《たた》っているからだ」などと言って、悩みをかかえた人々から金をせしめるのだ。巫女《みこ》のふりをしている、と見れば、これも形を変えて女を売り物にしていることになる。

私鉄の駅を越えたあたりから、厚い雲に閉ざされた空は、日暮れ前とは思えない暗さになった。

「あれだ」

みゆきがブレーキを踏んだ。

正面に緑色のネオンがぼんやりついている。雨に滲《にじ》んだ文字は「蘭」と読める。めざすアパートはそのスナックの向かいだ。

車のスピードを落とし、ゆっくり進む。しかしそんなアパートなどどこにもない。あの民生委員の記憶違いか、と次の角まで行き引き返す。そのときみゆきが、あっと声を上げた。

白っぽい壁の四階建ての鉄筋アパート、というよりはマンションがある。その壁に貼紙はあった。「入居者募集中。月一万。敷金なし」と。

「駐車場の話じゃないの？」

「別の物件かもよ」

車を下りて、そばまで行く。目を凝らしてもそれしか書いていない。降りしきる氷雨を避けて、玄関の階段を上がる。高級マンションではないが、どう見ても月一万の家賃で入居できるところではない。

「これが本当なら、私、家を出て自分で入りたいな」

実家で両親と住んでいるみゆきが、エントランスの天井を見上げた。掃除が行き届いていないのか、どことなく荒れた感じがするが、建物自体はまだ十分新しい。

元子は管理人室のインターホンを鳴らした。二、三秒置いて「どなた？」と女の声がした。

「あの、表の入居者募集の貼紙を見たんですが」

元子が言うと、鎖をかけたドアの隙間《すきま》から中年女の顔が覗いた。元子は、一万円の内容について確認する。見たとおりだった。家賃月一万円、敷金なしの部屋が、この建物内にあるのだ。三階の西端の部屋だと言う。間取りは２ＬＤＫ。ますますわからない。

中を見せてくれと頼むと、女は夫が出かけているので案内できない、と答えた。ご主人の戻られるのは？　と尋ねると、一時間後だ、と言う。時計を見る。まもなく四時半になる。そんなに遅くまではいられない。定刻までに職場に戻り、公用車を返さなければならないからだ。

「お話は後でお聞きするとして、部屋を見るだけ、なんとか今、お願いできませんか？」

「でも……主人がいないと」

ドアのチェーンが外された。「お願いします」と元子はもう一度頭を下げる。

眉根に皺《しわ》を寄せたまま、女はサンダルを履いて出てきた。手に鍵を持ち、先に立って案内する。

「ずいぶん家賃が安いようですが」と元子は尋ねる。

「そうですか」

女は無愛想な顔で、足を進めるだけだ。

エレベーターを下りて、開放式の廊下を歩いていく。みゆきは左右の扉に鋭い視線を投げかける。こういう場合、一番ありそうなケースは、同じ階に暴力団事務所があることだ。しかし見たところ、それらしい部屋はない。各家の扉近くにあるのは自転車や新聞束の類だけだ。もっともこの頃では、一目でそれとわかるような事務所は少なくなってきているから油断はできないが。

突き当たりまで来て鍵を開ける。管理人の妻はドアを押さえたまま、「それじゃあたしは、帰りますから」と中も見ずに言った。

「あ、待って」

「帰るときはそのままドアを閉めて、管理人室にもう一度来てください」

言い終わらぬうちに、もう小走りに戻っていく。

よほど手が離せない用事でもあるのか、と二人は顔を見合わせて中に入り、後ろ手にドアを閉める。

「悪くないじゃないですか」

玄関に入ったとたん、みゆきが言った。

「なんでこれが一万なのかしら」

元子は上がり込んで首を傾《かし》げる。

玄関を入るとすぐに廊下。左側が洗面所とバス、トイレ。右が洋間、その向こうがキッチン、突き当たりがリビング。脇が和室。電気は止めてあるので、内部はほの暗い。鉛色の空がリビングの窓から見える。角部屋なので西側にも窓があり、ここからも暮れかけた淡い光が入って、がらんどうの内部を照らす。キッチンに西日が当たるという、住居としては決定的な欠点はあるが、それが家賃一万円というディスカウントの理由にはならない。

みゆきは玄関へ戻り、靴を持ってきてベランダに出た。手すりから身を乗り出し、四方を見る。元子も、裸足のまま爪先《つまさき》立ちで後に続く。

まわりには、昼間からカーテンを閉め切った怪しげな部屋などはない。

隣は子供が走り回っているし、下のベランダには三輪車が置いてある。剣呑《けんのん》な雰囲気は全くない。

ベランダから中に入ると、外気の明るさに目が慣れたせいか、室内は先ほどよりいっそう暗く感じられた。

そのとき洋間からだれかが出てきて、廊下をふっと横切り、洗面所に入っていくのが見えた。

「管理人さん……？」

元子は言った。

「見た？」

「たしかに」とみゆきがうなずく。

元子は廊下まで行って、洗面所を覗きこむ。ドアは開いている。先ほど閉めたつもりだったのだが……。暗い内部にある鏡に、廊下のおぼろげな光が反射しているばかりだ。

後ろに控えていた、みゆきの顔が強《こわ》ばった。

「あの……大場さん、もしかして……この一万円って」

「まさか」

元子はちょっと微笑んだ。みゆきの顔色は蒼白に変わっている。

「気のせいでしょう、でも事故住宅の可能性はあるわ」

再び、居間に戻る。インターホンの隣に電話機がある。

「前の住人が置いていっちゃったのね」と受話器を何気なく取り上げる。

「つながってるはずないですよ」とみゆきが言う。たしかに耳に当てても何の音もしない。

「それより早く出ましょうよ」

みゆきに急《せ》かされ、かちゃりと受話器を置いた次の瞬間、何か不思議な気配を背筋に感じた。二人同時に振り返った。何もない。おぼろげな影があるだけだ。形も色も感触も何もない。気配だ。目を凝らす。みゆきががたがたと震え始めた。

「やめて」と目をきつく閉じて、金切り声を上げて元子にしがみついてくる。

「だめなんです、こういうのだけは。だめなんです」

ほの暗い中に、何かひどく違和感のあるものがあった。その原因は、数秒後にわかった。壁のフックだ。前の住人が取り付け、そのままにして出ていったとおぼしき、プラスティックのフックが三つ、たしか先ほどは西側、キッチンの方にあった。しかし今、それはちょうど反対側の壁、東側に移動している。そして西側の壁には、何もない。跡すらない。

元子の呼吸が止まった。元子の腕にぶらさがったまま、みゆきはいつもの強気はどこへやら、震える鼻息を吹きかけ、小さな悲鳴を上げ続けていた。

「なんでもないわ、さあ、出ましょう」

自分自身を励ますように元子は言い、足をもつれさせたみゆきを引きずり、玄関に向かう。開いたままの洗面所の扉を、中を見ないようにして、右手で乱暴に閉じる。

玄関のドアに手をかけたとたん、足がすくんだ。電話が鳴っている。二度、三度。たしか通じていないはずではないのか？

そして四回目でぴたりと止まると、今度は人の声が流れだした。

「ただ今留守にしております。御用の方は……」

艶《つや》っぽく嗄《しゃが》れた中年女性の声。

みゆきが両手で耳を押さえて雄叫《おたけ》びに似た声を上げ、その場に蹲《うずくま》った。元子は片手でみゆきの腕を引っつかみ、もう一方の手で玄関のドアを開ける。しかしみゆきの体が邪魔になって、ドアから出られない。

「お願い、立って。退《ど》いて」

元子が叫ぶとみゆきは震えながら立ち上がり、わずかに開いたドアの隙間から転がり出た。そのままエレベーターまでつっ走る。みゆきは裸足だ。靴はベランダに置きっぱなしになっている。もちろん取りに行く勇気などない。

一階に下り、助けを求めるように管理人室のインターホンを押した。

「先ほどの者ですが」と歯の根も合わないまま言うと、スピーカーから「はい、わかりました」と声が聞こえてきただけで、今度はドアも開けてくれなかった。

帰りは元子が運転を代わった。みゆきは助手席で鳥肌立った手首を見せて、自分の両腕を抱えている。

「恐いものなしの山口さんが……」と元子が言いかけると、「だれだって、一つくらい弱点はありますよ」とみゆきは涙で潤んだ目をてのひらでこすった。

「暴力団の事務所は、なかったわね」

「ヤクザなんか、へでもないです。でもあれ……あれだけは、私だめなんです」

みゆきは奥歯をかちかちと鳴らした。

事務所に戻ったときは、五時を回っていたが、冬期加算の算定の時期で、まだ半数ほどの職員が残っていた。

「どうだった？」

保護係長が、禿頭《はげ》をボールペンの軸で掻《か》きながら尋ねた。

「だめです、あれは」

バッグとファイルを机に投げ出し、硬い表情で元子は答えた。

「年寄りが住むには、便所が遠すぎるか」

「いえ」

何とも説明しづらい。正直に言ったところで、信じてもらえるはずはない。

「事故住宅……らしいです」

「いいだろ。気分の問題だけだし。どうせ相手は札付きの女詐欺師だ」

「あの」

遠慮がちに元子は注意する。

「服役して罪は贖《あがな》ったのですから、そうした言い方はどんなものでしょう……」

係長は苦笑して肩をすくめた。

相談係の方からみゆきの声がする。係長の赤倉政子を相手に、先ほどの体験を興奮した口調で語っている。

「……そしたら、冷たいものが首筋をサァーッて撫《な》でていって、玄関まで逃げたんですよ。ところが繋《つな》がっていないはずの電話が、トゥルルルッ……」

「どこよ、それ？」

医療券にゴム印を押す手を止めて、赤倉政子は尋ねる。みゆきは詳しい場所を説明する。

「あら、そう」と赤倉は、受話器を取った。

「もしもし、あたし」

駅前で不動産屋を営んでいる夫にかけている。話がすんで受話器を置くと、赤倉は元子に向かって手招きした。そばに行くと、赤倉は声をひそめて言った。

「あんた、あれ、因縁つきの物件じゃないの」

「因縁……」

「入った部屋の世帯主が、半年経《た》たないうちに死ぬって、あの町内じゃ有名なおばけマンションよ」

ひえっ、とみゆきが悲鳴を上げた。先ほどからやりとりを聞いていた同じ相談係の男が、書類から目を上げず鼻先で笑った。

「できたばかりの年に中年の女の人が入ったんですって」

赤倉はさらに一段、声をひそめた。

「家賃を払ってたのは、バッタ屋の社長。金はあっても家庭はなくて、あちこちに女の人を囲ってたらしいんだけど、七十過ぎて残ったのは、長年付き合ったその女だけ」

「じゃあ、あれは、その女の人の幽霊」

みゆきは青ざめた顔を上げる。赤倉政子はかぶりを振った。

「女にしてみれば、三十のときに五十の旦那を持つっていうのは、まだ我慢できるかもしれないけど、それが二十年経って相手が七十になってみれば、何から何まで年寄り臭くて嫌になっちゃったってわけよ。それで逃げ出したらしいわ。そのうち家賃を滞納されるし、何か臭いっていうんで最上階に住んでたオーナーが入ってみると……」

「逃げ出したはずの女が殺されてた？」

元子が尋ねたとたん、みゆきはぶるっと大きく胴ぶるいすると、自分のバッグを抱えて、事務所から飛び出していった。

「死んでたのはじいさんよ」

「自殺？」

「いえ、病死。死後、三週間。ま、栄養失調で痩《や》せてたっていうから、絶望死ってところかしら」

元子は、ため息をついた。

「淋しかったのでしょうね。いくらお金があったって……」

「ところがそれを見つけたオーナーがね、部屋でこんな死に方されたんじゃ、次の入居者がいなくなるっていうんで、その死体をシートに包んで、一階にある可燃ゴミのボックスにつっこんじゃったのよ。それを回収作業員が不審に思って開けたんでばれちゃって、オーナーは死体遺棄で逮捕。マンションは人手に渡ったというわけ。それ以来、あの部屋に入った人が次々に死ぬそうよ」

「可燃ゴミに出した、ですって」

元子は、マンションに現われた何やらわからぬ気配よりも、人間の死に対してそうした感覚しか持てない、生きている人間の心に、背筋の凍りつく思いがした。

いずれにせよ、そんなところに被保護者を入れるわけにはいかない。安くて、住み心地のよさそうなマンションだが、諦めるしかなかった。

その後もアパート探しは続けたが結局、めぼしい物件は見つからず、大牟田マサはしばらくの間、市内の養護老人ホームで過ごすことに決まった。

しかしそれから四日後に苦情が来た。

マサが来てから、施設内のトラブルが絶えないという。男性の老人の間で、喧嘩が頻発し、二日後には、怪我人《けが》が出た。よくある恋の鞘当《さやあ》てである。

なにしろ木綿のパジャマは肌触りが悪いと、マサが寝巻にしているのは緋色の長襦袢だ。トイレも風呂場も共同の老人ホームで、夜になると薄化粧したマサが、そのスタイルで廊下を歩くのだからたまらない。

それぞれに青春を取り戻した男性たちをよそに、女性たちは三日目には、マサがここにいるなら自分たちはここを出る、と職員に談判にやってきた。

彼女たちにとって男たちの様子が不愉快なのは間違いないが、もう少し深刻な問題があった。

マサが入所者に「前世を見てやる」とか、「死んだ家族に会わせてやる」とか言っては、金をせびり取るのだという。

嫌だ、と言って払わない者がいると悪口雑言を浴びせかけ、その者は本当にその夜、うなされたり変なものを見たりする。単なる暗示の効果であろうが、マサがトラブルメーカーになっていて、もう一日たりとも、そこに置いておけない状態であることは間違いなかった。

元子は急いで、老人ホームに行きマサに会った。

ホームの応接室で、部屋に入ってきたその老女を最初に見たとき、元子はそれがとっさにだれなのかわからなかった。薄くなった白髪は金茶色に染められ、襟元に曙色を流した化織のブラウスがよく映えて、顔色は明るい。ベージュ色のプリーツスカートの裾は花びらのように軽やかに波打って、足元はビーズ刺繡《ししゅう》の靴だ。老女なりに、見事なばかりに異性を意識したスタイルをしている。これなら赤襦袢でなくても、男の老人たちの間で喧嘩が頻発するわけである。それにマサのことであるから、おそらく数人にコナをかけたに違いない。

マサは、元子の顔を見ると、またハンカチを取り出し目に当てた。

「それにしても大場さん、ここの人たちはなんてみんな意地悪なんでしょう。家族に捨てられてこんなところに来ると、だれでもこんな風になってしまうんでしょうか。いっそわたくしみたいに天涯孤独な身の上なら、いくら淋しくても、他人様を恨んだりはしないものですけどね」

元子は白けた思いで聞き流す。

「でもね、大牟田さん、人が嫌がることを言ったりする、あなたも悪いのよ」

無意味とわかっていながら、元子は諭す。

「たとえばね、戦争で死んだ息子が、ガダルカナルでまだ苦しんでいるとか、水子の霊がついているとか、旦那さんが成仏できずに悪さしてるとか、そういうことを言って人を苦しめるのだけはやめましょうよ。みんな気が弱くなっているし、それぞれ思い当たる心の傷があるから、そういうことを言われると、本当に辛《つら》いのよ」

「だから、あたしが話をつけてあげたんじゃないの」

がらりと口調を変えて、マサは言った。

「だったらそれでいいでしょう。恩に着せたり、お金がどうとか言っちゃだめ」

「なんだって？」

マサの目が吊り上がった。

「あたしが救ってやって、なんでちょっとしたお礼ももらっちゃいけないのさ、えっ」

「救ったって、何を救ったんですか」

元子も厳しい口調で応戦した。

「人を騙すのも、けっこうです。でも、ここの人たちを騙すのはやめてください。少なくとも、ここにいる以上は」

マサの口が大きく開いた。

「騙すだと!? いつ、だれが騙したんだい。そうさ、だれも信じやしないのさ。あたしにゃたしかに見えるんだ。でもこんなこと言ったって、他人は狂人扱いしやがるんだ。あんたの後ろにいるのだって見えるのさ。あんた独りだろ。結婚できないはずさ」

「まっ」

「兄貴が一人いるだろ」

「いますけど、大牟田さんに何の関係があるんですか」

たしかに元子は兄と二人兄妹だ。

「実は、その間に女の子がいるんだよ。残念ながら、あんたのおっか様は堕《お》ろしちまった。ちょうど亭主の仕事が無くなって、食えなかったからね。亭主にも黙ってそっと隣の産婦人科行ってさ、掻き出しちまったんだよ。嘘だと思うならおっか様に聞いてみな」

元子は顔に、かっと血が上るのを感じた。そんな話は一言だって、母親から聞いていない。しかし自分が生まれる少し前、父親の商売がうまくいかなくなって、ひどい貧乏暮らしをした、ということだけは聞かされている。

そして今、マサは「母が隣の産婦人科で堕胎した」と言ったが、たしかに元子の幼い頃、隣は産婦人科医院だった。

マサは笑い始めた。ピンク色に頬紅をぼかした顔をひくつかせて、げらげらと笑い続ける。もちろん、彼女の話が真実であろうはずはない。しかしもし本当なら、母の苦しみはどれほどのものだっただろう。

元子は椅子を蹴って帰りたかったが、仕事なのでじっと耐える。

「あたしを嘘つきだと、言いやがったんだよ。だれもかれも。で、どうだい、図星だろう。それで大場さんには、その姉さんがついててな、それが今でも、嫁に行かせてくれないんだよ。どうだい、思い当たるだろ。顔に小皺がよって、白髪もちらほらしはじめたその歳になっても、その姉さんが邪魔して男を近づけないんだわ。そりゃそうだろ、たかが一、二年あとにおっか様の腹に入っただけで、そんな良い思いさせてたまるもんかね。あたしの言うこと、間違ってるかい？」

元子は茫然としてマサの唇を見つめていた。言葉と態度が変わっただけならまだわかる。しかし今、こうして悪態をついているマサは、その声質や顔立ちまで変わってしまったように思われた。実はこれが大牟田マサの本性で、必要とあらば哀れっぽくなったり、色っぽくなったり、穏やかになったり、上品になったりして、多くの人間を欺《あざむ》いて生きてきた。

みゆきは、ヤクザは恐くないが幽霊は恐いと言ったが、こうしてみるとやはり生きている人間の方がはるかに恐い。

「お淋しい人生を送られてきたんですね」

元子はそれだけ言うのが、精一杯だった。

「あんたもだよ。これから先も、女一人。あたしみたいになるんだよ、あと三十年もしたら。最近、男ができただろ。いい歳して若い男くわえこんだのはいいけど、いくらがんばってもあんたの姉さんが、そうはさせない。たちまち若い女を見つけて、後ろ足で砂かけて逃げてくよ」

全身から血の気が引いた。マサの言うとおり、十も若いケースワーカーと付き合い始めて、半年になる。

「とにかく、ここでみんなと暮らすのは、無理みたいですね」

元子は、唇を震わせてそう言うと、ファイルを閉じて立ち上がった。

「だから言ってるだろう。苦労して生きてきた年寄り一人、家賃を少し余計に出してやっても、ちゃんとしたところに住まわせてやろう、と考えるのが本筋じゃないのかい」

「ここであなたが暮らすのは、無理だと、わかりました」

元子はもう一度言った。

「住居はあります。前に大牟田さんが住んでいたところより、ずっときれいなところが。民間マンションの鉄筋の2LDK」

マサはちょっと驚いたように、目を見開いた。小さな目に放射状に皺が寄った。そして瞬時にとろけるような愛敬のある顔に戻った。

「それならそうと最初から言ってくれればいいのに、何をもったいつけていたんですよ」

早急に手続きを取るとだけ言い残し、元子は施設を後にした。

先日訪ねた管理人のところに電話をかけ、入居したい旨を伝え書類を揃えるまで、半日もかからなかった。

「いくら腹を立てたからって、大場さんがそういうことする人だとは、思わなかったですよ」

みゆきが非難がましい口調で言った。

「ケースワーカーだって人間よ」

元子は憤然として答え、さっさと手続きを進める。

その日の午後、施設の職員に連れられマンションに行ったマサは、部屋を一目見て気に入ったという。こんなところに住めるなんて、やはり長生きはするものだ、と語り、職員を呆れさせたらしい。

引っ越しをすることによって、担当ケースワーカーが代わり、マサは元子の前からケース記録ごと消えた。しかし元子の心の中では、苛立《いらだ》ちとなんとも言えない後味の悪さが残った。

一つは彼女に向かってマサが言った、生まれ出《い》づることのできなかった姉の話、そしてもう一つは、半ば報復的な意図を持って担当ケースを事故住宅に入れてしまった、という自分の行為に対してだった。

その日、元子は市内の少し離れたところで兄夫婦と暮らしている母に電話をかけて、生まれそこなった姉のことを尋ねた。母親はさほど慌てた様子もなく、たしかに元子の生まれる前に、子供を流したという話をした。大雪の降った朝、玄関先で転んで流産したのだ、という。結果的に隣の産婦人科医院の世話になったことも事実だった。

半分だけ当たっているから、始末が悪いのだ。残りの半分はいくらでも悪意ある解釈ができる。元子はマサの荒廃した心情を思った。いくぶんか同情の気持ちが戻ってきた。

あの施設のトラブルだって、起こしたくて起こしたわけではあるまい。まるで轍《わだち》ができてしまったように、何度も同じ過ちを繰り返してしまうことがあるのだ。その轍からなんとか引っ張り上げてやるのが自分の仕事ではないのか。

どうにも気になって、担当地区の定期訪問の帰りに、軽自動車でそのままマサのいるマンションへ向かったのは、マサが引っ越してから一週間目のことだった。

駅の踏み切りを渡ると、白い建物は目の前だった。日が短くなっているとはいえ、陽はまだ高く空はよく晴れ上がっている。

車から下りた元子は玄関前でちょっと足を止め、あの因縁付きの部屋を見上げた。ベランダが見える。目に飛び込んできたのは、水色の布団カバーだ。間違いない、マサは無事だ。あの部屋にいて、布団を干している。

本当に無事に暮らしているなら、何も告げずに帰ってくればいい。前の住人の件はいずれどこかから知れるだろうが、知らなければ知らないまま暮らしていけばいいことだ。

エレベーターで上がり、インターホンを押すと、ドアが細目に開き、マサが顔を出した。

「おや、まあ。上がってくださいよ」とマサは、やけに愛想よく言った。靴を揃えていると、背後で「おかげさまで、いいところに住めまして」という声が聞こえた。本心なのか、皮肉なのか、よくわからなかったが、次の言葉で後者だとわかった。

「2LDK、因縁付きとはね」

玄関マットの上に立ちすくんだ。

「管理人さんから、お聞きになりましたか」

「だれもそんなこたぁ、しゃべらないさ」

やはり何か起きたらしい。びくつきながら奥のリビングに入る。とたんに壁の真っ赤なものが目に飛び込んできた。

長襦袢だ。今どき時代劇の中でしかお目にかかれないような緋色の長襦袢が、壁に吊してある。そのハンガーのかかっているフックを元子は食い入るように見つめ、次に触れてみた。何も異変はない。あのときと同じ西側にある。

「そこに水枕を吊してあったんだと」

何も尋ねないのに、マサは言った。

「じいさんが熱出してさ、だあれもいなくて、せめて水枕がほしいと思ったんだけど、寝ている方と反対側で手が届かない。それでそのまま死んじまった」

「どこから聞いた話ですか？」

マサはにやりとした。

元子が目の前の深紅の襦袢から目を逸《そ》らすように座ると、マサがお茶をいれてきた。

「本当に長生きはするもんだよ」

やけに声色が明るい。

「何も、起きませんか？」

さえぎるように元子は尋ねた。

「ああ、何もないね」

マサは微笑した。初めて見る、屈託のない自然な笑顔だった。

「こんないい部屋で、いやなジジババの面《つら》を見ないで暮らせる。ねえ、大場さん。恐いのは生きてる人間だねえ、つくづく」

「はあ……」

「死んじまった人間なんか、何が恐いもんかね。あたしゃ正月が来れば数えで七十三だよ。こんないい部屋であっさりいっちまえれば、願ったりかなったりってもんだね。一人でいくより、お迎えがあればありがたいくらいで」

大牟田マサは、そこまで言って笑った。その声にはこの前、施設で聞いたような陰惨な響きはなく、腹の底から愉快そうな高笑いだった。

「噂によると、廊下やエレベーターや、ご近所の道にも出るそうじゃないか。でも、もう大丈夫だよ。じいさんはもう、どこにも迷い出やしない。しょせん、スケベエは歳とっても、死んでもスケベエなのさ。ほれ」と壁の長襦袢を顎《あご》でしゃくる。

「あれを引っ張り出して着て寝たら、すっかり静かになっちまった。生きてる人間と違って、死人は何も悪さなぞしない。寝る前に、コップ一杯水を置いてやって、たまに酒を上げてやって、それで満足してるんだから、安上がりだよ」

元子は振り返った。茶だんすの上に、和紙が敷いてあって、そこにカップ酒と林檎《りんご》と線香が載っている。

元子は座り直し、合掌した。

それからマサの方に向き直り、「お優しいんですね」と口籠《ご》もりながら言った。

「老人ホームだか、救護施設だか知らないが、生きてる人間と一緒に一部屋につっこまれるなんざ、金輪際、ごめんだ。でも死人は静かでいいよ。わがままは言わないし、ばあさんは汚いから嫌だ、とも言わない。ほれ、今だって、そのへんに座ってる」

マサは、ちょっと壁の上方を見上げる。

元子はマサが薄化粧をして、あの真っ赤な長襦袢を着て横座りした姿を思い浮かべた。往年の詐欺師の面目躍如というところか。

孤独なじいさんの霊を騙して、部屋を提供させることなど、海千山千の老女にとっては朝飯前といったところだろう。マサは恵まれた住居と静かすぎる茶飲み友達を得たらしい。

肩の荷が下りた気分で元子は立ち上がり、マサに向かい「担当のケースワーカーが代わったんで、私はもう来ないけど、どうか体に気をつけてね」と告げた。

玄関先まで送ってきたマサは、靴を履いている元子に背後から声をかけた。

「あんたの背中にとりついてた姉さんね、あたしが話をつけといてやったよ」

「えっ」

振り返ると、マサは入れ歯の前歯を見せてにやりと笑った。

「もう悪さはしないとさ。安心して、年下の男と結婚しな」

大きなお世話だわ、と思いながら、元子は「ありがとう」と頭を下げた。

恨み祓い師

目覚めると、空気がひんやりと湿っていた。体の節々が痛んだ。土と腐った板、植込みの周りに繁茂した草々の発する匂いが、古い借家の羽目板の隙間《すきま》から這《は》い上《のぼ》ってくる。雨が降っている。蜘蛛《くも》の糸のように銀色に光りながら音もなく降りしきる雨だった。

梅雨入りか……。

多美代《たみよ》はのろのろと体を起こす。

半ば開けた襖《ふすま》の向こうから、ずるずると茶をすする音がする。

母がすでに起きている。

歳《とし》を取ると朝が早い。

苦笑して布団から出る。

「やれやれ、後生楽だこと、あんたは」

老眼鏡越しの目が拡大され顔の上半分を占領し、妖怪のように見えた。

黄ばみ、やかんの跡のついた、デコラ張りの折畳みテーブルの上に布を載せ、母は繕《つくろ》い物を始めようとしていた。

多美代は厚手の肌着の上に、化繊のブラウスを重ね、ニットのズボンを身につけて台所に立つ。

昨日炊いた飯は、まだ炊飯器に残っている。閉店間際のスーパーマーケットで半額で買った煮物を冷蔵庫から出し、ずいぶん前に試供品でもらったインスタント味噌汁《みそしる》にお湯を注ぐ。

近ごろは何をするのも億劫《おっくう》になった。

すっかり黒ずんだ台布巾《だいぶきん》でテーブルを拭《ふ》き、茶わんとプラスティックトレイに入ったままの煮物を並べる。

母のいれた茶に口をつけると、我知らず、ずるずると母と同じ音を立ててすすっていた。

食欲などまるでないまま、背中を丸めて茶わんを手にする。

「あんたも歳取ったね」

母がぽつりと言う。

自分の歳など忘れた。

もちろん母の歳などとうにわからない。

娘が結婚し、妻となり母になる。やがて子供が所帯を持ち、孫が生まれ祖母となる。人生の節目節目に自分を振り返るとき、人は歳を自覚するものかもしれないが、何もない私には、そんな機会はない、と多美代は思う。

幼いときからずっと、娘だった。娘として初潮を迎え、男に触れられることもなく成熟し、身籠《みご》もることもなく閉経して、なお痛む関節をさすりながら、この先も母の娘であり続ける。

「粗末なものを食べて育って、粗末なものを食べて一生が終わっていく……」

くぐもった声で母は言う。さて、何十年間、聞き続けた繰り言《くりごと》なのだろうか。

口の中がわずらわしいという理由で入歯を外してしまっているので、咀嚼《そしやく》するたびに母の顔はぐしゃりと横につぶれる。

歳を取るのは嫌だ、と心の内でつぶやきながら、多美代も合わない入歯の痛みに小さく舌打ちする。

「麦ばっかりのご飯に、お香々《こうこ》、大根の味噌汁。そんなもの食べて育って、それでも田舎《いなか》じゃ腹いっぱい食べられたけれど、奉公先では赤ん坊の茶わんみたいのに、醤油《しょうゆ》入れて炊いたご飯が、指の先ほど。育ち盛りの腹をすかせた娘がそれだけ食べさせられて、表通りに団子屋があって、そこに大福が置いてあったっけ。食べたいと思いながら、見ていたっけな。朝の四時から叩《たた》き起こされて、夜中までまき割り、掃除、洗濯、子守り。霜焼けで指が割れて、風邪ひいて割れるほど頭が痛くても座らせてももらえない。親が死んでも葬式にさえ帰してもらえなかった」

　老母は言葉を切ってお代わりをする。

　歳は取っても食欲は衰えない。入歯を外したまま、しかし老眼鏡は外さず、口の中いっぱいに頬張《ほおば》った飯を仇《かたき》のように、力をこめてかみつぶす。

「一緒に奉公に出た妹は、ちょっと顔立ちがいいんで、可愛がってもらって、こっそり卵を食べさせてもらったり、そこのうちの娘の赤い着物を着せてもらったりしてた」

　母の妹、すなわち多美代の叔母は、もうずいぶん昔、若くして亡くなっているような気がする。確か結核だったと記憶しているのだが、母は妹が六十過ぎまで生きて、子宮癌《がん》で他界したと言ってゆずらない。歳のせいで記憶があいまいになっているようだ。

　多美代が半分も食べ終えないうちに、母は茶わん二杯の飯を食べ、箸《はし》を置いた。

「十六で嫁にやられて、大姑《おおじゆうと》、小姑がいて、朝早くから田圃《たんぼ》に出て、人が寝静まった後に風呂《ふろ》に入って、大きな腹して鍬《くわ》を持って」

　妊娠中に、飯のお代わりをして姑、小姑に嫌味を言われたこと、初産《ういざん》で死に損なっても、だれも医者を呼んでくれなかったこと……。

　やがて夫が腹膜炎で急死、当時のその地域の習慣に従い、彼女は七つ年下の義弟と再婚した。

「こっちだって好きで結婚したわけじゃない。それなのに、二言目にはババア、ババアと殴る、蹴《け》る。あげくに東京に出て女を作って。そのくせ病気になって戻ってきた後は、こっちに面倒見させて死んだ。ありがとうの言葉もなかったさ。それどころか『北千住《きたせんじゅ》の女を呼んでくれ』と言い残して。人のことなんか、道端のゴミくらいにしか思ってなかったんだ」

それが多美代の父だった。ずいぶん昔に死んだようだが、正確な歳は覚えていない。田舎の病院に運ばれて、薄暗い病室のベッドで息を引き取った。紺の縁のついた白い洗面器いっぱい吐いた血が、裸電球の下で光っていて、恐ろしく、辛《つら》く、悲しかった。

いくつくらいになっていたのだろうか、多美代にとっては陽気で優しい父だった。

母と結婚する前に、将来を言い交わした女がいたが、兄が死んだために生木を引き裂かれるようにして別れ、家を継ぐために母と結婚したのだと教えてくれたのは、母がこの世でだれよりも嫌っていた父方の叔母だった。

「お父さんだけじゃない、あの一族はどいつもこいつも、嫁なんか下女どころかゴミだったんだ」

惚《ぼ》けた舅《しゅうと》、脳溢血《いっけつ》で寝たきりになった姑を看取《みと》ったときにも、感謝の言葉は一言もなかった。それどころか病人の扱いが悪いと、小姑たちにことあるごとにいびられた。

嫁ぎ先の一族への恨みよりももっと深い恨みは、しかし日本という国に対するものかもしれない。いや、日本ではなく、母の認識ではアメリカだ。

東京に嫁いだ多美代の妹は、空襲で死んだ。母を婚家に縛り付ける原因となった、最初の夫との間にできた長男が、そして多美代の父との間にできた次男が、一人は中国に、もう一人はどこかわからない南方に送られ、両親よりも早く死んだ。

跡取り息子が戦死した後、父の妹の息子が婚家に入り、後を継いだが戦後、出稼ぎに行った父が戻ってきて死んでからまもなくして、母は婚家を追い出された。

すでに東京に出て、住み込みで働いていた多美代が、風呂敷包み一つ抱えた母を上野駅に迎えに行ったとき、母の額には大きなあざがあった。

跡取りとして家に入った叔母の息子が、真新しい靴がなくなったのを、母が盗んで金に換えたのだと言いがかりをつけ、殴ったのだという。

「目障りでしかたなかったのさ。身内でもないのが、家にいるのが。だから追い出したくてずっと狙《ねら》ってやがったんだ」

母の口調は熱を帯びる。

それからずっと母一人、娘一人だった。

いったいもう何年になるのか……。赤っぽい灯りに照らされた上野駅の改札で母を迎えたあの日、構内の食堂で向かいあってうどんを食べた日から、もう何年になるのか多美代にもわからない。

仲居として住み込んでいた上野の旅館を辞め、日暮里《にっぽり》のアパートに移ったのは、それからまもなくしてのことだった。仲居やお運びさんといったサービス業を母は嫌った。母は針仕事をし、多美代はミシンを踏み、爪《つめ》に火を灯《とも》すようにして生活し、やがて東京郊外にあるこの借家に引っ越してきた。

六畳と四畳半に風呂までついた一軒家の暮らしは、それまでに比べれば夢のようだった。その前にも後にも、多美代の身近に男が居たことはない。体の上を通り過ぎたことさえない。

大切なのは母だけだった。世間の風は冷たいし、本気で他人のことを思ってくれる者などいない。たった一人の味方が私、と母は幼い頃から多美代に諭《さと》し続けてきた。親類や友達がいなかったわけではない。しかし小さな気持ちの行き違いが生じるたびに、そうした母の言葉を思い出し、しみじみ納得して、多美代の方から静かに離れていった。

東京に出てきた後、婿を世話したいという者も現れたが、多美代はいつも丁重に断った。夫を二人持って苦労したという母の話が身にしみていたし、それ以上に他人である若い女に男を紹介しようという人々の好意めいたものに、何か魂胆があるのではないかという疑わしさや無責任さを感じ、そうした話に乗る気にはなれなかった。

自分からどこかの男と親しくなる機会など、もとよりなかった。言い寄られるのは、自分に隙があるからだと固く信じていた。多美代に限らず、世の娘たちがそう教えられていた時代だった。若い娘らしいところが一つもない、と陰口を叩かれながら、気がついたときには中年を過ぎていた。悔いはなかった。

苦労した母に孝行するのが自分の務めと心得ていたが、どのくらい孝行できたのかはわからない。

幸い、仕事は途切れずにあった。多美代のミシンの仕事はまもなくなったが、和裁に切り替えれば済むことだった。母と二人で町内の夏祭の浴衣《ゆかた》を数十枚縫い上げたこともあった。さらに年金も入るようになって、一月二万円少々の家賃でつましい生活をするにはそれで十分で、自分たちよりも収入のある世間の人々が、生活が苦しいと嘆くのは心がけが悪いからだ、とよく母と話したものだった。

民生委員と称する年配の女がやってきたこともあった。玄関先で母が丁重に追い払った。それからしばらくして、市役所から人がやってきて、ヘルパーを派遣してくれる、と言った。このときも母が見知らぬ人間を家に上げるのは嫌だと断った。

「十《とお》かそこいらで他人の家にやらされた。それから嫁いで、ずっと他人の中で生きてきた。いつも辛い目にあってきた。他人なんか、まっぴらだ」と母は、それからまたひとしきり、ずいぶん昔の、日暮里のアパートにいた頃、なにかと折り合いの悪かった隣人への恨みつらみを語り始める。

食事を終え、痛む指の関節をかばいながら多美代が茶わんを洗い始めると、母は分厚い老眼鏡をかけなおし、針仕事にかかる。

近所のクリーニング屋が持ってくる仕事だ。ボタン付けや、小さなほつれの修繕がほとんどだ。昔のようにかけはぎしてまで傷《いた》んだ服を着る者はいないが、ボタン付けや裾《すそ》かがりのできない主婦が増えたおかげで注文は引きもきらない。

歳のせいでひび割れた母の指に、糸がひっかかる。

「奉公していた頃は、冬になるとあかぎれがたくさんできて、それで縫い物をさせられると、そこに糸が入って飛び上がるように痛かったものだ」

母の話は、再び十二、三の頃に戻っている。

嫁ぎ、出産し、二度目の結婚をし、二人の夫を亡くし、家を追い出され、その後にも苦労はそれなりにつづく。次第に熱を帯び、声が大きくなり、身振り手振りを交え、恨みと呪咀《じゅそ》の言葉は、途切れることもない。

母の人生で幸せなことは何一つなかったように思う。いつも恨み言を口にし、自らの不幸を嘆く。

それを止めようとしたことは、過去に何度かある。しかし口をつぐませると、顔色が悪くなり、吐いたり倒れたりして、そのまま起きてこなくなるので、結局、しゃべらせておくしかない。ただそのエネルギッシュに吐き出される呪咀の言葉を、相づちをうちながら、受けとめるのもそろそろ辛くなってきた。目はかすみ、針に糸は通らず、座っていると膝《ひざ》が痛む。黙って母の言葉を聞いているうちに、心臓が不意に激しく打って、背中と胸が押しつぶされるように苦しくなることもある。かさついた皮膚は痒《かゆ》く、ゴミを出す日を何度聞いても忘れる。少し離れたスーパーマーケットに行って、帰り道がわからなくなることもしばしばある。

とはいえ、スーパーマーケットで渡されたおつりの金額だけは計算できるのだから、決して惚けたわけではないと、多美代は自分に言いきかせる。

いったいどうなっているんだ……。

真由子《まゆこ》は、鼻先で閉められた引き戸の前で表札を確認していた。

島村トメ、多美代と、確かにある。

この敷地内に六軒ある木造の貸家のうち、五軒は空き家になって久しい。取り壊してマンションを建てるという話が持ち上がったのは、十五、六年前、バブル最盛期の頃のことだった。

六軒すべてに人が入っていて、彼らに出てもらうのに両親は頭を痛めていた。

祖父母の時代からの持ち物である貸家には、戦後まもなくから入っている一家が、代替りしながら住んでいた。大家とは二代、三代の付き合いになっている。

しかし立退《たちの》き交渉が難航しているうちに、バブルが弾《はじ》けた。マンションの話は立ち消えになり、少し前に建ち上がった近所のマンションは、ほとんど借り手がなく家賃を当初の予定価格の半額まで引き下げたところもある。

不動産会社に言われるままに、あのとき無理に建てたりしないでよかった。そんなことをその後父母は話していた。

やがて格別交渉するまでもなく、老朽化した2Kの木造貸家からはつぎつぎに人が出ていった。不況とはいえ、こうした家で結婚後も両親と同居する者はおらず、それ以前に子供が大きくなれば手狭になり出ていく。居残るとすれば両親だけで、やがて年老いれば子供たちに引き取られるか、老人ホームに入るかして去っていく。

そうした形で、真っ先に出て行くだろうと見做《みな》されたのが、この島村トメ、多美代母娘だった。

老女二人、よく見れば皺《しわ》の数が違うが、いつもきっちりととかしつけた白髪頭といい、くすんだ色の化繊のブラウスに包まれた小さな体といい、よく似た母娘だった。

マンションへの建て替えの話が進んでいる途中で、真由子は青森に嫁ぎ、後は時折、里帰りするくらいだったから、貸家がどうなっているのか、そう関心も持ってはいなかった。

しかしこの数年、真由子の夫が青森市内で経営していた建具店の経営が行き詰まっていた。さらに将来は両親と住んでくれるだろうとあてにしていた妹が、四十も間近になって突然結婚し、あっさりと家を出て関西に行ってしまった。そんな事情もあって真由子は夫に、二人で東京に出ようともちかけた。実家の持っている貸家をビルに建て替え、その一階で商売を始めるつもりだった。

娘が戻ってきてくれるのはうれしいが、いまさら借金を背負うのも、設計事務所や建設会社と相談しながらビルを建てるのもわずらわしい、と渋る両親を説得して、まずは借家人の立退き交渉から行うつもりで、この日は様子を見にやって来たのだった。

玄関に出てきた老女の顔は馴染《なじ》みのあるものだった。

建て付けが悪くなった、雨漏りがする、そんな連絡が入ると、父はすぐに借家人の元にかけつけ、修繕箇所を点検するのが常だった。真由子はよくそんな父について遊びに来た。月々の家賃も、真由子がずいぶん大きくなるまで、口座振替にはしていなかったから、借家人と大家とは、頻繁に行き来があった。この日出てきた老女は、その頃の真由子の記憶とほとんど変わっていなかった。

小柄でくすんだ印象で、応対は丁寧だが、窪《くぼ》んだ目には、必要以上に人を踏み込ませまいとする警戒心とも怯《おび》えともつかないものが見える。

目の前にいる老女が、母親のトメなのかそれとも娘の多美代なのか、とっさにはわからなかった。首を傾《かし》げていると、ちらりと座敷からこちらをうかがっている顔に出会った。

分厚い老眼鏡と、丸まった背中から、そちらの方がトメだと判断できた。

軽い混乱に陥った。ほんの一瞬、馴染んだ顔だ、と感じた。しかし真由子が青森に嫁いでから二十年が経《た》っているのだ。

真由子の少女時代から、老女二人、という印象があった。しかし今もまだ老女二人だ。あれから、さらに枯れて弱ったという印象はない。娘の多美代はともかくとして、トメの方はとうに死んでいていい歳ではないか？

かりに生きているにしても、まったく変わっていないのはどういうことなのか。あの頃同様に多美代の顔は白く乾いて、頬にいくつかしみが浮き、落ち窪んだ目はうっすら青く膜が張ったように潤んでいる。

トメの険しさを押し隠したような陰気な静けさも、背中の曲がり具合もそのままだ。

あらためて二十年という歳月を思った。

本州の北の端の都市に嫁ぎ、家業の建具屋を手伝いながら、夫の両親と同居し、三人の子供を産み、育ててきた。

この数年は金策に走り回る夫を支え、一人で店を切り盛りしている。いつの間にか胴回りや顎《あご》の下には肉がつき、髪は頻繁に染めないと前髪あたりに白いものが目立つようになった。態度も口調も、若い嫁のそれから、一家の主婦、経営者の妻としてふさわしい貫禄《かんろく》のあるものに変わったように思う。

それに引き替え、ここの老女二人はその体の上で時が止まったように、何一つ変わっていない。

真由子は、多美代と二言、三言、言葉を交わした。もちろん立退き話などおくびにも出さずに、ちょっと里帰りしたので、寄ってみた、とだけ言った。

多美代は、真由子のことをよく覚えていた。

「あらまあ、懐かしい。だんだんお母さんとそっくりになってきて」などと愛想を言いながらも、窪んだ目には、人をやんわりと拒む怯えの表情が貼り付いたままだった。

真由子が「本当にお元気ね、もうおいくつ?」と尋《たず》ねてみても、愛想笑いを浮かべるばかりで首を傾げている。ひょっとすると本当にわからなくなっているのかもしれない。

ただ話の流れから、彼女たちが未《いま》だに近所のクリーニング屋の繕い物の仕事をして生計を立てていることだけはわかった。

橘《たちばな》ランドリーというクリーニング屋は、真由子の家とは馴染みだった。バブルの時代に次々に隣近所の住人は引っ越していったが、このクリーニング屋だけは、そのままだ。

老女の家をあとにしての帰り道に、真由子がそこに立ち寄ったのは、そうした自分の受けたわりきれない感じ、「不思議な事」として片づけるには現実的な利害がからみすぎた問題に対し、答えが欲しかったからだ。

緞帳《どんちょう》のように吊《つる》された洗濯物をかきわけて出てきたのは見知らぬ女で、この家の嫁ということだった。それとなく老女二人の話をすると、女は確かにボタン付けやほつれの修繕を島村母娘のところに頼んでいると言う。親の代からの付き合いだし、歳はいっててもちゃんと仕上げてくれるから、特に他のところに変えるつもりもない、という。

「ほら、この頃、保育園なんかで、お母さんに雑巾《ぞうきん》とか袋を縫わせて持ってこさせるじゃないですか。だけど最近のお母さん、ボタン付けさえしませんからね。バザーとか入園式の前なんかは、そういう注文がすごく来るんですよ。あのおばあちゃんたちに頼めば、明日の朝までにアップリケのついた袋を四十枚とかやってもらえますから。助かってるんですよ」

「うちも親の代からの付き合いなんだけど、子供の頃から、あそこ、おばあちゃん二人だったような記憶があるんで」

女は笑って大きくうなずいた。

「本当に、お元気ね。二人揃《そろ》って。歳取っても、ああやってちゃんと仕事ができて、うらやましいわぁ」

そのとき奥でアイロンをかけていた男が出てきた。肌着姿で作業している男を真由子は、この家の主人だと思った。頭の禿《は》げ具合といい、太り肉《じし》の体つきといいそっくりだった。だから「ああ、マユちゃんか」と言われるまで気づかなかった。そこの家の息子で、真由子の小学校時代の同級生だった。

「親父？　死んだよ。でも、島村のバアさんたち、確かに元気なんだよな」

彼は首を傾げながら言う。しかし妻と違って笑ってはいなかった。

「俺たちが子供の頃から、あの二人はバアさんだっただろ。隣にまだ豆腐屋があった頃、よくおからをもらいに来ていたもんな。あれから三十年くらい経ってるのに、あのまんまなんだよ。みんなこの界隈《かいわい》は新しく引っ越してきた人ばかりだからだれも不思議に思ってないようだけど、どう考えたっておかしい。娘の方だって、うちの親父よりよほど歳がいってたはずなんだ。いくら長生きったって、少なくとも母親の方はとっくに死んでていいはずじゃないか」

「何、言ってるのよ、失礼な」

不意に嫁が、男の肌着の腹を勢い良く手の甲で叩き、「ねえ、まったく」と同意を求めるように真由子に笑いかけた。

本当に失礼よねぇ、という言葉は、とっさに口をついては出なかった。幼い頃、確かに五十そこその女が、老婆《ろうば》に見えた。年齢のいった女は、それらしい服装をしていたし、それらしいふるまいを要求されていたからでもある。しかしあの二人は、そうでなくても十分、歳がいっていた。

「何か絶対、変だよな。途中で、入れ替わってるんじゃないかとか思うこともあるんだ。バアさんが死んで、その娘がバアさんになりすまして、自分の娘とまた住んでいるとか」

「何、ばかなことを言ってるの、二時間ドラマじゃないんだから」と嫁はたしなめた。

「だいたい仕事を頼むのに、あなたがずっと洋服持っていったりきたりしてるじゃない」

「だから不思議なんだよ。入れ替わったのなら、そのときわかるはずだろう。どちらか一方が入院したって話も聞かない。だいたいそっちの方が不自然だろう。あの歳したバアさんが二人、一年中病気もしないで元気だっていうのが。あの家に行くたび、正直、気味悪くてさ。親父の代からの付き合いだっていうのに、あのバアさん、ぜんぜん腹を割って話す様子もないし、打ち解けたところもないだろう。愛想だけは言うけど」

「あなたが妖怪でも見るような目で見るからよ」

ぎくりとした。確かに妖怪だ。歳を取らないというのは、うらやましくはあるが、どうせなら二十五から先、歳を取らないですませられる方がいい、と真由子は静脈の浮き出た自分の手の甲に思わず視線を落とした。

クリーニング店を出て、真由子はふと振り返る。「橘ランドリー」というペンキの剝《は》げた看板とすりガラスのはまった格子戸……。代は替わったものの、ここもまた、二十年間、そのままだ。店構えも仕事の仕方も。

マンションと大手チェーンの薬屋や靴屋やコンビニエンスストアが軒を連ねる通りの裏側には、真新しい軽量鉄骨のアパートが建ち並び、その谷間にいくつもの不規則な形をした駐車場がある。地上げしたまま上物《うわもの》を建て損なった土地だ。

ここ二、三十年の間に一変してしまった風景の中に、真由子の実家と、その実家の持ち物である貸家の廃屋が五軒、廃屋じみているが人の住んでいる貸家が一軒、それに昔ながらのクリーニング屋が、古びて埃《ほこり》の匂いを漂わせながら孤島のように取り残されていた。バブルが弾けてマンション建設計画が頓挫《とんざ》して以来、真由子の両親は自分の家が、そうした孤島となっていくことを意識しつつ、何一つ事を起こそうとはしない。ただの傍観者になってしまった。

月に二万といういまどき信じがたい家賃で借家人に貸しながら、「どうせ、みんな歳なのだから」との理由で、そのまま放置してきた。特に島村母娘のところは、せいぜいあと二、三年と踏んでいたらしい。

「考えてみれば、おかしいやな」

父はぼんやりした顔で言う。

「あの母娘が引っ越してきたのは、石油ショックの年だ。このあたりの工場もバタバタつぶれた。近所のプラスティック成形の工場が倒産したんで、そこの工員一家がこっちを引き払って、田舎に帰った。その後に、ばあさん二人が入ったんだ。来たときからばあさんだった」

近所にやはり貸家を持っている家があって、そこでは息子の家を建てるのに借家人を退《ど》かそうとしたが、居座られ、たいへんな手間と金を使った。

「たとえ土地を遊ばせてたって、他人に家なんか貸すものじゃない」とそこの主人は、酔っては父に愚痴をこぼした。そこで父は空いた貸家を所帯持ちに貸すのをやめ、すでにその頃古くなっていた家とともに、まもなく寿命も尽きそうな老女二人を入れることにしたのだ。

「こっちはどんどん腰が曲がって、顔も皺くちゃになっていくっていうのに、もとから皺くちゃだったあのばあさん二人は、ぴんしゃんしてる。つくづく不思議だよ」

そう言ったのは母だった。

不思議がりながらも「あと何年でもないだろう」と、格別、追い出そうという気もなさそうに言う。

しかし真由子は、歳老いたまま死なない母娘の寿命が尽きるのを、漫然と待っているわけにはいかない。青森にはまもなく受験期を迎える息子たちがいてこれから金がかかる。左前になった店を引き払ってこちらに移って来れば、マンションだらけの地域でもあり、網戸の取り付けや扉の修繕など建具屋の仕事はいくらでもある。何より姑、小姑に囲まれたわずらわしい生活から解放される。

それにしても、あの母娘の歳は謎だ。

翌日、真由子は市役所に行き、島村親子の住民票を閲覧しようとした。しかし窓口の職員にいくつか質問された後に、あっさり拒否された。

そんなばかな、と真由子は抗議した。しかし時代は変わっていた。そのうえ個人情報保護条例ができて、この市では特に閲覧条件が厳しくなっていたのだ。

その足で福祉部保護課に行き、年老いた借家人のことで相談したいと担当者に申し出た。

しかし相談に当たった担当者は、母娘の生活が格別困窮しているということもなく、健康に問題もないので、本人からの申請もないのに、役所の方から老人ホームや公営住宅への入居を勧めたり、ましてやそれを強制することはできないと言う。

「火事でも出されてからでは遅いんです」と真由子がいくら訴えても無駄だった。

その日のうちに真由子は島村母娘の家に再び出向いた。

一緒に来てくれるように頼んでも、父はとうとう腰を上げようとはしなかった。

「もう三十年も住んでいて、格別問題も起こしてないのに、どうせ老い先短いものを」と言う。バブルが弾けた十数年前も同じ事を言っていたような気がする。

「老い先なんか短くないよ。あの人たち、もしかすると妖怪のたぐいかもしれないんだから」という反論は、半ば冗談のつもりだった。しかし口にした後に、背筋がぞくりと冷たくなった。同時に父の顔も少し強《こわ》ばったのを真由子は見逃さなかった。

「無理やり追い出したら、ろくでもないことが起きる」

真顔で父は言い、かぶりを振る。

「どうせこっちが二人とも死んで相続税を払う段になれば、簡単に退かせられるんだし」

と母が言う。

三十年前にすでにばあさんだった二人よりも、母は先に死ぬつもりでいる。無意識に口をついて出た言葉であるところが不気味だった。

「それならいいわよ」と、真由子は一人で家を出た。いつまでも青森の家を留守にしているわけにはいかない。早く決着をつけるつもりだった。


午後の四時を少し回ったところで、格別、訪問するのに不作法という時間帯ではない。

しかし老女二人は、向かいあって食卓についていた。

テーブルの上には、スーパーマーケットのできあいの魚の唐揚げが一切れ、プラスティックトレイに載せてあって、母娘でつついていた。他には青菜のゆでたものがあるだけだ。

「歳を取ると、そんなにご飯もいらなくなるから、うちは朝夕二食なんですよ」と多美代が言う。

ついさきほどまで、トメの何か憎しみのこもった声が、念仏を唱えるように聞こえていたが、真由子が玄関に入ったとたんにぴたりと止まった。あとには、くしゃくしゃと音を立てて飯をかっこむ音がするばかりだ。

どんよりと怯えたようなまなざしをした娘に対して、母親の方には活力が感じられる。明るい活力ではない。丸まった背から怒りが黒い炎となって揺らぎ立ち、それがたくましく食べ、だれの世話にもならずに生きていく活力を生み出しているように見えた。

隣の六畳間には、パステルカラーの布と、熊《くま》や兎《うさぎ》のアップリケのついた縫いかけの袋が散らばり、花が咲いたようだ。

真由子は圧迫感を覚え、思わず腰を浮かせた。母親トメのどす黒い活力と、娘多美代の発する時の流れさえ淀《よど》ませるような重く濁った諦観《ていかん》。そこにアップリケのついた布のピンクやブルーやクリーム色が、ハレーションを起こしながら重なり合っている。ここで作られた袋を母親たちは自分で縫ったと偽って我が子に持たせ、保育園に送り出している。想像するだに薄気味悪い。

ここを立退いてほしい、と真由子は、単刀直入に切り出した。市の福祉事務所に行けば、公営住宅に優先的に入居させてもらえるから、その方が住み心地もいいだろう、と付け加える。

母娘は驚いた風もなかった。何も答えず、西日の差し込む部屋には、トメの咀嚼するくしゃくしゃという音だけが響いている。それにしても恐ろしく力を込めた物の嚙《か》み方だ。

「今日から、三カ月以内にお願いします」

真由子は畳み掛ける。

二人は沈黙していた。言葉の代わりに、くしゃくしゃという音が一層、大きくなった。

「この建物がそろそろもう限界なんですよ。地震でもくれば一たまりもありませんよ。下敷きになりますよ」

数十秒の沈黙の後に、多美代がぽつりと言った。

「家賃は、払ってますよ。遅れたことは一度もないんだから」

丁寧な言い方に、凄味《すごみ》がある。だから追い出さないでくれという、懇願には聞こえない。借家法を知り尽くした上での反論のようにすら感じられる。

トメが茶わんを持った腕を、多美代に向けてぬっと伸ばした。模様こそ菊の花だが、大振りな男物の茶わんだ。多美代が無造作に飯を盛り付ける。関節の膨れ上がった指でしゃもじを握り、押しつけるようにして飯を山盛りにする。

再び、規則的なトメの咀嚼音が始まる。

山盛りの飯が空洞のような口に消えていく。どう見ても年寄りの食べる量ではない。

ひょっとすると、彼らは人間ではないのではないか。

老女二人はとうに食い殺され、彼女らに成りすました妖怪が二匹、この家に居座っている。ふと、そんなオカルトじみた想像に捉《とら》えられる。

あるいはとうに死んだ彼らの体に、獣の霊がとりついているのかもしれない……。

ばかばかしい考えであることはわかっている。しかし真由子の半袖《はんそで》ニットから出た腕は、びっしりと鳥肌立っていた。

そのときトメの視線が初めてこちらに向けられた。

皺だらけの瞼《まぶた》に埋もれたような目は、多美代同様に灰色の膜がかかっている。その膜の奥に、怒りとも悲しみともつかない炎のようなものがちろちろと燃えている。

その炎が真由子の全身を捉えた。背中から水を浴びたように寒気がした。

内側にたたみ込まれたように唇のない口が開かれた。真言《しんごん》めいたことばが、暗い洞《ほら》のような口中から吐き出される。

「無理やり追い出したら、ろくでもないことが起きる」という父親の言葉が、よみがえってくる。

胸の上に何かがぼとりと落ちた。汗だった。冷たい汗が、顎を伝って落ちていた。

「それじゃ、そういうことで」

真由子は慌《あわ》てて立ち上がり、振り返ることもなく玄関に出る。低い土地に、さほど土盛りもせずに建てた貸家の玄関のたたきには、水が染み出している。作りつけの下駄箱の下部は木が真っ黒に腐り、敷居が浮いて傾いていた。

靴を履き、真由子は、あいさつもそこそこに、バス通りに向かって一目散に走り出した。

少し行ったところで膝がかくりと前にのめった。鋭い痛みが爪先《つまさき》から腿《もも》にまで走った。気味悪さを覚えて振り返る。濡れた足跡がついている。真由子自身のものだ。ずっと後ろから続いている。水溜まりに入った覚えはない。あの家から靴底がずっと濡れている。

無意識のうちに悲鳴を上げていた。

ろくでもないこと、という父の言葉が現実味を帯びる。

ばかな、と打ち消す。うずくまって膝を撫《な》でているうちに痛みは消えていった。

立ち上がり歩き出す。しかし今度は背中と肩の辺りに何かが乗ったように重くなってきた。

本当にこんなことがあるのか、とつぶやきながら、自分で自分の肩に触れてみる。

首から後頭部にかけて棒をつっこまれたように強ばり、痛み出す。

分厚い老眼鏡をかけて、歯のない口で飯を咀嚼していたあの老婆が、どす黒い炎を沈めたような落ち窪んだ目を見開き、自分の体に乗っている……。

逃げ出そうとしたが足が鉛のように重い。

脂汗が流れてきた。

真由子は再びうずくまった。

殺される……。

すぐにあの母娘の引力の及ぶところから脱出しないと殺される。

目の前の路面を、スニーカーを履いた足が通り過ぎる。パンプスの足が遠回りしてさけていく。いくつもの足が、小走りに通り過ぎていく。

三十年前の町なら、せめて二十年前の町なら、道端にしゃがみ込んで呻《うめ》き声を上げている女を放っておいて通り過ぎる者などいなかった。この界隈は、だれもが顔見知りだった。だれかが手を差し伸べてくれるはずだった。

背後で引き戸の開く音がする。

「どうしました?」

女の声がした。低く落ち着いた声色《こわいろ》だ。真由子は視線を上げる。水色の上下を身につけた中年の女が立っている。

「どうしました?」と尋ねるまでもなく何もかも了解しているように、切れ長の目には少しの驚きの色もなく、女は真由子をぴたりと見据えていた。

「すいません、貧血みたいで。あの、すいません、タクシー止めてください。帰れますから」

タクシーを拾ったところで半メーターもない。しかしとにかくこの界隈から逃げ出さなければならない。

立ち上がった瞬間に、視界が真っ暗に閉ざされた。再びうずくまる。

女の骨張った手が脇に回され、真由子はその家に上げられていた。

線香の匂いがする。

Pタイルの床に長椅子《ながいす》が置いてある。そこに腰を下ろすと、壁には人体のツボや気の流れを示した図が貼ってある。

マガジンラックの下に小さな棚のようなものがあって、梵字《ぼんじ》を書いた紙が貼られ、夏蜜《み》柑《かん》と線香が供えてある。

ようやく自分がどこにいるのか知った。そして自分を救ったものが何であるのかも。「天城《あまぎ》転生院」。話だけは聞いたことがある。真由子が青森に嫁いでから数年してできた整体院だ。「拝み屋さん」と、母が軽蔑《けいべつ》とも余所者《よそもの》への警戒ともつかぬニュアンスをこめて、話しているのを聞いたことがある。腕のいい整体師だが、どうも神がかっているらしい。

普段なら避けて通るところだ。しかしたまたま自分がこの場所で動けなくなったことに、何か偶然以上のものを感じた。

長椅子に横になっている間に、わずかに気分がよくなってきた。

「あの、ここの先生ですよね」

真由子は水色の診療着を着た女に尋ねた。

「ええ」

「お祓《はら》いしてもらえるんですか」

「うちは整体院ですよ」

女は、そう言いながらドアを開け、治療室に真由子を招き入れた。

室内には待合室のものより少し大きな祭壇があって、線香とくだものと水が供えてあり、和紙を何か不思議な図形に切り抜いたものが天井から吊してある。

やはり拝み屋さんなのだ、と真由子は、その和紙を見上げた。

整体師は、棚からパジャマのようなものを取り出し、着替えるように指示した。「あの、普通のめまいじゃないんです。これ、よくテレビとかでやってる霊障《れいしょう》じゃないかと思うんです」

真由子は、自分がここの前で動けなくなるに至った経緯を話し始めた。事情があって借家人に立退いてもらうために、自分の実家の貸家に出向いたこと。その借家人というのが、三十年前からそこに住んでいる年老いた母娘なのだが、自分が嫁いでこの町を離れる二十年前とまったく様子が変わっていないこと。そして急に気分が悪くなったのは、あの母娘に何かされたからではないかと思えること。

「先生は、他から越して来られた方だから、ぴんとこないかもしれませんが、あの人たちは三十年前とほとんど変わってないんですよ。どう考えても生きている人間のようじゃない、と昔から知っている人は気味悪がっています」

整体師は相づちを打つこともなく、真由子を無造作にベッドに寝かせた。足先から丁寧に揉《も》み解《ほぐ》していく。三十分ほどそうしているうちに、背中や肩の強ばりは取れ、頭痛は嘘《うそ》のように去っていった。

「お仕事、何してます？」

整体師は尋ねた。

「私の、ですか？」

「そう」

「夫と建具屋を経営してますが……。青森の方で」

「忙しいですか？」

「そうでもないから困ってるんです。不況で注文がなくて……」

「ストレスですね、うまく回っているときは、人間、多少、寝なくても食べなくても大丈夫なんですよ。でも心配事があったり執着が強すぎたりすると、ひずみが体の一番弱いところに出てくるんです」

真由子はベッドから首を起こし、女性整体師の頬骨の高い顔をみつめる。

「そういうことではなくて、たとえば低級霊とか人の念みたいなものが取りついたとかいうことではないんですか？」

整体師は、肉づきの薄い頬を引き上げてうっすらと笑った。

「そういうことは、気づいてもやたらに口にしないほうがいいかもしれませんよ」

真由子は唾《つば》を飲み込んだ。

「ということは、やはり何か見えるんですか」

整体師は、瞼を閉じると、「見えますよ」とこともなげに答えた。

「私には何が取りついているんですか」

「はっきりわかりませんね」

「あの、お祓いしてもらえますよね。今、私のお祓いをしたんですよね。だから治ったんですよね」

整体師は、何も答えない。

「できたらうちの貸家もお祓いしてくれませんか」

「あそこに住み着いた魔物二匹を、あなたの貸家から追い払ってほしい……そういうことですか」

「魔物」という言葉をはっきり整体師は口にした。

「ええ、まあ。というか、うちの敷地から、追い出してほしいんです」

数秒の沈黙の後に、整体師は口を開いた。

「正規料金ではお受けできませんよ」

正規料金というのは、ここの表看板である整体の料金のことだろう。

「おいくら？」

「百十二万七千九百円」

「百十二万……」

その金額に思い当たり、真由子はぎょっとした。職人である夫を助けて店を切り盛りし、舅《しゅうと》姑《しゅうとめ》と暮らしながら少しずつ売り上げから抜いて、自分名義の口座に貯《た》めたその金額だ。百円単位まで、たしかに残高そのものだった。それをなぜこの整体師が知っているのか。

　単なる偶然だ、と自分に言い聞かせる。

「払えますか？」

　ひやりとした笑いを整体師は浮かべた。答えに詰まった。百十二万円あれば、それをそのまま母娘に渡し、十分に合法的に立退かせることができる。

　ただし相手が人間であるならの話だ。人に災いをもたらす、人の形をして人ではない者たちには、立退き料も法律も裁判も通用しない。

「一つ聞きたいんですが」

　押し殺した声で真由子は尋ねた。

「それは成功報酬ということでいいんですか」

「私たちの世界では、手付けとか成功報酬というのはないんですよ」

　私たちの世界という言葉に、拝み屋さんの業界、という以上の何か異様なものを感じた。

　三十年経っても歳を取らず、死なない異形《いぎょう》の者たちと、彼らを祓う者。

　真由子は整体院を出ると、向かいのコンビニエンスストアにあるＡＴＭへと走っていた。

　お祓いの儀式の後、あの家から黒く大きな猫のようなものが二匹飛び出し、跡には、何十年も人が入った形跡もなく荒れ果てた廃屋が残されている……。そんな光景が、現実感を帯びて脳裏に浮かぶ。

二回に分けてカードで金を引き出し、真由子は再び整体院に戻り、そこにいる水色の診療着に身を包んだ女に手渡していた。

我に返ったのは、以前、自分が住んでいた頃からすっかり様変わりした町を抜け、クリーニング屋の角を曲がったときだった。

まさかと思った。バッグから財布を取り出す。そこに銀行のカードが入っていた。百十二万が端金《はしたがね》である者がいないわけではない。しかし真由子にとっては、嫁いで二十年、苦労して貯めた自分の金だった。それを初対面の女に、現金で渡してしまった。「その世界」のことで領収書ももらわずに。

そんなばかな、とつぶやいた。あのときはひどく気分が悪く、それが治った後は、あの女の不思議な力を一時、盲信していた。なぜそんな気になったのだろう。あの整体師に何かされたのかもしれない。

慌てて引き返す。表通りを走り、曲がりくねった路地を抜ける。しかし気がつくと見知らぬ町のアパートの谷間に立っていた。視界をマンションが塞《ふさ》いでいる。引き返し、別の通りに入る。「天城転生院」の看板はどこにもない。

少し前にATMで金を下ろし、女性整体師に金を渡したという記憶自体が、何か夢の中のことのようにおぼろげだ。

あたりは夕闇《ゆうやみ》に包まれている。いつの間にか貸家の前にいた。

錆《さ》びたトタン塀を回した内側に、軒を接して建つ廃屋が数軒ある。しかし手前の一軒は廃屋ではない。窓が開け放してあり、うっすら青い網戸を透かして、蛍光灯の下で、向かい合って針を動かす老女二人の姿がある。

次の瞬間、あやうく声を上げそうになった。

玄関からあの痩《や》せた、頬骨の高い、整体師が上がり込むのが見えた。

夢ではなかった。いや、これが夢なのかもしれない。とたんに何もかもが急に恐ろしくなり、一目散に逃げ出した。


椅子に乗り、震える手を伸ばして天井の金具を外し、蛍光灯を吊ったくさりを長くする。灯りが下がり、針を持つ手元が白く明るく照らし出される。

母の脇には、仕上がった袋が積み重ねられている。

明日の朝、九時には橘ランドリーの主人が取りにくる。洗濯だけでなく、こんな縫い物の注文が来るとは、クリーニング屋の仕事も変わったものだ、と多美代はため息をつく。

「この歳して、こんな遅くまで夜なべ仕事……。女の一生なんて、親と亭主で決まってしまうものなんだよ。生まれたときからカスみたいに扱われ、嫁ぎ先でもこき使われるだけ使われて、息子たちさえ生きていれば、息子たちさえ戦争で死ななければ今頃は……。姉さんは若い頃こそ、さんざん苦労したけれど、歳取ったら孝行息子にいい嫁が来て大切にしてもらって、孫に囲まれて大往生だった。でも私はこの歳になったって、何もいいことがない。一生が地獄だよ。挙げ句に、この年寄りを追い出しにかかるやつがいる。真面目《まじめ》に働いて、きちんきちんと家賃を入れて、一度も迷惑なんかかけたことのないこの年寄りに川原で寝ろというんだよ。どいつもこいつも鬼だ。あの家、今は良くたってこの先、絶対にろくでもないことになるから見てろ」

ピンクの布の縁まで縫い、軽くしごいた後に、母は鮮やかに針を操り、しっかりと留め付ける。角の部分を斜めに縫って、マチをつける。針の一目一目に、呪咀の言葉が染み込んでいく。

部屋に女がいることに気づいたのは、乾いた泥のように固まった心に、母の言葉を染み込ませていたときのことだった。

「おたく、だれ？　なんで他人の家に勝手に上がり込むの」

そう叫んで慌てて立ち上がろうとした拍子に、腰に鋭い痛みが走った。

呻き声を上げて、這いつくばる。

「なんなんだ、あんたは……あんたは……」

母の言葉が震えている。

玄関の鍵はかけてある。台所口の鍵もかけて、つっかい棒までかってある。

泥棒も、新聞の勧誘員も、健康器具のセールスマンも、民生委員と称する老人も、役所の職員も、そして大家の娘も、侵入者はうとましく怖い。だから鍵だけは二重、三重にかけてある。

にもかかわらず女は上がり込んでいた。

頬骨の高い、痩せぎすの女だった。

「何も心配することはないですよ」

女は婉然《えんぜん》と笑った。

「どうやって入ってきたの、警察を呼びますよ」

気力を振り絞り、それだけ言った。

「出て行け、うちには盗むものなんかなんにもないんだ。こんな年寄り二人から何を取ろうっていうんだ」

母が、叫び、いきなり手元にあった針坊主を投げ付けた。それを避けることもなく女はそこにゆったりと腰を下ろした。

不意に母の姿勢がくずれ、そのままずるりと仰向《あおむ》けになった。

軽いいびきの交じった寝息が聞こえてくる。

「何をしたの、あんた」

多美代は震える声で、言った。

女は微笑している。

「痛いのを取ってあげましょうか」

女は多美代に身を寄せてくると、骨張った手を多美代の腰に滑り込ませた。歳のせいで反応が鈍くなっているのか、それとも恐怖で体が強ばっているのか、逃れる暇はなかった。

女の体温を腰に感じた。痛みが引いていく。

多美代は恐る恐る女を見た。

女は次に多美代の右側の指を握った。

心地よい痺《しび》れを感じ、同時に刺すような関節の痛みが消えた。

自分の手を、多美代は信じがたい思いで見た。

ほんの少し前まで、赤く腫《は》れ上がっていた中指の関節が元に戻っている。それだけではない、蟹《かに》のハサミのように変形し、内側に曲がっていた人差し指がすんなり伸びている。

「もしや……」

多美代は、女の頬骨の高い顔を見た。その痩せた面差しに、この世のものならぬ気品が漂っているように感じられた。

「もしや、あなたさまは……観音菩薩《かんのんぼさつ》様」

神仏など信じたことはない。

「どれだけ拝んだって、いいことなんか何もなかった」というのが母の口癖だった。

「なんだかんだとばかばかしいことを言って、貧乏人からなけなしの金をむしっていくんだよ、坊主も神主も。もし神様だの仏様だのいるんなら、なんで悪いやつらがのうのうと暮らしていて、何も悪いことをしていない私が、真面目に働いて舅姑や亭主に仕えてきた私が、こんなにもひどい目にあわなければならないんだ」

　神仏など信じたこともない。ご利益があるなどと考えたこともなかった。しかしそれ以上に、赤の他人が、過去に恩を施した覚えもない他人が、自分に親切にしてくれるはずはないと信じていた。そういうふうにしてずっと生きてきた。

「神でも仏でもありません。私は整体師です。あなたの苦しみと痛みを和《やわ》らげ、癒《いや》すために来ました。どうぞご心配なく、お代は頂戴《ちょうだい》してあります」

「そんなはずないじゃないの」

　多美代は首を振った。女の手は多美代のズボンをまくり上げ、岩のように突出し、変形した膝頭に当てられる。真夏でも氷のように冷え、ズボン下の欠かせないすねをゆっくり撫で下ろしていく。

　女の手が離れた後、多美代は、もう何年も、ひょっとすると何十年も悩まされていた痛みから解放されているのに気づいた。

　やはりこの女人《にょにん》は、神様なのだ、と確信した。そうでなければ鍵のかかった玄関から気配もなく入ってこられるはずもない。

「母を治してやってください、私より母の方を」

多美代は、パステルカラーの袋に埋もれるようにして寝息を立てている母を指差した。

女は微笑した。

眠っている母の肩と首筋に手を当てる。血圧が高く、いつも凝《こ》って痛いと母が訴えている場所に女は触れた。

「母を救ってやってください。母を幸福にしてやってください」

多美代は訴えた。

女の手がぴたりと止まった。

「私ができるのは、癒すことだけです。治すことはできませんよ」

意味がわからない。

「体の痛みや苦しみが軽くなれば、人は幸せに感じます。幸福なんてその程度のものなのです」

「いえ、そんなものじゃありません」

多美代は首を振った。

「母の心にあるのは辛い思い出と恨みばかり。恨みが積もって母の心を閉ざしているんです。毎日、毎月、毎年が不幸なんです。心のうちにあるのは辛い思い出ばかり。辛い思い出だけが、恨みだけが積もっていくんです。桜を見にいっても、母が思い出すのは、奉公に出されたとき、親と別れた辻《つじ》に咲いていた桜の花。なけなしのお金をはたいて、温泉に連れていったこともありました。でもお湯に入って母が思い出すのは、田舎の家を追い出されて東京に出てきたあと、いっとき住み込みで働いていた温泉宿で、さんざん自分をいじめた仲居や強欲だった宿の主人のことばかり。恨み言を吐いて、眠って、恨み言を吐きながら仕事をして」

他人に打ち明け話など聞かせたことはなかった。

物言えば唇寒し、というのは、母の教えだ。余計なことは他人の前で言ってはならない。どこで告げ口されて、ひどい目にあうかわからない。本当の身内である母の前でしか、自分のことを話してはならない……。

「母の心から恨みを抜いてくれませんか。もうだれも母をいじめる者はいないし、おかげさまで大きな病気もせず、真面目に仕事をしながら母一人娘一人、生きているんです。何もかも忘れさせてやってくれませんか」

女は首を左右に振った。

「だめです。私は一時の痛みと苦しみを癒すことしかできないと言ったはずです。それだけで、あなたたちは一時の幸福を手に入れるでしょう。痛み出したら、また私が来てさし上げましょう。お代は頂戴しているんですから」

「待ってください」

多美代はさえぎった。

「お代なんて、いつ払ったんですか、私たち」

女はうっすらと笑い「いただいたものはいただいたと申し上げただけです」と言う。普段なら警戒するところだが、多美代は、それ以上考えをめぐらすことが、ひどく億劫になっていた。

「そうしたら、母の恨み言はもうなくなるんでしょうか」

「いえ」

「母が幸せになれるのは、恨みの思いが消えたときしかないんですよ、辛かったことを忘れたときだけなんです」

「辛かったことを忘れろというのは、周りの者の勝手な言い草ですよ。それがお母さんの人生だったのですから」

あれを母の人生だと思えと言うのだろうか……。多美代は、女の顔をみつめた。先ほどは、観音菩薩に見えた女の面差しが、急に冷え冷えと血の通わぬ雪像のようなものに変わった。

女は眠っている母の方を一瞥《いちべつ》し、やがて押し殺したような声で言った。

「本当に、お母さんから恨みを抜いてしまっていいんですか？」

多美代はうなずいた。

「本当にいいんですね」

　多美代は「はい」と小さな声で答えた。

　女は、小さくため息をつくと仰向けになって寝息を立てている母の胸に左手を、額に右手を当てた。

　蛍光灯にまばゆく照らされた、パステルカラーの袋の山と、古い針箱と、茶色く焼けて真ん中のへこんだ畳……。目の前の景色がゆらりと傾《かし》ぎ、蒸発するようにどこかに吸い込まれていく。

　灰が見える。火葬場で焼かれた自分の骨か、と一瞬疑ったが違う。囲炉裏《いろり》だ。茣蓙《ござ》の感触と、頭を撫でる温かい手がある。自在鉤《かぎ》に鍋《なべ》がかかっている。

　母の記憶だ。火にかざした掌《てのひら》にじんわり広がる暖かさ。隣にある父の膝。なんとも幸福な記憶だった。

　桜が見える。四辻から遠ざかる人の姿。荷物を持たされ、年子の妹と二人、見知らぬ男に連れられて田舎道を急ぐ。

　これは自分の記憶ではないのか？

　ふと多美代は首を傾げた。自分は売られた。尋常小学校高等科を卒業した年、母のように人の家に奉公に出されたのではなく、東京の織物工場に女工として行かされた。寮生活は孤独だった。同年代の少女たちは、赤の他人ばかりだった。

孤独だから年季が明けるまで、何一つ、間違いを起こさなかった。出入りの酒屋の小僧と親しくなって駈《か》け落ちした後、見つかって連れ戻されて首を吊った女工がいた。主人に目を付けられ妊娠した女工もいた。自分は何一つ間違いを起こさず、だれとも親しくならず年季が明けるまで働いた。

赤い着物を着せられた少女が、畳を敷いた部屋で、主人たち家族と食事をしている。

これは自分の記憶ではない。母の記憶か？

いや、違う。母の恨み言を聞きながら自分の心に立ち上がった光景だ。真冬でも木綿の着物を着せられ、頭が割れるように痛くても座らせてもらえなかった母と、主人一家に可愛がられ、一緒の食卓につき、卵を食べさせてもらえた母の妹。

婚礼の行列が、山里を行く。

ふっくらした頬に、あどけなさの残る妹は、角隠しをして振り袖を着ている。あのまま主人一家に見初《みそ》められて、あの家の嫁になった。

玉の輿《こし》に乗った。妹は玉の輿で、私は地獄のような家に嫁がされ、牛馬のようにこき使われた。同じ家に生まれ、歳は一つしか違わないというのに……。

もう一つの光景が、今、多美代には見える。

花婿は、土蔵の中にいる。婚礼だというのに閉じこめられたまま、外の騒ぎを小さな窓からながめている。言葉を話せず、異臭を放ち、獣のように吠《ほ》えるだけの、この家の長男。

次男坊が後を継いで、人目には一切触れさせずに生かしてある男。それでも我が子と思えば不憫《ふびん》だ。せめて嫁を持たせたい。焼け付くような欲望にぎらつく目で、土蔵の窓から道を行き来する女の体を眺めている我が子がかわいそうで、貧乏百姓の娘でもいいから、嫁をもたせてやりたい……。

この男に嫁いだ叔母が、その後どんな暮らしをしたのか、多美代は知らない。それでも自分よりましだった、と母は思っているのかもしれない。いずれにせよ、叔母はもうこの世にいない。

年季が明けて実家に戻ってほどなく嫁がされた隣村の家。奉公先より辛い生活。ろくなものも食べさせられず、子供が生まれるその日まで田圃に出て、大切な後継ぎを産んだ。それにしてもあんなに苦しい思いをして産んだというのに、なぜこれほど我が子は可愛いのだろう……。

舅姑にどんなに辛い目にあわされても、一度としてかばってくれなかった夫がほどなく死んだ。

長男を産んだとき、このままでは死ぬと言われたのに、どうせ嫁だとばかりに納屋に入れて放っておいた舅が、自分の息子が腹痛を起こしたら大八車に乗せて町の医者まで運んだ。しかし車に揺られながら、夫の腹は太鼓のように膨らみ始め、町に着く前に死んだ。悶死《もんし》だった。

ほら、やはりろくな死に方をしない……。

それから義弟の妻となった。ババアと罵《ののし》られつつ、身体を重ね、子供を産んだ。男二人と女が五人。自家中毒で、戦争で、結核で、結局生き残ったのは一人だけ……。

多美代はめまいを覚えた。自分がだれなのかわからない。

桜が散っている。皇居のお濠《ほり》だ。内職の金が入った日に、コロッケを買ってきて、日暮里のアパートで食べた。ご馳走《ちそう》だった。こたつが暖かい。娘と二人だ。いや、母と二人なのか。この六畳一間の部屋には、世間の鬼は入りこめない。

そしてとうとう台所と手洗いと、風呂までついた家に引っ越してきた。ストーブを買ったので冬でも暖かい。

観光バスの窓から城が見える。小田原《おだわら》城だそうだ。歴史など知らないし、興味もないけれど、娘と二人で物見遊山《ものみゆさん》。いや、母と二人で、なのか？

枝がたわむばかりの桜が、青空に照り映えている。土手で包みを開けると握り飯の上に花びらが散りかかる。

もう少し遅かったら散っていたさ。無理して、今日、来て良かったよ……雨も上がったし。

ああ、極楽だ……。

居眠りをしていたようだ。手元には縫いかけのクリーム色の袋がある。縫い終えた袋に埋もれて母が眠っている。

妙な夢を見たと、いそいで針を動かし留め付ける。

早く仕上げて、布団を敷かなくては。

「母さん」と呼び掛けてみる。

手を伸ばして眼鏡を外してやる。

はっとした。半開きの唇から唾液《だえき》が流れ出ている。

閉じた瞼の下で、母はまだ幸福な夢を見ているようだ。

「本当にいいんですか」という女の言葉がよみがえる。

あれは夢ではなかったのか……。

引き出しから木綿のぼろ布を取り出し、母のよだれを拭いてやる。

よだれとともに、母は何かを吐き出していた。墨のような真っ黒な物だ。顎からこぼれ出し、首を伝って畳の上にどろりと広がっていく。死臭に似たすさまじい臭気が立ち上る。

思わず顔を背《そむ》けた。再び視線を戻したとき、黒い物は、蒸気に形を変え、ふわふわと宙に上っていった。

これが恨みか、と多美代は、ぼんやりとその黒い蒸気をながめる。

語れども語れども尽きることのなかった恨みそのものだった。

そのとき母がすでに息をしていないことに気づいた。

「母さん」とその足を握りしめる。いったい何十年間、この足で、地面を踏みしめて歩いてきたのか。干涸《ひから》びて指先の縮こまった足だった。

母はたった今まで生きていた。とうに寿命が尽きたはずの母は、恨みによって生き延びていた。周りの人々と世間への恨みを活力にして、母はこの、干涸び、ちぢかんだ足で歩き、歯のない口で飯を食べ、理不尽さに埋め尽くされた人生を語ることをただ一つの生きがいとして、あまりにも長い人生を生きてきた。

あれは唯一の母の生きがいだったのだ、と多美代は知った。傍《はた》からはどれほど不幸に見えようと、母は恨むことを心の支えにして生き続けた。

多美代は母の地肌の透けてみえる頭を撫でた。ふと自分がここまで生きてきた理由にも思い当たった。母が恨みを生きる支えにしたように、自分は母の恨みと呪詛の言葉を受けとめることをただ一つの役割と心得て生きてきた。たった一人生き残った母の実子としての役割がようやく終わった。

胸の奥で自分の心臓が、ことり、と音を立てるのを多美代は聞いた。

まさか警察から呼び出しが来るとは思わなかった。

ロープの張られた貸家の前では、自分が相談に行ってもまるで頼りにならなかった市役所の職員が、警察官と話をしていた。

真由子は家主である父の代わりに、この家を訪問したときのことを警察官に話す。

隠すことなど何もない。

「ご飯、食べてたところだったんですよ。ええ、立退いてもらえないか、と私、言いました。役所に行って、市営住宅にでもホームにでも入れてもらいなさい、って。こんな古くなった家、危険じゃないですか。こっちは家主としての責任がありますから」

事情を説明しながら、果たして自分は、あのときこの家に本当に来たのだろうか、と真由子は半信半疑になった。

母娘は消えてはいなかった。この朝、訪れたクリーニング屋の店主が発見したものは、白骨でもなければ、大きな黒猫の死骸《しがい》でもなかった。

注文した四十三枚の袋をきっちり仕上げ、ピンクとブルーとクリーム色の三色のパステルカラーの海の中に、折り重なるように倒れている老女二人だった。

当初、だれもが思い浮かべた心中という線は、司法解剖の結果、あっさり否定された。

老衰による多臓器不全、と結論づけるしかない。

母親は一八九四年、日清戦争始まりの年に、新潟で生まれている。明治、大正、昭和、平成の四つの時代を生きた百八歳だった。娘は第一次世界大戦の始まりの年に生まれた八十八歳。妖怪などではない。ただの長寿の母娘だったことに、真由子は当然のこととは知りながら、衝撃を受けていた。

それでは約束どおり、彼らを立退かせてくれた整体師が生身だったのかどうか、真由子にはわからない。彼女のことを「拝み屋」と呼んだ母は、そんな整体師のことは知らないし、話題にした覚えもない、と言ってきかない。

ひそかに作った口座の百十二万七千九百円は、間違いなく全額下ろされ、残高はゼロになっていた。

ソリスト

揃《そろ》いの赤いトレーナーを着たボランティアのスタッフが、ロビーに張り紙をしている。ピンで留め終える前に、客に取り囲まれ詰問され始める。

「もうしわけありません、ピアニストは急病で」

ことさらゆっくりした口調で説明しようとしているスタッフの声を背に、修子《しゅうこ》は小走りに楽屋にむかう。

携帯電話のメッセージを確認するが、何も入っていない。

やはり、という諦《あきら》めの思いと、自分に対してだけは、という期待が胸の内で交錯する。

「ロシア人って、こうなんですよね、いつも」

県の文化行政課の女性職員が、舌打ちした。

「視察に来るっていうから迎えに行けば、約束の時間には来ないし、行くっていうから予算を組んで時間を空けていれば、ドタキャンするし。会ってみると、人はすごく良いから文句は言えなくなるし。余計に始末が悪いんですよ」

「ええ……」

アンナのあれは、ロシア人だからどうこうということとは違う、と修子はとっさに反論しかけて止めた。

七時という開演時刻はとうに過ぎている。彼女のコンサートではいつものことだ。

昨夜、到着したダリアビア機に、アンナは乗っていなかった。迎えの車、ホテル、調律済みの練習用ピアノ、すべて用意して待っていたにもかかわらず。

いつものことでもあり、アンナ・チェーキナにとっては当たり前のことだった。

それでもアンナの名前があれば、チケットは完売する。

チケットを完売したコンサートを、平然とキャンセルする。

来日するという手はずがすべて整っているのに、来ない。あるいは近くまで来ているのに、会場に入らない。

そして開演時間が迫っているのに、気が乗らない、という理由から舞台に上がらない。

弾き出すまで安心はできない、と彼女のステージに関わるものは口を揃える。

しかし、開演時間が遅れ、さんざん待たされた客の前に、長身の彼女がプラチナブロンドの髪をなびかせて姿を現し、最初の和音を会場内に鳴り響かせたとき、客も主催者も、そして共演者までもが、これまでの膨大な不満を忘れてしまうのだ。

軽やかに、水晶のように澄み切った音の粒が、寸分の狂いもなく幾何学的に流れ出すモーツァルト、ハンマーを振り下ろしたかのような、重く深い衝撃音がオーケストラを圧して鳴り渡るチャイコフスキー。

同じピアニストとは思えない、と修子は自分の両手を見る。

「神林先生、これ」

ボランティアの女子学生が、スポーツ飲料のペットボトルを手渡した。

アンナの代役で引き受けたリハーサルを終えただけでひどく喉《のど》が渇き、腕が痛んでいる。

「やっぱりダメみたいですね」

文化行政課の担当者が、携帯電話の通話を終えると、ささやいた。

つい先ほど午後の便で、新潟空港に下りたという連絡が入った。いつもながらの開演時刻の遅延で済むのではないか、と事務局の人々は期待した。

空港から新潟市内にある信濃川を見下ろすホールまでは、一時間とかからない。

開演時刻を四十五分繰り下げることになった。事故や出演者の急病を理由に客を待たせる時間としてはぎりぎりの線だ。

しかしアンナ・チェーキナは、この会場の目の前まで来て、いったんホテルにチェックインし、一人になりたいと言い出した。

ずさりした。

「ふざけないで」

その話が伝えられたとき、修子は思わず叫んでいた。ボランティアの学生がびくりと後ずさりした。

目と鼻の先まで来ていながら「一人になりたい」とは、いったいどういう了見なのか。

天才、カリスマ、完全主義者。そしてピアノの精霊。アンナ・チェーキナにつけられたいくつもの常套語を修子は思い出す。

素顔のアンナは、六十にはとても見えない愛らしさを備えた、思いやり深い魅力的な女友達だった。キャンセルどころか、会場に入るのが十分遅れたら二度と声がかからないであろう修子のようなピアニストに対してさえ、友人として常に敬意を払って接してくれる。

「修子、また会えたなんて、夢のようだわ。昨日から楽しみで眠れなかったのよ」

そう言いながら、抱きしめキスの雨を降らせてくる。何の目論見もない、善意の塊のような、あまりに直接的な情の示し方に、修子は照れ、ひどく恥ずかしく、同時にうれしくなるのだ。

気むずかしく、気まぐれな音楽家としてのアンナと、底抜けの好意を見せてくれる友人としてのアンナ。

青春の一時期、ソ連の音楽学校で共に学んだ。とはいえアンナは国際コンクールの優勝歴のある二十代も後半の研究生であり、修子は日本国内の学生音楽コンクールに入賞して、海外に渡ったばかりの十代の少女だった。

寒く暗く長いモスクワの冬に耐えかね、言葉にも、母国と異なる生活習慣にも馴染《なじ》めない修子が、何もかも投げ捨てて日本に帰りたいと思うとき、アンナは何も聞かずに自分の部屋に呼んでくれた。

小さな台所で湯気を立てていたやかんと、とろけるように甘い紅茶の味。三十年以上経っても薄れることのない記憶だ。

窓際にあって柔らかな暖気を立ち上らせていたスチーム暖房のパイプ、古びたベッド、そしてピアノ。他の学生とさほど変わらぬ質素な部屋だったが、他の学生の部屋には必ず飾ってある家族の写真が、アンナのところにはなかった。

外国や地方から出てきている他の学生のように、自分の父や母や、兄弟について語ってくれるということもなかった。何か事情があるのだろう、と修子は察して家族の話題を意識的にさけていたが、あるときアンナが幼い頃に家族全員をレニングラードの攻防戦で亡くしたこと、その後知り合いの家に引き取られたことなどを、同じピアノ科の学生から聞いた。

「彼女は、それで共産党幹部の養女となった。後ろ楯があるからアンナの扱いはここでは違う。先生も養親が恐いからアンナのレッスンは手を抜かない。彼女がコンクールで良い成績を出すのは、手心を加えてもらっているからだ」

学生はそう語ったが、根も葉もない中傷だった。修子から見ても、当時二十代のアンナの演奏には、すでに大家としての風格と天性のひらめきが備わっていたし、ミスタッチが一つもないという点は、人間離れした印象を与えるほどだった。

同時にあの家族写真のない部屋とアンナの包み込むような優しさを思い出すたびに、自分にかけられた優しい言葉が、失われた肉親への情に代わるものであったような気がして、胸が痛んだ。

卒業して三十年の月日が経ったというのに、演奏会やワークショップなどで出会うたびに、あの頃と変わらぬ柔らかでいながら、情熱的な抱擁が待っている。

今回、地元出身のピアニストである神林修子に、何か文化的な催しを企画したいので、代表職を引き受けてくれないか、とこちらのホールから依頼があったとき、彼女は迷わず、もともと新潟と交流の深いロシアの演奏家を呼んでの「ロシア音楽祭」の開催を提案したのだった。

もとより友人であり、世界的なピアニストであるアンナ・チェーキナの来日を念頭に置いての提案であり、それは実働部隊であるボランティアスタッフたちの期待を集めた。

もちろんアンナのキャンセル癖は知っていた。確率五割とも言われ、業界どころか聴衆ですら、それを知らない者はない。

それでも自分の頼みなら、弾いてくれるに違いないという期待もあった。

しかし結局、その期待は裏切られた。

幸いなことにアンナは、この十年ほどソロ活動は一切せず、室内楽のみの活動なので、彼女が様々な理由をつけて舞台に上がらなくても、共演の人々はいるし、ピアノパートは代役が弾くので、ステージに穴を空けるという事態にはならない。

ヨーロッパなどでは、彼女のステージは若手と中堅の登竜門とも言われ、楽屋には代役を務めることでチャンスを得ようとするピアニストが列をなす。

しかし今、五十をいくつか過ぎた修子に、そんな野心はない。それよりもロシアからアンナと共に招いた室内楽団のメンバーの向こうを張ってピアノを弾くことに、負担を感じている。

開演時間の遅れを詫びるアナウンスが流れ、続いてプログラムの変更が伝えられ、やがて客席のライトが消された。

拍手が聞こえる。サンクトペテルブルグから来た弦楽四重奏のメンバーによるショスタコーヴィッチの演奏が始まる。

本来ならこの曲は、休憩を挟んだ第二部の最初に弾かれるはずで、コンサートの始まりは、聴衆にとって馴染みのある曲を、という理由から、シューベルトのピアノ五重奏曲「ます」が予定されていた。しかしピアニストが到着していないために、急遽《きゅうきょ》弦楽四重奏に変えられたのだ。

アンナがチェックインしたホテルは、川を隔て、このホールの真正面にある。

フロントから部屋にいるアンナを呼び出し、「いいかげんにして」と叫び出したい気持ちを修子は抑え、ボランティアや役所の職員に「ごめんなさいね、もっときちんと確認しておけばよかったのよ」と謝り続ける。

「そんな、神林先生の責任じゃありませんよ」と言われるほどに、なおさら身の縮む思いがする。と同時に、ホテルの一室で激しい緊張感と戦い、冷たい汗を流しているアンナの気持ちもわかり、何とも重苦しい気分になる。

どれほどの表現力があろうと、どれほど深い解釈をしていようと、たった一度のミスタッチでもあれば、その演奏は失敗と見なされるピアノの世界。そうした中で、完璧な技巧と、だれも試みたことのない大胆で斬新な解釈と表現という、普通なら両立するはずもない資質を併せ持った奇蹟のピアニストがアンナ・チェーキナだった。

しかし奇蹟は天の配剤などではない。演奏会直前に、恐怖と緊張に押しつぶされそうになりながら、必死で心を集中させようとしている彼女の姿は想像するだけで痛々しい。

「もう始まっているのよ、早く来て」などという電話をかけた瞬間に、極限まで張りつめていた神経の糸は弾け、曲のイメージが一気に崩れてしまうだろう。後は「今日のコンサートはキャンセルします」という冷ややかな声が返ってくるだけだ。

それどころかスタッフのもっとささいな言動から、彼女を日本に招聘《しょうへい》した複数の音楽事務所は、一方的なキャンセルに遭っているのだ。

「先生、そろそろ」とボランティアの女性が修子を楽屋に追い立て、ドアを閉めると、ハンガーからドレスを外し、急いで着せかける。

こんなこともあろうか、と修子はすでに化粧を済ませ、髪もシニョンに結ってある。ノースリーブの黒のドレスを身につけ、靴を履く。

手元には、必要な書き込みのなされたシューベルトのスコアがある。

代役を務めるための準備はすべて整っていた。しかし心は未だに定まらない。祈るような思いでアンナの到来を待ちわびている。

天井のスピーカーからは容赦なく舞台の音が聞こえてくる。二の腕が鳥肌立った。

わずかなぶれもない、純正律の完璧な和音が、修子を打ちのめす。

彼ら、ショスタコーヴィッチ弦楽四重奏団は、アンナほどのカリスマ的人気を集めているわけではない。だがロシア屈指の室内楽奏団であり、一人一人のソリストとしての技量も飛び抜けたものがある。

そんな彼らを向こうに回しての自分の実力は、リハーサル要員がいいところだと修子にはわかっている。彼らと一緒にステージに上る自信はない。

ドアがノックされた。弾かれたように立ち上がる。

「先生、そろそろ袖の方に」

ステージマネージャーがドアの隙間から顔を出して告げた。

やはりアンナは来なかった。川一つ隔てた、ここに窓があったら顔が見えそうな距離にいながら会場には現れない。

アンナなど呼ばなければよかった。もっと誠実なピアニストがいくらでもいたのにと後悔するほどに、怒りよりも、これから弾く曲への不安よりも、無力感が体を包んだ。

「楽しく、いきいきと」

そう呟《つぶや》いてみる。気分を変えなければならない。このままステージになど出てはならない。

快活できらめきに満ちたシューベルトのピアノ五重奏曲の主旋律を口ずさみ、ステップを踏むようにコンクリートの廊下を歩いていく。

「本当に先生は、いつも平常心というか、弾くことがうれしくてしかたないように見えますね。チェーキナさんも先生みたいな、舞台度胸というか、そういうのがあればいいんですけどね、あんな大家なんだから」

文化行政課の職員が笑いかける。

「あら、私だって本当はどきどきしてるのよ」と笑顔を返す。

「でもね、ショスタコカルテットのような最高のメンバーと合わせられるなんて、私のようなピアニストにとっては、信じられないほど幸運なことなのよ。聴きに来てくださった方には、本当に申し訳ないけれど、これもアンナが与えてくれた機会だと思って、一生懸命弾くわね」

ステージに立つプロとして、後ろ向きの言動は許されない。もちろん失敗の言い訳も。

数秒の沈黙の後に、ボランティアは呟くように言った。

「謙虚なんですね」

文化行政課の職員が、感に堪えないように続ける。

「一流の演奏家の方っていうのは、人間的にも一流なんですね」

「私なんか、一流でもなんでもないわよ」

笑って答え、暗い客席に目を凝らす。心細かった。嫌だ、怖い、この場にいるだれにも、そんな本音はもらせないことが、さらに孤独感をかき立てる。灰色の海を前にして身を寄せるものもなく、風になぶられて一人で立っているような心細さだ。

ショスタコーヴィッチの弦楽四重奏曲は終わり、おざなりな拍手が聞こえた。耳慣れない現代音楽は、一般のファンにはさほどの感銘は与えなかったらしい。主役のアンナ・チェーキナがいないことへの失望もあるのだろう。

舞台の袖に、メンバーが引き上げてくる。

第一ヴァイオリン奏者のミハイル・モギレフスキーが、流れる汗をぬぐいながら、人なつこい灰色の瞳で笑いかけ、「どうぞ」というように右手で舞台を指さした。

他のメンバーも笑いかける。

修子も反射的に笑顔で応じる。彼らの笑顔は幾分かリラックスした自然で親しげなものだが、修子の笑顔は、聴衆と共演者にむけた演技だ。

プログラムの順番を入れ替え、ピアノ五重奏を後回しにしたが、やはりアンナは来なかった。

第二ヴァイオリン奏者が引っ込み、楽屋からコントラバス奏者アンドレイ・バシキーロフが楽器を抱えて現れる。一般的なピアノ五重奏曲が、弦楽四重奏にピアノが入る形で演奏されるのに対し、「ます」では、弦楽四重奏のメンバーから第二ヴァイオリンが外れ、代わりにコントラバスが入る。バシキーロフはショスタコーヴィッチ弦楽四重奏団の他のメンバーよりも、一回り以上、年上だ。

留学先の音楽院の学生オーケストラで一緒に弾いた間柄だが、あまりうち解けて話したことはない。気むずかしい雰囲気の目つきの鋭い男で、修子は威圧感を覚えて、避けていた。あの時代の気むずかしそうな印象は今でも変わっておらず、すっかり白く、薄くなった髪のおかげで、哲学者のような風格を備えている。

修子は舞台に出ていき、アンナのために高めに調整された椅子の座面を直し、腰掛ける。間を置かず冒頭の和音が鳴り渡った。白い光が差し込むような、透明な響きだ。快活に、叙情的に、シューベルトの歌が流れ始める。先ほどのショスタコーヴィッチとはずいぶん違う。

感覚を研ぎすまし、互いの音程を慎重に聞き合い、神経を削るようにして、純正律の一点の濁りもないハーモニーを作り上げていく弦楽四重奏に対し、平均律楽器のピアノが一台加わることによって、それぞれの楽器はなんと伸びやかに歌い始めることだろうか。

歌い交わす四台の楽器の中心で、修子は必死で彼らに合わせていく。

間違えてはならない。それこそが、プロの舞台では至上の課題だ。決して間違えないことを前提として、他の楽器の微妙な揺れに、たくみに付けていく。音量、テンポ、フレージング、それらが完全に他の四人の中に溶け込んでいかなければならない。その上でアンナなら、随所で彼女ならではの表現が現れるだろう。

リハーサル段階で出てきたいくつもの問題点を、修子は一つ一つ慎重に解決していく。

神経を集中させ、全身でハーモニーを聞く。小節の頭を柔らかく引き延ばし、羽根が生えたように自由に飛び回るミハイルのヴァイオリン、確信を込めた楷書のようなタッチで揺らぎを断ち切っていくルドルフ・ヴォスクレセンスキーのチェロ。謹厳実直なアンドレイ・バシキーロフのコントラバスと、奔放なヴァイオリンを受けて叙情的に歌うヴィオラ。異なるタッチの四人の間を巧みに泳ぎ渡る。

思い悩む余裕などない。視線で合図し、ときに微笑みを交わしながら弾いていく四人の奏者の真ん中で、修子は辛うじて大きな破綻もなく「ます」を弾き終えた。

よく知られている曲だけに、拍手は大きい。

いったん袖に引っ込んだ修子たちは、もう一度、ステージに戻りお辞儀する。

ミハイルが修子の右手を取り、高々と掲げる。

「とてもよかった、修子。次のショスタコーヴィッチもこの調子で行こう」

そうささやきながら、ウインクした。

この調子で行けるわけがない。ピアノとチェロ、ヴァイオリンの三者だけで演奏されるショスタコーヴィッチのピアノ三重奏曲は、シューベルトのようなわけにはいかない。

弦楽合奏にピアノが加わる「ます」と異なり、ピアノ三重奏曲は、ソリスト三人のぶつかり合いで進む音楽だ。同じ室内楽とはいえ、ピアノ五重奏とは性格がまったく違う。三者の卓越したテクニックと表現力と個性が競い合い、壮麗な塔のような曲が立ち上がる。一人でも力量の劣った者が入れば、輝きは失われ、塔は崩れ落ちる。

「リハーサル通りでいい。アンナよりセクシーなショスタコーヴィッチになるぞ」

ルドルフが、毛むくじゃらの分厚い手で修子の背中を叩きながら笑う。

共演者として腹をくくり、代役に決まったピアニストを励ましてのびのびと弾かせようという配慮が、痛いほどに感じられる。

しかし弾けないものは弾けない。奇蹟は起きない。

努力しようと、気分良く弾こうと、実力以上のできばえになることのないクラシック音楽の残酷さを修子はかみしめながら、スタッフの詰めている事務室に向かう。

防火扉を開け、聴衆でごった返しているロビーに出た瞬間だった。

プラチナブロンドに染めた長い髪を後ろで一つにまとめた長身の女が、寒さに鼻の頭を赤くして正面玄関に通じる階段を上がってくるのが見えた。

どよめきが上がった。

ロビーでワインやコーヒーを飲んでいた客たちは、いっせいにそちらを向き棒立ちになった。果たしてそれが本当にロシアから来たピアニストなのかどうか、まだ自分の目が信じられないまま、近寄ることもできず遠巻きにしている人々の間を、アンナはゆっくりとこちらにやってくる。

視線はどこか遠くで焦点を結んでおり、修子には気づかない。

「失礼ですが、アンナ・チェーキナさんですよね」

赤いトレーナー姿のスタッフが、駆け寄っていく。

アンナはゆったりとうなずく。

「お待ちしておりました。こちらです」

スタッフに誘導されて事務室に向かうピアニストのために、ロビーにいた人々は、素早く左右に分かれ無言のまま道を空けた。

修子が慌てて後を追い事務室に入ると、英語に堪能なスタッフがアンナに向かいプログラムの変更があったこと、シューベルトについては修子が代わりにピアノを弾いたことなどを伝えていた。

「アンナ」

呼びかけると、アンナは振り返った。

白い顔がふわりと微笑した。

「修子、会いたかったわ、元気だった」

アンナは立ち上がって、修子の首に両腕を回した。柔らかな唇が頬に触れる。

ごめんなさいでもなければ、遅れてご迷惑をかけましたでもない。コンサートが始まってから当然のように会場入りして、悪びれた様子もなく再会を喜んでいる。

「ええ。私もうれしいわ。もちろん弾いてくれるわね。次のプログラムはショスタコーヴィッチよ」

修子のロシア語を理解した者が、その場にいるとは思えないが、ショスタコーヴィッチという固有名詞から内容はわかったらしい。室内の空気が緊張した。

ただ一人アンナだけが、「ええ、もちろん」とうなずいた。だれかが唾を飲み込んだ。

この場にいる者は、だれもが胃のよじれるような思いを味わっていることだろう。

第二部の開始時刻の遅れとピアニストの再度の変更を知らせるアナウンスを至急流さなければならない。しかしそれを行ったところで、この十分後か十五分後か、楽屋で着換えたアンナ・チェーキナが「気分が乗らないから弾かない」と言い出す可能性がないとは言えない。いや、今までの例からすると、その可能性は大きい。

お茶を入れるというスタッフの申し出を断り、修子はアンナを楽屋に案内する。

途中で、ショスタコーヴィッチ弦楽四重奏団のメンバーと会った。

アンナと親しい彼らは、修子が説明するまえに、事情を悟ったようだ。ルドルフがにこりともせず「女王陛下にリハーサルは無用だ」と皮肉を言い、ミハイルが修子の方をちらりと見ると「美女と一緒に弾けなくて残念だ」と肩をすくめる。

アンナは平然と受け流し、その場にニットのジャケットを脱ぎ捨てた。抜けるように白い肩と腕、痩せすぎてはいるが六十になるとは思えない体の線を顕わにした漆黒のドレス。

このままステージに立つつもりのようだ。楽譜だけを手に舞台の袖に立ち、ブルーグレーの目を見開き、虚空を見つめている。

その背後でスタッフの一人で、二十代の女性が、祈るように両手を組んでいる。

客席が暗くなった。

ミハイル達が出て行く。アンナは、会場にやってきたときと同じ靴のまま、すたすたとステージに歩み出ると、これからお茶でも飲もうとするかのようなさりげなさで、ピアノの前にすとん、と腰掛けた。

背後でほっとためいきが漏れた。

ボランティアスタッフや文化行政課の職員たちだった。

やりましたね、というようにスタッフの一人が親指を立てて見せる。

修子は無言のまま、彼らの方を向き、互いの努力をたたえるように彼らと掌を合わせた。

成功した。アンナは弾く。

拍手が収まる。

懐かしく叙情的な、しかしどこかしら人を不安に駆り立てるような旋律が、チェロの最高音で奏でられ始めた。ピアニシモでヴァイオリンがそれを追い、やがてアンナのピアノが、小さいがしかし地の底から響いてくるような音で鳴り始める。

廊下に出た修子は、そっと客席のドアを開けて忍び込むように中に入り、通路際の席に腰を下ろした。

ピアノは、中東的な色彩を帯びた不思議な旋律を奏でていた。ミハイルのヴァイオリンは伽羅《きゃら》の香りにも似た不気味な官能を湛え、ルドルフのチェロは、黒衣に身を包んだ幻の司祭が、香炉を揺らしながらイコノスタシスの向こうから立ち現れたかのような、厳粛でありながらどこか怪しげな雰囲気で歌う。

彼らとアンナは以前にも、何度かトリオを組んではいる。とはいえリハーサルもなく、いきなり舞台に上がったにしては、その音楽に寸分のきしみもなかった。

アンナのタッチはどこまでも正確だった。それだけではない。ミハイルとルドルフという、対照的な音楽作りをする二人の奏者の間にある温度差、そこに生じる風の流れに乗って、微妙な揺らぎを神秘的な響きに変えていく。

狂っているようでありながら、寸分の狂いもない。即興で弾いているように見えながら、わずか数秒後の未来を割り出し、音の粒の一つ一つを正確に重ねていく。

いったいどうやって、これほど完璧な演奏をするのかわからない。ただ、常人の想像も及ばぬ集中力で、アンナが一小節、一小節を弾ききっていることだけは確かだ。

この音楽を聴いてしまえば、アンナがなぜ、あれほど平然とキャンセルを繰り返すのか、楽屋まで来ていながら、「気が乗らない」などと言って、ステージに立つことを拒否するのかが、理解できる。同じプロとしてとうてい認めがたい行為ではあるが、そうせざるを得ないアンナの演奏家としての生理が痛ましくもある。

一方で、幾度も失望を味わわされながら、聴衆が、なぜ見限ることもなく、弾くか弾かないかわからないアンナ・チェーキナのコンサートに足を運ぶのかもわかる。

アンナの音楽は奇蹟だった。奇蹟は何度も起きるはずはない。彼女がステージに上り、弾いてくれること自体が奇蹟なのだ。

完璧な彼女の音楽が支える完璧なアンサンブル。しかしアンナは、その奇蹟のピアノをこの十年あまり、決して単独では聴かせてくれない。

なぜかいつもアンサンブルなのだ。

ヴァイオリンやチェロ、フルートといった旋律楽器とのデュオ、あるいはピアノトリオやクインテットといった室内楽が中心で、ときには室内オーケストラと共演することもある。しかし一人で舞台に上がることはない。

彼女のキャンセル癖が招いた結果だ、と言う者がいる。

アンサンブルなら、今回の修子のような代役のピアニストを立てることもできる。しかしソロではそうはいかない。単独のピアノリサイタルであればコンサート自体が中止となる。

アンナがソロを弾かなくなるまで、何度もそうして流れたコンサートがあった。それで呼び屋である音楽事務所の方から、アンナ・チェーキナのソロを断るようになったという噂があるが、おそらくそうではないだろう、と修子は思う。

世界的なピアニストと呼ばれる人々は多い。しかしアンナほどの熱狂と憧れと崇拝をもって迎えられるピアニストはいない。

もちろんベートーヴェンの、ショパンの、そしてチャイコフスキーのピアノ曲を聴きたいという聴衆はいる。しかしアンナのファンは、アンナ・チェーキナのピアノを聴きたいのだ。

修子のようなピアニストが代役を務めるのも、リサイタルが急遽中止になるのもファンにとっては同じことだ。彼女のソロを聴けるなら、たとえ予定通りコンサートが実施される確率が十分の一以下であっても、ファンはチケットを手に入れようとするだろう。

また、アンナの記憶力が落ちてソロに必要な暗譜ができなくなっている、という者もいる。これもまた修子にはあり得ないことに思える。

アンナは今年で六十だ。ソロを弾かなくなった十年前は五十歳で、今の修子と同じ位の年齢だ。五十代に入れば確かに記憶力は落ちるが、暗譜に必要な記憶力は単純な固有名詞や数字を覚えるものとは違う。

画像としての音符の連なり、階名という言葉、メロディーという音、そして指の運動。視覚、聴覚、運動、言語にかかわる記憶のすべてが、音楽の中で結びつき、相互に補強し合うから、楽譜の記憶というのは一般に考えられているよりは遙かに堅牢なものだ。

記憶力ではなく、加齢にともなう身体的な不調からソロが弾けなくなっているという者もいる。五十前後で女の体は劇的に変わる。婦人科系の内臓疾患はもとより、ピアニストにとっては致命的な指の関節炎、腰痛などに見舞われることもある。しかしそれにしては、こうしてヴァイオリン、チェロとともに演奏しているアンナのピアノの音には、身体の不調を感じさせるものは何一つない。もちろんアルツハイマーや脳梗塞といった病気を患っているようにも見えない。そのピアノからは力強く清明な音が、あふれ出してくる。

一人で弾く音楽的な力がすでにない、あるいは自信がない、ということがどこかの音楽誌に書かれていたことがあったが、これこそ論外だ。一人で弾く力の無い者が、ソリストの個性がぶつかり合うピアノトリオは弾けない。

そしてアンナ自身の口から、その理由が語られることはなかった。最後のソロを演奏会で弾いたのがいったいいつのことなのかはわからない。キャンセルやプログラム変更を繰り返しながら、アンナはいつの間にかソロを弾かないピアニストになってしまっていた。

理由を尋ねることはタブーになっている。尋ねれば口をつぐむか、「気分が乗らないから」と答えるかだろう。しかし困るのは、その後に「気分が乗らないから」という理由で、アンサンブルの演奏までキャンセルしてしまうことだ。それが怖いからだれもきけない。

あれほど定評のあったアンナのショパンは、今ではCDでしか聴くことができない。

修子が留学していたときに何度も耳にし、手本にしたベートーヴェンのソナタも二度と聴くことはできない。余計な力みもなければ、悲壮感もない。正確無比なタッチの中に、見事に均衡のとれたメロディーラインと、美しい和音の響きの際だつ演奏、ベートーヴェンの音楽性を真に理解し、自分のものとして表現した演奏であったと修子は思う。

チャイコフスキーも、ドビュッシーも、もちろんバッハも完璧に弾いた。バロックからベリオのような現代音楽までなんでも弾いたが、修子には、アンナはやはり天性のショパン弾きのように思える。

生まれついての感性だろうか。フランスのエスプリでもなければ、フランスに憧れ続けたロシアの叙情でもない、もちろん構築的なドイツ音楽でもない。

ロシア生まれで、モスクワ音楽院出身という生粋《きっすい》のロシア人である彼女は、完璧な技巧で人々をうならせながら、ショパンのピアノ曲の中に溢《あふ》れる詩を、文学的なロマンティシズムに溺《おぼ》れることなく、表現してみせる。彼女の音楽の中にはポーランドの風土がある、と評した教授が、音楽院にはいた。

装飾過多の、情緒を垂れ流したような、不正確な解釈のショパンを耳にするたびに、修子は、なぜアンナが今、彼女のショパンを弾いてくれないのか、と心の底から惜しく思える。

倍音で弾かれるチェロの高音を残して、ショスタコーヴィッチのピアノトリオは終わった。

割れるような拍手が会場を包む。

スタッフの一人がやってきて、修子の手を握りしめ、「先生、やりましたね、弾いてもらえましたね。大成功です」と言いながら、声を詰まらせた。市内のデパートに勤めながら、この企画のために丸二年、事務局を仕切ってくれた女性だった。

「すばらしいです。空前絶後の演奏ってこういうのを言うんですね」と県の職員もかけ寄ってきた。

もしアンナにキャンセル癖がなければ、これほど感激されるだろうか、と思うほどに、修子は少し複雑な気持ちになる。

ステージでは、アンコール曲が始まる。チャイコフスキーの小品だ。拍手。さらにアンコール。

雰囲気をがらりと変えて、「ノルウェーの森」が演奏される。

演奏中にもかかわらず、拍手が起きる。

スタッフが集まってきて、目を潤ませる。今日の開催を迎えるまでの二年間の苦労をそれぞれに思い返しているのかもしれない。

客席から舞台の袖に戻った修子は、ステージを覗《のぞ》いてみる。アンナのルーズにまとめた髪は崩れ、金色の滝のようにその背中と肩に落ちている。ミハイルやルドルフと視線を交わし、うなずき合いながら、体を左右に揺らせて、アンナは弾いている。

楽しそうだった。こうして見ていると、アンナがソロを弾かなくなった理由は、単にアンサンブルの楽しさにはまってしまって、一人で弾くのをつまらないと感じているからに過ぎないように思えてくる。これほど楽しそうに弾いているのなら、予定通りの便で来日し、決められた時刻通りに会場入りしてくれてもよさそうなものを。いったいなぜあれほどもったいをつけなければならないのか。

肩を抱き合い、感激の涙にくれるスタッフや職員たちをよそに、修子は、一人、同じ音楽家として、このカリスマ的人気を誇るピアニストに腹を立てていた。定形通りの、楷書のような自分の演奏と引き比べ、寒々とした思いに駆られるほどに、腹が立ってしかたなかった。

　ひょっとするとアンナは孤独に耐えられないのかもしれない。すぐそばまで来ていながら、「一人になりたい」と、ホテルに籠《こ》もったアンナは、好きで一人になっているわけではない。

　これから弾かなければならない曲、一回一回が頂点を極めるような演奏。そのレベルを維持するためには、想像を絶する集中力が必要とされる。しかしプロの演奏家には、常に寄り添い助言を与えてくれるコーチなどいない。たった一人で音楽に対峙しなければならない。自分の力を極限まで鍛え上げ、感覚をとぎすませていかなければならない。

　孤独は音楽の中にだけあるのではない。普段の生活の中でも、一般の人々からはなかなか理解されないこともある。ある程度名前がでてしまえば、なおさらだ。感情も場も共有できないまま、家族や友人や、その他の親しい人々の前で、違和感を抱かれないように振るまわねばならない。

　そんな孤独に耐えきれなくなったアンナが選んだ道が、アンサンブルなのではないか。自分と同じくらいの力があり、自分と同じくらい孤独な者同士が、競い合い、結びつき、美しい音楽を作り上げていく。その楽しさ、その魅力によって、アンナは救われたのではないだろうか。

「ノルウェーの森」は、リフレインするピアノの音で終わり、メインのプログラムよりもいっそう大きな拍手が巻き起こる。

メンバーが袖に引き上げてくる。

汗をぬぐう間もなく、再びステージに出て行き、深々とお辞儀をする。

ミハイルもルドルフも楽器を袖に置いてしまったところを見ると、これでアンコールを終わらせるつもりなのだろう。

そのとき客席から「アンナ」という声がかかった。

どこにでもいる親衛隊だ。彼らの声は、「アンナ、アンナ」という聴衆の大合唱に変わっていった。

弦楽四重奏団のメンバーが苦笑している。コントラバス奏者のアンドレイ・バシキーロフが、まぶしそうに顔をしかめ、ステージの方を見やる。

アンナは微笑みながら、ステージに一人で立ち、深々と頭を下げた。

「アンナ、アンナ」という大合唱は収まらない。

そのときアンコールを促す拍手の調子が変わった。二拍子で打っていたのが、「アンナ！」というかけ声とともに三拍子になった。

最前列に陣取っている親衛隊だ。彼らが意図的に三拍子の拍手を作り出した。

ワルツを弾け、アンナ。修子にはそう聞こえた。

「ショパンを弾いてくれないの、アンナ」

袖に戻ってきたアンナに修子は、そうささやいた。

アンナは大きな瞳を見開き、修子をじっと見つめた。

ショパンを、つまりソロを。呼ぶ側にとっては、タブーとなっていることだ。いや、「なぜソロを弾かないのか」と尋ねることがタブーになっているくらいだから、「弾け」というのはそれ以上のタブーだ。わかっているが、楽しげにステージから戻ってきたアンナを見ていると、これがたった一度のチャンスかもしれないと思えてきた。

「弾いて、お願いだから」

あなたのショパンを弾いて。聴衆も、スタッフも、これほどまでにあなたを待っていたのよ、アンナ。

「私の荷物を持ってきて」

修子の顔から視線を外すと、アンナはスタッフの一人に英語で言った。

数秒後に息せききってやってきたスタッフの差し出した紙袋から、アンナは楽譜を取り出す。ショパンのワルツ集だ。ソロは弾かないはずのピアニストがスコアを持ち歩いていた。いや、持ち歩いているだけではない。弾かないはずのソロを、今、修子の願いを聞き入れ、弾こうとしている。

「ありがとう」

修子はアンナに抱きつき、頬にキスした。スタッフたちは目の前にいるピアニストに向かい、無邪気な調子で拍手している。

アンナは楽譜を片手にステージに戻りかける。

「一人で弾くのか」

ミハイルがすれ違いざまに驚きの声を上げた。

アンナはふと足を止め、修子を振り返ると、微笑みながら「十四番」と告げた。

ホ短調のワルツ。ショパンの遺作だ。

ありがとう、とアンナの肩を抱いたとたん、筋張った大きな手が、修子の手首を摑《つか》んだ。

一緒にステージに出てこいという意味だ。

主催者である自分を立ててくれて、聴衆の前でその友情をアピールするつもりなのだ。

少し恥ずかしいが、アンナが弾いてくれるというなら、何でもいい。手をつないだまま、アンナの後について修子はステージに上がる。

「アンナ！」の合唱は、割れるような拍手に変わった。

自分の思い違いに気づいたのは、その直後のことだった。

アンナは修子の手を離すと譜面立てに分厚い楽譜を置き、十四番のワルツのページを開いた。

譜めくりしてくれ、という意味だ。

アンナがソロを弾くということに気づいた聴衆の間から、どよめきが上がる。

戸惑いながら修子は、袖にいるスタッフに折り畳みの椅子を持ってこさせ、ソリストの左側に腰を下ろす。

いったいどういうことなのか。なぜアンナは、ソロを弾くのに、楽譜を見るのだろう。暗譜するくらいに弾き込んでいなければ、プロとして人前では弾けない。しかも二分数十秒の曲だ。中学生でさえ、発表会では暗譜で弾く。

うそ寒い思いに捉えられた。あの噂は本当なのかもしれない。アンナは暗譜ができなくなっている。病気か事故か、それとも加齢によるものか、とにかく何らかの理由で、彼女は楽譜を見ずには弾けなくなった。

あれほどの完璧な演奏をできるのに、アンナの記憶中枢は壊れてきている。

驚くほどのさりげなさで、アンナは鍵盤に手を下ろした。

序奏の八分音符が、小粒のダイヤのようなきらめきを放って、立ち上る。息を呑む気配とため息が客席から漏れてくる。

これはワルツではない。不意に修子は感じた。ワルツでありながらワルツでない。少しもウィーン的でない響きだ。実用舞曲から、ひどく遠ざかった三拍子。ワルツではなく、マズルカだ。紛れもないポーランドの匂いがした。

修子は、アンナの横顔を見た。リヒテル、ギレリス、ベルマン……ロシアの生んだ偉大なピアニストたちと並び称されながら、アンナ・チェーキナは彼らとは何かが違う。

優美な第二旋律が現れ、曲は見開きページの最下段に入る。修子は立ち上がり、アンナの方に体を向け、左手の中指と薬指でページを挟む。

ピアニストの視線は、今弾いているところの先の音符を読む。だから弾き終える前にページをめくらなければならない。遅すぎてはならないし、早すぎてはもっといけない。ピアニストの癖とテンポから、タイミングを割り出す。ピアニストを生かすも殺すも譜めくり次第とも言われる。もしアンナの記憶中枢が何かの原因で壊れているとするなら、なおさらだ。身の引き締まるような思いでアンナの音を聴く。

ページを折って次ページの冒頭部分がピアニストに見えるようにしながら、タイミングを見計らい、修子は静かに、素早く楽譜をめくった。

次の瞬間、全身から血の気が引いた。

転調し、次の旋律が弾かれるはずが、アンナの音楽は、前のページに戻っていた。

失敗したのだ。アンナではなく、修子の方が。

繰り返しの記号を見落とした。いや、目は確かにその情報を拾っていたにもかかわらず、修子の指は繰り返しを無視してめくってしまった。

慌ててページを元に戻す。

今度は二枚の紙が張りつき、さらにその前ページの十三番のワルツに飛んでいた。

めまいがした。そのまま折り畳み椅子の上に崩れそうになった。

十数年ぶりに弾いたアンナのソロを、自分がめちゃくちゃにしてしまった。

この場から逃げ出したい気持ちを抑え、平静な表情を崩さずに、素早くめくり直す。

しかしアンナの音楽には、何の動揺もなかった。止まることはもちろん、淀むこともなく、わずかなテンポの乱れさえなく、その指は超絶的な速さで、鍵盤上を躍り続ける。

暗譜しているのだ。

楽譜など最初から必要はなかった。それならなぜ、それを譜面立てに置いたのか。何のために楽譜と譜めくりの人間を必要としたのか。それがあることで安心感を得ようとしたのなら、修子が間違えてめくった時点で激しく動揺し、弾けなくなるはずだ。

修子は疑問を振り払うように、再びページに指をかける。

今度は、正確に次のページを開くことができた。

光溢れる春の野辺を思わせる、ホ長調のメロディーがあふれ出す。

譜めくりの役目は終わった。

ほっとして椅子の上にへたり込みそうになる自分自身を叱咤し、背筋を伸ばして座る。

優美なホ長調の旋律が繰り返された後、フォルテシモで和音が鳴り渡った。そのとき左手で奏でられる異様な音階の底から、何かが揺らめき立つのを修子は感じた。

白いものがきらきらと光りながら、舞っている。雪だ。体を凍らせるような湿った雪混じりの風が、ステージ上に巻いている。

幻覚を見ている。

アンナ……。修子は小さく呻《うめ》いた。

鍵盤の上に、ぽつりと何かが落ちる。汗だった。アンナの蒼白の顎《あご》から汗がしたたっている。熱演による汗ではない。自分と同じものをアンナも見ている。

吹き付ける風の音に、銃声が混じった。背筋が硬直した。モスクワにいたとき、一度だけ聴いたことのある、ショットガンの音だ。

いや、違う。フォルテシモで繰り出された、移行部の和音に過ぎない。こんなところで銃声が聞こえるはずがない。

ヤドヴィガ
嗄《しわが》れた男の声が聞こえた。

Dの最低音から上昇する音階の底に、「ヤドヴィガ」といううめき声が混じった。

修子はゆっくり息を吐き、目を見開く。おかしな幻聴を振り払わなければならない。

激しく咳き込む音とともに、暗い客席でゆらりと男が立ち上がるのが見えた。

その後ろでもう一つの影が立ち上がる。

さらに別の影が……女もいる。

ヤドヴィガ
深い井戸の底から呼びかけてくるような無数の声とともに、客席からいくつもの影が立ち上がる。

いや、客席などない。今、修子は暗い石造りの建物に取り囲まれていた。大学の構内のようなところだ。石の壁に囲まれた中庭で、雪混じりの風になぶられながら修子は、一心不乱にピアノを弾き続けるアンナの傍らにいる。

アンナ
修子は呼びかける。

これは何？

こんなところで、私はなぜ、夢を見ているの。

軽やかに転がるホ長調の旋律の底で、左手は陰鬱な和音を刻んでいる。

目を開ける。石の床に鍵盤が浮かび上がる。すさまじい速さで、しかし正確無比なタッチでアンナの指が走る。二重写しのように灰色の石の肌が現れ、その上に雪が積もり、うっすらと積もった雪の上に、影のように黒い染みが広がっていく。

舞台の上に、何かが這い上がってきた。両手を背後に回され縛られた男が、芋虫のように這ってくる。片目と耳から血を噴き出させた男がステージに上ってくる。

悲鳴を上げそうになるのを押しとどめる。ステージだ。ここはステージだ、あんなものがいるわけがない。

ヤドヴィガ

呻くともなく、つぶやくともなくその言葉を口にしながら客席から立ち上がった影は、今、次々にステージに上ってくる。ゆらゆらと立ち上がり、近づいてくる。

背筋を凍り付かせながら修子は身構えていた。

悪霊か、亡者か、それともアンナか自分自身が生み出した幻覚か。

おぞましさに身を凍り付かせながらも、修子はその場を動くまいと決意していた。

今は、彼らからアンナを守らなければならない。アンナの演奏を中断させてはならない。

所詮は、夢、幻の類だ。

黒い影は、グランドピアノの湾曲したラインに沿って、修子たちを取り巻いている。

腫れ上がった顔、どす黒い染みのついたぼろぼろの衣服。血を流した灰色の、異形のものどもが、そこに立っていた。

襲ってくるわけではない、鍵盤に手をかけるわけでもない。何かを訴えている様子もない。救いを求めるでも、何か語りかけてくるでもない。

ただ、灰色の壁のように立っている。無言のまま、アンナを見下ろし、アンナの奏でる優美で、華麗なワルツを聴いている。

ヤドヴィガ
こだまのように聞こえた。

ヤドヴィガ、ヤドヴィガ、ヤドヴィガ……

ワルツは終わらない。ホ短調のテーマが再現されるはずが、再びあの光の差し込むような長調のメロディーが聞こえてきた。そして軽やかな気分を断ち切るように最強音の分厚い和音が続く。

繰り返している。

テーマに戻り、終盤のコーダに移っていくはずが、そこにたどり着かず、何度も戻ってくる。しかも速さを増しながら。

ワルツは旋回していた。

ピアノの脇に、無言のまま立つ男の手が見え、修子は息を呑んだ。掌が後ろ向きについている。関節をはずされたのか……。

いくつもの目が、アンナを見下ろしている。その視線は鍵盤の上を疾走する指も、もつれて揺れるプラチナブロンドの髪も追ってはいない。網膜に何も映してはいないガラス玉のような、ぽっかりと開いた、瞬きしない目ばかりだった。

アンナの右手が、力強く打ち下ろされる。左手がすさまじい速さで上昇音階を弾く。

瞬時に魍魎《もうりょう》たちの姿が闇に沈んでいった。

漆黒の帳《とばり》が下りた。アンナの姿もない。

鳴り渡るピアノの音だけが、闇の底を流れていく。闇の粒子がグリッドとなって修子の体を囲んでいる。グリッドの中で、これまで聴いたこともないほど鮮明に、ピアノの音が響く。一音、一音が磨き抜かれ、神経症的な清らかさで奏でられている。重なり合い、流れる粒の一つ一つが、結晶していく。修子は自分の知覚のすべてがその結晶の中に閉じこめられるのを感じた。

あの薄気味の悪い者たちは消えた。アンナもいない。そして修子自身の体もそこにはない。ピアノの音だけが鳴り渡っている。

完璧な響きだ。息苦しかった。肉体さえ失い、修子は音楽のグリッドに閉じこめられている。

わずか二分数十秒のワルツは、まだ終わらない。

身体を失い、意識だけが暗黒の中を漂い、むき出しになった聴覚が音を拾っている。すさまじい圧迫感に、悲鳴を上げた。しかし自分の声など聞こえない。

再び、旋律は繰り返した。

やめて、アンナ。

声にならない声で叫ぶ。

終わらせて、ヤドヴィガ。

無意識のうちに叫んでいた。ヤドヴィガ、と。

アンナに向かい、なぜそう呼びかけたのかわからない。

不意に、ホ短調の第一テーマが戻ってきた。

闇にほころびが生じた。出口のない三拍子の輪からようやくぬけ出した。

アンナは、いつもと変わらない沈着な表情で弾いている。大理石で彫られたような、白く、筋肉質な腕、まぶしいライトに照らし出された楽譜、鍵盤の上を疾走し、華々しいコーダを奏でる骨太の指。何も変わったことはない。

なだれ落ちるように四つの和音が鳴り渡った。

残響をかき消して、拍手の音が会場を覆いつくしていく。

「ブラヴォー」の声。そして、「アンナ」の大合唱。

アンナはふらりと立ち上がり、片手をピアノにかけて体を支えるようにして、お辞儀をした。

修子は譜面立てから楽譜を取り上げる。その瞬間、ピアノ本体の艶やかな漆黒の肌から、血と硝煙の入り混じったようなにおいが立ち上った。

片手をアンナの腰のあたりに添え、逃げるように袖に入る。

スタッフが拍手で迎えた。

「すばらしかったです。お疲れだったでしょうに、何度も繰り返してくださって、ありがとうございます」

「何度も繰り返してた？」

つぶやくようにそう言うと、スタッフは上気した顔でうなずいた。

アンナは呆けたような表情で立っている。

「もう、感激です」

「楽屋にご案内して、お茶を差し上げて」

修子は素早くスタッフに指示する。

廊下を歩いていくアンナの後ろ姿を見送っていると、心臓が激しく打ち始めた。息苦しさに見舞われ、打ちっ放しのコンクリートの壁にもたれかかる。生あたたかい汗が背中に噴き出してくる。

「私、演奏中に叫び声上げたりしなかった？」

スタッフの一人に、尋ねる。

「え？」

スタッフは怪訝《けげん》な表情をした。

「叫び声ですか？」

その場にいた人々は顔を見合わせ、首を傾げる。

「譜めくりされてただけですよね」

「大失敗したのよ」

「ああ」とスタッフの音大生が、軽い口調で言う。

「やっちゃうんですよね、紙が張りついたんでしょう。ああいうことがあるから、本番は怖いですよね。何が起きるかわからない。でも、演奏はぜんぜんＯＫでしたよ。本当は暗譜していたんですよね、アンナさんは。ただ、神林先生と一緒にステージに立ちたかっただけじゃないですか」

「いえ」と言いかけ、はっと気づいてうなずいた。

アンナは確かに一緒にステージに立ちたかったのだ。ショパンを弾いて、とせがんだ友人の望みをかなえるかわりに、隣にいてくれることを望んだ。

一人では上がれないステージに、アンナは自分を連れて上がったのだ。

一人ではなかったから、あのような者達に取り囲まれて、彼女は弾いた。

では、アンナの共演者たちはあれを見なかったのだろうか。

ミハイルは、ルドルフは、見なかったのだろうか。

「ヤドヴィガ」

修子はつぶやく。そのとき操作室の脇の暗がりにいたアンドレイ・バシキーロフが、びくりとしたようにこちらに顔を向けた。

「なぜ、その名前を知っているんだ？」

年配のコントラバス奏者はロシア語で尋ねた。

「あなたも見たの？」

修子は駆け寄っていった。

「あなたには見えたのね」

「何のことだ？」

　バシキーロフは低い声で尋ねた。

「聞いたんでしょう、ヤドヴィガって声を」

　不思議そうな顔で彼は、修子を見下ろす。

「演奏中よ、さっきアンナがショパンを弾いていたとき、聞こえたのよ。亡者のようなものが、ヤドヴィガって、言いながら、舞台に這い上がってきたわ」

　忙《せわ》しない様子で、片づけにかかっているスタッフがロシア語を解さないのが幸いだった。こんなことを聞かれたら狂っていると思われる。いや、本当にこちらの精神が異常を来《きた》したのかもしれない。

　バシキーロフはしばらくの間、無言で修子の顔をみつめていた。

「アンナはあなたには話したのか」

「何を？」

「ヤドヴィガというのは、アンナの名前だ、十六歳までの。ヤドヴィガ・ガシュカイテ。リトアニア人としての名前だ」

「リトアニア？」

　エストニア、ラトヴィアとともに、バルト三国の一つだ。

修子の留学していた音楽院には、グルジアやベラルーシなど、ソ連邦の各地から学生が集まっていたから、アンナがリトアニア人だったとしても驚くようなことではない。

「彼女はKGBの高官の養女だ」

「知っているわ。レニングラードに住んでいて、戦争で両親を亡くしたとか。それで引き取られたそうね。それでアンナ・チェーキナとロシア人の名前を名乗っていたのね」

バシキーロフはかぶりを振った。

「彼女はレニングラード出身ではないし、両親は死んでいるかもしれないが、ドイツ軍にやられたわけじゃない。リトアニアで生まれ育ち、逮捕される十六歳まで少なくとも家族はいた」

「逮捕された？」

スターリン体制下で行われたすさまじい民族浄化の実態はソビエト連邦解体後に、明るみに出た。リトアニア人であるというアンナとその家族も、犠牲者だったということなのか。

ポーランド、ドイツ、ロシアと、大国の影響下に置かれ、蹂躙され続けたリトアニアでは、第二次世界大戦後、知識人が、政治家が、富裕層が、そして一般の農民までもが、ボルシェヴィキによってシベリアに送られ、続いて行われたパルチザン掃討作戦によって何万という人々が殺されている。

「それでは彼女のお父さんかだれかが逮捕されて、一家でシベリアにでも送られたのね」

幼い少女を哀れんだロシア人が、養女として引き取りロシア語名を与えて育てたのだろうか。しかし彼女は十六で逮捕された、とさきほどバシキーロフは言った。ソ連邦に組み込まれた周辺小国に対するジェノサイドは、スターリン体制下で実行に移された。一九四〇年代から、五〇年代前半にかけてのことだ。フルシチョフの時代に入ってからは、そうしたやみくもな弾圧は影をひそめ、収容所に送られた多くの人々が解放された、と修子は聞いている。十六でアンナが逮捕されたとすると、年代がやや合わない。

バシキーロフは答えた。

「彼女の家族のことは知らない。五〇年代の中頃にパルチザンが全滅し、リトアニアがソビエト化していった後も、学生やカトリック教会の抵抗運動は続いていた。彼女、ヤドヴィガ・ガシュカイテも、音楽院《コンセルヴァトアール》の仲間とともに構内に独立を呼びかける壁新聞を貼り出して、逮捕された」

「なぜ、それでKGBの高官の養女に？」

「実態は愛人だ」

修子はうめき声を上げた。

監禁、拷問、薬物、心理療法、ソビエト当局があらゆる手段を組み合わせて行った洗脳の実態を修子は耳にしたことがある。あるいは単純に死への恐怖からか、身体的な苦痛からか。年端《としは》もいかない少女が、慰みものにされた。

正義感と愛国心に燃える、才能溢れる少女の身体と心を、権力が踏みにじっていった。

修子は、音楽院で出会った、アンナの優しさ、柔らかさ、屈託のない笑みを思い出す。高官の養女ということは聞いていた。才能、美貌、コンクール優勝の実績、育ちの良さ、養親の資力、それに思いやりあふれる穏やかな人柄。すべて揃っているように見えた二十代のアンナが、そんな秘密と苦悩を抱えているとは知らなかった。

「なぜ、あなたがそんなことを」

「私の父は共産党幹部だった。そして私自身は、あのとき音楽学校にいた君たち外国人に関する情報を、教師も含めてすべてチェックして、当局に報告していた」

修子は息を呑んだ。自分のプライバシーも行動も、この男に見張られていたのか、と今更ながらあの威圧感を与える大柄な学生の姿を思いだし、ぞっとした。

しかし冷戦下のソ連では、そのくらいのことがあっても不思議はない。そしてソ連という国の政治体制になど、微塵の興味も関心も持たずに、それゆえに安全に過ごすことのできた三年間を思った。

政治にも人権にも関心を払わず、師である著名なピアニストに認められることと、難しいロシア語をマスターすること、それと淡い恋だけを世界への関心のすべてとして、それだけに心を悩ませて青春時代を過ごすことのできた自分の幸運を思った。

あのときのアンナは、どれほどの苦悩を胸の奥に秘めてピアノに向かっていたのだろう。

「ひどいことをしたのね、十六の女の子を捕まえて愛人にするなんて」

「違う」

バシキーロフは鋭く言った後に、いくらか躊躇《ちゅうちょ》しながら続けた。

「アンナたちは逮捕された後、KGBの下でスパイとして働くことを持ちかけられた。拒んだ者は収容所に送られた。さすがにスターリンの時代ではないから、おおっぴらにはできなかったが、尋問の現場は凄惨を極めた。コンセルヴァトアールでチェロを弾いていた学生は、左手を潰された後に収容所に送られた。しかしアンナ、すなわちヤドヴィガ・ガシュカイテは、そうした身体的苦痛を味わうことはなかった。もともとリトアニアを支配していたポーランド系地主階級出身の彼女は、KGBの副主任に取引を持ちかけたのだ。『もしあなたがたが要求するように、釈放された後、学校に戻って仲間の情報を売り続けていれば、いずれはばれる。そのとき、仲間からどんな制裁を受けるかわからない。それよりは、今、仲間について自分が知っていることは何もかも話すので、モスクワか、レニングラード音楽院への入学を認めてほしい。コンクール等に際して、一切の差別を受けないためにリトアニア人としての戸籍を抹消し、ロシア人としての偽の出生証明を取得させてほしい。自分には才能がある。一緒に逮捕された学生たちと比べてみれば、力の差は一目瞭然だ。しかるべき機関で優れた教師について教育を受けることができれば、自分は十分に国家に貢献し、期待に応えることができる。もちろん、女性として要求されることがあれば応える。その代わりに自分の後ろ楯になってくれることを約束してほしい』。十六歳の少女が、そう取引を持ちかけてきたのだ。驚くべき自信だ。尋問に当たったKGBの局員でさえたじろいだが、それが才能と実力に裏打ちされたものだということはすぐにわかった。確かにソ連邦の辺境に埋もれさせるには惜しい、異様なほどの力を、十六にして持っていた。名前も気質も、生粋のロシア人として、彼女はソ連邦を代表するピアニストとしてその名を轟かせ、まもなく当局によって養父からは切り離され、彼女が宣言した通り、国家に対して大きな貢献をしてきた」

修子は言葉もなく、バシキーロフをみつめていた。あの舞台に這い上がってきて、ピアノを取り巻いた亡者の群れは、それでは彼女とともに逮捕され、収容所に送られ、筆舌に尽くしがたい苦痛を味わい一生を終えた仲間たちなのだろうか。それとも彼らの国で、インテリであるという理由、社会の指導的立場にあるという理由、あるいはコルホーズに参加しないという理由から、虐殺され、逮捕され、収容所に送られていった人々なのだろうか。いずれにしても彼らは自分と祖国を裏切り、手段を選ばず栄光を手にした女の奏でる音楽の下に、無念の思いを胸に集まってきたというのか。

バシキーロフは冷静そのものの口調で続けた。

「ヤドヴィガの行為を非難するのは簡単だ。しかしもし彼女がKGBの協力者としてコンセルヴァトアールに戻っていたら、より多くの逮捕者を出していただろう。そして申し出を拒んで収容所に送られていたとしたら、それで満足させられたものは、少女のちっぽけなプライドだけだった。世界は偉大な才能を失っていたことになる」

拍手は鳴りやまない。ショスタコーヴィッチ弦楽四重奏団のメンバーが出て行き、お辞儀する。

バシキーロフはそちらを一瞥した。

「ミハイルはウクライナ出身で、父親を戦争で亡くし母親一人に育てられた。ルドルフの父は缶詰工場の労働者だ。ソビエト体制は、才能と努力によっては、その出身にかかわりなく彼らのような優れた演奏者を育て上げた。そのことを忘れないでほしい」

それだけ言うとバシキーロフもステージに出ていく。深々と頭を下げ、満場の拍手に応える。そこにアンナはいない。

修子は慌てて、楽屋に走る。不安が胸を重く圧した。鏡の前に倒れ、冷たくなっている姿が目に浮かぶ。死なないまでも精神に異常を来しているのではないか。

一人で弾かせることによって、自分が亡者どもの封印を解いてしまった。

息せき切ってドアを開ける。勢い余ってドアのノブが壁にぶつかり、大きな音を立てる。

驚いたように二つの顔がこちらを向いた。お茶を飲んでいるアンナと、スタッフの音大生だ。無事だった。

スピーカーから、拍手の音が豪雨のように聞こえてくる。「アンナ」という雄叫びが聞こえる。最前列の親衛隊だろう。

「すいません、アンナさん、お疲れのようだったので、私、のんびりお茶を飲んでいただいた方がいいと思って」

音大生は言いわけしながら、盆を持って部屋を出て行った。

修子は、腰掛けているアンナの足元に崩れるように膝をつき、その両手を握りしめた。

「よかった、無事で。あの舞台に這い上がってきたゾンビたちに連れて行かれたんじゃないかと、心配で」

アンナの手がするりと修子の掌から抜けて、ゆっくり修子の髪をなでた。

モスクワのあの部屋、家族写真の飾っていないあの質素な部屋で、ホームシックにかかった修子の頭をなで続けたアンナの掌の感触が記憶によみがえる。

「彼らは私といつも一緒にいるわ」

アンナは静かな口調で言った。

「彼らは何もしない、ただいるだけよ。彼らは私を連れて行ったりはしないし、危害も加えない。黙って立っているだけ。私はただ闇が恐いの」

「闇？」

彼らの沈んでいった闇、肉体も時も解体させ、融解させるような闇。ただ永遠に続くような音楽だけが鳴り響いていた。圧倒的に美しい音、空気抜けの穴さえないような、緊密な音楽のグリッド。

彼女が恐れていたのは、それだというのだろうか。

二十も年上のKGBの副主任に取引を迫った十六歳のアンナ、躊躇することもなく、祖国、アイデンティティー、人間としての誇りのすべてを捨てて、ピアノのために身を捧げてきたアンナ。

一流の演奏家は、人間的にも一流だなどという役人の言葉は、素人の抱く幻想だ。

少なくとも音楽性と人間性とは関係がないし、その時代と文化によって変わっていく倫理観といったものはますます関係がない。

彼女は、アンナ・チェーキナというピアニストは、勝手にはね回る靴を履かされたダンサーと同じだ。彼女を捉えた音楽は、彼女を休ませることはしない。人間としての良心も、プライドも、悔恨も超えたところで、アンナという名のピアニストに取り憑《つ》き、意のままに弾かせるメフィストがいる。

それが才能と言われるものの正体なのだ。

一人で弾かないことも、そしてあの繰り返されるキャンセルも、内なるメフィストへのせめてもの抵抗なのかもしれない。

拍手は鳴りやまず、明かりのついた客席から、客はまだ立ち去る気配もない。

「行きましょう」

修子は促した。

アンナはうなずき、しっかりした足取りで進んでいく。

修子の手を取りステージの中央に出て行くと、その手を高々と挙げ、空いた片手を胸の前に置き、片膝を折って深々とお辞儀した。

修子も同様に片膝を折って挨拶し、頭を上げて客席に目を凝らす。

すっかり明るくなった客席に、怪しげな者はいない。だれ一人席を立つ気配もなく、拍手が続いているだけだ。

いつまでも動かぬ客達に対し、やがてコンサートの終了を告げ、帰宅を促すアナウンスが流れ始めた。

沼《ぬま》うつぼ

沼うつぼというすこぶる散文的な名前の魚が、万葉後光鰻《まんようごこうのうなぎ》などという仰々しい呼び方をされるようになったのは、ごく最近の事である。

明治の初期までは、その半島の漁村では沼うつぼは、日常の食卓に載ることはないまでも、盆や正月、祝いの膳には欠かせないものだったと伝えられる。それがいつの頃からか、祝言の折に供されるのみとなり、やがてそれも鯛などの他の魚にとってかわられるようになった。

現在、土地の漁師に尋ねても、沼うつぼ、あるいは万葉後光鰻の名を知るものはほとんどいない。ましてやそれが生物学的にはどのように分類されるのか、いかなる学名がついているのかさえわからない。学者がみつける前に、全国でたった一ヵ所、日本海に小さくつきでた岬の沼にだけ生息する、その鰻とも、うつぼともつかない生物は、幻の魚になってしまったからである。

　胴体の直径十センチ、長さ一メートルというから、鰻にしてもうつぼにしても、大きな種類であることは間違いない。しかし俗にカニクイと呼ばれる大鰻とは似ても似つかない魚であるらしい。しなやかな体は淡い金に輝き、体をくねらせて泳ぐ様は、さながら光の帯が水中を走るようだ、と語られる。

　その肉は、鰻とはあきらかに異なるもので、白く透き通り、指先で軽く縦に裂けるほど柔らかい。鉄臭さが風味を損なうというので、皮を剝いだ後は、包丁は一切使わず手でさばく。半日ほどすると肉は、麝香《じゃこう》に似た芳香を放ち、その頃が最高に美味であるらしい。県の郷土館に残る文献には、この魚をさばいた後、台所から芳香が三日ほど消えなかった、とあるが、果たしてそれがこの魚の体に含まれるいかなる成分によるものか、現在では推測のしようもない。

　とにかく明治初期、この村のハレの膳に載った魚は、その後敦賀《つるが》の料亭で出され一部の食通に知られるようになり、やがて村を素通りし京都あたりに運ばれ、驚くほどの高値で引き取られ、ごく一部の人々のやんごとなき胃袋に納まるようになった。すでに村の人々は漁師でさえ、それを食すことはなくなった。濡らした新聞紙と氷に包まれて生きたまま遠隔地へ運ばれたというのだから、案外生命力の強い魚であったのかもしれない。しかしこうして土地の外の人々に取引されるようになってから、その魚は数を減らし始めた。反比例するように、もともと希少だった沼うつぼの値はさらに高騰していった。

全国でも唯一、沼うつぼの生息する沼は、その名を朱沼《あけぬま》と言う。冬の三ヵ月はみぞれまじりの風になぶられ、梅雨明けから九月一杯は、じめついた息苦しいばかりの熱気に包まれる海辺の村から、四キロほど行った岬の突端にある。海底洞窟を通じて海と繋がった朱沼は、さほど大きくはない。計測した者はいないので深さは不明だが、周囲はせいぜい二キロ程度だろう。しかしその中央部からは摂氏百度近い、鉱物質の熱水が噴き出している。海水と淡水、そして冷水と温水の混じり合う、信じがたいほど特殊な環境に沼うつぼは適応して生きてきたのである。

こうした特殊な魚で、もともと固体数が少ないところに、明治後期にはうつぼ一匹米一俵という値段がついた。それが大正末期には、米十俵までになった。漁師達は争って捕った。

しかし沼うつぼは、釣り針にも網にもかからない。もともと、鰻か鱧《はも》かそれともあなごか、あるいは海蛇の類の爬虫類なのか、だれも調べた者がいないからわからない。何を食っているのか見当もつかない。調理の際、胃を裂いた者もいるが、魚のかけらも海藻の切れ端も無く、もともとそれが胃袋かどうかもわからないほど、細長いただの消化管だった、と明治初期の文献にはある。

確かなのは、何を餌にしても決して釣り針にかからない魚だったということだ。だから漁師は銛《もり》を片手に沼に潜り、水温の極端な変化と戦いながら、水底近くを泳いでいる魚を突くのである。危険な漁であったが、海の男達にしてみれば、もともと板子《いたご》一枚下は地獄という世界に生きているのである。怖じけづくような者はいなかった。

そして昭和の始めには、沼うつぼの姿は朱沼からほぼ消えた。名士や政治家、成金、だれもが、食通であることに、後ろめたさを覚えなければならなかった戦時中、沼うつぼは一時的に乱獲をまぬがれ、わずかに数を増やした。しかし戦争が終わり、日本の経済が成長の兆《きざ》しを見せ始めた頃、再び沼に入る漁師の姿が見られるようになった。しかしその頃には、もし捕らえれば家が建つなどというほら話が漁師の間で交わされることはあっても、獲物はめったに上がることはなく、人々は一部の漁師以外、その存在すら知らないようになっていた。

関屋隆三《せきやりゅうぞう》は、その沼うつぼを見たことのある数少ない村の男である。昭和の三十年代の事で、彼が小学校に入って初めての夏休みだった。漁師である父の後を追い、朱沼に行ったのである。いつも海に行く父が、その夏は朱沼に出かけた。

危険だから絶対に水に入るな、と父は言い渡し、彼を水辺に残して沼に潜った。岸から眺める水面はのどかだった。青空を映してぬめるように光っていたが、目を凝らせばその中央部分から、微妙な流れが四方に広がっているのに気づく。しかし沼自体さほど変わったところもなく、朱沼という名の通り赤い水があるわけでもなく、岸辺には葦《あし》が茂り、水面のところどころに水草が浮き、対岸の岩場の向こうから外海の波飛沫の砕ける音が、地鳴りのように聞こえてくるばかりだった。

盆の頃だっただろうか。父が沼に通うようになって二週間ほど経っていたと記憶している。

炎天下に金色の水蛇のようなものがうねっていた。父が肩で息をしながら、茫然と獲物を見下ろしていた。それは濡れそぼった長い体を草の上に横たえ、扇を半開きにしたような形の尾を跳ぬ返らせ、ときにくるりと体を反転させ淡いベージュの腹を見せ、銛を打ち込まれた目から血を流しながら苦しんでいた。もだえる体は、太陽の光を浴びて燦爛《さんらん》と輝き、尾を反《そ》り返らせた拍子に上がった飛沫が隆三の裸足の足に飛んだ。なにか唾液のようにとろりとした、冷たい飛沫だった。魚の体内から分泌された粘液だったのかもしれない。

丈高く茂った夏草に足を取られながら、隆三は後ずさった。魚の姿は美しくもしどけなく、さらにむごたらしく、凝視していると魂を吸い取られそうだった。足元から恐ろしさが這い上がってきた。息が止まりそうになって、父を振り返る。そんなときいつもなら父は、腕組みをして軽くうなずくだけだったが、このときは様子が違った。

父の顔は青ざめ、ときおり得体の知れない笑みが浮かんだかと思うと、痙攣するように頬がひくひくと動いた。隆三が何を尋ねても返事もせずに、ごくりと喉を鳴らして唾を飲み込んだかと思うと、乾いた唇を舐めた。獲物を前にした漁師の尋常でない態度が子供心にも不思議で、さらに不安をかきたてられた。

そしてそれが彼が記憶にとどめる父の最後の姿となった。

後で人に聞いた話によれば、無理をして買った動力船の借金を返すために、父は一攫千金を狙って沼に潜っていたということである。

金色の魚は、仲買いを通さずに神戸の料亭に売られた。そしてそれは借金を返した他に、一家が一年は遊んで暮らせるほどの値をつけた。しかし予想外の大金を手にした父の心に何が入り込んだものだろうか、ライトバンを運転して魚を届けに行った父は、それきり潮風になぶられた家々が軒を寄せ合うようにして浜にしがみついている故郷の村に、二度と戻ってはこなかった。

家族には借金と、乗り手のいない船だけが残された。高度成長には縁の無い赤貧の生活の中で、祖母と母は相次いで亡くなり、鮪《まぐろ》船に乗った兄はマラッカ沖で時化《しけ》に巻き込まれて行方不明になった。妹は集団就職で大阪に出たまま、連絡を絶った。

残された隆三はまもなく海に出るようになったが、今でも朱沼に近付くことはない。もともと沼うつぼ漁の盛んであった一時期をのぞいては、朱沼に行く者など滅多にいなかったし、彼にしても近づきたい場所ではない。

それにしても隆三の瞼には、未だにあの陽光の下に金色の体をくねらせて悶《もだ》えていた魚の姿が不気味に焼き付いているのだ。その後、肉親の死や一家離散といった一連の事が、すべてそれに起因しているような気がしてしかたない。

小舟を操り夜明け前に海に出て、かわはぎや真鯛を釣り、夕刻に戻っては酒をあおって眠る生活は、ここ二十数年変わらない。四十間近の彼は、独り身である。いくら親兄弟がなく身軽だとはいえ、小さな村の漁師のもとに嫁いでくる女はそうはいない。若者はもちろん壮年の者までが町に出て、年寄りと猫しかいなくなったこの浜になぜ自分がしがみついているのか隆三自身もよくわからない。

大金を手にし、村を捨てていった父への反発かもしれないし、あるいは父と彼の一家の運命を狂わせた沼うつぼへの怖れと罪の入り交じった思いが彼をここに縛り付けているのかもしれない。それとも魚一匹にばかばかしいほどの値をつけた都会の人間への嫌悪感だろうか。

この二十年、数を減らしたのは沼うつぼだけではない。浜に上がる魚の漁獲量は目立って減ってきた。大陸側から船団を組んでやってくる船に捕り尽くされたのか、それとも数十キロ北のコンビナートから排出される汚水のせいなのか、あるいは埋め立て工事のせいなのかわからない。奇形の魚も多くなった。

それでも隆三は、学校も医院も雑貨屋さえない浜の集落で、老人と猫に埋もれるようにして、暮らしている。

ときおり長く続く時化があり、原因不明の不漁の時期もあったが、大方、日々は単調に過ぎていく。

この先も隆三は、老人だけのこの村で、ときおり車の運転や力仕事を頼まれながら、いくらか偏屈な漁師として生きていくはずだった。

枯死するのをゆったりと待っているような村に、ある日、テレビ局のクルーがやってきた。村は活気づいた。村人の多くは、子供や孫が戻ってくる盆と正月以外の時期は、長すぎた人生を半ば疎《うと》みながら生きていたのだ。

取材スタッフを束ねていたのは、チーフディレクターと称する横柄な感じの男だったが、その男があらかじめ村人を集め、打ち合わせをした。漁から戻ってきた隆三もつかまってひっぱり出された。

本番の合図と同時にカメラマンを従えたミニスカート姿の女が、「万葉後光鰻って知ってますか」と老人や隆三に尋ねて回る。そんな魚のことを覚えている者などもはやほとんどいない。

マイクをつきつけられた隆三が答える。

今から三十年も昔かな……

この先にある沼で、

親父が捕ったのを見た。

金色をしていた。

何の魚と言われても、鱧《はも》のような、鱧のような、うつぼのような……

「はい、こんなめずらしい魚が、この村には昔からいたわけなんですよ」

隆三が話し終える前に、カメラに向かって、女が甲高い声を張り上げる。

女と交替に、食通として知られた作家が青白くだぶついた二重顎を撫でながら、幻の万葉後光鰻、すなわち沼うつぼについての回想を語る。

その半透明の肉の放つ芳香、とろけるような舌ざわり、今から二十年前に訪れた敦賀の料亭で口にしたその味わいのいかに奥深く、優雅であったことか……

「それでは、ですね。これから、その沼、朱沼っていうんですが、その全身金色の、万葉後光鰻のいる沼に行ってみたいと思います」

再び、相手の言葉を遮って女の声。

それから取材の一行とともに、隆三は四輪駆動車に乗せられた。このお祭り騒ぎを冷ややかに眺めていたはずが、否応なくその中央に引っ張り込まれた。とはいえ騒動は半日で終わり、後は、その煩わしさを補うに足るだけの礼金が支払われる。それだけのことのはずだった。

四輪駆動車は藪を裂いて走り、タイヤがやわらかな泥水に食い込む沼の縁ぎりぎりの場所で止まった。

車から下りたレポーターが、カメラに向かい早口でこの沼の特殊な環境について説明する。それから水中カメラが沼に入る。もちろん沼うつぼなど映るはずはない。すでに絶滅した、とさえ言われている魚だ。最初から取材スタッフのだれも沼うつぼの姿が捉えられるなどとは思っていない。

「やはり、幻の魚なんですねえ」

そんな食通作家のコメントを最後に、取材は終了した。

しかし沼うつぼはまだいる、と隆三はにらんでいる。産卵のためか、岸辺にやってきたのを見た者がいる。確かにまだいる、という噂は、数年前からある。戦後になっても、数年に一度は上がった。彼の父が捕った昭和三十年代、その値は借金を返した後、一家が一年は遊んで暮らせるほどだった。その後はさらに値が吊り上がった。なにしろ絶滅に向かっているのだから、その希少さはアサヒガニやアラどころではない。

上がった沼うつぼはひそかに取引され、その度に最後の一匹との触れ込みで、とてつもない値段がついた。そして金を手にしたものは、隆三の父同様、村を出て二度と戻ってはこなかった。

沼うつぼはまだいる。が、今度こそ最後の一匹だという気が隆三はした。ほぼ三十年ぶりに、この沼の縁に立ち穏やかな水面を眺めているうちに、隆三はあの金色の得体の知れない魚の気配を感じ取った。

　ある漁師が語っていたところによれば、産卵のために年に一度、岸に近づく沼うつぼがいたが、八年前に一匹捕らえられたらしい。それからは稚魚の姿も見ないが、後一匹、残っている。それもおそろしく大きなやつだ。沼の主で、それを最後に沼うつぼは滅びるだろう、と言いながら、老漁師はその魚よりも先に、この冬、脳梗塞で死んだ。

　その話を隆三は傍らにいる食通作家に話した。

　藪こぎをしながら村に戻るジープの中で、舌を嚙みそうな揺れにいくらか青ざめながら、作家がぼそりと何かつぶやいた。隣にいた隆三の耳に、その低いつぶやきははっきり聞こえた。

「いるのなら、もし本当にそれが最後の一匹なら、どうあっても食ってみたい」

　作家は、そう言ったのである。贅肉で糸のように細くなった目をさらに細め、隆三に向かい「その最後の一匹、あんた、捕ってみる気はないのかね」と尋ねた。笑っているように見えた目の奥に、渇望するような悲痛な色が見えた。

「一匹しかいない物を捕まえるっていうのは、難儀だな」と隆三は答えた。

「だから食ってみたいのだ」

　作家は呻くように言った。

「ちょっと網を打てば、山のようにかかってくる魚ではいくらうまくても、人の欲望の中では、下位に位置付けられる。世界中で、俺一人の口にしか入らぬ物、あるいは後代の者は、決して味わうことはできぬ物の価値は計りしれない。これが最後、もうだれも、二度と口にできない物があるとすれば、それは無限の価値を持つだろう。この一回だ。この一回きりで、後はもう語りぐさでしかなくなる。それはもうグルメなんて浅薄なことばでは語り尽くせない、精神の悦楽に近いものだ」

「精神ね」

隆三は、かすかに笑った後に、もう一度、「なるほど、精神か」と、げっぷとともに言葉を吐き出した。それから尋ねた。

「で、もし上がったら、あんたならいくらで買う」

作家は目を閉じた。とたんに岩でも踏んだらしく車は揺れ、そのだぶついた体は座席から跳ね上げられた。頭を天井にぶつけそうになっても、作家の表情は変わらなかった。

そしてしばらくしてから、二、三度、瞬きながら、ゆっくり言った。

「やはり値がつかんな。僕の家屋敷と引き替えにしたっていい」と語った顔には笑みのかけらもない。

正気か、と尋ねる必要などなかった。車の振動とともにぶるぶると震えるその青白い頬を眺めているほどに、隆三は、悪寒を覚えた。同時に心の底に、蔑みの感情が分厚く広がってきた。「本当に家屋敷と引き替えにするのか」と念を押す。作家はうなずいた。

そのとき横合いからチーフディレクターが、三千万という具体的な数字を示した。最後の一匹なら三千万で買うと言った。こちらの男は、どこから資金を出すつもりか、すこぶる平静で、そして十分本気ととれる様子だった。

「どう、あんた、本当にやってみる？　捕った瞬間をカメラに収めることができれば、こっちもその話に乗るよ」

男は、鼻に横じわを寄せて、指を三本突き出してみせた。

狂っている、と隆三は思った。みんなおかしくなっていると思った。

そして視線を作家の方に移し、自分をみつめる真剣な眼差しに出会ったとき、侮蔑の思いは、不可解な怒りに変わった。

「わかった。捕る」

隆三は、怒鳴りだしたい思いを押し殺し、低い声で言った。

「よし、いってみよう」とすかさずチーフディレクターが言った。

「で、どうやって、いつからかかるか。取りあえず企画を出してみて」

言いかけるのを隆三は遮った。

「そのときは、こっちから電話する。あんたは金だけ用意して待ってろ」

取材スタッフは帰っていった。

道端の砂を舞い上げて戻っていく車を振り返り、隆三は唾を吐いた。

たかが魚一匹に三千万の値をつける者、少なくなるからますます食べたいと偏執的欲求をつのらせる者、そしてその魚が絶滅に向かうに従い、価値が上がっていくという妙なシステム。

我知らず、冷笑が浮かんできた。

ばかばかしさも、ここまでくれば、生活や生命と引き替えにするほどの価値がある。静かな狂気が、彼らと彼らが住む社会に巣くっているらしい。それが三十年も前、父を狂わせたものだ。

この村は、その狂気に背をむけてきた。それでどうなったのか。今緩慢な死に向かって歩んでいる。あと十年もすれば、魚は捕れなくなり、市場もなくなり、老人の大半は死ぬか、町の病院に収容され、ここには猫と廃屋だけが残される。やがて猫もどこかへ行き、朽ち果てた廃屋は砂と同化し、海風とともに消え去る。

だからこそ捕る。ばかばかしい夢を見て都市に向かい、貧しさから逃れるために、沼に潜った多くの者達の魂にかりたてられるように、隆三はその無意味さの真ん中に自分を投げ込もうと決意していた。

昔は、この浜にも、さまざまな魚が上がった。ちょっと浅瀬に出れば、子供でもヤスで魚を突くことができた。が、いつのまにか沖合に船を出し、釣らなければならなくなった。そしてこのごろでは、網でさらったところでめぼしい魚はほとんどかからなくなった。多くの種が滅びた。が、沼うつぼほどはっきりと、最後を見極められるものはない。ある生き物の終焉に、自分が直接手を下す。そう思うと、破滅的で嗜虐的な昂ぶりを覚えた。震えがくるほど虚しい興奮であった。

隆三は沼に行った。ちょうど三十年前の夏に、父が船の借金を返すためにここに通ったように、彼は海に出ずにここにきた。あのときより遙かに高い獲物、三千万の最後の一匹が待っているはずであった。

水中眼鏡のガラスにたばこの煙を当て、手のひらでこすってくもり止めをして、彼は葦の茂る岸からそろりと入った。水は藻の鮮やかな緑に彩られ澄んでいた。頭を沈めると小魚が、銀の腹をきらめかせて通り過ぎていくのが見えるが、沼うつぼの姿はない。

沼底は水草でびっしり覆われ、地上の草叢《くさむら》のようだ。いったん浮上し、息を吸い込み、再び深いところに進む。とたんに皮膚が縮むような感じがした。水温が急に下がったのだ。胸苦しさと全身鳥肌立つような感じを覚えたが、歯を食いしばって耐える。海の男の鍛え上げた体は、その程度のことでは心臓を止めたりはしない。息が続くまでモリを片手に水中を泳ぐ。しかし大きな魚影はない。ときおり巨大なみみずを思わせるヌタウナギが、多量の粘液に包まれた紫色の体を水底の泥から出して這っているだけだ。

最初の数日、沼うつぼが現われるという岸の辺りに潜ったが何も見なかった。そして一週間目に、彼は昔から漁師が近づかない沼の中央部に入っていった。

そのとき彼は、ここがなぜ朱沼などと言われるのか初めてわかった。巨大な緞帳《どんちょう》を吊るしたように、視野が鉄錆色に覆われたのだ。そしてその鉄錆色のカーテンの向こうは、さらに一段鮮やかな朱色の水があった。水温は急激に上がった。鉱物質の熱水が噴き出しているのだ。赤い色はその鉱物成分によるものか、あるいは高い水温で発生する有機物によるものだろう。隆三は本能的に危険を感じ、足を忙《せわ》しなく動かし離れた。

息継ぎに浮上すると水面付近は肌がひりつくくらいに熱い。息を吸い込み再び潜ったとき、視野の端にふわふわと動く人魂《ひとだま》の尾のようなものが見えた。赤い水を通した向こうのはるかな水底にそれはあった。

渦巻く煙のように柔らかく、長い体は動いていた。水の色に遮られ、金色の輝きは褪せていたが、たしかにそれらしい影は、うっすらと視界を横切り消えた。後は沸き上がる熱水と水、そして洞窟から流入する海水が交ざり合い揺らめく水底の景色があるばかりだった。

その日、沼うつぼの姿を見ただけで彼は帰った。

集落に入ると、魚と猫のにおいが鼻をつく。軒を連ねているトタン屋根の家々の半数以上が、今は空き家になっている。家の間を細い曲がりくねった路地が網の目のように通っていた。トタン屋根に降り注いだ太陽は、じめついた熱気で辺りを包み、家々で遮られた集落に風は通らない。

初めて訪れた者はこの集落に入ってしまったが最後、視界を遮られ、自分がどこを歩いているのかわからなくなるという。ごく小さな集落なのに、細い路地の真ん中で立ち往生し、閉所恐怖に陥る者もいると聞く。

淀んだ熱気の中を片目のブチ猫が、たるんだ腹を引きずるようにして横切っていく。バイクのタイヤにひかれた魚の頭に銀蠅がたかっているのを跨ぎ、隆三は家に入り湿った畳の上にごろりと横になった。

汗を吹き出させながら、眠気に引き込まれそうになったそのとき、客が来た。

近所の老人に案内されてやってきた男は、神戸のエコロジストグループの者だ、と名乗った。

沼うつぼを紹介したこの前のテレビ番組を見てやってきた、と言う。

男は、礼儀正しくあいさつすると、隆三の家に上がり込み、この貴重な生物の調査と保護の必要性を熱意を込めて語った。隆三が最後の一匹を捕るために沼に潜っていることは、その番組の最後で報《しら》されたのだという。そしてもし捕れた場合にそのうつぼに付けられる値段も。

「本来なら、もっと早く着目すべきだったのです。漁獲制限をするなり、禁漁にするなり手段をこうじるべきだったでしょう。しかし今からでも遅くはないはずです。人が自然に対する謙虚さと良心を失わないとするなら」

隆三は、口の周りの不精髭を撫でながら、侮《あなど》りの笑みを浮かべて男を見た。

「果たしてもう手の打ちようがないのかどうか、それは調べなければわかりません。手厚い保護を加えることによって、繁殖の可能性だって出てくるのです。今回の三千万という金額を見ればわかる通り、経済原則に任せて魚を捕っていたら、すべての商品価値のある生物を最後の一匹まで捕り尽くすことになるのです。我々はそんなものまで食べなくてはならないほど、もはや食料に困ってはいません。これだけ恵まれ、これだけ飽食しながら、なぜ絶滅に瀕した種類のものを食べなければならないのでしょうか」

「恵まれて、飽食してる？」

隆三は、男の小麦色に日焼けした整った顔を見つめていた。四十を過ぎているのだろうが、たるみもしわもない。つるりと若々しい張りのある顔が、まっすぐに隆三をみつめていた。真新しいポロシャツの襟は、縁までぴっちりとアイロンがかかり、引き締まった腰を包んだジーンズには汚れ一つない。華奢な腕の先には長い指がのびていて、薬指にプラチナの指輪がはまっていた。

隆三は、あの青白い二重顎をだぶつかせた食通作家の顔を反射的に思い浮かべた。そしてそのとき、あの男の意地汚さ、愚かさ、狂気に、唐突な好意を抱いた。異なる都会人二人のその片方に、隆三は突然親しみを持った。もちろん侮蔑を含んだ親しみではあったが、目の前のこの男に対する嫌悪感に比べれば、はるかに心許せるものがあった。

「失せろ」

隆三は、低い声で言った。

「は?」と男は、驚いたように瞬きした。

「失せろと言ってるんだ」

隆三は立ち上がり、男の胸ぐらを摑んだ。

「何するんですか」

男は叫んだ。隆三は抵抗する男の体を玄関まで引きずっていって、砂と猫の糞の堆積した路地に放り出し、戸を閉めた。

エコロジストは、戸の外で、何かわめいていたが、やがてあきらめたらしく静かになった。

しかしそのエコロジストの懇願した事が、沼の神にでも聞き入れられたものだろうか、それから二週間経っても、沼うつぼは隆三の前に影も形も現わさなかった。

奇妙な夢を見たのは、それから一ヵ月以上経った頃だった。八月ももうじき終わろうとしていたが、暑さはいっこうに収まらぬ夜明けの事だ。

あのしなしなとした金色の体に導かれ、彼は炎をくぐっていた。深紅に金粉を刷《は》いたような炎が、藍色の水底で燃え盛っていた。炎の周りで水が渦を巻いてたぎり、水草が引きちぎれんばかりに引き伸ばされては、次の瞬間、丸まって水底をこする。

彼は、沼うつぼの尾を摑んでいる。その二の腕を、胸を、紅蓮《ぐれん》の炎が焦がしていた。熱かった。夢だというのに、その熱さは皮膚の上にはっきりと感じられた。そして、手のひらの中の魚の肌の感触は、さらに生々しかった。

鱗ではない。まさにそれは肌だった。冷たく、なめらかなぬめりに覆われた金の肌だ。

とたんに魚はくるりと反転し、白っぽい腹を見せて向かってきた。体に比べ、細い頭には、人のように中央に寄った目がついていた。その黒く濡れた二つの点の中に、隆三は怯えた自分自身の顔を見た。

低い呻き声を上げて、彼は湿ったタオルケットを跳ねのけ、上半身を起こした。そのまましばらく荒い息をしていた。

恐怖が去っていくにしたがい、次第にある種の予感が形を成してきた。立っていって、受話器を取る。

電話のそばには、いつか来たディレクターの名詞がそのまま埃を被って置いてあった。

午前三時というとんでもない時間だったが、その男は職場にいた。隆三は名前を言ったが、相手は失念していたらしく、何度か聞き返した。それから「あっ」と小さく叫んで、「捕れたんですか」と尋ねた。

「いや、捕りに行く」

「捕りに行くって、こちらはまだ何も……」

「捕ると言ったら今日、捕る。あの食通の作家にそう伝えてくれ」

それだけ言って、受話器を置いた。

バイクを飛ばし、沼に向かった。

まもなく辺りは明るんできたが、空はどんより曇っている。

沼の畔に立つと、海が荒れているらしくここを海から仕切っている大岩の向こうから、波の砕ける音が低く響いてきた。海水がときおり勢いよく流れ込むらしく、海側の水面がゆっくり膨らむのがわかる。

隆三は、ショートピースを取り出し、火をつけた。そしていったん肺の奥まで入れた煙をゆっくり水中眼鏡のガラスに吹き付けた。そして指の腹に唾をつけて、フレームの際まで丹念にこする。潜りの道具はこれ一つだ。フィンもシュノーケルも使わない。

沼の水温は、温かかった。流れ込んだ海の水によって、中央部分の熱水帯が乱れて周りの水に混じり、岸まで押し寄せたらしい。

しかし立ち泳ぎする足先は、ぞっとするような冷たさだ。凍りつくような冷水が肌を刺す。中央の赤い水の帯の手前まで行き、息を吸い込み潜る。

そうして何度か潜った後、彼の足元からわずか二メートルほどのところに、金色の体はたゆたうようにしてあった。

彼は体を垂直にして潜った。とたんにそれは、ゆるゆると体をくねらせ、鉄錆色の水の彼方に消えた。隆三は追った。揺らめく金色の尾に手が届きそうに見えても掴めない。肺の中の空気を吐き出しながら水を蹴ったが、胸苦しさは限界まで来た。あきらめ、浮上しかけたとき、彼は鳥肌が立つようなひやりとした感触に襲われた。たしかに冷たい物に覆われたように感じた。だがそれは正反対の感覚だった。朱色の熱水層に頭からつっこんでしまった彼の皮膚が、混乱した知覚信号を送ったにすぎない。

全身を硬直させながらも、横に逃れたのは、幼い頃から水を友にして暮らしてきたものに備わった本能である。そのまま熱水の中を垂直に浮上していたら、水面に着くまでに彼の体は白く茹で上げられていたに違いない。

無我夢中で水面に顔を出し、むせながら肺一杯に空気を吸い込む。が、落ち着くにしたがい、水面に出た顔が無数の針で突かれるように熱く痛み出した。顔だけではない。おそらく全身に火傷を負っているのだろう。しかし彼は、岸に戻ろうとはしなかった。

沼うつぼは、あの熱水層の中に、自分を誘い込んだような気がした。

恐ろしさとも気味悪さともつかないものを感じ、火傷を負った背中一面に鳥肌が立った。そうして立ち泳ぎをしている間も、水から出ている顔の皮膚は、今にも火を噴くように痛んでいた。

怯えを体から叩きだすように、彼はもう一度潜った。

驚いたことに、それは足元にいた。

とたんに狂暴な思いが、全身を満たした。半ば怒り、半ば怖れ、混乱し、彼はその長い体をモリで突いた。確実に刺さる距離だった。が、それはするりと切っ先を躱《かわ》した。藻のような柔らかな体だった。そして皮膚の表面はまるで多量の粘液に包まれているように、尖った金属の先をつるりと滑らせた。

魚はゆっくり逃げていく。頭から尾の先まで、長い人魂か煙のように、ふわふわと軽やかにくねらせ、泳ぐ。隆三は赤銅《しゃくどう》色の足で水を蹴る。モリを構え目を狙った。目なら粘液で滑ることはない。それに体に傷をつけ、商品価値が下がることもない。この瞬間にも、隆三はこの魚をもっとも高く売ることを考えていた。

狙い定めたとたん、それは一本の紐のように鮮やかなループを描いて、一回転し彼と相対した。

そして彼の方にひらひらと寄ってきた。

彼は驚き、後退しようとした。初めてその顔を見た。二つの目が正面についた頭は魚離れして、不気味だった。そしてその口だ。丸かった。上顎も下顎も歯もない。あ、と驚いて叫んだように、あるいはホースをはめこんだように、真円形にぽっかりと開いていた。隆三はその丸く暗い穴に、生理的な恐怖を覚えた。

その仲間を彼は知っていた。せっかく釣り上げた上物の魚に吸い付き、ぼろぼろにしてしまう寄生魚、ぬらぬらと細長い形をした円口類だ。

それは瞼のない目で、じっと彼を見つめたまま接近し、逃れる暇も与えずにその口吻を隆三の裸の首筋にぴたりとつけた。

全身に痺れるような痛みが走った。が首筋の冷たくやわやわとした感触は、不思議な心地よさがあった。円い口が肉に食い込んでくる。激しく熱いディープキス。

頭がぼんやりして、息を止めている苦しささえ、どこかに去った。が、意識を失う寸前、隆三は辛うじて残った気力を掻き集めた。手にしたモリを握り直す。そしてその切っ先をゆっくりと、首に食らいついた者の目を狙って刺し込んでいった。長い体がひらひらとループを描き、視野を覆った。その間も丸い口は離れない。沼うつぼの目から流れた血が、淡い紅のリボンのように、その体の動きに合わせて渦巻いた。それでも沼うつぼは離れない。

もがき、反転して藤色を含んだなめらかな腹を見せ、ときおり痙攣するように体を波打たせながらも決して離れようとはしなかった。

隆三は、無我夢中で水を掻いた。頭だけ水から出し空気を肺一杯に吸い込み、彼の首に吸い付き、体液を吸い続けている魚の、ぬらりとした胴体を今こそ、しっかりと両手に抱え込んでいた。

さながら恋人同士が濃密な時を楽しむように、固く抱擁しあい、体をからませながら、彼らは岸に向かって泳いでいった。

背の立つところに辿りつき、隆三は葦に手をかけ柔らかな泥の上を獲物を引きずって草原の上まで這い上がる。

そこまで行くと獲物はようやく、彼の体から離れて目から涙のような薄い色の血をとめどなく流しながら、粘液を滲みださせた体をぐたりと伸ばした。同時に隆三もその脇に仰向けに転倒した。

雲間から陽光がこぼれ、目蓋を焼いた。彼は頭の中が破裂するような眩しさを覚え、さらにきつく瞼を閉じようとした。しかしそのとき隆三は眩しさを感じながら、顔を伏せることはおろか、瞬きすることさえできなくなっていた。

電話をしなくては、と隆三は思った。沼うつぼの鮮度が下がる前に、電話をしてこれを引き取らせなければならない。その前に、あの愚かしくも意地汚い食通作家にこのことを報《し》せたかった。

彼はわずかに残された力を振りしぼり、魚の体を日向から、黒松が濃く葉を茂らせた木陰に押しやった。

長く柔らかな体が、ぐらりと揺れて松の根元に乗り上げるのを見届けた。それきり隆三の視野から、砕けるような太陽の光は消えた。魚の冷たい肌の感触も消えた。理由のない怒りも恐れも消え、星一つ瞬かぬ永遠の夜が来た。

テレビ局のスタッフがやってきたのは、午後も遅くなってからだった。隆三の電話を夜明け前に受けたディレクターは、もしやという思いで、半信半疑のままカメラマン一人を伴っただけで、半島の突端にある村まで車を飛ばしてきたのだ。

低灌木や蔓草を四輪駆動車で薙ぎ倒し、踏みしだきながら、沼の畔までやってきた。八ミリカメラを構えた彼らがみつけたのは、西に傾いた太陽を浴びて転がっている隆三の体だった。

赤銅色の上半身はどす黒く変わり、ぼんやりと傍らの木を見やった目は、すでに乾き始めていた。そしてその逞しい首には、丸い奇妙な穴が開いて、白く骨がのぞいていた。

カメラマンは慌てて車に戻り、車内電話で警察と二十キロ離れたところにある診療所に電話をしようとした。

ディレクターはすぐさま後を追い、彼が受話器を取った手を摑んだ。

一人の地元の漁師の死よりもはるかに重要なことがあった。ディレクターは隆三の開けたままの目の先にあるものに気づいたのである。黒松の根元の生い茂った夏草に埋もれて、何かがあった。半透明の開きかけた扇に似たものが魚の尾だと気づくまで、そしてそれが足元に横たわっている男が命と引き替えに捕えた獲物だと理解するまで、さほど時間はかからなかった。

彼はカメラマンに手伝わせ、沼うつぼをシートに包み車に載せた。

用意したクーラーには、獲物が大きすぎて入らなかったのである。それから神戸市内にあるなじみの料亭に電話を入れ、沼うつぼの事を話し、すぐに冷蔵車を回すように手配した。

車が、朱沼から二十キロ離れた町に向かうまでの間に、車内には芳しく艶めいた麝香に似た香りが充満した。沼うつぼの肉は、かなり熟成が進んでいるようだった。

その日の深夜、神戸の料亭ではいささか常軌を逸した催しが繰り広げられた。

「絶滅を惜しみ、最後の万葉後光鰻を味わう会」なるものが催されたのである。

東京や大阪からかけつけた食通は四十人程もいただろうか。なまじの食物では、喜びも驚きも感じなくなった退屈した胃袋を抱えた自称文化人や企業人が、会費一人百八万円の饗宴を繰り広げていた。もちろんその中には、青白い二重顎をだぶつかせたあの作家の顔もあった。

ただし饗宴というには静かすぎる。そして秘密の匂いのする食卓だった。参加した七十過ぎの書道家は、戦争中、犬を密殺して山の中で食ったことを思い出していた。ただしあの頃は、飢えていた。無断で飼い犬を殺して食わなければならないほど、彼も、彼の幼い弟たちも飢えていた。しかし今は違う。飽食し、退屈した彼の精神は、ひどい飢餓感に苛《さいな》まれていたのだ。ここの多くの人々が多かれ少なかれ、この書道家と同様、飢えていた。

いずれにせよ、どこか罪の匂いのする食卓であった。が、その感覚が香辛料となって、その魚肉の味をいっそう引き立てている。

一人前、五切れほどついた半透明の身は、口の中に入れると、やわらかくとろけ、およそ魚とは思えない芳香は、鼻から頭の芯に広がり恍惚感を誘った。

だれもが物も言わずに咀嚼《そしやく》した。ほんの少し前、それが漁師の首筋に食らいつき、その体液を吸ったことなどつゆ知らず、彼らは最後の美味を賞味する。海の男の血の味と汗の香りは、その芳香とまろやかな風味のうちに包含されていた。

料亭がその魚のために、いったいいくら、どこに支払ったかは、このさいどうでもいい。テレビは、その饗宴についても命と引き替えの漁についても、何一つ報じなかった。その反エコロジカルな企画と、饗宴に群がってきた人々の退廃極まる嗜好をあからさまにするのをはばかるくらいの常識は、番組制作者にもあったからである。

隆三の遺体は、秋も深まった頃、たまたま岬に巡見にやってきた地元大学の地理学ゼミの学生たちによって発見された。

まれびとの季節

十日ほど前から、部屋の隅の暗がりに転がされていた老女は、この日、蘭《らん》で飾られた屋外の祭壇の前に引き出された。

息子が四人と娘が三人、それぞれの配偶者と十人を越える孫、さらに村人が集まる中、司祭マフムドは老女の額《ひたい》に水を振りかけ、静脈と骨の浮き出たしみだらけの手に自分の額を当て、陽の沈む海の方向に向かい、祈りを捧げる。

良き母として七人の子供を育て上げたこの老女が、楽園での永遠の幸福を得られるようにと祈りつつ、マフムドは老女の手を取り、最後の審判の行なわれる神の下に導く。

裁きに際して、神の心証を良くしておかなければならないので、老女の全身はこの日の朝、拭き清められ全身に豚の脂を塗りつやつやと光っている。黒光りする胸もとや首のあたり、腋の下などに蘭の花を置く。

何しろ、まだ若く美しいうちに審判の場におもむく者もいるのだ。確かに神の教え通り、老女は子供を産み、育て上げ、よき母として生きてきた。しかしつい昨日、産褥《さんじょく》で死んだ十六歳の美少女アヌと、もし並ぶようなことがあったら、皺くちゃで背のまがってしまったこの老女はいかにも分が悪い。生前の正しい行いにもかかわらず、楽園よりも地獄の方が似合うなどと判断されたら、たいへんだ。

マフムドと老女の息子、娘たちは虫の息になった老女の体を飾り、多少とも見映えのするように飾りつけていた。

「平安をみつけた魂よ、快く慈しまれながら、神の許《もと》へ帰れ、我のしもべの中に入れ、我の楽園に入れ」

マフムドは熱心に祈る。

それから一時間後、マフムドはようやく老女を審判の場に送り出した。

老女が最後の息を吐き出すと同時に、集まった人々は急に忙しくなった。

神に賄賂を贈らなければならないのだ。生前の神への応答がいかに正しくても、人間は神ほど完璧ではない。気づかぬところで、過ちをおかしているかもしれない。些細《ささい》な失点をなんとかお目こぼししてもらうために、これから祭りを執り行なわなければならない。

とはいえ、老女の家は貧しい。とても一軒でそんな祭りはできない。

前日、息を引き取った少女アヌ、それから四日前に生まれると同時に死んだアヌの小さな息子、さらに二ヵ月前にマラリアで死んだ長老のタム……。ざっと数えて二年前までのこの村の死者、十二名分の祭りをこれからまとめて行なう。

祭りの目的はそれだけではない。この島に、つい最近、船着場ができた。島内の各村から男が数人ずつ出て、珊瑚礁《さんごしょう》を掘り、一年かけて完成させたものだ。表向き死者を弔う祭りは、同時にこの工事の完成と、この島が外の世界に開かれたことを祝うものでもある。

司祭マフムドの生活は、これから一ヵ月、夜も昼もないほど忙しくなる。

最初に死んだ男は、あの世の手前でもう二年も待たされているのだ。待たされ、焦らされた挙げ句に、地獄行きではたまらない。

間違いない作法で祭りを執り行ない、犠牲を捧げなければならない。

神への賄賂は、一人、豚一頭だ。いつからそうなったのかわからないが、マフムドが、その異国風の名前を親から引継ぎ、一人前の司祭になったときには、すでにそう決まっていた。

十二頭の豚を殺して料理し、この島にある七つの村から客を呼ぶ。他の村だけではない。祭りのときには、本島の鉱山に出稼ぎに行っている人々が帰ってくる。また隣の島からも、特産品を抱えた人々が商売に訪れる。しかも今度は、この島で初めてできた船着場に動力船でやってくるのだ。だれもが祭りを心待ちにしている。

小さな村に七百人を越える人々が集まり、深夜まで篝火《かがりび》が焚かれ、食べて飲んで歌う。

もちろん多くの恋も生まれるから、この時期、島では妊娠する女が多い。祭りの最中に身《み》籠《ご》もった子供は、審判を待つ死者が最後の善行として、女の腹にいるうちに神の信仰を教えていくとされるので、とりわけ大切にされる。

祭りの期間は正味一週間だが、その準備に一ヵ月、後片付けに一週間、約七週間、村人は動員され、その間ほとんど仕事に携《たずさ》わることもなく、男も女も子供も浪費にいそしむ。

老女は、近親者の女たちに白い布で覆われ、山の中腹にある寺院に運ばれた。

寺院はトタン屋根と木で作られた建物ばかりのこの島では、唯一例外的に、石を積み上げてできている。

遠い昔、この島ができたばかりの頃、一人の預言者が小舟に乗ってこの島に漂着した。そして狭い島で文字もなく暮らしていた人々に、神への忠誠と正しい生活の在り方を説き、またどこへともなく消え去ったといわれる。

村人たちの間では、寺院は宇宙の中心であるこの島に、神が自らの意志を伝えるために一夜で建てたものと信じられている。建物の屋根は木製の尖塔になっており、この尖塔が神の意志を受信し、人々に伝えるのだ、とマフムドはやはり司祭であった父から教えられた。

寺院の内部には何もない。隣の島、アピの洞窟寺院には無数の神々の像が飾ってある。しかし預言者が現われ、神の正しい教えを説いたこの島には、そうした物は一切ない。人の形をしたただの物体を拝むなどという非合理的なことは、ここでは禁じられているのだ。ただ神のいる方向を示す窪みが一つ、石の壁に開いているだけだ。

　老女の遺体は、この寺院で再び祈りを捧げられ、裏手の林に葬られた。

　死者の近親者以外の村の男は、このときから総出で山に入る。

　村は、山の急な傾斜地に作られており、周りは棚田と芋畑になっている。村の中に道らしい道もない。片方が数メートルの崖になっている細い畔道《あぜみち》を、村人は走り登る。

　山の鞍部《あんぶ》に広がっている樹林に放し飼いにされた豚を、これから十二頭捕まえなければならないのだ。

　この島で、もっとも多く飼われている家畜といえば豚であり、それは斜面に密集した人家のそばに囲われている。人糞やごみによって養われる彼らは食料資源であると同時に掃除屋でもある。しかし豚は、島の信仰では汚れた動物であり、供犠としては不適格なのである。できることなら人間も食べない方がいいらしいが、なぜか遠い昔から島人は食べている。

　一方、山の上にいる放し飼いの豚は、島民にとっては豚ではない。彼らはさまざまな木の落とす実や、樹林に住む小動物、茸や土を食べて生きている別の生きもので、これは不浄の獣ではないとされ、神への犠牲とすることができる。

　村人が山に入っていくと、豚は一向に警戒する様子もなく、木々の陰でのんびり泥浴びなどしている。それを槍でひと突きする。

しかしこの狩人は、村の者ではない。田畑を耕し、豚を飼っている村人は槍の使い方はうまくないので、下の海岸の村から漁師の協力を頼むのだ。

普段はモリで魚など突いている男たちのことで、コントロールは悪くない。それでも船上で水中の魚を突くのと、木々の枝葉の陰にいる豚を突くのとは勝手が違うらしく、大抵は急所を外す。豚は悲鳴を上げ、血を流して、逃げ回る。それから、半日ほどの追跡が始まる。衰弱して横たわっている獣をようやく一頭拾ったときには、すでに夜になっている。

それを解体し、塩漬けにするのは女の仕事だ。塩漬けにするのは、十二頭全部仕留めて祭りを始めるまで、腐らないようにするためだ。この技術も遠い昔からこの島に伝わっているものだ。

そして二頭目からは、豚を仕留めるのが至難の業となる。何しろ人を警戒することを忘れていた豚は、傷つけられて、悲しい叫びを上げ、山中を逃げ回り、それを十人を越える人々が追うのである。豚は斜面のあらゆる場所に身を潜ませ、人の気配を鋭敏に嗅ぎ付けて逃げ惑うようになっている。

この約一ヵ月あまりにも及ぶ放牧豚狩りから、村ではすでに祭りが始まったようなものだ。何しろ畑仕事から解放され、男たちは原始のエネルギーを爆発させて、山を走るのだ。同時に少年たちにとっては、これが学校となる。年長の男たちが、甘やかされて育った少年たちを家族から引き離し、山の中で一人前の男に鍛え上げるのだ。

　夜間は十度を切る山中で眠り、持ってきた芋や捕まえた虫や小動物などを蒸し焼きにして食べる。豚を捕まえればいったん村に戻るが、そうでないときはこんな生活が二、三日は続く。死者の数だけ豚を仕留めるうちに、大抵の少年は見違えるようにたくましくなっていく。

　しかし体の強い者、勇猛果敢な性格の者にとっては、成長のチャンスとなる野豚狩りも、虚弱な者にとっては苛酷な試練となる。

　今年で十五歳になるラフンも、いかにも憂鬱《ゆううつ》そうな顔で、大人たちの後を遅れがちに追っている一人だった。

　小学校の成績の優秀だったラフンは、少し離れた別の島の学校に特別に通わせてもらい、卒業後は一年間だけそこの雑貨屋で働いていた。しかしこの春、父親の命令で嫌々ながら島に帰ってきて、豚の世話をしながらもち米を作るという、この村の普通の生活をしている。

　山中の焚火のそばで、布にくるまり寒さに震えながら、ラフンは青年司祭マフムドにもらした。

　自分は、山狩りをして豚を仕留めるという野蛮な風習も嫌だし、祭りのために二ヵ月近い時間と労力を割くのも、いかにも無意味だと思う。神は本当にこんな犠牲をお望みなのだろうか？　無批判に我々が行なってきた祭りは、我々が楽しむためのこじつけであって、神の啓示した正しい生き方とは実は無関係なのではないか？

ひどく大人びた口調で、ラフンは尋ねる。ふっくらとしていたラフンの頬は数日の山狩りですっかりこけ、広い額ばかりが目立つ。ますます大きくなった目は、焚火の炎を映して赤く光っていた。

マフムドは、司祭としての立場上、そう簡単に若者の言葉には答えられない。何しろ島に漂着した預言者に、マフムドの祖先がその名をもらったときから六百年もの時が経った。祭りも、司祭の仕事も、気が遠くなるほど昔から行なわれてきた。そこに疑問を差し挟む余地などない。彼は定められた手順にしたがって、祭りや儀式を遺漏《いろう》のないように進めなければならない。

しかしマフムドは心ひそかに、ラフンの言葉にうなずいていた。彼もまたこのように手負いの豚を追って山をかけめぐり、年嵩《としかさ》の男たちの荒っぽい楽しみにつき合うのは苦手だった。

遠く離れた本島の鉱山に出稼ぎに行っている者の話によれば、そのあたりの島では、司祭は、マフムドのように村人と一緒に祭りの準備にかり出されたりはしないという。島民の尊敬を集め、大きな島や首都まで行き、学者や導師に会い、教えを請うとも聞く。しかしこの島の司祭にそんなチャンスはなかった。

何しろこの島には、つい最近まで、船の着ける港がなかったのである。浜から丸木船で隣の島に渡り、そこから少し大型の手漕ぎ船でさらに離れた火山島に渡り、ようやくそこから動力付きの船で荒れる深い海を横切り、その先の島からフェリーに乗って首都に辿り着く。そんなことをしている暇があれば棚田の畦《あぜ》でも作り直せ、と村の年寄りに言われるのが関の山だ。

だからこの島の司祭は、信徒に義務付けられている巡礼に行ける者がほとんどいない。赤ん坊が生まれたり、人が死んだり、病気が流行ったり、祭りのときに司祭らしい仕事をするだけで、普段は田畑を耕している。

マフムドの祖父は、この村では、聖地を見てきた最後の司祭だった。島の人々が二十年もかけて貯めた金を持って、荒れる海を渡り命がけの巡礼の旅を終えて戻ってきた祖父は「聖地も、首都も異教徒の手に落ちた。我々は新たな聖地をこの島に築かねばならぬ」と言い残し、以後、島民の聖地巡礼を禁じて死んだ。話に聞く遠い砂漠の地にある聖地を乗っ取ったのが、いったいどんな異教徒だったのか、マフムドには知る由《よし》もない。

藪《やぶ》の中の急斜面を、粘土質の土に足を取られながら豚を追う生活は、二十九日続き、ようやく十二頭目の豚が仕留められて、ラフンやマフムドにとっては辛い祭りの準備は終わった。

赤々と焚かれた篝火の下、豚は解体され、蒸し焼きにされる。

翌日から村人が車座になっての饗宴が始まる。島内の各村から人々が押し寄せてくる。他の島に出稼ぎに行った家族も戻ってくる。海岸には隣の島の人々が浅い海を丸木船で渡ってやってくる。精霊を崇める彼らの船は、舳先《へさき》に鬼のような顔をした女神の上半身像が彫ってあるので、この島の漁民たちの船とは一目で見分けがつく。

上陸したこの異教徒たちは、彼らの島の特産品である木の実の油や薬草、干し魚などを抱えて祭りの行なわれる村まで来て、それらを売る。そして帰りにはこの島の特産品を買っていく。

マフムドの住んでいる山上の村の特産品は松脂《まつやに》だ。男たちが山に入って掘り出してくる松脂は松明《たいまつ》の材料となり、電気のない村の夜を照らす。また女たちが松脂から作る原始的なマッチは、やはり物資の少ない近隣の島では貴重品とされる。それだけではない。隣の島の異教徒たちにとっては、精霊たちを迎え、彼らの神々を祭る灯明としても、この村の質の良い松脂は欠かせない。

祭りの一週間は、小さな村は道端と言わず、民家の中庭と言わず、寺院の中と言わず人々でごった返す。もちろんのべ七百人を越える客に料理をふるまうのに、十二頭の豚では足りない。来訪者は手に手に、干し魚や穀物を携《たずさ》えてくるので、それらも料理して供される。さらに鉱山に出稼ぎに行っていた者は、コンビーフだのインスタントラーメンだのというぜいたく品を土産に持ちかえるので、ご馳走にはことかかない。

そして夜ともなれば、歌の交換が始まる。とはいえ、標高の高い村のことで気温は下がり、年寄りと子供は屋内に入り寝てしまう。しかし血気盛んな若者は、二、三日は眠らない。神は酒を飲むのを禁止しているので、この島に酒はない。この点だけは、隣の島の者たちにとっては、物足りないらしい。しかし代わりに穀物がアルコール発酵する直前の甘酒のようなものが昔から作られており、これに軽い幻覚作用をもたらす木の実をつぶして混ぜたカピという飲み物が、祭りの折に供される。

温めたカピを酌み交わし篝火で暖を取りながら、昼間、めぼしをつけた相手にうまく接近した若者は、中庭や豚小屋の陰にそっと消えていく。もちろん若者というのは、この夜間の寒さや眠気に耐えられる者という意味であって、未婚、既婚は問わない。

祭りは新月の時期に行なわれるために、人工の明かりのない村は、松明の周り以外は、どこも深い闇に閉ざされており、秘密の場所を恋人たちに提供する。

もっとも島の人々は、普段は至って慎み深い。婚姻制度もなかった昔は、女をめぐる争いが絶えず、それが部族間の抗争にも発展したという。しかし島に漂着した預言者は争いを禁じ、同時に未婚、既婚を問わず、婚外の性交を禁じた。

祭りは、唯一、人々の欲望の解放される場であり、同時に未婚の若者たちが伴侶《はんりょ》をみつけるチャンスでもある。

そして祭りのクライマックスは、四日目の正午にくる。普段は尖塔を持つ寺院の石の祭壇上に置かれている物が、この日、司祭マフムドの手によって引き出された。それはぼろぼろになった本だ。何か金色の文様のようなものが、ぎっしりと書いてある。それが異国の文字だということを知っているものは、この村にはマフムドを含め、数人の者だけだ。

島の人々の語学力はすばらしいものがある。女たちは島内や、他の島の村に物を売りに行くため、それぞれの部族の言葉やときには首都で使われている公用語まで話す。ラフンのように、他の島で高等教育を受けた者は英語も話す。

しかし読み書きとなると別だ。文字を文字として認識できる者の方が少ない。それが金色で印刷された装飾的な異国の文字であればなおさらだ。ただそれは神の言葉であり、人々が従うべき規範であっても、理解する必要のないものなのだ。

印刷した教典には神が宿っている。美しくありがたい四角い物体、大半の村人はそう信じている。それに触れれば、それまでに犯した罪は消える。作物は実り、豚は肥え太り、子供は多く生まれ、病気の蔓延《まんえん》も防げる。

何しろそれが神の意志なのである。天地を創造し、昼夜を交替させ、風向きを交換し、人を益するものを運び、天から雨を降らせ、死んだ大地をもよみがえらせ、生きとし生けるものを慈しむ神。金色の文様の詰まった教典は、神が宿るものなのである。それどころか、マフムドのような知識のある者は別として、一生をこの島から出ずに生きていく人々などは、この教典自体を神と信じて疑わない。

神は具象的な姿を持たない。しかし島民にとって、それは人の姿を持たないだけのことで、この金色の文様をぎっしりとつけた紙の塊がすなわち神であり、そこから力とご利益が放射されているのである。

祭りの日、教典は台に載せられ、人々に担がれ、神輿《みこし》のように村を練り歩く。人々はそれに触れようと突進してくる。この村の人々だけではない。下の漁民たちや峡谷を挟んだ別の村からやってきた人々、近隣の火山島から船でついたばかりの人々までが、教典の後を追う。ただし隣の島の異教徒が触れることだけは許されていない。

カピで酔っ払っている人々の中には、教典に手を伸ばして、棚田の畦から下の田に落ちる者、家々の間の狭い通路から下の豚小屋に転落する者もいる。

土や豚の糞に汚れた手が、教典に触れるので、すでに教典の表紙は真っ茶色に汚れ、てかてかと光っている。

この熱狂のさなかに、その美しいものは、突然現われた。

急な傾斜地に作られた集落の中の道は、極端に狭い。そもそも道という概念自体がなく、家々の隙間や石づくりの塀の上が通路になっているのだが、家と家の間の平均台のように狭く急傾斜になった通路に、人影が二つ立った。

彼らは不思議な衣装を身につけていた。男は長袖に立襟《たちえり》の白いシャツと長ズボン、そして女の方は、やはり長袖に長いスカート、頭は淡い藤色の布がかけられ、顎の下で留めてある。

マフムドは教典を手にしたまま、啞然《あぜん》として立ちすくんだ。

夜間は冷えるが、昼は厳しい陽射しが降り注ぐ村では、男は擦り切れたTシャツにジャージか半ズボン、女は派手なプリント生地のワンピース風の簡単服という格好が一般的だ。その中で、たっぷりした分量の衣服の、裾や袖が風にひるがえる様は、すばらしく優雅だった。

特にマフムドは、女の出《い》で立《た》ちに激しい興奮を覚えていた。風に吹かれて長いスカートはぴたりと腰と足に貼りつき、女の下半身のシルエットを、青空を背景にくっきりと浮かび上がらせている。そして何よりその藤色の頭巾だ。この島の女の、プリント生地で縛ったまとめ髪を見慣れた目には、藤色の頭巾の裾が肩のあたりに触れるともなく、触れぬともなく、ひらひらと揺れる様は、ひどくなまめかしく、幻惑的だった。

始めはその衣装に気を取られていたが、やがて女の方の顔に思いあたり、マフムドは小さく声を上げた。

なんのことはない。島の小学校の教師、タンリだった。一年ほど前、本島にいる親戚に呼ばれたとかでここを去っていったが、祭りのために戻ってきたのだろう。

マフムドはタンリに向かいほほ笑みかけ、担ぎ上げた教典に彼らが手を触れられるように、差し出した。しかしその美しい男女は、小さく首を横に振った。眉間に小さく皺を寄せた表情は思いの外、冷ややかだった。幼い頃、文字や計算を教わったタンリに、そんな顔をされたことに、マフムドは傷ついた。いったい何が悪いのかわからない。やがて熱狂した人々が、二人に何か話しかけたところ、それには答えず、足早に去っていった。強い陽射しの下で、タンリの頭巾の淡い色が揺れて輝き、マフムドは魅入られたようにその後ろ姿をいつまでも眺めていた。

「どうしたの？」

ラフンが、後ろで尋ねた。

「先生が戻ってきた」

マフムドは答えた。

「知ってる」

ラフンが言う。

その間にも、四方から手が伸びてきて教典に触る。

「船着場ができたんで、先生は首都から戻ってこられたんだ。隣にいる人は、だんなさんだ。今まで本島からは、島伝いに二ヵ月もかかったのに今は二週間で来られる」

もみくちゃにされながら、ラフンは続けた。

「動力船が入れるようになったから、本島や首都に簡単に行けるようになったんだ。これからは石鹸も薬も砂糖もふんだんに手に入る。でも僕は、そんなものはどうでもいいんだ。文化が入ってくる。つまり人間らしい生活ができるんだ」

「するとこの人々も、あんな風に美しくなるのか」

マフムドがタンリの後ろ姿を眺めて言うと、ラフンは癇《かん》の強そうな顔に、微笑を浮かべた。


その夜、マフムドは松明を手に教典を戻すために寺院に入った。村から歌がきの声が上ってくる。

ふと見ると、石の床の上に座り、礼拝している人影が四つあった。タンリの夫とラフン、そして見慣れない顔の若者二人だ。

マフムドは息を呑んだ。

西の方向に向かい、頭を垂れる彼らの作法は優雅だ。長い袖のシャツが夜目《よめ》にも白い。

「神は偉大である。神の他に神はない」

マフムドも隣で祈りを捧げる。

やがて礼拝を終えるとタンリの夫は、マフムドの方に向き直り、自分はダトーという名で、本島の寺院で説教や儀式を遂行していた者だ、と言う。二人の若者は本島にある神学校の学生で、自分の弟子だという。

「本島の司祭ですか？　私はこの島の司祭、マフムド」

　ダトーは即座に首を振った。

「司祭ではない。導師だ。正しい道に導く者。我々は司祭などもたない」

　マフムドは驚いてダトーの気難し気な顔を見た。

「いいか。僧侶も、司祭も、異教徒のものだ。聖職者はいらない。信徒の一人一人が、自ら正しい行いをし、神の正しい道を広める義務がある」

「それでは私は何ですか？……異教徒ですか？」

　困惑しマフムドは尋ねた。

「君は、司祭ではなく、導師だ。ただしこの島のこの堕落した人々のありようは、まさに異教徒だが」

「堕落、してますか？」

　今まで司祭として感じていた漠然とした違和感の正体が、今、解き明かされようとしている。マフムドは膝を乗り出した。

　導師ダトーはマフムドの目をみつめると、静かに言った。

「この祭りは即座に中止しなければならない」

「ちょっと、待ってください」

マフムドはあわてて言った。

「祭りは遥《はる》か七百年も昔、預言者マフムドがこの島に流れ着き、白も黒も分かちがたく暮らしていたこの島の人々に神の正しい道を教えたときから、続けられているもので……」

「それは以後七百年もの間、この島に正しい教えを伝えるものがだれも来なかったということだ」

「はあ？」

「そのことを妻から聞いたのでやってきた。しかし想像した以上だ。七百年の間に誤りに誤りが重なり、堕落に堕落が連なり、この島の人々は神の教えとはまったく正反対の方向に来てしまった」

ラフンは青白い顔でうなずく。マフムドもうなずいた。理屈はわからないが、何か直観的に共感できるものがあった。

「この祭りは、神の説いた道とは正反対の行いだ。蛮習どころか、まさに神を冒瀆するものに他ならない。多神教を信仰する異教徒よりもたちの悪い、悪魔の仕業だ」

「そういえば」とマフムドは続けた。

「確かに、神は、祭りといえども、食べすぎたり軽率に振る舞い快楽の奴隷となることを戒《いまし》めている。それに村の男が総出で一ヵ月も山に入り、野豚を捕まえる騒ぎは、神の禁じた浪費に当たる。何より預言者は、動物を虐待したり傷つけるのを禁じている。たとえ食べるにしても、できるだけ楽に、苦しめないように屠《ほふ》らなければならないはずだ」

マフムドが言うとダトーは、いらついたように「そうではない」とかぶりを振った。

「豚を捧げるなどというのは神への冒瀆もはなはだしい」

「しかしあれは豚ではない。確かに姿は豚だが、森に放している獣は、すでに豚ではない。体の形も違うし、毛も長い。顔つきがまったく違う」

「だから違うのだ」

ダトーは怒鳴った。

「体の形も、顔つきも関係はない。爪が割れていない獣と反芻《はんすう》しない獣は、神の定めた生きものの自然の秩序に反する。すなわち不浄だ」

爪が割れていて、なおかつ反芻すると、なぜ浄《きよ》らかなのか、そのどちらかだけというのが、なぜ不浄なのか、マフムドにはわからない。しかし理解できないからこそ神秘的だ。同時に、その難解さが普通の人間の考えの及ばぬ神の深遠さに違いない、とマフムドは感心しながらも、尋ねた。

「しかし我々は、死者をあの世に送り出すにあたり、地獄に送られ永遠の苦難が与えられたりしないように、彼らに神への土産を持たさなければならないのではありませんか。確かに村人は神の定めた法に従い、正しい行いをしようと努めてはいます。それでも知らず知らずのうちにまちがったことをしているかもしれない。誘惑に負けて、良くない行いをしているかもしれない。そのときお目こぼしをしてもらうには、賄賂を贈るしかないではありませんか」

遠慮がちにマフムドは尋ねる。

「だから」とダトーの顔は怒りのあまり赤くなり、荒い息を吐きながらようやく言った。

「賄賂を要求する神など、どこにいる？」

「では祭りで犠牲を捧げるのは何のためでしょうか？」

「犠牲は賄賂ではない。それは神への忠誠心の表明であり、自らを犠牲にすることとの延長にある行為だ」

マフムドはうなった。ダトーの言葉は難しく神秘的だ。

あの山で豚を追った約一ヵ月の苦難を思い出す。急峻《きゅうしゅん》な藪を傷だらけになって走り、寒さに震えて星空の下で眠り、飢え、虫を焼いて食った。あれは確かに神への忠誠心を試される行為であり、自らを犠牲とすることの延長にある、とマフムドは納得した。

ダトーはマフムドから教典を取り上げた。そしてその一ページ目を朗唱した。

それはマフムドが、司祭職にあった祖父や父から教えられた口調とはまったく異なる、うねるような、優美なリズムと音程を伴ったものだった。その声に耳を傾けているとそこに記された神の言葉の正しさ、すばらしさが、あらためて心をゆさぶった。

物心ついたときから、この島の人々は自分の心に神の教えを刻みつけて生きてきた。ときおり逸脱することはあるが。

しかし今、真っ白な立襟の長袖シャツを身につけたこの導師に、神の教えを朗唱されると、それが初めて触れた言葉であるかのように驚きをもって感じられる。

野蛮の島、無知で愚かで、不潔な村人たち……。それまで漠然と抱いていた嫌悪感が、マフムドの中で、はっきり形を成してくる。それに対してこのダトーと二人の学生の身につけている毅然《きぜん》として清らかで、高潔な雰囲気はどうだろう。

マフムドとラフンは、この島の信仰の過ちを指摘するダトーの言葉に耳を傾けながら、その姿を、飽くこともなくみつめていた。

翌日、祭りの後片付けが大わらわで進められるさなか、ダトーは寺院に現われた。マフムドは村の若者、数人を寺院にあらかじめ呼んでいた。

寺院の壁につけられた窪みの方向を向き、彼らは祈りを捧げる。マフムドと同年代の若者は、だれもがこの村の十年一日変わらぬ生活に、実のところうんざりしていた。たまの祭りでガス抜きはしても、それが終われば田の畦を直し、豚を連れて土を耕し、芋を植えるだけだ。祭りの夜の愛の交歓も、それが結婚という形で決着がついた後は、周りの年寄りと寸分違わぬ人生を繰り返すだけだ。

本島の鉱山に出稼ぎに行った者や、松脂や芋、穀物などを他の島に売りに行った女たちは、そこの文化について語る。そこには石鹸や洋服があるだけではない。人々が上品で、姿も美しいのだという。それに引き替え、この島は……。

若者たちの心に、ダトーの言葉は沁み込んでいく。実際のところマフムドも含めて、ダトーの言う理屈など理解できないが、何かを変えなければならないという思いだけは理解していた。確かなのはこの島の人々が神の教えを、著《いちじる》しくねじ曲げてしまっているということだ。

聖地を異教徒に奪われたという祖父の言葉は、実は裏返しだったのだ。祖父が見た異教徒こそ、正しい教えを守っている人々の姿だった。この島の人々こそ、誤った信仰に陥っていた。

島からやって来た豚臭い老人、白いふんどしにシャツという、当時のこの島の男の服装そのままで礼拝しようとした祖父を、他の土地から聖地に来た巡礼たちは、どれほどの軽蔑の眼差しで眺めたことだろう。

ダトーによって語られる神の言葉の解釈は、難しすぎてわからない。しかしこの島の人々の服装や食物、祭りといったことがらが、すべて誤りだったということは理解できる。

しかたないではないか、と言い訳するようにマフムドはつぶやく。この島はつい最近まで、文化から切り離されていたのだ。丸木船で隣の島へ渡り、そこからもう少し大型の船に乗り換え、さらにその先の島で動力船に乗り、という気の遠くなるような首都への距離をマフムドは思った。

しかし今、島は開かれた。小さいが動力船の着ける船着場ができた。これからは何かが変わる。

導師ダトーの言葉に、若者たちが耳を傾けていたそのとき、老人が一人、息せき切って寺院に入ってきた。そしてこの村のいかにも不様な礼拝の姿勢で床に這いつくばり頭を床にこすりつけ、「神は偉大である」と濁声《だみごえ》で唱え始めた。

若者たちは、露骨な侮蔑の眼差しを向けた。

老人は祈りをすませると、若者たちの方に向き直り怒鳴った。

「おまえたち、何をやっておる。村の人々が神の絆《きずな》に心を一つにして、祭りの片付けをしているときに、こんなところでなにをやっておるのか」

若者たちは肩をすくめた。

「正しい神の教えを広めているのです」

ダトーは視線を上げて静かに答えた。

「この異教徒が」

老人は叫んだ。

「祭りの場に現われて、若い者に何か吹き込んでいると思ったら、この神聖な場所にまで、足を踏み入れおって。すぐこの場所を退け。神聖な場所を汚す異教徒」

「待ってくれ。異教徒とそしられるべきは、我々の方なのだ」

若者の一人が言った。

「この島の道徳的腐敗を我々は正さなければならない」

ダトーが続ける。

「うるさい。すぐ出てけ」

老人はダトーに摑みかかった。

「その、袖をびらびらさせた奇妙な服はどうだ。若者を呼びこの神聖な場所で秘密の集会を開くとは何事だ。神は秘密の集会を禁じているはずだ。何よりおまえと我々とが同じ神を信仰する兄弟であるはずはない」

ダトーの袖を握って、外に引きずり出そうとした老人を、若者たちは取り押さえた。

「おまえたちまで、何をする。この異教徒に幻惑されたか」

若者たちは無言で老人を寺院から放り出した。

老人は草の上に尻をついたまま、茫然として寺院の尖塔を見上げていたが、不意に大声で、神の教えを朗唱し始めた。

「互いに争って不信仰にはしる者のことで汝が心を悩ますことはない。彼らには恐しい罪が下されようぞ」

その濁声に、若者たちは眉をひそめた。

一方、ダトーとともに首都からやってきた学生たちは、祭りに使った豚の骨や、木の葉の皿や、敷物などを片付けている村人を集め、木陰や川の畔で小さな集会を開いていた。ほっそりとした美しい首筋を立襟の白いシャツで半ば隠した学生の周りには、女たちが集まり、目を輝かせて説法を聞いた。神の言葉を奇妙な節回しで朗唱し、異様な風体をした若い男を取り囲む娘たちの腕を、娘の父母が引いて作業に戻らせる。しかし無駄だった。彼らの周りに娘たちが集まり、その周りを若者が取り囲む。

島での最初の変化は、若者たちが豚を食べるのをやめたことだった。もともと村で豚を食べるのは祭りや他島から客があったときなど、ハレの日に限られているから、これはさほど影響がない。次に娘たちが、導師ダトーの妻であり元教師であったタンリの服装を真似し始めた。

まず近隣の島に物売りに行った若い女たちが、松脂や芋を売った金で頭巾や服を買ってきた。そのうちに娘たちは金を持ち出して、女たちによって持ち込まれたそうした物を買って身につけ始めた。頭巾の正しい被《かぶ》り方はタンリから教わった。

一ヵ月もたたぬうちに、長袖の上着とロングスカート姿は島内の各所で見られるようになった。服装まで改められぬ者は、パステルカラーの無地の頭巾だけを着用している。それは島で初めて起きたファッションの革命だった。

以前にTシャツや半ズボン、ワンピース風の簡単服といった西洋の衣服が持ち込まれたときは、どんな状態だったのか、マフムドは知らない。マフムドが物心ついたときには、ふんどしや腰布といった衣服は、年寄りしか身につけなくなっていた。

若い女たちの服装が変わるにつれて島の男たちは、だれもがそわそわと落ち着かなくなった。日に焼け虫に食われた首筋や二の腕も、布で結いひっつめた脂と土埃に汚れた髪も、パステルカラーの布で覆われてしまったのだ。開けっ広げで直截的、攻撃的な性ではなく、慎み深く隠され、恥じらいを含んだものこそ、魅力的で、真に猥褻的だ。

それは優雅で官能的な生きものが突然、島に出現し増殖したようなものだった。特にひらひらと背中や肩先でゆれ、風にひるがえる頭巾に妖しい胸のときめきを覚えたのは、マフムドだけではなかった。祭りの日しか大っぴらに交わることのできなかった女たちに、島の男は普段の日も露骨な欲情を催した。しかしダトーたちの説法によれば、祭りか否かを問わず、婚外の性交は許されていない。それだけではない。島民が祭りを行なっていた時期は、本来なら昼間は一切の物を口にせず、寺院に集まり、神について考え、瞑想すべき期間だったのだ。しかも夫婦の交わりでさえ、その期間は慎まなければならなかった。

妻のいる男たちはまだいい。問題は未婚の若者たちだ。むやみに怒りっぽくなり、あちらこちらで喧嘩が始まった。

一方、それまで作物を担いで他の村や隣の島に商売に行っていた女たちは、外に出たがらなくなった。かつてプリント柄の簡単服を着て、田畑で働いていた女たちの体の動きは、なんとなく鈍くなった。

昼間の気温が三十五度を越す高温多湿の村で、体を覆い、まとわりつく、優雅な長袖長スカートを身につけるのは辛い。その上、頭巾まで被っているのだ。急傾斜の田畑を上り下りしながら、それほど手際《てぎわ》よく耕せるはずはない。

しかし動きにくかろうと、暑かろうと、それが正しい信徒の服装なのだ。何より、娘たちはタンリのスタイルに憧れた。なんと洗練され、なんと眩しく、都会的で官能の香りのすることか、と。そして有金をはたいて、その服や頭巾を身につけたとき、島の男たちの見る目が変わったのに気づいた。ぎらついた、欲望の視線で見られることの、なんとも言えない快感……。それまで労働力としてしか見られなかった女たちさえ、藪《やぶ》の陰から自分を追う男の視線を感じる。

もう以前のようにがむしゃらに畦を作り、水が抜けないように補修し、頭の上に松脂やもち米や芋を載せて、海岸の村に下り、さらに丸木船を漕いで、隣の島に渡ったりする必要はない。神はそんな苛酷な労働を女に要求しない。

ダトーやタンリが言うには、働き、家族を養わねばならないのは、男だけなのだ。男女は同等であり平等ではあるが、同質ではない。女は母になるという使命を与えられているので、外で働く必要はない。家を守り、子供を生み育てるのが、女の仕事だ。

それまで、大きな腹を抱え、急斜面に足を踏ん張り、鋤《すき》をふるっていた自分たちは、なんと愚かだったのだろう、と女たちは悟った。

隣の島に持っていって売るための松脂やもち米、下の漁村で売るための米や芋が、家々の前のむしろに、山積みになっていく。

若い娘たちは日がな、薄暗い家の中に入って子供をあやしているか、家の周りの田畑で実った豆をのろのろと摘《つ》み取っているだけだ。

石垣の間から、ぎらついた男たちの視線が彼女たちを追う。

事件はそれからまもなくして起きた。

寺院に説法にでかけた夫を待ちながら、村外れの家で夕食を作っていたタンリは、いきなり背後から数人の男に押さえ付けられた。まず頭巾で顔を覆われ、長いスカートをまくり上げられた。

ダトーが家に戻ってきたときには、あらかた事は終わっていた。顔と上半身をすっぽり覆われ、夜目《よめ》にも白く下半身を広げられたタンリの脇で、男のうち一人は半ズボンの前を閉め、もう一人は開けようとしているところだった。

ダトーの姿を見たとたん、男たちは散った。ダトーはナイフを振りかざして追った。しかし足場の悪い、急な石段や細い畦で構成される村内の道を、しかも足元のおぼつかない宵闇《よいやみ》の中で走るということは、余所者《よそもの》のダトーには無理だった。足を踏み外して泥田の中に転落し、持っていたナイフで自らを傷つけそうになってひやりとしたとき、男たちの姿は視界から消えていた。男たちがいったいだれだったのか、この島に来て日の浅いダトーにはわからない。しかも彼らがいたのは、石垣の陰の闇だ。顔形ははっきりしない。逃げていく後ろ姿からももちろん判別はつかない。妻に尋ねても、背後から襲われ、頭巾ですっぽりと顔を覆われていたのでわからないと言う。

ダトーにとっては、逃げていった男たちは処刑されなければならなかった。妻を犯されたことに対する報復という意味合いだけではない。もし相手が未婚の女なら問題はない。犯行に加わった者のうち、未婚で一番要領の悪い男が責任をとって結婚すればすむ。しかし彼らが犯したのは、神の禁じた「正式の夫を持つ女」だった。彼らは死に値する犯罪を犯したのだ。

翌朝、まだ薄暗いうちにタンリは夫に付き添われて村を下り、船着場から動力船でこの島を出ていった。

その後、ダトーは村長のドウンの許を訪れた。いったい村の男のだれが彼の妻を犯したのか、突き止めるためだ。しかしドウンの答えは要領を得ない。

「祭りでもないのに、この島の男がそんなことをするはずがない」とドウンは首を振り、ダトーが「この目で見たのだ」と怒鳴れば、「それはきっと悪魔がやってきたのだ」と答え、さらに追及すれば、「きっと隣村の男だろう」と言う。

もちろん村民の動向をドウンが知らないはずはない。村の男たちの様子を見ていれば、この老人にはだれが何をしたかくらいは察せられる。しかしこの長袖の白服を着た男とその妻は、ドゥンにとっては、分をわきまえぬ不作法で不愉快な客だった。そんな余所者に村の者を引き渡すことこそ許されない。村人は神の絆にしっかり結びつき、決してちりぢりになってはならないのだ。

ただしドゥンにしても、その村を統括する者として、このままの状態でよいとは決して思っていない。何が悪いのか、彼にはわかっていた。

ドゥンは知らぬ存ぜぬを通してダトーを家から追い出した後、村の長老、パエンとラマンの二人を伴ない、彼らと家々の間に築かれた急峻な道を上っていった。

そして一軒の家の前まで来ると断りもなく上がり込んだ。中ではこの家の女が四人、豆の莢《さや》をむいたり、子供をあやしたりしながら、何やら噂話に興じていた。

「この不埒《ふらち》な娘ども」

パエンはわれがねのような声で怒鳴り、女の一人の被っている頭巾に手をかけ、乱暴に引き剝がした。

老人は肩で息をしながら、手にした鴇《とき》色の頭巾を叩きつけるように床に捨てた。

「祭りはとうに終わった」

パエンの剣幕《けんまく》に、その場にいた娘たちは後ずさった。

「その髪をきちんとひっつめて、布でしばらんか。そのひらひらした布でこれ以上、男どもを誘惑するのは許さん」

ラマンとドウンも、怯えている娘の頭から頭巾をはぎ取る。娘たちは一斉に悲鳴を上げて逃げ出した。

同時に、あたりの藪から若い男たちが姿を現わし、女たちに群がった。

老人たちはぎょっとして足を止めた。

男たちの約半数は、隣村から来た者たちだ。この村の若者たちと娘たちをめぐり争い、あっという間に乱闘が始まった。

殴られた男が細い畦から二、三メートル下の田に転落する。下で作業していた女が悲鳴を上げる。落とされた男は、女の鎌を奪って畦の壁をはい上がる。

娘たちは坂道を走り下る。ロングスカートの裾のひらひらという動きは、乱闘で傷ついた男たちを、なお興奮させている。

急な道を登るのに裾を絡げたとき、ちらりと見えたふくらはぎに、男たちはけだものじみた声を上げた。当然のことながら、それまで女たちが着ていたプリント柄のワンピースはふくらはぎどころか、膝頭までが丸見えだったし、体格のいい女は太股まで見えていた。しかし無地の布地の裾から、見え隠れする女の下肢は、彼らにとっては性器そのものよりも扇情的なのだ。

ちょうど畦を見回っていたマフムドも、そのさまを見て慌てて追っていった。村人の争いごとの調停も司祭の仕事だ。それ以上に、女のひらひらする頭巾が、マフムドの心を捉え、無意識に走らせていた。

騒乱状態に陥った男女が、叫び声を上げて道をかけおりていき、やがてぴたりと止まった。

ダトーが現われたのだ。

マフムドははっとして、ダトーの前にひざまずいた。しかしそのとき背後から、ひっつぶれたような声が聞こえた。

「去れ、異教徒。この地より永遠に去れ」

村長ドゥンを含めた長老、三人が立っている。叫んだのは、パエンという、豚を二十四も所有している老人だ。村長のドゥンがダトーを指差し、ごま塩髭を震わせた。

「おまえたちが引き起こしたこの騒乱を見たか。欲望のとりことなった男どもの浅ましい姿を見たか。女どもの風にはためく布はどうだ。これこそは乱れ揺らめく黒髪よりさらに淫らなもの。髪はきちんと結い上げ、布で縛って留めよ。そしてそのぜいたくな衣服もまた、悪魔の衣装だ。無用に人の心を攪乱《かくらん》する。その女たちは、我々の衣装であり、我々もまたその女たちの衣装だ。必要以上の華美な布などいらぬ」

「自ら信徒を名乗る偽信者の、なんという無知と野蛮……『女たちは、我々の衣装であり、我々もまたその女たちの衣装』という神の言葉はそういう意味ではない」

　ダトーは、吐き捨てるように言った。

「わしらが偽信者だと？」

「豚を飼い、豚を食い、あまつさえ犠牲に豚を捧げる、おまえたちこそ、悪魔に魅入られたものではないか」

「黙れ、黙れ、おまえは神の言葉に耳を傾けたことはないのか」

　パエンは石垣の下にある豚小屋を指差した。

「この島の痩せた粘り気のある土は豚の力なくしては、いかなる作物も育たぬ。人と豚と米と豆と芋は、互いに食い、食われ、ともにあるもの。神は確かに豚肉を食することを禁じられた。ただし自ら望んで、あるいは神に背《そむ》こうという意図をもって食したのではなく、やむなく食した場合には、許されると言われているではないか。神は慈悲深い。神は偉大である」

　それが違うのだ、とマフムドがパエンに語りかけようとしたそのとき、若者の一人が、パエンとダトーの間に割って入った。パエンの息子、ミェ・パエンである。

「確かにお父さんの言うとおり、神は慈悲深い。たとえ悪い行いをしても、わざとしたのでなければ許す。またすぐに悔い改めたものを罰することもない。ただこのままずっと誤った生活をして、死ぬ間際に悔い改めても、神は許してはくれない。そうしたら永遠に業《ごう》火《か》に焼かれるのだ。しかしここで過ちを認め悔い改め善行を積めば、やがてたっぷりした水の流れる緑園で永遠に暮らすことができるんだ」

「うるさい」

老パエンは息子を一喝した。

「たっぷりした水の流れる緑園はこの島だ。一日一回はスコールが来て、どこもかしこも水びたし、川なんぞ何がめずらしい？　田畑の周りはどこもかしこもジャングルだ。これ以上緑園なんぞ見たくもないわ」

「しかしそこで緑園の果実を、日々の糧《かて》として供され……」

「パパイヤにアボカドか？　作物が不作のときは、嫌でも森から取ってきて食っとるだろうが。水っぽいばかりで腹は膨《ふく》れぬ。そんなものを永遠に食わされてたまるものか」

「それだけではないんです。そこで清浄無垢な妻をあてがわれ、断食した日の数と、善行の数だけ、彼女たちと交われる。しかもいくら交わっても、彼女たちは永遠に処女なのです」

「やめんか。薄気味の悪い」

たまりかねたように村長のドゥンが叫ぶ。

「交わっても交わっても処女だと？　そんな娘は悪魔の化身に決まっておるわ」

パエンも吐き捨てるように言う。

「とにかく早く目を覚まして、師の正しい言葉に耳を傾けてくれ。頼むから」

ミェ・パエンは哀願した。

パエンはつかつかと息子の前に出ると、無言で息子の顔を殴った。

「目を覚ますのはおまえの方だ」

「何をする」

その場に躍り出たのは、ラフンだった。細い腕を振り上げ、ラフンはただでさえ色白の顔をさらに青くしてどなった。

「この島の富を独り占めし、隠匿《いんとく》し、むさぼる、利己的富豪者。貧者のために富を与えることなく、金銀を貯える者。汝に痛刑を告げ知らせよ」

殴りかかったラフンの腕をパエンはひねり上げた。平均寿命が短いこの島では、長老と言ってもせいぜい五十そこそこである。畑仕事で鍛え上げた腕っ節は強い。ラフンはかぼそい悲鳴を漏らした。

「この島のどこに貧者がいる？　どこに食えずに死んだ者がおるか？　米が実らぬ年は、余分な豆を持つ者がくれてやる。豆がとれぬ年は、余分な米を持つものがくれてやる。たとえわしの豚でも一頭つぶせば、村中の者がやってきて食う。このわしが富豪者とは、笑わせてくれるわ。どだいこの島のどこに富める者がいる？　多くの豚を所有する者は、多くの豚の世話に明け暮れ、多くの田畑を持つ者は、多くの田畑を耕さねばならない。多くの労苦の上に多くの富がある。せいぜいその程度のことだ」

そのとたん、老パエンの背後から、殴りかかった者がいる。白シャツを着た学生だ。しかしそのこぶしは、パエンがひょいと避《よ》けたために、穴だらけになった汚れたシャツの肩先を掠《かす》めただけだった。

「正体を現わしたか、この悪魔」

パエンは叫びながら、学生のほっそりした脇腹に体当たりした。狭く、急傾斜のついた石垣上の道に慣れていない学生は、まっさかさまに民家の庭に落ちた。

同時に村長ドゥンが、さきほどから厳しい面差《おもざ》しで、ことのなりゆきを見守っていたダトーの方を向き直り、その汚れひとつないシャツの襟首を摑んだ。

「わしの村の若者たちに、邪教を広めることは、今後一切許さぬ。とっとと出て行け」

マフムドは慌てて、ドゥンのそばに寄り、言った。

「村長、このことについては、とにかくあなたが間違っている。早く手を離しなさい」

しかし答えの代わりに、顔に唾を吐きかけられた。

「表面上だけ、神の名を唱える偽信徒に、司祭のおまえまでが操られているのか。なんとなさけない」

そう言いながらドゥンはダトーを突き飛ばした。ダトーは悲鳴を上げて、学生が落ちたのとは反対側に転落していった。

そのままバナナの葉でふいた屋根を突き破って、ダトーの姿は見えなくなり、同時に無数の甲高《かんだか》い鳴き声が上がった。豚小屋の中に落ちたのだ。

見守っていた若者たちの顔色が変わった。三人の長老たちは若者たちに取り囲まれた。

「異教徒め」

最初に叫んだのは、ミェ・パエンだ。

「汚らしい異教徒」

「隣の島の、偶像を崇拝する多神教信者と変わらぬ偽信徒」

若者たちの侮蔑の言葉が、長老たちに浴びせかけられる。

こぶしが振り下ろされる。それを合図にしたかのように、若者たちは老人を取り囲み、殴り始めた。

年長者や親を殴ることなど、思いも寄らない。しかし邪教の島に、正しい信仰を取り戻すために、神の正義のために、彼らはその悔い改めぬ頑迷な者と戦わなければならない。それが頑迷な者たちを救う唯一の手段でもあり、正しい道を選択した者の義務でもあった。異教徒を追及するのに、弱気ではならぬ。

やがてダトーが石垣をはい上がってきたとき、若者の一人がその姿を見て、鋭い声を発した。ダトーの全身は豚の糞にまみれていた。

ラフンは華奢な腕でいきなり草刈り鎌を振り上げると、老パエンにむかっていった。

鎌は一瞬のうちに、パエンの喉笛を切り裂いた。異様な音に人々が振り返ったときには、長老は石垣の上に生温かい血を噴き上げて横たわっていた。

マフムドは言葉を失った。

「汝らに戦いを挑むものがあれば、神の道のために戦え」

糞にまみれたまま、ダトーは厳《おごそ》かな口調で言った。

とたんに村長ドゥンは腰に下げていた小型のナイフをすらりと抜いた。そしてそのナイフを太陽にかざし、叫んだ。

「汝らが、我が宗教に疑念を抱いても、我は汝らが唯一の神をさしおいて拝んでいる邪神どもを断じて拝みはしない。我が信仰するのは我らが偉大なる神のみ。決して意味なきものを拝んではならぬ。汝に戦いを挑む者あらば、神の道のために戦え」

振り上げたナイフが、近くにいた若者のTシャツの胸元をえぐった。悲鳴が上がった。パエンの喉元を切り裂いた鎌が、そのとき再び振り下ろされた。

女たちはすでに逃げ、若者たちと長老二人が入り乱れ、そのうち数人が住宅の中庭と豚小屋に転落した。

マフムドも、ドゥンの振り回すナイフを逃れようとしたとたんに、足を踏み外し豚の背中の上に転がり落ちた。腰をさすりながらようやく石垣にはい上がったとき、かたはついていた。長老たちは、聖なる刃によって刺し貫かれた後だった。

この人々は、永遠に業火《ごうか》に焼かれるのか、とマフムドは唇を嚙んで、老人たちの死に顔を見下ろした。

その日、集まった若者たちとマフムド、そしてダトーや若い学生は、石垣の下にあった豚小屋を壊し、豚を殺した。大半の豚は逃げていったが、数頭の死骸が転がった。

周りの家の人々は、怯えたように若者たちの行動を眺めているばかりだ。

それが終わると、村の家々を一軒一軒回り、やはり同じように豚小屋を壊し、そこにいた豚を殺した。村の中を手負いの豚が逃げ惑い、あるものは家に飛び込み、あるものは家々の隙間に転落し、またあるものは泥田を走り、芋畑を越えて、若者たちの追跡を逃れて森林に逃げ込んだ。

結局のところ殺された豚は数頭に過ぎなかった。ただし若者たちが、豚の死骸を放置したことから悲劇は起きた。翌日、家の前で息絶えた豚をみつけた主婦は、さっそくそれを家に引き込み、頭を切り刻み煮て、残りの肉を塩漬けにしたのだ。

一家が床に座り込んで、夕飯を囲んでいるところに、ナイフを振りかざした若者が数人乱入し、鍋をひっくり返し、豚を食ったかどでその家長を惨殺した。

寺院ではダトーの説法が繰り返され、島の村のあちらこちらで、ダトーから正しい教えを受けた若者が集会を開いた。

流血騒ぎは、それ以上は起きなかった。地道な説法と集会、そして村人たちの信徒としての自覚の下に、事態は沈静化していった。

二週間と経たないうちに、島はひっそりと静かになった。豚の声は聞こえなくなり、松脂や豆などを売りにいく女たちの声高なおしゃべりも聞かれなくなった。

日に数回、神の言葉を朗唱する声が聞こえるのは、以前と同様だが以前のようなめいめい勝手に濁声を発して礼拝するということは少なく、たいていダトーや学生の広めた美しい節回しか、あるいは沈黙したまま祈るというスタイルになっている。

週に一度、寺院に男たちは集まり、その日は一斉に礼拝し、働かず、石の床の上や庭に座り、静かに神のことを考えて過ごす。

女も必要以外のときに外に出たりはしない。以前、豚小屋のあった場所に小屋が建てられ、それが女たちの居場所となり一日を過ごす。小屋の壁が、彼女たちの頭巾やひらひらするスカートに欲情する男たちの、ぎらつく視線をさえぎってくれる。

この時期、村の棚田には一斉に水が張られた。しかし急斜面に開かれた田のことで、畦の小さな切れ目や、石垣の隙間、あるいはざりがにの類に開けられた穴などから、水は簡単に抜ける。村人たちは昼夜を問わず、交替で水番に立たなければならない。

夜中、篝火を焚いて田を見回るのは、かつては女の仕事だった。それも村の娘たちがほぼ総出で行なう行事でもあった。篝火が水を張った田に反射し、闇の中で光の花がゆらめきながら開く。水番に立つ娘たちは、それぞれに思いを寄せる男を誘う。

篝火にぼんやりと照らし出された畦を若い男女が身を寄せ合って歩きながら、あるいは一つの毛布に体を包んでしゃがみこんで、水面に目を凝らす。祭りが大っぴらな男女の交歓の場であるなら、水番は若い未婚の男女の密やかな語らいの場である。

しかし厳格に婚外の性を禁じるダトーたちにとって、そうした不道徳な蛮習は放置してはならないものだった。夜中の水番は、男の仕事となった。それも少人数の男が、休む間もなく黙々と田圃を見回り、水の状態を確認するという神経を使う辛い作業になった。

下の村や近隣の島に物を売りにいくのもまた、男の仕事になった。

その日の朝、男たち四人は松脂ともち米を抱えて村を下りた。午前中に船着場に行き、そこから手漕ぎの船で二時間ほどかけて隣の島に渡る。実際のところ島と島の間は近い。浜に立てば、隣の島の緑に手が届きそうに見える。しかし島から少し漕ぎだすと珊瑚礁は切れ、海は突然、夜空のような色に変わる。氷のように冷たい潮が恐ろしいほどの速さで流れており、ここを渡るには慣れた者が、心を合わせて櫂《かい》を操らなければならない。この危険な仕事を女たちは難なくこなしていた。

何しろ隣の島に行けば、異教徒たちの作る銀細工のアクセサリーや、香りのよい油などを商う少年たちが、彼女たちの姿を見つけて子犬のように駆け寄ってくるのだ。その楽しみを思えば、危険な航海など何ということもない。貴重な現金収入を得ているという誇りも手伝い、女たちは当然のようにそうした品々を買い、意気揚々と引き上げてきたものだった。

しかしこの日、櫂の操作に不慣れな山村の男四人を乗せた丸木船は、無防備に濃紺の流れにつっこんでしまった。しかもちょうど強風が吹き付けていた。船着場を出るときに当然、把握していなければならない空模様や風の向きを、彼らは無視して海に出てしまっていたのだ。急流に飲み込まれたように船は一路、西に向かって流れていった。どんどん遠くなる島影を男たちは絶望の声を上げてみつめた。

村の人々は隣の島に行ったまま帰ってこない男たちを一週間ほど待ったが、やがて何が起きたのか察し、マフムドは遺体がないまま葬儀を執り行なった。

次に村の男たちが隣の島に向かったとき、彼らは船着場で慎重に天候と風向きを読んだ。そのおかげで、島へは無事に着いた。

船が近付くと銀細工や香油、菓子などの籠を持った子供たちが駆け寄ってくる。彼らは男たちの顔を見て、少しとまどった様子だったが、その中の一人が近づいてきて、手にしたイヤリングを見せて言った。

「買っていかないか？　きれいだろ、安くしておくよ」

それを合図に彼らは一斉に、男たちを取り囲む。

村の男は無言のまま、子供たちをかきわけてバザールのところまで行き、包みを広げる。

島の人々は、遠巻きにしたままその様子を胡散《うさん》臭げに眺めている。

山村の男の一人が、持ってきた松脂を指差して適当な値段を言う。

「高い！」

間髪をいれず声が返ってきた。

「それならいくらだ？」

相手はその四分の一の値段を言う。

「なんだと？」

腰を浮かした男を年長の男がたしなめる。

「そんな高いことを言うならいらん」と背を向ける客がいる。

「松脂などなくたって、我々は木の実の油を燃やすからいい」といったん立ち去る者がいる。

これが相場だ、ととてつもなく安い価格で袋いっぱいのもち米を買おうとする者がいる。

危険な海を越えてやってきてみれば、よってたかって買い叩かれる。もちろん祭りの日に彼らが山を登って担いできた干し魚や薬、油などを、山村の男たちも買い叩いているのだが、そんなことはすっかり忘れている。

もともと男の仕事は、畦を作ったり、畑を開いたり、山で松脂を取ることだ。作物や山の恵みを背負い、あるいは頭に載せ、まる一日かけて下の村に行き、あるいは隣の島まで

二、三日もかけて渡り、商ってくるのは女たちの仕事だ。
いかに高く売るかという呼吸は、女の方が心得ている。それだけではない。買い手が女であれば、それがいかに得な買物か、たくみな話術で幻惑する。相手が男であれば、甲高い声や、媚びを含んだ視線、ときには体を使い、有利に商売する。負けろとしつこい男には、籠の脇からそっと足を突出し、親指で裸足の甲をじんわりと踏みつける。そうしながら上目遣いににっと微笑みかけてやれば、たいていの男は言い値で買っていく。

隣の島の異教徒や下の村の漁師を相手に、持ってきた松脂やもち米をいかに高く売り、多くの油や干し魚をいかに安く買って帰るか。彼女たちは戦ってきた。互いの生活をかけた必死の攻防だ。険悪になりそうな場面を、女たちは話術と愛敬《あいきょう》と媚びで切り抜けてきた。

しかし男たちはそうはいかない。

異教徒たちが平然と値切り買い叩いているのは、村の男たちが汗水垂らして開いた畑で作った米や、傷だらけになって山に入って掘り出した松脂なのだ。

「なんだきょうの米は？　粒が割れてるぞ」

「この松脂、泥の粒がたくさん交じってるから、安くしておけ」

そんな言葉を次々と浴びせかけられたとき、男の一人がついに無礼な客に殴りかかった。あっと言う間に島の男たちが集まってきた。商取引の場は、争いの場に変わった。周りで商売していた人々は慌てて商品を自分の籠に放りこんで逃げ出す。

袋叩きにあった山村の男たちが気づいたとき、彼らが運んできた米も松脂も、野次馬に持ち去られた後だった。

隣の異教徒の島に限らず、下の漁村でも、男たちの商売は似たり寄ったりのものだった。店開きしてもほとんど売れず、結局のところ帰る直前になって投げ売りして、大損する。流血ざたも日常茶飯事だ。物売の女たちを相手に石鹸や古着などを売っていた雑貨屋たちも、商売にならずに逃げ出した。


二ヵ月もしないうちに、マフムドの島の経済は困窮した。物が回らなくなり、新しくできた船着場からは、石鹸や布地などが持ち込まれているにもかかわらず、人々は金がないので買えない。米や豆で交換してもらおうとすると、ひどくふっかけられる。

あちらこちらで争いごとが起きるのでマフムドは忙しい。しかし葬式は簡素になった。死人が出ても、以前のように死者の体を蘭の花で飾ったり、豚の脂で艶を出したりはしない。白い布でまかれて寺院の庭に運び込まれる。もちろん死者を送るための祭りを禁止されてしまったので、祈りを捧げたのちに埋めるという、ごく簡素なものだ。

マフムドは、後は本人たちの生前の行いによって、天国に行くか地獄に行くかが決まる、と死者の娘や息子、ときには親たちに説明する。

しかし家族は納得しない。こんな飾り気のないかっこうで、しかも神への土産もなしに、審判の場に引き出されたら、地獄に送られてしまうかもしれないではないか、と心配する。なんとか説得して寺院から戻れば、一日は暮れている。

葬儀の帰り、マフムドは自分の田の稲が枯れているのに気づいた。マフムドの田だけではない。そこかしこで稲は実りもしていないのに、黄色く枯れている。

畦を見れば、小さな破れ目ができて、水が抜けてしまっていた。慌てて補修したが、すでに枯れた稲は元に戻らない。村人の手が回っていないのは、一目瞭然だ。

またそれまで芋を植えていた畑にも、何も植わっておらず、粘り気のある土が露出している。雨に叩かれ、日中の強烈な陽射しにあぶられ、地面は堅く、つるつるに変わっている。それまでは豚が鼻で掘り返し、糞をしていた場所だった。清浄な畑は作物を養う情熱を失ってしまった。

しかし大地が本当に清潔になったかというと、こちらも怪しい。それまで豚のにおいと糞で汚れていた家々の周りは、掃除屋であるところの不浄な動物がいなくなったおかげで、人糞やごみが分厚く積もるようになっている。病気で死ぬ幼い子も増えた。自らの体や身辺から出た物が、豚以上に不浄であることに、村人たちはようやく気づき始めた。

そしてある日、下の漁村に下りたマフムドはそちらではさらに深刻な事態が起きていることを知った。

漁民たちは、それまで取引きをしたり、祭りのときには呼んだり呼ばれたりと親密な関係を保っていた隣の島の異教徒と、その前日に、殺し合いをしていた。

漁村の若者数人が、精霊を崇める彼らの丸木船についている、守護神の像を削りとってしまったのが原因だ。

異教徒との戦いで、村では二人の男が殺され、数人がけがをした。一方、丸木船でこの浜にやってきた異教徒は一人を逃しただけで、残りは全員殺したとのことだった。

「皆殺しか？」

驚いて問い返したマフムドに、漁師は無表情に首を振った。

「一人だけ、取り逃がした」

そしてモリを磨きながら続けた。

「我々は正しい教えを広める義務がある。こちらが正しい教えを説いたことに対し、もし相手が抵抗し攻撃してきたら、我々は戦わねばならない。本島からやってきたダトー導師はこの村に来て、そう説いた」

「確かにそのとおりなのだが」

マフムドは返事をしながら、ひどく不安になってきた。

ふと目を上げたとき、沖合から矢のように海上を滑ってくる船が見えた。大型の動力船だ。それができたばかりの船着場にまっすぐに入ってくる。

船の舳先《へさき》には、異教徒の守り神が厳《いかめ》しい顔と大きな乳房をこちらに向けているのが見えた。マフムドはとっさにそれに乗っている精霊を崇める者たちの数と武器に思いをめぐらせる。少なくとも丸木船でやってきた者の比ではない。いや、彼らを殺してしまった漁村の男たちの数をも、遥《はる》かに上回っている。

そのことを悟ったとたん、マフムドは駆け出していた。山の上の村目指して、林を抜け、平均台のように狭い畦をかけ登り、松林の中の急斜面をつっきる。

遥か下から、人の悲鳴とも、わめき声とも、断末魔《だんまつま》の声ともつかないものが上がってくる。漁村の人々がやられている。

異教徒どもの攻撃に対して戦わず、背を向けて逃げ出した自分は、地獄の業火で焼かれるのだ、とマフムドは思った。

それでもマフムドにとっては、死後の業火より目前の殺し合いの方が怖かった。

山道の途中で息が切れた。目の前が真っ暗になって、山道の途中で座り込んだ。

ひどく腹が減っていた。あの祭りの日以来、豚を食べてはいない。それは大したことではない。下の村や隣の島から、恒常的に入ってきていた干し魚を口にすることがなくなってしまったのだ。特に隣の島の民が持ってくる魚は、干し方に工夫があるのか、日持ちが良く少々濡れても悪くならなかった。今、山村の人々の手には、芋と穀類と、山の村で取れるわずかな豆しかない。田畑が荒れて、収量が落ちたために、村でできる芋と穀類も以前ほどたっぷりとはない。しかたなく最近ではみんなで森に分け入り、未熟なパパイヤやアボカドを取ってきて飢えをしのいでいる。

神の審判で善行が認められて、緑園に送られたとしても、そこでまた果実を食うのかと思うとうんざりする。

マフムドが村に着いた直後、彼を追うようにかけ上がってきた足音があった。

Tシャツの裾を背後から摑まれた。

振り返ると下の漁村の少年がいた。片方の肩が血に濡れている。

どうした？　と尋ねるまでもない。少年は片耳を切られ、おびただしい血が首筋を伝っていた。

「異教徒がやってきた」

少年は息を弾ませながら、訴えた。

「隣の島の異教徒が、報復にやってきた」

「ああ知ってる」

「まもなくここまでやってくる」

「なんだって？」

マフムドは思わず声を上げた。

「なんだって、こっちまで登って来るんだ……」

そうつぶやいて、戦慄《せんりつ》した。隣の島の人々とは、以前から死者を出すような喧嘩があった。隣の島だけではない。谷をひとつ隔てた隣村の人々との間にも争いがあった。村と村、部族と部族が、棍棒や鎌、剣を手にして戦ったことはある。

しかし今、船着場から大型船で入ってきた異教徒は、下の漁村の人々だけではなく、この島全体、唯一の神を信仰する人々、彼らの祖先の霊や森や海の神々を怒らせることで災いをもたらす人々すべてを敵とみなした。

どうやら漁村の男たちが船の舳先についた彼らの守り神を削ったことと、一人を残して皆殺しにしたことが、事態を決定的なものにしてしまったらしい。

もはや村と村の喧嘩ではない。信仰を一つにするもの同士の聖戦が始まる。

「で、異教徒は何人くらいいる?」

マフムドは尋ねた。

「わからない」

少年は首を振った。

「大きな船いっぱいだ」

マフムドの全身から血の気が引いた。

「たいへんだ」

マフムドは叫んだ。叫びながら、村の中を走った。

「異教徒が侵略してきた。山を登ってくる」

畑仕事をしていた男たちが、手に手に鎌や剣、鍬を持って集まってくる。

マフムドはラフンとミェ・パエンを隣村に走らせ、援軍を頼む。

男たちが集まったところに、ダトーがかけつけ、体を震わせて叫んだ。

「今こそ正義の戦いのとき。信徒の者よ、十分に警戒し、隊を分けて前進し、あるいは全軍一時に前進せよ。信仰あるものは神の道に勇んで戦い、信仰なきものは邪神の道に戦う。されば悪魔の手先に戦いを挑むのだ」

純白のシャツの裾を風になびかせ、ダトーは剣を高くかかげる。

寺院の前に、男たちは移動した。隣村の者もやってきた。

神に祈りを捧げようとしたとき、地響きのような音が聞こえてきた。

マフムドは高台に出て、下を眺め悲鳴を上げた。

異教徒たちが、もう村のすぐ近くにまで迫っている。しかも百名はゆうに超えている。まるで祭りのようだ。

確かに数ヵ月前の祭りのとき、彼らはやってきた。小舟でてんでに乗り付けてきた精霊を崇める者たちは、この村で魚や油を商い、村人と共に豚をつついた。

今、なぜ彼らと戦わねばならないのだ。不意にわいてきた疑念を心の底に封じ込め、マフムドは叫んだ。

「他の村の男たちはまだ着かないのか？」

おう、と声が上がったがわずか数人だった。村と村が深い谷で隔てられたこの島の地形は、各村が砦と化して守るには強いが、島民が結集して大規模な戦いを遂行するには不利だ。

この場にいる鎌や剣を手にした男たちの数は、登ってくる異教徒に比べ、どう見ても少ない。しかも指揮官となるべき長老たちは、粛清されてしまっていない。

「戦え」

男たちの背後でダトーは叫んだ。

「戦え」とマフムドも叫んだ。そう叫びながら寺院を飛び出し、一人で民家に入っていった。

ずかずかと上がり込むと、頭巾をかぶり、家の中に隠れている女たちの腕を取る。

「早く来て、異教徒と戦うんだ」

女たちは顔を見合わせた。

「おまえたちも来ないと、村は全滅だ。本当に殺されてしまう」

女たちは不審そうな表情で、ぞろぞろと家から出てくる。その姿を見て、ダトーやラフンたちは目をむいた。

「こんなところに女を出すな」

「なんでもいいから戦え」

マフムドは鍬を振り上げ、叫んだ。

「やつらを蹴落とせ、畦から落とせ、道から落とせ。殺されたくなければ戦え」

男たちは、異教徒の足音の聞こえる方向に、かけおり始めた。

女たちはスカートの裾をまくり上げると手に手に石や鉈《なた》を持ち、その後に続く。

畦の下に敵の頭が見えたとき、女たちの石つぶてが一斉に降り注いだ。

ひるんだ相手を男たちが襲う。急峻《きゅうしゅん》な道、しかも片側が数メートルの崖になっている細い畔道は、慣れている者でなければ容易に動けない。しかも一列縦隊という戦いに最も不利な形を取るしかない。

地形を知り尽くした村人に攻撃をかけられた敵は、つぎつぎに水を張った田や下の地面に転落する。そこに石つぶてが降り注ぐ。鎌や剣を持った男たちが追い付く。男たちは這いつくばった異教徒を足蹴にした。

村までの道をかけ登ってきた敵は、すでに疲労しているようだ。思いがけない反撃にあって、じりじりと後退し始めた。しかしその背に、村の男たちは鎌の刃先を食い込ませることはしない。

「手加減してはならぬ」

背後の岩の上で、剣を天にかざし、ダトーが叫んだ。しかし男たちは地面に這いつくばった敵を足蹴にはしても、刃物は使わない。祭りで一緒に食事した連中だ。会食することは、この地方の島々の者にとっては、兄弟になることだった。

敵の背に向かい剣を振り上げた若者をその父が止めた。

「やめろ。禍根《かこん》を残すな、後が面倒くさい」

泥田や芋畑で足を取られ尻餅をついた異教徒は、よろよろと立ち上がり、這這《ほうほう》の体《てい》で逃げ下っていく。

坂道を転げるように敗走していく異教徒を、村人は男女入り乱れて追った。

とうとう一行は、海辺に出た。先程、一戦交えた漁村の男たちが、あるものは足を引きずり、あるものは血を流しながら、家から出てきた。

異教徒たちは、桟橋に向かって逃げていく。

「よし、ここまで」

マフムドは桟橋の前に立ち、両手を高くかかげた。

追ってきた者たちは、足を止めた。

「何をしているか」

最後尾で息を切らしながら、ダトーが叫んだ。

「この戦いは、異教徒の仕掛けてきたもの。かまわぬから殺せ。邪神を崇めるものは、それが当然の報い」

「向こうが戦いを止めたら、こちらも手を引け、神は寛大で情け深い」

マフムドも負けずに叫ぶ。

逃げに転じたら、向こうの負けだ。相手の首を二つか三つ狩ったら、あるいは敵を追い払ったら戦争は終わる。それがこの一帯の島々のルールだった。それは異教徒にとっても漁民にとっても、また少し離れた火山島に住む真っ黒な肌をした人々にとっても変わらない、共通の掟だった。

ここで彼らを皆殺しにしたら、次にはさらに大勢でやってくる。それを迎え撃てば、敵は他の島の兄弟たちを動員するだろう。そうしたらマフムドたちは本島に応援を頼むしかない。

報復のための報復という、際限なく拡大する戦いが始まる。最後の一人が死ぬまで終わらない戦いだ。

ほどほどに痛め付けて帰しておけば、彼らはまた油を商いにやってくる。ここの松脂を向こうに売りにいくこともできる。どちらも困らない。

マフムドとダトーの間で、村人が躊躇《ちゅうちょ》している間に、異教徒たちは慌てふためいて船に乗り込んだ。

その気になれば桟橋を駆け抜け、船のエンジンを壊して彼らを全滅させることもできる。

しかしだれもそんな行動は起こさなかった。

やがて船が遠ざかっていくのを眺めながら、マフムドは大きく息をついた。

そしてその場に突っ立ったまま、放心したように沖を見ている男女に向かい、ダトーそっくりな厳かな節回しで、言った。

「船着場を壊せ。悪魔も異教徒も、そして神も入ってこられぬように、船着場を埋めてしまえ」

とまどっている人々をよそに、数人がもっこを担いできた。

男たちは、自らの手で作った物を黙々と壊し始める。

「まったく船着場なんか作ったおかげで、石鹸や古着と一緒にろくでもないものまで入ってきた」

女の一人が小さく舌打ちした。

「異教徒を撃つのに弱気になってはならぬ」

ダトーがまだ叫んでいた。

「しまった、忘れていた」とマフムドはダトーを指差した。

「そこの似非《えせ》信者を小舟に乗せよ」

その場にいた村人たちが、不思議そうな顔をした。

「彼が今の戦いで何をしたか覚えているか？　異教徒のただ中に切り込んでいったか？

彼らを撃つために、剣の一振りでもしたか？　女さえ、鉈《なた》や石つぶてを持って戦っている最中に、我々の背後で、戦えとわめいていただけではないか」

はっとしたように、若者数人が、ダトーたちを振り返った。

ダトーは後退りながら叫んだ。

「この野蛮な島で、腐敗した生活を営み、無知ゆえに善事を退け悪事を行なってきたおまえたちに、正しい道を教えたのはだれだと思っているのか？　我々が来なければ、おまえたちは審判の後、神によって永遠の苦難が与えられたはず」

「おまえが来たおかげで、俺は永遠の苦難を与えられる」

そう叫んだのは、ミェ・パエンだった。

「俺は親父を葬った。しかし神は父母に孝行せよと言ってる」

ダトーはミェ・パエンを見つめて説教口調で言った。

「汝は、神の他に何者にも仕えてはならぬ。その上で父母に孝行せよ、神はそう言っているのだ。つまり神への信仰が、すべてのものに優先し……」

言い終える前にダトーは、その場にいた村人数人に担ぎ上げられた。異教徒を迎え撃ち追い払った人々は、得体《えたい》のしれぬ興奮を残し、顔を上気させている。祭りの日の聖典のように、ダトーは人々に担がれ、もみくちゃにされながら砂浜に運ばれた。

漁村の男が浜に上げておいた丸木船を浅瀬に押し出した。ダトーは丸木船の上にそっと降ろされた。そこにダトーのつれてきた学生が二人、年配の村人たちに殴られながら引きずられてくる。彼らもダトーと同じ船に放り込まれた。

三人を乗せた船を漁村の男たちが押して沖に向かう。

海の色が淡い水色からいきなり濃紺に変わるあたりで、丸木船を取り巻いた男たちは一斉に船から離れた。

岸にいるマフムドからは小枝よりも小さくみえた船は、わずかの間、波間を漂っていたが、まもなく小さく舳先をゆらすと、急にスピードを上げた。その瞬間、ダトーが大きく両手をかかげた。真っ白な長袖シャツの袖が、風をはらんで帆のように広がった。

船は速い潮の流れにのって、矢のように海上を滑っていき、まもなく見えなくなった。

やがて人々は、船着場を埋め戻している漁村の男たちに別れを告げ、のろのろと山に向かって戻っていく。

マフムドは死者の数を数えてみる。ダトーがこの島に来てまもなく殺されたドゥンやパエン、浄化の情熱にかられた若者によって殺された者たち……。

彼らのために、再び祭りをしなければならない。彼らが無事に永遠の楽園に導かれていくために。

翌日、村の男たちが寺院に集まった。これから祭りのための豚を捕まえに山に入るのだ。

しかし今度は神への賄賂のための豚だけではすまない。血気にはやった若者たちが放してしまった豚を生け捕りにして、再び小屋に戻さなくてはならないのだ。

硬くしまった粘土質の土を掘り返して、元通りのふかふかの土にしてくれるのは、豚の力強い鼻と爪しかない。また豚は汚れはてた人の居住地を再び清潔にしてくれるだろう。

不浄なものが清浄な世界を作り、清浄なものはつねに汚れを内包する。

マフムドは、そんな不可思議な思いに捉えられ、目を閉じる。瞼には小舟に乗って流れていったダトーの輝くばかりに白い袖が浮かぶ。

結局のところ、不浄も清浄も人が作り出したもので、神はそんなものには頓着《とんちやく》しないのではないか、とマフムドは思い至った。

礼拝を終えると、豚を捕らえる縄や網を手にして、男たちは山を登り始める。

女たちは、残っている松脂を売りにいく準備を始めた。

ほとんどの娘たちは、ダトーたちの持ち込んだ動きにくい衣装をまだ身につけ、淡い色の美しい布できっちりと頭部を包み込んでいる。

彼女たちがその服装を変えぬかぎり、この島には真の平和は訪れないかもしれない、とマフムドは思う。それでもダトーはすてきなものを残していった、とマフムドはひらひらと誘いかけるように揺れる女たちの頭巾にしばし目を奪われていた。

人格再編

人格再編処置承諾書、麻酔承諾書、手術承諾書。

書類はすべて整っている。

二日かけた家族への説明も、ほぼ完璧《かんぺき》だ。

「とにかくお願いします、先生。みんな先生にお任せしますからやっちゃってください」

説明を最後まで聞くのももどかし気に、中年の夫婦は幾度となく、医師の説明を遮《さえぎ》って懇願《こんがん》したものだった。

「最後まで聞いてくださいね」

その都度、堀純子《ほりじゅんこ》医師は彼らに呼びかけ、ようやく説明を貫徹させた。

患者本人への説明はなかった。説明を受けることも納得することもなく、今、ストレッチャーに乗せられ、胸、腹、足と三ヶ所をベルトで固定された患者は、病室から廊下、ナーステーションまで響きわたるような声で喚《わめ》き続けている。

「おまえらみんな呪《のろ》い殺してやる。おれが死んだ後、末代まで祟《たた》ってやるから覚えていろ」

堀は仰天した。歳《とし》を取ると女性まで、自分のことを「おれ」というのか、それとも地方によっては、女性も歳を取ると自分のことを「おれ」と呼び始めるところがあるのか、日本最高の頭脳を集めたと言われるN大学病院の若い脳外科医にはわからない。

「助けてくれ、ちくしょう、虐待だ」

ベルトをかけた女性看護師に向かい、患者は身をよじり唾《つば》を吐きかけた。中年の看護師は落ち着いた動作で、自分のこめかみに吐きかけられた痰《たん》混じりの唾を脱脂綿で拭《ぬぐ》う。

「おまえら、今は好きなだけおれを虐《いじ》めているがいいさ。おれが死んだら、どいつもこいつも呪い殺してやる」

看護師は老女の手術着のマジックテープを剝《は》がし肩の皮膚を露出すると、消毒薬をスプレーして、すばやく注射針を刺す。

絶叫が上がる。

「痛い、痛い」

「殺される、痛い、人殺し、だれか」

三十年ほど前まで、確かに注射は痛いものだった。しかし金属製の注射針が消え、髪の毛ほどのごく細い針に変わった今、せいぜいが蚊に刺されたくらいの刺激しかない。

しかし遠い記憶の中に生きる老女にとっては、看護師の手の中の注射器は紛れもなく痛みをもたらすもののようだった。

着換え、入浴、排泄、家族や介護士のあらゆる介助に対し、老女は「虐待だ」と声を上げる。

実際のところ高齢者虐待は頻繁に起きてはいた。そのことをマスコミが派手に報道し、自治体が監視体制を強化するに従い、介助を受ける側が多少気に入らないことがあったり、あるいは単に体に触られただけで、「虐待だ」と訴えるというのもまた日常茶飯事となっている。

患者の絶叫を乗せたままストレッチャーは廊下を運ばれ、やがて「スタッフオンリー」と書かれたドアを抜け、エレベーターに乗せられる。

注射された鎮静剤のお陰で、老女は静まり、どんよりした視線を天井あたりに漂わせている。

手術室の扉が閉じられ、夫婦はガラスで仕切られた控え室に入る。長いすに腰掛け、無言のまま視線を交わした。

多臓器不全、出血多量、組織の壊死、承諾書にはいくつものリスクが記載されていた。いずれも死に直結するものだ。しかしそうしたリスクは、正直な話、問題にはならない。

地獄を生きる患者本人というよりは家族にとって、死それ自体は一番手っ取り早い救いだ。

ライトの下でピンク色の手術着を身につけて老女は横たわっている。

昨日《きのう》のうちにその白髪頭は看護師の手できれいにシャンプーされていた。椅子《いす》に縛り付けられ、ぬるま湯で髪を洗われている間中、彼女は「虐待だ、殺される」と叫び続けていた。そして今から三時間前にはやはり「殺される」と叫びながら、頭頂部の毛をきれいにそられた。

「大丈夫ですよ、痛くはありませんからね、リラックスしていてください。ちょっと音がしますが、すぐに終わりますからね」

堀は話しかける。

老女はぴくりとも動かない。麻酔と鎮静剤はよく効いている。

患者の耳にはごく小さなヘッドホンが差し込まれており、軽やかな長調の音楽とともに医師の言葉も流れ込んでいるはずだ。

堀は頭上からワイヤーで繋《つな》がったボールペンほどの太さのドリルを取る。鋭い音で刃が高速回転し、頭蓋骨の頭頂部に小さな穴が空いた。流れる血がふき取られ、手際よく内視鏡の先端があてがわれる。

堀は頭蓋内部に慎重に内視鏡を滑り込ませていく。

あらかじめ肩に埋め込まれたカプセルからは、脳内物質の分泌を促すための薬剤が、自動的に供給され始めた。萎縮《いしゅく》した脳の代わりに、家族の話を元に構成された望ましい記憶を再生させるチップが、脳の内部に埋められていく。

頭蓋と萎縮した脳の間には、かなり隙間《すきま》ができており、そこに粘液がたまっている。その粘液の中を内視鏡が泳ぐように、ゆっくりと進んでいく。

技術自体は十年も前から確立されている。しかし政府の主催する倫理委員会でガイドラインが作られ、承認を受けたのはほんの二ヶ月前だ。

ときおり痙攣《けいれん》めいた泣きとも笑いともつかない表情が老女の顔に浮かぶ。

苦痛はまったく無いはずだ。ディスプレイに映し出される頭蓋の内部に目を凝らし、堀は確信に満ちた手さばきでチップを埋め込んでいく。

チップの取り扱いも、内視鏡を覗《のぞ》き込んでの脳内固定の処置も、そして家族への説明と、万一事故が起きたときの対応も、すべてに細心さ、繊細さを要求される。

右手の人差し指と親指を微妙に動かし、堀は最後のチップを側頭葉の脇《わき》に静かに置いた。背筋を汗が伝い下りていくのをそのとき初めて意識した。


「お父さん、お母さんの老後は、私たちで見るつもりです」

若者たちからそんな言葉が聞かれるようになったのは、三十年ほど前の話だった。

介護保険制度が成熟し、施設介護から在宅介護への移行が本格化された頃のことだ。戦後、一貫して進んできた、家事、育児、そして介護の外注化にようやく歯止めがかかり、家族の大切さが人々に認識され始めた時代だった。

テレビドラマも小説もエッセイも、家族の大切さ、親子の絆《きずな》といったものを取り上げ、人々の支持を得た。

子育て子作り支援策もようやく効果を発揮し少子化は止まり、憲法改正と教育改革を通じて、それまでの行きすぎた個人主義の流れは大きく変わった。家族に重きを置く倫理観が国民の間に静かに浸透していった。

子供の非行や、老人の孤立といった様々な問題を生み出した核家族は急速に減少し、結婚後も親世帯と同居というのが、どこの家でもスタンダードになっていった。

実際のところ、構造不況で経済大国の地位を滑り落ち、日経平均暴落、円の急落、財政赤字、環境悪化、エネルギー危機から食糧危機まで、あらゆる災厄に見舞われた日本からは、多少の業績を上げている企業とまともな人材はほぼすべて海外に逃げ、残っているのは海外ファンドが食い荒らした企業の残骸と、海外では使い物にならない、日本に留まるしかないぼろくずのような人材だけだった。

若年層の雇用状態は悲惨を極めている。にもかかわらず見かけの失業率はさほど高くはない。

はなから人生を諦《あきら》めた彼らは、職を求めていないからだ。

社内の会議はもちろんのこと、打ち合わせや現場の指示がほぼ英語で行われるようになったのは、二〇二〇年代のことで、当時の企業環境が中高年にとって厳しくなったのは当然だったが、彼らは少なくとも必要に迫られれば、硬化した頭に語学教材の構文を詰めこむくらいの努力はした。スーツ姿の中高年の男女が通勤電車の中で、耳に突っ込んだイヤホンから流れてくる音声に合わせて、あたりはばからず大声でリーディングするのも、当たり前の光景になっていた。

しかしこのとき、日本に残っている若者達の多くはそもそも学習するということすら知らなかった。

日本人なのだから外国語ができないのは当然として、ルビがなくては週刊誌も読めず、二桁《けた》の足し算まではどうにかなるが、かけ算はまったくできない。

インターネットにブログは書けても、配信されるニュースや広報類を読解することはできない。

「100から7を引いてください。そこからまた7を引いて」という質問が、就職試験に出題されるようになった。

「尊敬する人は？」

「お父さんとお母さん」

企業の面接試験ではこんなやりとりが当たり前になされた。歴史的、社会的教養が欠如しているために、家族や友人、芸能人以外の固有名詞を全く知らないからだ。それでもさすがに芸能人の名前は挙げない。

そう、パーマネントアンダーと呼ばれる彼らは、学習能力はともかくとして、当時の政策のおかげで、ある意味道徳的に作り替えられていた。

長い間日本を席巻した受験教育は、もはや一部エリート家庭のものとなり、ゆとり教育が見直された後も、一般庶民が子供たちを競争に駆り立てることはなくなった。

公立学校のカリキュラムは、知育中心から徳育中心に完全にシフトしたが、その徳育の項目に「向上心」は含まれていない。ハングリー精神とは、幼い頃から鍛え抜かれ、海外を目指す富裕層の子弟が抱くものだった。

普通の若者たちは格別の野心を抱くこともなく、犯罪に走ることもなく、仕事を与えられれば、とりあえずまじめに働き、つましい生活をそれなりに楽しんでいる。

とはいえほとんどは、アルバイトか、何重にもピンハネされる派遣社員だ。

昇格の機会も、意欲も、十分な収入も何もない。そんな状態でも歳になれば、異性に興味を引かれる。くっついたところで、食べてはいかれない。子供が生まれればなおさらだ。しかし親と一緒に住めば、住居費はいらない。アルバイトで稼ぐわずかな金であっても、家族で助け合って暮らせばなんとかしのげる。

親世代も嫁いびり、婿いびりをする精神的風土などもはやない。若いということが親世代の至上の価値観であり、稼ぎがなかろうと、かけ算九九ができなかろうと、自分たちの婚姻届の記載をするだけの漢字力さえなかろうと、親世代にとっては若いということそれ自体がまぶしい。若者の風俗であるというだけで輝かしい文化とみなされてもてはやされてきた。

どっちもどっちの新旧世代の蜜月は、すくなくとも二十年は続いた。

老いぼれだの、呆《ぼ》けだの、耄碌《もうろく》だのということばは古語として忘れさられ、「痴呆」は論外、最近では「認知症」が差別に当たるということで、「緩穏傾向」という言葉に置き換わった。

二十世紀後半にある女流作家によって書かれた、痴呆老人介護の凄惨《せいさん》な実態を描いた小説は、出版禁止の上に、公立図書館の閲覧禁止図書にも指定され、インターネットでひそかに流されたものの、若者のほとんどは、その難解な漢字と表現のために、理解することができなかった。

かわりに老親とともに暮らすことを、美しく、意義深いこととするエッセイが数多く出版されもてはやされ、そうした家庭を舞台にしたハートウォーミングドラマが高視聴率を上げ、ネット配信されて人気を博す。

少なくともY世代と呼ばれた子世代が十代後半であり、親世代が三十代の終わりからせいぜい五十になったばかりの、新しい三世代同居家庭において、「親の老後」などファンタジーに近いものだったからだ。

ひょっとすると、自分を産み、慈しみ、育て、さらには成人後の生活をも支えてくれた両親の面倒を見るのは当然、という素朴な内的規範に従い、何が起きても受け入れるというけなげな覚悟さえあったのかもしれない。

しかし中年期にさしかかった孝行息子孝行娘たちが目の当たりにしたものは、前世紀の後半に書かれ、出版、閲覧禁止になった小説の描き出した、凄惨極まる老いの現実だった。

沈没しつつある日本社会で、成長の過程でも仕事の場でも、さしたる試練もなく、平和に、肩を寄せ合って生きてきた彼らが、初めて経験するこの世の地獄だった。

しかも優秀な頭脳が、海外に流出し、産業どころか人材と能力が空洞化した日本は、なぜか不妊治療と並んで、とりあえず死なせない、という技術だけは世界の最高峰を極めていた。

一時、どこの家でも、二十年以上寝たきりの老人を二人以上は抱えていた。もちろん長期入院患者を受け入れるような病院などないから、在宅介護である。

前世紀に喧伝《けんでん》されたPPK、すなわちピンピンコロリなどは、役に立たないものを排斥する強者の論理としてタブーとなった。そんなことを口にしただけで、大臣は罷免され、タレントは干され、作家はその本が不買運動の標的となる。

人はどんな状態になろうと生きていることだけですばらしい、という人権活動家たちの主張は、人間の尊厳を約束する絶対的真理として、あらゆる道徳の上に君臨するものとなった。

「生きていてくれてありがとう」が、合い言葉となり、子供たちは保育園に入ると、まず、「生きていてくれてありがとう」という挨拶《あいさつ》を教えられる。

「おはよう」「ごきげんよう」「どう、元気？」「ここんとこ、どうよ？」といった挨拶は死語となり、人々は道で会うと「生きていてくれてありがとう」と呼びかけ合う。

店員の言葉も「いらっしゃいませ、こんにちは」から「生きていてくれてありがとう」に、社長の年頭挨拶も、借金の取り立ても、「生きていてくれてありがとう」から始まる。

とはいえ、そうした生きていてくれるだけでありがたい老人たちを行政が面倒を見てくれるわけではなく、在宅介護が普通だったから、家族の負担は頂点に達した。

虐待、尊属殺人、自殺、一家心中が、爆発的に増えていった。「生きていてくれてありがとう」の結果は、ギリシャ神話さながらの、家庭内殺人だった。

それで十年ほど前から、ようやく不自然な寿命の引き延ばし処置が、禁止されるようになった。表向きは人道的理由からだが、実際のところ医療と福祉の双方から国家財政が圧迫され、もはやシステムが耐えられなくなったからだ。

超高齢者を対象に、まず、高濃度栄養点滴が、人工呼吸器が、人工透析が、胃に直接チューブを通す栄養補給が、保険対象から外された。

チューブを外された寝たきりの年寄りは、家庭から消えた。やがてその他の措置も保険対象外となって、自分で呼吸できなくなったとき、自らの口で物を咀嚼《そしやく》し飲み下すことができなくなったときが人間の死にどき、という基準が定着した。

おかげで人生の大半を介護し、されて過ごす、という本人と家族にとっての悲劇は無くなったが、心身の不調を抱えた年寄りのメンタルな変化に対する認識と対策は、なおたち遅れている。

そもそも長老政治に象徴される年寄りの思慮深さや、日常生活に生かされた「おばあちゃんの知恵」は、人生五十年時代のものであり、八十を過ぎた高齢者にリーダーシップや高度な判断を要求するのが間違いだ。

ところがテレビや雑誌、インターネット、あらゆるメディアは、筋力知力のトレーニングに励み、仲間と語り合い、ボランティア活動に勤《いそ》しみ、前向きに生きる老人たちの姿を盛んに取りあげる。

百を過ぎても新製品開発に意欲を燃やす家電メーカーの社長や、九十を過ぎてなお美肌の女王を張っている老年アイドル、さわやかな笑顔が人気の八十九歳のスポーツインストラクター、ホームレスたちの段ボールハウスに往診して彼らの命を救い続けている百二十歳のドクター「白髭」。化け物老人、聖老人ばかりが、メディアに取り上げられ、あたかもそれが一般的な高齢者であるかのように紹介される。

一方、普通の親たち祖父母たちは、年齢とともにネガティブに、頑固に、知的能力が衰えたわりには狡滑《こうかつ》に、すべてに鈍感なくせに、自分のプライドを傷つける表現にだけは異常に鋭敏で、自分がそのとき気持ちいいか否かということだけに関心を抱く刹那《せつな》的な生き物に変わっていく。

それまで仲良し家族として、貧しいながらも心豊かに暮らしてきたはずの家庭で、かつての思いやりも慈しみも実は単なる演技で、数十年に及ぶ本音はここにあるとでも言わんばかりに、家族を絶望に陥れるような言動を口にする年寄りが出てきた。

二十世紀の終わり頃までなら、人間の単なる経年変化として、もの笑いの対象になり、どうせあの世にいくまでの話さ、と受け流されてきた老人特有の人格変化にすぎないものだが、情報遮断状態で成長した脆弱《ぜいじゃく》にして道徳的なY世代にとっては、そうした親たちの経年変化は想像外だ。

二十一世紀の初めに盛んに作られた「棄老」施設にいる年寄りとは違い、一つ屋根の下で暮らしてきた自分たちの父母は、思いやりがあり思慮深く、かつ可愛《かわい》い爺婆《じじばば》になると信じて疑わなかった。

いっそう頑固に狡滑になって、食と色への欲望をむき出しにして力強く生きていく自らの父や、積年の恨みつらみひがみを糧に、日々を細く長く後ろ向きに、したたかに生き延びる母の姿を、メディアで垂れ流される老人たちの姿と比較してパニックに陥り、人生のカタストロフを見る。

堀医師の下にやってきて、今回の「処置」を依頼したのも、まさにそうしたカタストロフに見舞われた娘夫婦だった。

「娘はやくざもののような亭主を家に引っ張りこむかと思えば、息子は猪《いのしし》そっくりのブス女に騙《だま》されて出て行った。死んだ亭主は、私も子供もどうでもいいような男で、何一つしてくれなかった。さんざん苦労して子供を育て上げてみれば、みんなでおれを邪険にする。こんな婆ぁ、早くくたばればいいと思っているんだ。くたばってたまるか、おまえらの勝手になんかさせてやるか、この家の財産には、指一本触れさせないからな。全部、焼いてから死んでやる。おまえら、婆ぁの相手なんかするな、と孫に教育してるんだろ。わかってるんだぞ」

十代で妊娠し、相手の男を連れて実家に転がり込んできた娘一家の面倒を見ながら、娘婿と表面上の摩擦もなく暮らし、友達付き合いも多少はあった母が、ちょっとした言葉の行き違いから、突然、わめき散らし始めたのは、娘夫婦が整えたささやかな喜寿の席でのことだった。

以来、抑制がはずれたように、老母の言動は手の付けられないものになってきた。

熱を出したときにトイレの介助をしようとすれば、通帳を入れた布のバッグを両手で胸に抱え込み、娘の手に噛《か》みつく。

少し精神状態の良いときは、娘と息子を相手に、父と父の親族に対する恨み言が始まる。

「あの男が死んだときは、おれぁ、こっそり赤飯食ってやったもんだ。みんな帰った後に、パック入りの赤飯買ってきて、位牌にざまあみさらせ、と唾吐きながら、食ってやった。さんざん外で食いたい物食って、やりたいことやって、最後は、水一杯飲めなくなって、死んでいった。ばち当たったったんだよ」

父母の夫婦仲は、子供たちから見れば母が言うほどには、悪くはなかった。もっとも晩年、父が裸の女のホログラムを使った3Dビデオに夢中になった後は、それなりに葛藤《かっとう》はあったが、幸い、色呆けしてから父の命は半年しかもたず、それから間もなく入院して、自由にホログラムの女の股《また》ぐらに首を突っ込むことはできなくなってしまった。

残された母は、さほど不幸とは言えぬ人生の中から、もっとも不幸な出来事を抽出し、その記憶を再生産し、長大な、怨念のタペストリーを織り上げ、それを糧にして生きているようだ。

父が色呆けしたのに呼応するように、母は喜寿の一件以来、欲呆けしていった。小金に執着し、通帳を見せびらかしては、これが欲しければ言うことを聞け、と子供や孫たちにどなり散らす。必死の形相で孫とおやつを取り合う。

長年つき合った友人が倒れ、半身が不自由になったときには「見ろ、こっちより良い相手と結婚したと思って、贅沢《ぜいたく》なことばっかりやったから、体を壊した。同じ歳だというのに、おれぁなんともない。金があるからって、腹ん中でこっちを見下していたんだろうけど、こうなったら、そんなものクソの役にもたちやしねえ。どれ、よたよたしている婆ぁを見て、すっきりしてくるか」と高笑いし、娘息子を絶句させた。

娘、みのりの軽自動車に乗せられ、無料の健康診断だ、と言い含められてここにやってきた老女、木暮喜美《こぐれよしみ》の診療を行ったのは、N大学病院の老人外来の医師だった。

患者の脳には、当然のことながら萎縮が見られた。骨と髄膜との間に空洞ができている。とはいえ、年相応の変化と言えないこともない。

ざるに水を注ぐように記憶が残らない者、昼夜の逆転が起こり徘徊《はいかい》が始まる者、症状の出方は人それぞれだが、木暮喜美の場合は、様々な要素があいまって、人格というよりは人間性に変化を起こしていた。とはいえ、身体《からだ》は頑健で他の病気で命を落とすには、まだ二、三十年はかかりそうだ。

「じょーだんじゃないですよ、先生」

みのりは叫んだ。

一世紀前なら、因業婆ぁと罵《ののし》られながら、家庭と地域社会の中の嫌われ者としての確固たる地位と居場所を得て、長寿を全うするよくいる老人にすぎないのだが、愛と道徳に浄化された社会と家庭においては、こんな存在はあり得ないものだった。

「なんとかしてください、先生、このままじゃあたし、耐えられない。あたしだけじゃなくて、だんなだって、子供たちだって、もうぼろぼろなんです」

医師の膝《ひざ》にすがり、みのりは泣きわめいた。

バックライトに照らされた、すかすかな脳の立体画像、ふて腐れて診療用ベッドにひっくり返っている老女、鼻水と涙を垂らしながら恥ずかしげもなく泣きわめいている中年女。それらのものをかわりばんこに見ていた老人外来の医師は、みのりに向かい、おもむろに言った。

「まったく手段がないというわけではありません」

医師の膝に突っ伏していた中年女は、はっとしたように顔を上げた。

「まあ、とりあえず話をしてみてください」と、医師は同じN大学病院内にある堀純子医師の研究室の内線番号を押し始めた。

そのころN大学病院では画期的なプロジェクトが完成に向かって動いていた。

少し前に、ある精神疾患の治療法として試みられ、倫理的な理由から禁止された、「人格再編処置」である。

木暮喜美のようなケースは世間に普通に存在し、このままでは日本の家族制度が崩壊するという危機感が政財界を動かし、研究に携《たずさ》わった堀たちスタッフの、地道な広報活動と各機関への熱心な働きかけの結果、それはいよいよ臨床実験に移されようとしていた。

必要なのは、世界初となるその処置の被験者、何よりもその成功例となってくれる患者だけだった。

他の百名近い志願者、といっても本人が志願したのではなく家族が志願したのだが、そうした老人の中から、木暮喜美が、世界初の人格再編処置の被験者として選ばれたのは、申し込み順位が早かったからではない。一刻を争うほど深刻な状態だったからでもない。深刻度においては、おおむねどこの家庭も同じだった。もちろん処置に際して家族が多額の金を支払ったからでもない。

最大の理由は、木暮喜美の身体の状態が良好を通り越し、年の割には信じがたいくらいに強健で、処置に伴う様々なリスクを間違いなく回避できそうだったからだ。


内視鏡がするすると頭蓋骨にうがたれた小さな穴から引き出されていく。

堀はすばやく頭蓋と皮膚に開いた小さな穴を瞬間接着剤で閉じる。

すべての処置が終わるまでわずか四十分だった。処置自体は完璧だ。

意識はあるはずなのだが、老女は眠っているように目を閉じている。

看護師が四人がかりで、老女の体をストレッチャーに移す。

「木暮さん、木暮さん」

手術室の扉を開け、外に出たところで堀は老女の名を呼んだ。

「終わりましたよ。木暮さん。大丈夫ですよ。ご気分はいかがですか」

大丈夫かどうかなどわかりはしない。「ご気分」など本人にも答えられない。

不安げな顔で、娘夫婦が老女のかさついた青白い顔を見下ろす。

老女は白く濁った目をぽっかり開けている。このまま外界の何をも認識できず、脳出血か肺炎を起こして、死んでいくかもしれない。これから一時間か二時間以内に、痙攣するからっぽの胃から胃液と血を吐きながら急死するかもしれない。あるいは理由もわからないまま、心臓が停止するかもしれない。

あらゆる生命の危険が予測される。何しろ、国内でも、世界でも初めて行われる処置なのだから。

肩に埋め込まれたカプセルには、薬剤の供給口があり、それが皮膚上に突き出て、普段は蓋《ふた》をされている。経過がよければ一ヶ月ごとにそこから薬剤が注入され、それが一定のペースで脳に供給されるはずだ。

第一回目の薬剤投与が行われる頃には、患者は、処置を受けるたびに「虐待だ」と騒ぐことはなくなっているはずだ。

翌日、老女は看護師の手を借りて、部屋にあるトイレを使った。

体力的な負担になるような手術ではないから、そうしたことも可能なのである。

看護師が脇から手を入れて体を支えても、以前のように「虐待だ」と叫ぶことはなくなっていた。

その日やってきた娘と孫に、「なんだか気持ちが良い」と呟《つぶや》いた。しかし娘婿に対しては、不愉快そうに無言で顔を背けた。

翌日には食事を運んできた看護師に「ありがとう」と礼の言葉を述べた。

その日の夜、病室に顔を出した娘婿は、「仕事帰りの疲れているところを悪いわね」と、ねぎらいの言葉をかけられ、腰を抜かした。

さらに翌日、孫たちを連れて見舞いに訪れた息子に対して、「こういうところに小さい子を連れてきてはいけないわ。病気がうつるのも心配だし、入院患者さんには子供嫌いの人もいるからね」と諭した。

そのうえ「あなたたちの顔を見られてすごくうれしいけれど、もう来ちゃだめよ。退院したらゆっくり会いに行くからね」と、見舞いにもらった果物を一つずつ孫たちに持たせた。

処置を受ける前日、「おまえはあんな猪のような女に騙されて結婚して、ろくでもない孫ばかり作りくさった。あの女の子供じゃ、将来、ろくなものにはならないよ。どうせおれが死んだら、ここの家を乗っ取るように嫁に吹き込まれてきたんだろう」と母親に口汚く罵られた息子は、その変化に仰天し、次にはらはらと涙をこぼした。

処置後の老女の回復は、執刀した堀も戸惑うほどに順調だ。

病院のスタッフに礼節をもって接するようになり、子供と孫に対して愛情や思いやりを取り戻した木暮喜美は、一週間もすると嫁や婿、夫の兄弟親類といった、彼女の嫌いな人々に対しても、義務の愛と微笑《ほほえ》みと礼節をもって対応し始めた。

「老人」という一般的人格に変化してしまった「木暮喜美」という一人の女性は、人格再編処置によって、再び本来の「木暮喜美」に戻った。

喜美の子供や孫たちは、処置の持つ意味と意義について、あらためて思い知らされ、感激しているはずだった。

すべてはうまく行ったはずだった。

だれにも文句のつけようがないし、疑問を抱くこともない。何にでもつっこみを入れたがる一部のジャーナリズムと、他人と他大学病院の成功を自らの失点と解し、なんとか足を引っ張ってやろうと手ぐすね引いている同業者は別にして。

だから、誰よりも感謝されてしかるべき実の娘、みのりに言いがかりをつけられるとは、堀医師は想像もしていなかった。

「おかあさん、ちょっとヘンじゃないですかぁ？」

午前の診療時間の最後に、みのりは入ってくるなり挨拶も礼もなく言った。

「ヘンというと？」

「おかあさん、呆ける前だって、あんなじゃなかったですよ」

「そうですか？」

「うちのダンナのことだって、目の前じゃあまり言わないけど、陰回ったら、けっこうボロクソ言ってたんですよぉ。お義姉《ねえ》さんのことだって、目の前にいないときは、おにいちゃんはあの女に股開かれて持っていかれたんだとか言ってたのに、ぴたりと止まってしまったんです」

「はいはい」

軽い相づちと裏腹に、堀の頭の中で黄色のランプが点滅し始めた。

「おにいちゃんが子供たちを病院に連れて行ったときだって、おかあさんなら、『入院患者さんには子供嫌いの人もいる』なんて言わないですよ。『同じ部屋の人に、うるさいって文句言われるのはまっぴらだ。看護婦に告げ口なんかされるのはもっと困る』とか言うはずなのに」

重ねた掌《てのひら》がじっとり汗ばんでくるのを堀は感じる。この女の知性を見くびっていたが、こと家族に関しては、生理的な鋭さを発揮するようだ。

「だって顔まで変わってませんか？」

畳みかけるようにみのりは言った。

「顔、ですか？」

「なんというか、おかあさんの、手術前の、もっと前の写真見たって、あんな顔じゃなくて、ええと、たとえば、もっとブルドッグみたいな顔してたんです」

「ブルドッグですか」

「だからこんな顔」とみのりは猫背にして顎《あご》を突き出し、三白眼で堀を見上げて見せた。さらに下唇を突き出し、口元をへの字にする。

「だからそういうことじゃありませんか」

堀は軽やかに笑った。

「あなたは今、意識してご自分の顔をお作りになったでしょう。外科手術ばかりが人の顔を変えるわけじゃないんですよ。私たちが生まれる前に、『人は見た目が9割』っていう本が、ベストセラーになったのですが、なぜ、人は見た目が九割か、というと、外見は中身を映す鏡だからです。心の有り様によっては人はブルドッグにもなれれば、上品で元気なすてきなエルダーマザーにもなれるのですから」

堀医師が、コンピューターのキーを叩《たた》く。ディスプレイに母の脳の三次元電子画像が浮かび上がった。

「お母様、木暮喜美さんの肩にはカプセルが埋め込まれてましてね、それから神経伝達物質が自動的に脳に供給されているんです。それと血流を回復させる内服薬の効果と相まって、脳は正常に機能するようになっているんです。それがうまく働けば、木暮さんは元々持っていた潜在的な能力が発揮できて、その知性や意欲が、容貌《ようぼう》を変えていくのです。いえ、変えたのではなく、それがお母様の本来のお顔なのです。たとえば目は外から見ることのできる脳の一部ですから、知的能力は目の輝きに現れるでしょう。生きる意欲は、姿勢と顔の筋肉全体に影響を与えます。下がっていた口角は上がるし、頬《ほお》だってきゅっと引き締まって、別人になってしまうのです」

「でも……やっぱり違うかもしれない」

みのりは堀の顔を見ずに言った。

「確かに、おかあさんなんですけど、何か他の人がおかあさんの皮を被っているみたいで、あれってホントにおかあさんなんですか？」

「もちろん、他のどなただとお思いなんですか」

堀医師の背筋を冷たい汗が流れ始める。

いい歳をして、自分の母親のことを他人との会話の中で「おかーさん」と呼ぶような女に、こんな形で追及されるとは……。

「お母様は、手術前の困ったお母様からみなが尊敬できるような、エルダーマザーになられた、それで何かお困りのことがあるのですか？」

「でも、変です」

みのりは、ぶすりとした顔で立ち上がると、礼の言葉もなく診療室を出て行く。

ドアが閉まった瞬間、堀の全身から生ぬるい汗が噴き出した。

だいたい、神経伝達物質や血流だけであれほど劇的な回復が見られるはずはない。

いや、あれは回復ではない。人格の再構成だ。

カギは、神経伝達物質や血流ではなく、脳内に埋め込んだチップだ。

堀は自分の手に視線を落とす。

マニキュアのない、細く白い指。この繊細な指先で、内視鏡とピンセットを操って、脳内にチップを埋め込んでいく。

いくら頭が良くたって、指毛の生えたごつくて不器用な手では、あんなミクロン単位の仕事はできないだろう、と同僚の医師たちの顔を思い浮かべる。いくら器用だって、歳がいって指先の細かなコントロールが効かなくなったらできない、と先輩の五十がらみの女医のことを思う。

こんな芸当ができるのは、世界でも私の他に、二、三人いるかどうか……。

隙間だらけの失われた脳みその代わりをするのは、本人の記憶と行動パターンを書き込んだチップだ。その場合には必ず木暮喜美本人のものを使え、というのが、学会の倫理委員会で出したガイドラインだった。

しかし、と堀は考えたのだった。

今回は、人格再編処置の第一号だ。その手術で堀純子は輝かしい実績を上げなければならなかった。

もし今回の処置が、世間の注目を集め、医学界で大きく取りあげられなければ、自分の地位は、大学病院のただの勤務医だ。

無能な教授、先輩医師どもの下働きで何十年も過ごしているうちに、自分の黄金の指先が朽ちてゆく。そんなことがあってはならない。

もし木暮喜美に、本人の人格記憶情報から構成されたチップを埋め込めば、呆ける前の本人に戻るだけだ。

それでは意味がない、と堀は考えた。

今後、木暮喜美には記者会見が待っている。

処置前のビデオ、汚れたプードルのような髪を振り乱し、三白眼でカメラをにらみつけながら、肩をすぼめて座っている老婆が、処置後に普通のおばさんの知性と性格を取り戻したところで、さしたるインパクトはない。

患者は子供向けファンタジー映画に登場するような、徳と知恵を兼ね備えた長老に生まれ変わってくれなくては意味がないのだ。

幸いN大学病院の神経生理学研究室には、人格者とうたわれ、多くの人々に敬《うやま》われながら高齢で亡くなった人々の記憶や思考パターンを写し込んだファイルが、保管されている。世界のトップシークレットの一つである、「人格バンク」だ。

女性では、八十を過ぎても、国連機関の長として活躍した日本人や、発展途上国の人々の福祉向上のために尽力したカトリックの尼僧のものもある。

堀は、そうしたサンプルの複数の人格から、言語行動情動に関する部分を慎重に取り出し、ブレンドした。

注意すべきは、それらの中に他人の記憶情報が混じらないようにすることだ。うっかり混入したりすると、術後の患者は、前世の記憶だの、のりうつりだのとオカルティックなことを言い出し、やっかいなことになる。

堀の細心な処理によって理想的なチップを埋め込まれた喜美は、因業婆ぁから、思慮深く、知恵と慈愛で未熟なものたちを包み込むグランドマザーとなって再生した。

しかし他人の人格を移植してしまったことは倫理規定に抵触するだけでなく、本人や家族の同意がないのであるから犯罪行為になる。何があっても表沙汰《おもてざた》にはできない。

木暮喜美は、あくまで単に失われた記憶を再構成し、思考回路を補強され、元の人格に戻っただけ。そういうことになっている。

もちろん記憶は本人のものだから、自我意識に変化は生じない。サリーだの、ビリーだの、ミリガンだのという他人格が現れることはないし、突然、ラテン語で悪態をつく、ということも起こらない。

「私」は「私」のまま、自覚できるのは気分的な変化だけだ。

にもかかわらず、娘のみのりは気づいてしまった。

頭は悪いくせに、勘だけいい。

堀は歯ぎしりした。

二週間後、N大学病院の大会議室に世界各国から記者が詰めかけた。

ライトをまばゆく跳ね返す金屏風《びょうぶ》の前に、留め袖姿の木暮喜美がしずしずと現れた。

「残暑の頃、わたくしは絶望の淵におりました。この世のすべてが、わたくしに敵意をもって、わたくしをいじめる、そんな荒《すさ》んだ気持ちで、ここに運ばれてきたのでございます」

老女はしゃべり始める。これでは記者会見ではない。講演だ。それもそうとうにレベルの高い。

人格再編処置によって自分の人生は変わった。自分の硬く朽ちて感謝を忘れた心は、この医師やスタッフのお陰で、以前の感性を取り戻すことができた。

今は毎日が本当に生き生きと輝いて見える。とはいえ自分はすでに八十を過ぎた老人だ。残された時間は少ない。その貴重な時間を、ぜひ、以前の自分と同様に、老いに苦しむ人々と社会のために捧げたい。自らが小さな蠟燭《ろうそく》となって、命が尽きるその日まで、社会の一隅を照らし続けたい。医学の発展はすばらしく、執刀に当たった堀純子先生とスタッフの皆様方に心から感謝している。

そんな内容の長い挨拶が終わった後、何か批判的なコメントをしてやろうと待ちかまえていた記者たちは、言葉を失った。

後はしどろもどろのおざなりな質問が出ただけだった。

感動に包まれた場内で、一番後ろの席に座っているみのりだけが、口をへの字にして首を傾《かし》げている。

それから一ヶ月もした頃、みのりは再び堀の許にやってきた。

「うちのおかあさんって、絶対、変ですよぉ、先生」

みのりは訴える。

堀は時計を見る。あの記者会見で一気に名前を上げた堀は今や時の人だ。

テレビやインターネット配信会社のインタビューがこの後、何本も入っている。

「何が変なのかわかりませんが、お母様本人がいらっしゃらないことには」

「いません」とみのりは遮った。

「バングラデシュに行っちゃったんです」

「はあ？　バングラ？　何しに」

「なんか知らないけど、子供たちのためにワクチンをどうこうとか、ミルクをどうこうとか」

堀は絶句した。

合成した人格情報のサンプルを思い出す。

八十をとうに過ぎて難民キャンプを何度も訪れていた、ある国連機関の長。

九十を過ぎてもインドのスラムで捨てられた子供たちの世話を続け、ノーベル平和賞を受賞した尼僧。

果敢に紛争地に足を踏み入れ子供たちを地雷から守れという運動を繰り広げた、昭和一桁生まれの有名作家。

ごく最近百二歳で亡くなったばかりだが、やはり途上国の子供の福祉のために尽力したかつての歌手兼タレント。

彼女たちのうち、だれの人格が強く出ても、そうした行動に出ることは予測できた。

しかし高い使命感は帯びていても、喜美の体は八十二歳だ。高温多湿の不潔な環境に耐えられるとは思えない。栄光の中で何かの熱病で命を落とす日もそう遠くはない。

そうなるまで、このみのりという女が、あちこちで「おかーさん、前のおかーさんと違う人になっちゃったんですぅ」などと触れ回らないでくれると良いが……。

「頭皮には大した傷は残っていませんが、ご本人にとっては大手術だったのですよ。人生観が変わるということは、ありえます」

堀は必死で言い訳する。

「ふうん」

以前の喜美そっくりの三白眼で、みのりは堀医師を見上げた。

あんたが何言ってるのか、私にはわからないけど、ごまかしてるのだけはわかるんだよね。

その眼はそう語っていた。

みのりが出ていったとたんに、堀の体はがたがたと震えだした。

な、何が悪いのよ、とつぶやいていた。

以前のおばさんに戻ればよかった、と言うの？　そうよね、彼女にとってのおかーさんは、世界でたった一人しかいないんだから。

だからと言って……。

休憩室に入った堀は、そこのテレビから流れてくるアナウンスにぎくりとして振り返った。

画面にはあの、木暮喜美が映っていた。長袖シャツにズボンという出で立ちで、汚れた子供を抱いている。手術後の記者会見で、著名文化人となった木暮喜美は、今は、途上国の子供たちのグランドマザーになりつつある。

画面は次の瞬間切り替わった。堀はあっ、と声を上げた。

キャスターは白いジャケットを着た黒人女性だ。ニュースはＣＮＮだった。木暮喜美は世界の注目を集めていたのだ。

数分後に始まった堀のインタビューでは、記者の質問は、木暮喜美の以前の低所得世帯の主婦生活と、現在の聖女のような活躍ぶりとの対比についてだった。

「以前の木暮さんの私生活について、近所の方におうかがいしたのですが、とうてい外国なんかに行くような人じゃなかった。近所の人には親切だけど、名前も知らない赤の他人の事なんかどうでもいい、そんなものに寄付する金があったら、あたしがもらいたい、世界のどこかのストリートチルドレンが飢え死にするより、うちの孫が風邪《かぜ》ひく方がよほどたいへんだ、と公言していたというくらいだから、人格にも変化が生じたように見受けられるのですが」

人格にも変化が、というところで記者は、探るように薄笑いを浮かべた。

早く死んでくれ。聖女扱いされているんだから、解剖されることはないだろう。ばれる前に、赤痢でもマラリアでもデング熱でもいいから、早く死んでしまってくれ。

その瞬間、堀は本気でそう願った。

「頭皮には大した傷は残っていませんが、ご本人にとっては大手術だったのですよ。人生観が変わるということは、ありえますよ。そうしたことが傍《はた》からは、あたかも人格が変わったように見えるのです」

馬鹿の一つ覚えのような答えをメディアの取材で、堀は繰り返す。

しかし熱帯性の感染症にやられる前に、別の危機が喜美を襲った。現地のテロリストに喜美が誘拐されたのだ。犯人はイスラム原理主義者だ、いや反政府勢力に間違いない、最近国内で勢力を拡張している麻薬組織だと憶測による情報が飛び交い、やがて単なる身代金目的の山賊であることが判明した。

提示された金は、七十万タカ、円は果てしなく下落していたがそれでもわずか三百万円ほどだ。

「えー、冗談じゃないよ、うち、そんなお金あるわけないじゃん。だからそんな国に行くなって言ったのに。こんななるくらいなら因業婆ぁのまんまの方がまだよかったよ」

ニュースショーでは、カメラの前で、パニックになったみのりが叫んでいた。

「失礼ですが、身代金は日本国政府に対して要求されたのですよね」

記者が確認するように言う。

「えー、そうなんですか」

ほっとしたようにみのりとその隣にいる喜美の長男の表情が緩む。

しかし現地政府は、日本国政府が勝手に山賊と交渉し、安易に身代金を支払うことは許可しなかった。

ゼニカネの問題ではない。今回はただの山賊だから良いが、こんな前例を作ったら、同じことが次には反政府勢力によって行われる。つまりは敵に手っ取り早く闘争資金を集める手段を与えるようなものだからだ。

解決の行方《ゆくえ》に世界中が注目している。

しかしこれは喜美の危機であると同時に、N大学病院の危機でもあった。N大学で開発した「人格再編処置」には、山のような特許が絡んでいる。木暮喜美の頭の中というのは、実は、最新鋭のイージス艦か、ジェット旅客機のような、最先端技術の集積なのである。

喜美が拘束された、というニュースが流れたとたんに、無数の組織といくつかの国が、喜美奪還を画策し始めた。その目的は一つだ。自分のところに持っていって、調べるためだ。場合によっては解体して。

外務大臣が現地に飛ぶより早く、N大学病院は身代金以上のギャラを払って、凄腕のアメリカ人ネゴシエーターを雇った。

ネゴシエーターは、即、山賊相手に水面下の交渉を始めた。交渉は極めてスムーズに進められ、しかも彼は身代金を八割まで値切った上で喜美を解放させた。何より肝心なのは、身代金を払ったことを両国政府にも、世界にも秘密にしたことだ。値切った二割を彼が自分の懐《ふところ》に入れたことは言うまでもない。

山賊は、ネゴシエーターに指示された通りの声明を世界に向けて発表した。

「自分たちは義賊である。だから我が国民を抑圧、搾取する外国人をもっぱら標的にしてきたが、今回は、あやまりを犯した。今回誘拐した日本人女性は、我が国の子供たちの健康と福祉のために、働いている聖女だった。そのことが判明したので、解放する。もちろん身代金は、一タカももらっていない」

事件は発生から十一時間で解決した。

解放された喜美は、再び村に戻り活動を続けたい、と希望したが、N大学病院は強制的に連れ戻した。

表向きは健康診断のためだ。事件で被《こうむ》ったストレスのために本人が気づかぬうちに、障害が出ているかもしれないから、という理由は、世間を納得させるには十分だ。

ヘリコプターで成田空港から直接N大学病院に運ばれた木暮喜美は、埋め込んだチップの一部が機能低下している、という理由で簡単なケアを受けることになった。

もちろん機能低下しているチップなどない。また簡単なケアではなく、彼女はもう一度、頭蓋に穴を開けられることになったのだ。

完璧なコンディションで手術室に入った堀純子は、再び、内視鏡を覗き込む。

前回突っ込んだチップを慎重に取り除き、新たなチップを埋め込む。

喜美の行動は目立ち過ぎた。

家族が望むおばあちゃんや、世間一般が期待する高齢女性は、けしてマザー・テレサではない。

かといって「因業婆ぁ」では困る。

星六つのゴージャスな人間性を喜ぶのは、無責任なマスコミだけで、家族にとっては、自分と身内だけを大切にしてくれる偏狭な愛こそが、うれしい。

ドラマや三流小説と違い、実際の人間は、いいやつ、わるいやつ、冷たい人、温かい人、残酷な人、優しい人、などという「キャラクター」に分類はできない。状況と立場によって、人は仏にもなれば鬼にもなる。無抵抗な市民の頭上にバンカーバスターを落とす軍人も、娘を前にすれば、この上なく優しいパパだ。だれでも一生の内の、限られた場面では、聖人のような崇高な精神状態になることはあるし、溢《あふ》れるような愛情や忍耐強さやさまざまな美徳を見せてもくれる。

今回は「木暮喜美」その人の、最良の環境における最良の反応パターンを抽出したチップを埋め込んだ。堀の手際は今回も完璧だった。体にもほとんど負担がかからず、前回同様、木暮喜美は、二週間後、病院の会議室に集まった記者団の前に姿を現した。

「私が不注意なばかりに、皆様にはすっかりご心配かけてしまいまして、お詫びの申し上げようもございません」

喜美はそう挨拶したが、前回のようなスピーチはなかった。謙虚な物言いとしぐさは、日本人記者には好感を持って受け入れられたが、外国人記者には「疲れとショッキングな体験によって、思考が内向きになっているようだ」とコメントされた。

退院した木暮は、もうバングラデシュに行くとは言わなかった。その他のアジア地域にも、南米にも、アフリカにも、行くとは言わない。

貧困、自然破壊、戦争といった話題自体に興味を失い、他人の子供や地球環境より身内の心配、という発想になっていたが、家族にとって問題はない。むしろできすぎなくらいだ。しかもだれにも違和感を抱かせなかった。

家に戻った喜美は、まず両親と夫の墓参りをすませた。家族や親類にとって、これは他国の子供やスラムの住人の面倒を見ることより、遙かに道徳的な行為だった。

次に喜美は、男に振られて自暴自棄に陥っていた孫に会った。みのりの兄の長女で、相手の男は派遣先の会社の正社員で、しかも所帯持ちだった。振られた前日、彼女は派遣会社をクビになっており、その日も昼間から自宅に引きこもって酒を飲んでクダを巻いていた。喜美は、その彼女のアパートを訪れ、「うるせえくそばばぁ」という罵声にもめげず、驚異的な根気強さでその話に耳を傾け、最大限の共感を示すことで、孫を絶望の淵から救い出した。

会社を二十四回解雇されたみのりの夫の、世間一般に対する恨み節についても同様の根気強さで聞き、一言の説教もなく励まし続け、二十五回目の再就職を達成させた。

倒れた友人の見舞いにも行き、「まあ、人生悪いことばかりじゃないんだからさ、早く良くなって一緒に温泉行こうよ」と、以前の喜美そのものの言葉で励ます。

木暮喜美の行動の一部始終はN大学の神経生理学研究室スタッフによって記録され、堀純子の論文によって世界に紹介された。以前の人格情報チップが入っていたときほどは、外国メディアによって取り上げられることはなかったが、むしろそれは日本の普通の家庭に、より現実的な指針を与えた。

半年もしないうちに、人格再編処置は一般的な医療として受け入れられた。

一年後には、他の医療費抑制や犯罪防止にも貢献するとの認識が広まり、医療保険の対象となり、生活の質を高める画期的な治療法として全国の脳外科で定着した。

ただし脳外科医のだれもが堀純子ほど手先が器用ではなかったので、二ヶ月後に、大手精密機械メーカーが手ぶれ防止装置を開発するまでは、多くの失敗例が出た。

そのうちに世の親の中には、出来の悪い娘息子にこうした処置を施そうとする者が現れたが、それは禁止された。とはいえ高額の費用を払い、闇でそうした処置が行われたことは言うまでもない。

自室で少女を飼ったり、近所の猫を殺して回ったり、体が性病の巣になっても挨拶代わりに性交することを止められない若者が、ある日、室内に突入した武装看護師に麻酔薬を注射され、棺桶型のベッドに入れられて病院に運ばれる。近所の人々や親類には、約二週間ほど海外に行く、ということにしてある。そしてはればれとした顔で退院してきた彼らは、親から言い含められた通りに世間に説明する。たとえば、「インドに行って、人生が変わった」などと。

木暮喜美はそれから七年後に死んだ。肺気腫だった。

酸素ボンベは付けたが、人工栄養の類《たぐい》はなく、木が枯れるようにやせ細り、干からびてごく自然に息を引き取った。数十年に及ぶ寝たきり状態を作り出す延命治療は、すでに過去のものになって久しく、喜美はさしたる苦痛を訴えることもなく、最期の時を迎えた。

だれにも恨み言を吐かず、病院スタッフにねぎらいと感謝の言葉をかけた。

臨終間近と知らされて集まった家族や親類は、帰りの電車の時刻を気にしたり、葬儀屋や相続のために弁護士の手配をしたり、「おにいちゃん、おかあさんの生活費、出してなかったよね」とさり気なく牽制《けんせい》しあったり、ということは一切なかった。

「おばあちゃん、死んじゃいやだ」「がんばって、元気になって、お願いだから」とその枕元に脆《ひざまず》いて懇願する様は、一世紀前のテレビドラマによくあった、リアリティをことさら排除した臨終シーンそのままだった。

老女は、ゆるゆると目を開き、孫と子供たちを眺めた。そして小さな声で言った。

「みんなには世話になったね。あたしが死んだら、あの世から守ってあげるからね、幸せに生きていきなさい」

次の瞬間、息が乱れ、その手がばたりとベッドの脇に落ちた。

「おばあちゃん」と家族は悲鳴のような声を上げた。後は一世紀前のドラマ同様に、ベッドの上に身を伏せて、みんなで号泣した。

思慮に富み、思いやり深い長老の死と、愛情に満ちあふれた家族。人格再編処置はまさに理想の老後と真の尊厳死を日本の家庭と社会に実現したはずだった。しかし木暮喜美の国内最初の処置の後、二十年ほどでそれは再び禁止されることになった。

まさに万物の霊長にふさわしい品格を備えた老人たちの出現について、本人のものとはいえ人格移植に変わりなく、人間のアイデンティティーを揺るがすものだ、として倫理的、哲学的な批判が巻き起こったわけではない。

実は、知的能力も人格も損なわれていない立派な老人の出現は、自然な世代交代と相容れないものだということがやがて判明したからだ。

木暮喜美が亡くなった後、残された家族は、しばらく互いの悲しみを慰め合いながら身を寄せ合うように暮らしていた。しかし新盆が過ぎた頃、女子高校生のひ孫がぐれて家出し、行方不明になった。どうやら楽できれいなアルバイト先があると騙され、風俗嬢として中国の杭州あたりに売られたらしい。

娘のみのりが後を追うように病死したのは、悲嘆のあまりのストレス死だった。

子供が若ければ、思いやり深く優しい母の死も、一周忌を終えた頃には乗り越えられ、深い悲しみも癒える。しかし六十を過ぎた娘にはもはや大切な人を失った悲しみを乗り越え、美しい思い出を大切に自分の人生を生きていくだけの気力は残っていなかった。初七日に倒れ、寝たり起きたりしていたが、一周忌を終えた翌朝、寝床の中で冷たくなっていた。

みのりの夫は、理由も行き先も告げずに家を出た。

三十代の孫たちの何組かは離婚した。

人格者である父母、祖父母が、死の間際まで家族を慈しみ、死んでいく。しかも無用の延命措置はなされないから、長患いして家族に負担をかけることはない。

ほんの少し前まで、家族とともに食卓を囲み、彼らの心の支えとなって生きていた立派な年寄りが、どうにもならない身体的疾患を抱えたとき、最後まで恨みを言うこともなく、人間としての卑しさを見せつけることもなく、感謝の言葉とともにこの世を去っていく。

家族は大きな喪失感に苛《さいな》まれ、一家の柱を失ったものたちは悲しみと混乱の底につき落とされる。

介護の負担さえなく死んでいくから、家族は葬式を出した後の解放感を味わうこともない。

キレる若者を道徳と家族主義で抑え込み、次に耄碌因業老人たちを最先端の医療技術で人格改造してみれば、今度は中高年から若者の間に、あたかも末法の世に生きているかのような悲嘆の気分が広がってきたのである。

知恵と立派な人格を備えた長老がいつまでものさばっていてはならなかった。親世代に複雑な問題の解決を委《ゆだ》ね、彼らの包容力によって悲しみや苦しみから遠ざけられていた子や孫たちは、現実的な試練を経て成長する機会を失った。

七回忌を終えても立ち直れず、永遠の喪に服しているような静かな悲嘆の空気が家族を覆う。その中で自暴自棄になるもの、先祖供養に没頭して現在と未来に目を向けることができないものが、木暮家以外でも続出したのだった。

喜美の処置を行った若き脳外科医、堀純子もすでに中年に入った。

彼女の両親も心身ともに弱り始めた。性格は、疑り深く、後ろ向きになった。記憶が衰えたことを嘘《うそ》をついてごまかすようになり、始終、娘を苛立《いらだ》たせ、親類や近所の人々を相手にしばしばトラブルを起こすようになった。しかし堀は、かつて彼女が手がけた処置を親にほどこしたいとは思わない。

親に立派なまま年老いられたら、次世代は成長することができない。かつて彼らを包み、慈しみ育てたものたちは、老いることでゆっくり、若い世代に別れを告げていく。

子供世代は、自らの親の壊れていく人格に衝撃を受けながら、緩慢な死をそこに見る。多くの葛藤の挙げ句、その人格的死を受け入れて、今、自分の過ごしている時間の輝かしさを知る。

老人という人格も、世代交代に際して、それなりに意味があったのだ、と堀は気づき始めている。

壊れ、うとまれ、無数のストレスと失望と、ときには絶望さえ子供たちに味わわせることで、彼らは、人に寿命があることを知らせ、日常生活と死が連続したものであることを認識させていたのだ。

その心臓が止まったとき、見送った家族に純然たる悲嘆ではなく、ようやく終わったという解放感がもたらされるからこそ、次の世代が再生していく余地が残される。

立派な老親などいらない。老いと死の実相を見せつけ、若さや人生のはかなさ、万物は一所に留まらず移り変わっていくことを教えるのが、老親の役目だと堀は気づいた。

堀の書斎の窓から地響きが聞こえてきた。市の清掃局の車がやってきた。

隣家では昨日、葬儀が行われた。

ゴム手袋をした職員が三人、車から下りてくる。

息子と嫁が手伝って、亡くなった老母の使っていた茶碗や杖《つえ》、服、入れ歯、ファスナー付きの靴、ポータブルトイレまで、一緒くたにしてトラックの荷台に放り込む。

ひとしきり、ローターの歯がそれらの物を無造作に噛み砕く金属音を響かせた後、トラックは走り去っていった。

まもなく家族はきれいになった室内をガラスのオブジェや、レースのカバーで飾り始め、ベランダや垣根には、たくさんの鉢植えの花がかけられ、甘い香りを近所に漂わせることだろう。

ルーティーン

二十分の待ち合わせで新幹線に乗れる、はずだった。

府中にある資料館を出て武蔵野線に。武蔵浦和で埼京線に乗り換えるか、その一つ先の南浦和で京浜東北線に乗り換えるか、どちらでも大宮には行ける。どちらでも間に合う。枝分かれしていてもたどり着く場所は一つ。それがいけなかった。

ふと窓の外を見て、混乱した。

見覚えのない光景、見たことのない緑地と見たことのないビル……。

電車はスピードを落とし、殺風景なホームに入っていく。なぜどの駅もこれほど作りが似ているのか。流れていく視界の中の駅名を読み取る。

武蔵浦和の手前か、それとも南浦和の先なのか、それがわからない。

隣に座っている人間に尋ねる。そんな簡単なことが、「おばちゃん」であれば何の抵抗もなくできることが、中年を間近に控えたサラリーマンにはできなかった。

出張鞄からスマートフォンを取り出し、必死で画面にタッチした。

ココハドコ　ココハドコ
画面が動かない。いや、動いた。ミスタッチしたらしい。ゲームの広告、今晩の天気。

そうじゃない、そうじゃない。

ココハドコダ、俺はどこにいる？

乗り越していた……。

ココハドコ？

そんなことはどうでもいい。とにかく彼は乗換駅を乗り越していた。

選択肢が二つあったのがいけなかったのだ。どちらでも大宮に行けたのが、いけなかった。

油断したとでも？　そうかもしれない。ちょっと考え事をしていた。

乗り越したことがわかったときには、扉は閉まり電車は走り出している。

手にしていたスマホの画面を、慌てて電話帳に切り替える。

勤務先であるシュウワ国際特許事務所のボスの名前をタップする。携帯にかけると二、三回鳴らしただけで相手は出た。

「おっ、どうした？」

「もしもし」でもなければ、「はい」でもない。いきなり忙《せわ》しない口調で尋ねてくる。

いつも忙しない男。ぼんくらが十年かけても受からない試験を半年でパスし、同業者が四日間かける仕事を半日で仕上げ、前所長が引退した後、三十代で事務所を引き継いだ。一般人が二十年かける人生を三年ほどで生きている男。この日も虎ノ門で会議に出席した後、東京から盛岡行の新幹線に乗ったはずだ。

「すいません、実は……」

通話が途切れる。

「あ、もしもし、もしもし」

「おい」

だれかが怒鳴っている。自分が怒鳴られていることに、しばらく気づかなかった。

「おい、携帯やめろよ、電車の中だろ」

視線を上げる。脂染みた長髪、無精髭、汚れたジャケット。野良犬のような若者が吠えていた。

「おいっ、常識だろ、おい、仕事だったら許されると思ってるのかよ」

重たい鞄を手に席を立ち、扉の前に移動した。

「もしもし、もしもし」

受信状態が悪い。

「おい、携帯やめろって言ってるだろ、だれもやってないだろ。みんな迷惑してるんだよ。どうせ下らない仕事なんだろ」

野良犬が追ってきて吠えたてた。目がぎらついている。

狂犬だ。

慌てて電話を切った。

車窓の向こうに目を凝らす。景色が流れていく。

それにしても、なぜこの路線はこれほど駅間が長いのか。

スピードが急速に落ち体がつんのめると同時に、電車はホームに滑り込んでいく。

ホームに降り、歩きながらかけ直す。

先方は電源を切っていた。

反対方向の電車はいつ来るのかわからない。

待っているよりは、と改札を出て、殺風景なロータリーからタクシーに乗った。

「大宮まで」と告げてスマホを取り出し、ボスの携帯電話にメッセージを入れようとしたのと、「何だ」とドライバーが叫んだのは同時だった。

車体が揺れる。

パンクか？

違う。信号機も揺れている。

「大きいですよ、こりゃ」

ドライバーが呻くように言うと、車を止める。釣り船に乗ったような揺れだ。フロントガラスの向こうの車列に、一様に赤くブレーキランプが灯《とも》る。

車窓から見上げれば、道路脇のビルから突き出した看板も揺れている。歩道で女性がしゃがみ込んでいる。

おそろしく長い時間のように感じられたが、時間にして三分くらいのものだっただろう。やがて揺れがおさまりタクシーは走り出した。

彼はボスの携帯番号をリダイヤルする。やはり繋がらない。インターネットも繋がらない。タクシーのラジオだけが情報を流している。

震源地東北？

戸惑った。

揺れの大きさからして首都圏直下型だと思ったのだ。

仙台で怪我人が二人確認された。

へえ……。

東北地方の沿岸で津波警報が出された。予想される高さ十メートル。

ピンとこない。それより何時の新幹線に乗れるのだろう。

突然、渋滞が始まった。いったいどこからこんなに車が出て来たのか、幹線道路がみるみるうちに車で埋め尽くされる。

タクシーを降りて引き返すという当たり前の判断が、この時点でなぜかできなかった。ただただ大宮を目指していた。そのまま乗っていれば大宮にたどり着く。そこからボスの乗った盛岡行から数本遅れの新幹線で釜石の工場を目指す……。それ以外の選択肢が思い浮かばなかった。

「お客さん、この先は無理ですね。歩いた方が早いですよ」

そうドライバーに促されて車を降りたのは、一時間以上乗ってからだ。料金を払うと、財布の中の現金の大半は消えた。

周辺のビルから出てきた人々で混雑している道を歩くと、幸い、二十分ほどで大宮駅にたどり着いた。そちらはさらに人々でごった返している。電光掲示板の前に人だかりができている。

新幹線が止まっている。いや、全線不通だ。

予想できたはずだ。タクシーの中でラジオを聞いた時、すでに。

結果が問題なのではない。ここまで来て、それを確認するという手続きに意味があった。定められた手続きを粛々《しゅくしゅく》と実行する。それが彼、サトウヒロアキにとって「仕事をする」ということだった。

とにもかくにも全線不通ということは、ボスが乗った電車もどこかで止まっているはずだ。少しだけほっとする。先方との約束の時刻に遅れるのは、ボスも一緒だ。現地に着く時間は、大差なくなるかもしれない。まずは連絡を入れなければ、とボスの携帯に電話をかけるが、相変わらず繋がらない。西新橋にある事務所にかけても同様だ。

報告、連絡、相談、そのどれもできない。だれの指示も仰げない。心細いような、解放されたような、妙な感覚だった。

本日中の運転再開の見込みなし、という構内放送が流れた。出張鞄を手にした男が駅員に詰め寄っている姿を横目に、自宅に電話をかける。当然のことながらそちらも繋がらない。妻と息子の携帯もだめだ。

取りあえず安否確認のメールを打つ。その最中に、「充電して下さい」という文字が画面に出た。メールを打ち終え、送信ボタンを押す。行かない。回線が混んでいるのだ。時間をおいて何度か繰り返す。

不意に画面が暗くなった。バッテリーが切れた。

万事休す。黒く変わった画面を目にしたとたん、体中の力が抜けた。自分が馴染んだ日常のすべてから切り離されてしまったような気がした。

ここに至って彼はようやく東北へ向かうのを諦めた。

西新橋にある事務所に戻るか自宅に戻るか、選択肢は二つ。

彼は駅前ロータリーを見渡す。

長蛇の列に並んで路線バスで行けるところまで行くか、歩けるところまで歩くか。あるいは電車が動き出すまで、ここで待つか。

立って待っているよりは、と歩く方を選んだ。南へ南へと。

どこまで行ってもバスには乗れない。隣の駅にたどり着いたが上下線とも不通、の文字が電光掲示板に流れている。

この調子では事務所に戻っても深夜になりそうなので、東京のはずれ、埼玉との県境に近い自宅へと向かう。選択肢は一つになった。もう迷う必要はない。

早春の日は暮れていた。あたりが闇に包まれた頃、どこかの駅前を通過した。まだ電車は動いていない。

大歩道橋に上がると、ビルの壁の大スクリーンがニュース映像を流している。闇の中のそこかしこで炎が上がっている。目を凝らす。スクリーン下部を流れる文字を見てぎょっとした。この日、彼、サトウヒロアキがボスと共に視察に行く予定であった町。そこが津波に呑み込まれていた。

立ちすくんだ。

目的地が消滅した。

行き着けず諦めたのではない。出張のための準備とそこを目指した行動のすべてが無意味になった。

この日の昼過ぎに、二つあった乗換駅の両方を乗り過ごした。

連絡できる機会はあったのに、狂犬男に脅されて諦めた。

反対方向の電車で引き返さず、タクシーでターミナル駅に向かったために渋滞に巻き込まれた。

いくつもの判断ミスを犯した。それらのすべてがこれで帳消しになった。

彼は歩き続ける。

新卒で事務所に入って以来十六年、コンピューターの前に座りきりで調べ物をし、膨大な書類を作成し続けるうちになまった腰が悲鳴を上げている。喉が渇き、自販機の飲み物を買おうとしたが売り切れている。

公園の薄汚れた水飲み場で喉を潤し、深夜の道をさらに南下する。

いやそもそもなぜ駅を二つも乗り越したのか？

考え事をしていた。何を？　直前まで調べていた府中市にあるメーカーの機械部品のことなどではなかった。

これが俺の人生？

いつのまにか自分の脳裏にそんな愚にもつかない疑問が巣くっていた。

手に馴染んだシェーバー、量販店で買ったスーツ。

二段ベッドに寝ている息子二人を叩き起こし、妻の焼いたトーストと卵、妻が切ったトマトと、コーヒーメーカーの入れたコーヒーで朝食を済ませて、この日は家を出た。

何も変わったことはなかった。毎朝、判で押したように同じメニューだ。

ある朝、テーブルの端にちょっと目先の変わった綺麗な一皿が置かれていた。喜んで食べた。

その直後、使い終えたフライパンを洗っていた妻が、こちらを振り返って般若《はんにゃ》の形相になった。サッカーの早朝練習に出かける長男のために作った弁当のおかずだったらしい。それから二、三日、妻は口をきいてくれなかった。そんな波風はときおり立つ。

四年前、以前から狙っていた公団の分譲住宅に当たって、それまで住んでいた練馬の2DKの賃貸マンションから引っ越すことができた。それからまもなくして下の息子が生まれた。

所属する地域の少年サッカーチームで、今年、上の息子はレギュラーに選ばれ、ひょっとすると優勝もありうる、と期待を集めている。

子供たちの寝顔を見ただけで、食事もせずに薄暗いうちに家を飛び出す同僚に比べて、恵まれた人生だ。

若くして弁理士の資格を取って、自分とさほど変わらぬ年で事務所を構えたボスに比べても、おそらく幸せな人生なのだろう。国の専門委員会にいくつも所属し、海外での大きな特許訴訟でめざましい業績を上げているが、未だに独身。短い休暇には、若くきれいな女性をとっかえひっかえしながら、どこかの海外リゾートで過ごす。今どきそんなバブリーな生活をしているボスよりも。

棚ぼた妻、と同僚たちは笑う。女子学生などまるでいない大学を卒業し、「おばちゃん」しかいない事務所で数年働くうちに、母方の伯父が、裁判所の女性事務官を連れてきた。裁判所というイメージに似合わず、アイドルタレントのようにかわいい女性だった。出会った瞬間に、魂をさらっていかれた。

「ずっとこの仕事を続けたいので、家事に協力的な人がいいんです」

見合いの席で言われた。もちろん夫を集金装置と見なす打算的な女より数倍いい。いや、そういう女であっても、喜んで結婚しただろう。かわいかったから。

しかし最初の子を身ごもったとき、妻は「仕事も子育ても中途半端になるのはいや」と、あっさり退職した。それでも彼はいっこうにかまわない。

一緒に生活して恋と情熱は半年で消滅したが、「幸せ」は残った。たぶん、幸せだったはずだ、幸せなはずだ、今も、この先も、ずっと。

シンガポールエアのCMを地で行く生活をしているボスのようになりたいとは思わない。

先日、五十の誕生日を目前に、ついに弁理士試験に合格した同僚を羨ましいとも思わない。事務所の近所にマンションを借りて勉強に励んでいるうちに離婚されたその同僚には、まっ先に合格を知らせて、共に喜ぶ家族はいない。

だが、これが本当に、俺のリアルな人生なのか？

何もかもが覚束《おぼつか》ない。

ときおり余震に見舞われながら、凍てつく空気の中をサトウヒロアキは歩き続ける。彼と同じような年回りの、まったく見知らぬ人々が行進を続ける深夜の国道を。

いつの間にかあたりはうっすら明るくなり、外灯が消えていく。

やがて東からほぼ水平に伸びた曙光に、ゴミ焼却場の高い煙突と建物群の側面が金色に輝いて浮かび上がる。彼の住む団地だ。

緑豊かな公園を抜け、歩道橋を渡り、彼は帰っていく。三十年ローンを組んで買った、中層建物の四階の部屋に。妻と二人の息子が、余震の中で不安な夜を過ごしたに違いない自宅に。

痛む足裏と腰と膝を庇い一歩一歩近づいていき、だが、そのエントランスの前を、彼は通り過ぎた。

そう、自転車置き場と植え込みに囲まれたエントランスに足を踏み入れることもなく、通り過ぎたのだ。

隣の棟に突き抜ける開放的で殺風景なコンクリートの空間、中央にあるエレベーターホールと脇にあるコンクリートの階段。休日や夕刻にはスケートボードやローラーシューズを履いた子供たちの遊び場になる。

近づくほどに、その朝の光に照らし出された幸福を育む彼の巣が、疎ましいものに感じられ始めたのは、なぜだろう。

これが本当に俺の人生か？

昨日、武蔵野線の電車の座席で、二つの駅の選択をしていたその時、ふと浮かび上がった愚問は、夜の間中、心の内を行きつ戻りつし、今、彼の思考の中心に居すわっている。ほんの少し前まで完全に彼のものであったこの風景は、今、鉛よりも重たい倦怠感を帯びて、身体《からだ》にのしかかっていた。

彼は歩き続けた。

輝きを増してくる朝陽を左頬と左耳に浴びながら、彼はさらに南に向かい歩いていく。馴染んだ、あまりにも馴染みすぎた駅の階段を、彼は降りていく。

自動改札に定期をかざす。

彼は、自宅のある町から離脱した。

逃げたのだ。自分と他人が、幸せと名付けた檻から。安定という名の絶望から。

早朝の地下鉄に乗って、シートに腰を下ろすと歩きづめだった足が急に痛み出した。始発駅で人が乗っていないのを幸い、シートを占領し身を横たえる。痛みが快感を伴う痺れに変わり、眠気がやってくる。どこかの駅で客がたくさん乗ってきたようだが、ずっとそうしていた。環状線なのでそのまま一周したらしい。

やがて乗ってきた客の一人に肩を叩かれて起き上がり、尿意を覚えてもいたのでいったん降りた。持っていたスイカでJRの電車に乗り換える。

そこから終点まで行き、さらに乗り継いだ。

昨日、彼は東北に入っていたはずだった。

新幹線に乗り遅れたことは誰も知らない。いや、予定通りなら、もっと早く調べ物が片付き、昼過ぎの新青森行に乗っていたはずだった。ボスの弁理士より一時間ほど早く現地に着いていたはずだった。

早朝の地下鉄の中で浅い眠りから覚める直前に、彼は気づいたのだ。

予定通りなら、自分がもう少し有能で手際良い人間であったなら、現地であの地震にあっていた。

かもしれないなどということは、無数にある。枝分かれした可能性の中で、今、この現実に生きていること自体が、天文学的な確率なのだから。

知人が経営するコンサルティング会社から引き抜きの話が来たのは、四年前のことだった。けっこうな年俸と地位を提示された。

心が動いたが諦めた。三十年ローンを組んで自宅を買ったばかり、という事実よりも、妻の「そんな保証のない話に乗ってどうするの？」という言葉よりも、二人目の子供が入って突き出した妻の腹の存在感が、彼の野心を打ち砕いた。

おそらく賢明な判断だったのだろう。知人のコンサルティング会社がどうなったのか、その成功を告げるような情報は業界紙からも本人からも、もたらされない。

夕刻、彼は鈍行しか停まらない駅で電車を降りた。

平らで、だだっ広い、準工業地域の町だった。

そこで彼は消えた。市民として認知されているサトウヒロアキ、シュウワ国際特許事務所の特許技術者であり、サトウ家の世帯主、名前と役割と立場を持つ「彼」は消えたのだった。

接着剤と塗料の臭いの充満する中、蛍光灯の青白い光に手元を照らされ、彼は部品を組み立てている。

洗車場と畑と木造の借家に囲まれた、平屋建てのごく小さな機械部品工場だった。「急な発注に対応できます」「低コストを可能にします」を売りにした、臨時作業場と見まごうようなプレハブの建物だった。

だれも彼の素性を知らない。雇う側はそんなことを知る必要はない。同僚と言葉を交わす必要もない。一日、ほとんどだれとも口をきかない。

それぞれに何か訳ありで自分の素性を明かさないのか、それとも隣国から出稼ぎにやってきて日本語を知らないのか、見た目からは判断できないし、だれも隣で作業している人間のことになど関心を払わない。

仕事が終わると、近所のコンビニに寄って発泡酒を二缶買う。弁当を一緒に買うこともあれば、総菜缶のこともある。

買い物の入ったビニール袋を下げてアパートの階段を上がる。一階部分はかつて牛乳販売店だったらしい。色あせ、塗料のひび割れた看板が残るばかりのモルタル建物の、さびて穴の空きかけたシャッターの内部は、今は車庫として使われている。

六畳一間の部屋が並んだ二階の、ざらついた廊下の突き当たりが共同トイレになっている。強制排気式の煙突が突き出ている様から、いまどき珍しいくみ取り便所であることは、外観からもわかるだろう。

敷金礼金の払えない従業員、保証人のいないアルバイト従業員や不法滞在の外国人を入れている工場の寮だが、もともとこのあたりの農家だった社長の持ち物だ。

作業着を脱いでハンガーに掛け、窓枠にぶら下げる。西陽に焼かれた古畳はまだ熱を放っている。

部屋の隅のガスコンロで湯を沸かし、タオルを浸し、裸になって汗を拭く。

折りたたみ式テーブルの上に買ってきたものを並べ、トランクス一枚で、缶詰の焼き鳥をつまみに、冷えた発泡酒を喉に流し込む。

至福の瞬間だった。

ふう、と一息つき、畳の上に大の字になる。

自由だった。

早朝に工場に入り、部品を組み立てる。四十五分の昼の休憩を挟んで、トータル何時間の勤務になるのかもわからない。にもかかわらず、これまでにないほど自由だった。

アピールも決意も手続きも必要なく、ひょんなことから彼はもう一つの人生を手に入れた。

とろとろと眠りに落ち、夜半に目覚めた。

夢を見ていた。彼は大江戸線の地下ホームに通じるとてつもなく長いエスカレーターに乗っていた。どこまで行ってもホームに行き着かないエスカレーターの左側に立っている。脇を忙しげな人々が歩き、あるいは駆け下りていく。背後から彼の足に鞄をぶつけ、謝りもせずに駆け下りていったのは、妻に離婚されながらも弁理士試験に受かって、今はボスの片腕となったかつての同僚だった。その彼の後ろを軽い足取りで歩き下っていくボスのすらりとした背筋が見える。こちらはなぜかいつものスーツ姿ではなく、アロハシャツを着ている。

墜落するように駆け下っていく連中を眺めながら、彼はエレベーターの左端に寄り、行儀良く立っていた。エスカレーターの果てにあるホームから地下鉄に乗り、自宅に帰ろうとしていた。非の打ち所なく幸せな家庭に。

エスカレーターはどこまでも下降し続ける。左側にびっしり貼り付いた人の列、その脇を水のように流れ下る人々。長大なエスカレーターの果ては見えない。暗い穴となって人々を呑み込んでいく。

やがて深くて暗いその穴の底に、ぽつりと淡い明るみが現れた。横縦、規則正しく並んだ無数の光のマトリクス。それらは次第に光度を増し、やがて彼の帰るべき団地の建物群から漏れる灯に姿を変える。

重苦しいものが胸元からせり上がってきて、彼はエスカレーターの手すりを摑んだ。ステップの上で静止したまま下降していく自分の体をその場に止め置こうとするかのように、両足を踏ん張り、手すりを握り締める。下降のスピードが上がる。エスカレーターの斜度がいつのまにか増し、ほとんど崖のようになった。悲鳴を上げながら彼は手すりにしがみつく。

目覚めると同時に起き上がった。びっしょり汗をかいている。

幾度か大きく息を吐き出し、ようやく少し落ち着き、窓から差し込む月明かりの下、テーブルに載ったままになっていた空き缶を片付け、テーブルをたたみ、化繊綿の入った布団を敷いた。流しで歯を磨いた後、本格的に寝直す。

もう一度、息を吐いた。

自由だ、何をしようと。

明日の休みは、裏手にあるパチンコ屋に行く。新しい機械が入ったらしい。

その年の暮れに、テレビをもらった。隣に住んでいたどこかの国から来た三人組が、いつの間にかいなくなった。何の事情があったのか知らないが、着の身着のまま逃げたらしく、室内には汚れた家財道具の他にテレビが残されていたので、大家である社長が彼にくれたのだ。

前の社長は、二ヵ月前、脳梗塞で倒れ、今は息子が跡を継いでいる。暴走族上がりとは聞いているが、なかなか気前が良くて心根の悪くない若社長だ。

ＢＳもＣＳも映らない。地上波だけだというのに、テレビというのは、何と楽しいのだろう。ＮＨＫ総合をつけっぱなしにして、発泡酒を飲む。

そうしていると薄っぺらい画面の中に意識が流れ込み、きらめくような世界に吸い込まれ、やがてとろとろとした眠りに落ちていく。

数年して工場は倒産した。その月の給料は未払いのままだったが、若社長は彼に新しい働き口を紹介してくれた。

そこも二年後に業績悪化で倒産したが、次の仕事が見つかった。雇い止めや病気で解雇されたことも何度かあった。巷《ちまた》に失業者が溢れているというのに、彼が仕事にあぶれることは不思議となかった。

選ぶことをしなかったからだ。仕事の内容についても、労働条件についても、何一つ。

あれから何年経ったのか、幾度か大型経済政策が実行に移され、若干、景気が上向いたと思えば、勢いを失って萎《しお》れ、幾度か隣国と武力衝突寸前のところまでいったが、どこかの大国の鶴の一声で回避され、幾度か大地震に見舞われて、これで日本もお終《しま》いだとみんなが天を仰いだその数年後にはそこそこ復興し、産業が空洞化するはずだったというのに、いつの間にか賃金が近隣国と逆転して、国内に戻ってきた工場では外国人管理職の下、多くの日本人作業員が単純作業に携わっている。

気がついたときには彼の髪は白くなり、白い髪はやがて頭頂部から抜け始め、今では、夏場の帰宅時など、西陽にあぶられる皮膚が熱くてかなわない。

解雇と雇い止めのたびに引っ越しを重ねるうちに、彼はだだっ広く平らな地方都市から、だんだんと東に移動し、今は西武線沿線の小さな町まで戻ってきていた。町はずれにある清掃工場で、彼はベルトコンベアに載って流れてくるゴミの仕分けをしている。

かつて大型団地の敷地内にあって、魚の内臓から機密書類、履き古した靴や歯ブラシ、はてはポリバケツまですべて燃やして、地域一帯に熱エネルギーを供給していた清掃工場の大型炉は今、老朽化してその高い機能の大半を失い、処理前のゴミの分別が必要不可欠となった。そしてその作業は機械化されず常に人力で行われる。ゴミを出す市民ではなく、彼のような労働者の手で。

ゴム手袋も作業着も支給されるが、それらを売ってしまい、素手にTシャツ姿で作業している日本人も多い。遊びにも浪費にも無縁の彼は、そうした他の日本人作業員ほど生活に困窮することはない。北京語で怒鳴りまくる管理者に対しても従順なので、解雇されることはない。

仕事が終わると工場敷地内にある風呂に入れてもらえる。肌にへばりついたゴミや得体の知れない液体や汗を洗い場で流した後、大きな浴槽に身を沈める。

手足を伸ばして目を閉じ、ああ、自由だ、と彼はつぶやく。

かつての自宅まで、わずか四キロの距離に自分が住んでいることに気づいたのは、いつ頃のことだっただろう。

格別、郷愁は感じない。広大な公園を有する環境配慮型の大型団地にあった我が家。夕刻になるとくたびれたサラリーマンがオフィスビルから吐き出され、赤提灯でクダを巻く町にあった職場。かつて彼の内で交差した世界のすべてが、若い頃に見たテレビドラマの一場面のように、実在感を失っている。

夏の夕方だった。

木造アパートの六畳間で、彼はトランクス一つで横になり、手枕でナイターを見ている。

傍らに、やはり同年配の男が一人。こちらはステテコ一枚の半裸であぐらをかき、やはりテレビ画面に見入っている。

一つ置いた隣の部屋に住む男だ。清掃工場でときおり一緒になる。

テレビが壊れたとかで、最近、二日に一度は発泡酒をぶら下げて、この部屋にナイターを見に来るようになった。新潟出身だと聞いた。気の良い男だ。

言葉を交わすといっても、今の球がどうとか、今シーズン、この選手の調子がどうこうとか、そんな話題しかない。何ももたない同士のつき合いはいたって気楽だ。

中継が終わろうという頃、この部屋の主同様にごろりと横になっていた男が、ふと窓の方に目をやり、がばりと起き上がった。

「てめぇ、なに覗いてやがる」

男の怒鳴り声に驚きそちらを見ると、網戸越しに確かにワイシャツ姿の男が部屋を覗き込みながら通り過ぎていくところだった。

ネクタイはないが、ぴんとアイロンの当たったシャツを身につけた中年の男だ。

怒鳴られたところで意に介した様子もなく、へぇ、こんな暮らしがあるのか、とでも言いたげな視線を向けたまま、男は悠然と歩き去る。

「ちっくしょう、ばかにしくさって、人の家ん中を」

気さくで穏やかな男が、珍しく激昂し、去っていく男の後ろ姿に向かい、さらに悪態をつく。その脇で、彼は奇妙な感じに捉えられていた。

網戸の向こうにあった顔、そこに浮かんでいたのは侮蔑でも不快感でもない。自分の日常ではまったく触れあうことのない層の人間の営みに対する純然たる興味だ。抑えがたい好奇心に駆られた丸い目、格別太ってはいないが、どことなく丸い輪郭。

その顔立ちに既視感を覚えた。

ひどく馴染んだ顔だった。

鏡の中の顔だ。シェーバーの振動を片手に感じながら、几帳面に髭《ひげ》を剃っていた、団地の洗面台の前にあった彼自身の顔。一瞬のことだから、果たしてどの程度、正確に認識したのかわからない。単なる印象だろう、おそらく。

男は歩き去った。網戸の向こうを通り過ぎていった男、興味津々といった目をした男の容貌は、一瞬で刻みつけられた記憶の中で、ますますかつての彼自身の顔に酷似していった。まだこんな風に髪が白くなっておらず地肌が透けてもいなかった昔、武蔵野線を乗り過ごしたばかりに、決別することになった彼自身の顔に。

その日以来、無風無音の中に漂っていた彼の内側で、何か不穏な振動が生じた。間欠的に唸りを上げる壊れたモーター音にも風圧にも似たものだ。

その振動が、彼の安らかに仰臥しているような精神生活にひび割れを作った。ひびはしだいに深くなり、端からぼろぼろと崩れ始める。

ある夜、肌を焼くような焦燥感に駆られ、彼は目覚めた。布団の上に起き上がったまま、揺さぶりをかけられた精神をかかえ、彼は明け方まで震えていた。

寂《じゃく》とした解放感は消え、掻痒《そうよう》感に似た困惑が彼を苛《さいな》んでいる。

勤め先の清掃工場に欠勤の連絡も入れないまま、彼は布団の上で膝を抱え、次には死体のように横倒しになり、さらに横になったまま海老《えび》のように体を丸め、再び起き上がって膝を抱え、午後の陽が低くなり、まもなく西陽が耐えられない暑さで部屋をあぶり始める時刻まで、それを繰り返していた。

やがて彼は自分の頭を覆っていた、汚れすり切れたタオルケットをはねのけて起き上がった。

追い立てられるように、そこにあったTシャツと膝の出たトレーニングパンツを身につける。

迷いも決意も何もないことは、姿を消したあの日と同じだった。

アパートの部屋を出た彼は北に向かう。渡りの本能に憑《つ》かれたように、ただただ歩く。

数十分後には、見慣れた建物群とそびえ立つ煙突の前に彼はたどり着いた。

二十年を経て、あの大規模団地に、彼は遂に戻ってきた。

建物と煙突を見上げ、次に恐る恐る今来た道を振り返る。

景色が揺らいだ。背後の道は極端な遠近法を用いた書き割りとなって、彼がそちらに逃げ戻ることを阻んでいる。

彼は前進する。当時の並木は、二十年の間に大きく枝を張り出しちょっとした森のようになっていた。陽差しを遮る並木道を通り、夏草が生い繁り蚊の巣になったような賃貸棟脇の通路を抜け、彼は自宅に帰っていく。四十を目前にして捨てた彼の妻子の住む家に。

分譲棟のエントランスの前まで来た。荒れ果てた自転車置き場と手入れが行き届かず虫だらけになった植栽の間に開けた、だだっ広いコンクリートの空間。床や壁は、以前よりさらに汚れ、塗料がはげている。

エレベーターで呆気なくたどり着くのが怖くて、彼は脇の非常階段を上る。

高層階は地震の際に揺れるから嫌だ、という妻の言葉に従って選んだ我が家は、四階にある。

手すりに体を預けるようにして、のろのろと上っていく彼の背後から、忙しない革靴の足音が迫ってくる。振り返ると六十間際と見える男と目があった。

「やっ、どうも」

男は片手を上げて挨拶し、追い越していく。日焼けした、てかてかと光る頰が横に張った赤ら顔。少し縮れ気味の薄くなりかけた髪。俊敏な足の動きから、鍛えるために階段を使っているというのが見て取れる。いかにも精力が有り余っている感じの男だ。

この時期、半袖ワイシャツに化繊のズボンという服装は、格別出世もしていないが、世をすねることもない普通のサラリーマンのものだ。肩掛けストラップつきの茶色のビジネスバッグは、彼が消えた日に持っていたものと同じだ。

その男もまた四階の住人らしい。廊下を歩いていき、やがて一軒のドアの内側に吸い込まれていく。

階段から四つ目。

かつて彼が住んでいた部屋だ。

住人は変わっていたのだ。妻と子供たちは、引っ越した。当然のことでもある。夫が突然消え、彼らの生活もまた変わったのだろうから。

三十年ローンの二十六年分をそっくり残したまま、彼は消えたのだった。あのときも、そして職を転々とし、木賃アパートで発泡酒を一缶飲んで眠りについていた、二十年の生活の中でも、そのことにまったく思いが及ばなかったのはなぜだろう。

不意に聞こえてきた声に、背筋がぞくりとした。

「ちょっと、よしなさいよ。この時間になっても三十度あるのよ。熱中症で脳梗塞なんか起こしたらどうするの。もうっ、やるとなったら融通きかないんだから」

口調はそうとうにぞんざいだが、紛れもない妻の声だ。室内でしゃべっているというのに、マンションの廊下中に響き渡る。残暑厳しい季節でもあり、鉄扉が完全に開け放され、外壁にストッパーでぴたりと止められていたからだ。

恐る恐る近づいていくと、鍵付き網戸を透かして、灯りをつけた内部の廊下が丸見えになっている。

さきほどの赤ら顔の男が、忙しなく出てくる。慌てて飛び退くが、覗き込んでいる男にまったく頓着した様子もない。

彼が今着ているのとよく似た半袖Tシャツ、そして彼が今、穿いているのとそっくりなトレーニングパンツを身につけ、スポーツドリンクのペットボトルを手にしている。

帰宅するなりウォーキングに出ようというのだ。

彼は素早く目を逸らせ、開放式廊下を階段とは反対方向に逃げる。

背後で声がした。振り返るとさきほどの玄関網戸が開き、若い女が身を乗り出してタオルを振っている。

「お父さん、これ」

赤ら顔の男が足を止め、戻ってきてそれを受け取ると首にかけ、再びせかせかした足取りで非常階段に向かっていく。

彼に娘はいない。少なくとも消える直前まではいなかった。

するとさきほど聞いた妻の声も錯覚に過ぎない。住人は入れ替わっている。

若い女の姿が室内に消えたのを見届け、彼はその網戸の方に引き返す。

かつての自宅前を通り過ぎ、今度は立ち止まり、体の向きを変えると、もう一度、内部を覗いた。

ちょうど彼のアパートをどこかの男が、二十年前の彼に酷似した男が、覗いていったように。

何の変哲もないフローリングの床が延びているだけだった。左右に洋間、右手に洗面所と風呂場、左手にトイレ。突き当たりはリビングダイニングと対面式キッチン。間取りは鮮やかに覚えている。

放心したように、あるいは本当に放心していたのか、彼はぼんやりとかつての自宅内部に見入っていた。

そのときいきなりドアの脇にある、北側洋間の磨りガラスの窓が開いた。

「あら、戻ってきたの。何してんのよ、そんなとこで」

妻だった。アルミの格子の向こうに妻の顔があった。引っ越してなどいなかった。以前より少し四角く見えるのは、頬がたるんだからかもしれないが、出会ったときと変わらないピンクの口紅が鮮やかだ。

開放式廊下に低く伸びる夕陽を受けて、髪が透明感のあるオレンジ色に燃え立っているのは、白髪を染めたものだ。

もうずいぶん昔に消えた夫の顔を見ているはずなのに、妻は驚いた風もない。

なぜ戻ってきた、といういぶかしげな表情もない。

別の男と再婚しているのに、困惑した様子もない。

「ぼさっと立ってないで、さっさと入ったら」

何を言われているのか、彼にはまったくわからない。以前、彼が出て行った頃にくらべて、いささか馴れ合いすぎた、無礼な口調で、二十年ぶりに戻ってきた夫になぜ平然とそんなことを言うのか理解できない。

ばたばたという足音とともに、網戸が開いた。

タンクトップとショートパンツから出た手足は少したるんでいるが、格別中年太りはしていない。それほど老け込んでもいない。いや、驚くほど印象が変わっていない。彼が姿を消した、あの当時とさほど変わらぬままの妻がいた。

「早く閉めてよ。蚊が入るじゃないの」

勢いに気圧《けお》され、女物のサンダルが並ぶたたきに立つ。妻はすばやく網戸を閉め、鍵をかけた。

「お風呂、冷めないうちに入っちゃってよ」

ゴミを燃やして温水を供給するここの団地のシステムでは、風呂の追い炊きができなかった……。それにしても突然帰ってきた夫を不審がらずに迎え、しかも風呂に入れとはどういうことなのか。

「ほら、見なさいよ。やっぱり暑くて歩けなかったんでしょ」

えっ、と思わず妻の顔を見る。

「あ、お父さん、明日の朝だけど、やっぱり送ってよ」

さきほどの若い娘が、洗面所から顔だけ出してこちらに向かって叫ぶ。

見知らぬ娘になぜお父さんと呼ばれなくてはならないのか。

「ちょっと?」

妻が、鋭い口調で叫んだ。胸ぐらでも摑まれそうな勢いだ。

「お父さん、どうしたのよ。ちょっと」

腕を摑んで、玄関から引っ張り上げられる。

「やだ、熱中症、起こしたのね。ぼーっとして、ねえ、ちょっと、わかる? 水、持っていったのに、どこにやったの? カナ、窓閉めて、エアコンつけて」

カナというのが、この見知らぬ娘の名前らしい。

混乱したまま、彼はかつての自宅のかつてのリビングダイニングに置かれた、真新しいソファに腰を下ろす。

「だから言ったでしょ、この季節に帰ってくるなりウォーキングなんかダメだって」

本当にもう馬鹿なんだから、とぶつぶつ言いながら、冷えた麦茶を持ってくる。

「あ、カズが明日、大阪から戻るって。せっかくお兄ちゃんが帰ってくるっていうのに、ショウタは友達のところ。まったく男の子っていうのは、さっぱりしてるっていうか、なんていうか。ちょっと、ちょっと、何だっていうのよ、お父さん、聞いてるの? お父さん」妻の声がいっそう甲高くなった。

　二十年ぶりに戻った自宅から、彼は救急車に乗せられ、地域拠点病院へと運ばれた。頭部X線検査を受けた後、異常が確認できないまま、その夜は病院に一泊し、翌日午前中から、さまざまな機械の前に座り、さまざまな機械の中に入り、さまざまな機械にくくりつけられた。

　あらゆる検査を受けたが、格別の器質的な異常が認められないまま、「高次脳機能障害」との診断を受け、彼はいったん自宅に戻った。

　二十年間の記憶を突如失った者として、間違いなく実在した別の生活について一言も語らぬまま、彼は再び市民サトウヒロアキとして、妻と二人の息子、一人の娘のいる自宅で、かつての生活を始める。

　長男カズヒコと次男ショウタの二人は、紛れもなく彼の息子だった。しかしカナという高校一年生の娘は知らない。開いた小鼻と、ぷっくりと張り詰めたつやつやした頬、少し縮れ気味の漆黒の髪は、彼とはまったく似ていない。あの日、階段ですれ違った精力的な男を彷彿とさせる容貌。

　だが妻はもちろん子供たちも、この家の主人がすり替わったことにまったく気づいていない。

　それでは職場の人間にとってはどうなのか。果たしてあの弁理士事務所で、彼は彼と認識されるのか。

確認する気力はないが、それ以前に確認するすべはなかった。

彼はこの三月で、定年退職していた。あの精力的な彼は、半減した給料で事務所に残ることより、再就職の道を選んだらしい。面接のためにいくつかの会社を回っていたところだったのだが、「病気」のために再就職活動は棚上げになった。戻ってきた彼は、しばらく無理をせず、経過観察の身となった。

それでも家族は格別困らない。

三十年ローンは、昨年繰り上げ返済がなされていた。

あのてかてかした赤ら顔の、縮れた髪が薄くなったあの男は、格別、優秀ではなかったようだが、甲斐性という点では、彼より勝っていたのかもしれない。特許事務所に籍を置いたまま、彼が定期預金に入れていた金を積極的に運用し、一財産築いている。

それでも妻は不安らしい。

「しっかりリハビリして、早く新しい仕事探さないとね」と、毎食、カロチンと繊維たっぷりの野菜料理を山ほど作って彼に食べさせる。

俺はうさぎじゃない、と心のうちでぼやき、うさぎではないが、家畜であることは間違いない、と気づいた。

家族にとって、とりわけ妻にとっては、稼いで自分と子供たちの生活を保障してくれる男であれば、だれでも良かったのだ。だから明らかに彼と容貌の異なるあの赤ら顔の、頬の横に張りだした、縮れ毛の、いかにも精力が有り余っていそうな男が、自分の夫とすり替わっても慌てず騒がず、いや、自分の夫がすり替わったことさえ気づかず日常生活を営み、そのうえ一女を新たにもうけ、育て上げた。

彼は自分の皿に山盛りになったピーマンとにんじんの炒め物を口に運びながら、妻の顔を、息子二人の顔を見詰める。続いてどこかの男が作った娘の顔を凝視する。

「何見てるんだよ、親父」と、息子が眉を寄せて首を傾げている。

じっと見ているとそれが長男なのか次男なのか、判別がつかなくなった。

人の顔、人の容貌、それらは揺るぎなく記憶に刻み込まれ、容易に個人を特定できるものと信じて疑わなかったものだが、実のところその認識機能は驚くほどに曖昧だ。目鼻の配置とサイズ、肌の質感、そして輪郭。どれひとつとっても、正確に数値化できていないのだ。すべてが漠然とした印象に過ぎない。そうしたものに役割や固有名詞を貼り付けて、疑いもなく生活しているが、人の認知や記憶における容貌と印象の曖昧さを考えると、あの赤ら顔の男が、彼以外のすべての人間を騙して彼とすり替わったことも何とはなしに納得がいく。いや、あの男の容貌を、頬の張り出した赤ら顔、縮れ毛と印象づけているのは、彼一人かもしれないのだ。

ひょっとすると、と彼は思う。エレベーターを使わず、早足で階段を上り、帰ってくるなりウォーキングに出かけたあの見るからに精力的な男。弁理士資格を取るために汲々とすることもなく、一特許技術者として堅実に事務所で働く傍ら、積極的な投資によってそれなりの資産を築いた男。あの男は魔物だったのではないか。日常に倦んだ人の心に入り込み、実人生をドラマのように味わい、楽しんだ後に立ち去っていく魔物。

本来、彼が送るはずだった、堅実で幸福で退屈な人生、それをあの男は二十年間、たっぷり楽しみ味わい尽くした。ただし可もなく不可もなく特許事務所を勤め上げた無難な人生では、その後の日本の激変と凋落の中で、専業主婦である妻を養い、子供たちを大学に行かせることはできなかった。だからあの男はちょっとしたオプションを加えたのだ。投資、という。

こちらもオプションか、と傍らのカナという娘に視線を移す。

「何か？」とでも言いたげに、カナは見詰め返してくる。

侮蔑も後ろめたさもなく、純然たる興味に動機づけられて世の中と人間を眺める視線、それは、以前、ここからわずか四キロばかり離れたところに位置する、あの木賃アパートの網戸ごしに、他人の部屋を覗いていた男とまったく同じものだ。

短編小説倒錯愛

作るな。短編小説とは人生の断面を切り取って見せるもの。切り口の鮮やかさで勝負すべし。……といったことが言われているが、本当だろうか？　人生の断面も、人情の機微も、鮮やかな切り口も、わからない人間にはわからない。結局のところ「だからなんなんだよ」という感想しか持てない。

十代の頃、人並みに志賀直哉を読んだ。ストーリーも文章もつまらなかった。未知の世界への好奇心が心の大半を占め、渡りの本能につき動かされるように非力な翼をばたつかせている若い盛りに、『小僧の神様』の情感など理解できるはずもない。O・ヘンリーの作品などについても、うまくつじつまのあった話だな、という印象しかなかった。それでは四十代の半ばに手が届こうとしている今、その良さがわかったか、というと、なぜそうしたものが短編の理想型とされるのか、未だにわからない。そのあたりはどうやら年齢的なものではなく、個人の資質の問題かもしれない。短編小説は、少ない枚数で何かを表現しなければならない。小さな器に盛れるものは限られている。小さな器にふさわしい、ささやかな世界を、センスよく、手際よく、盛り付ける。そうした謙虚で後ろ向きな発想がどうも気に入らない。

小説の枚数の少なさは、実は制約ではなく可能性である。つまり長編でできないことが、できるのである。小説としてのタブーを踏み越えた、何でもありの世界が短編小説には開けていたりする。

S・キングの短編集『スケルトン・クルー』の中のいくつかの話の、下品さかげんと後味の悪すぎる結末は、もし長編であれば許しがたい。

円地文子の『猫の草子』を始めとする苛烈極まる老女物も、長編にされたら読者の感情が耐え切れないし、安部公房の手加減無用の不条理な短編も、短いからこそ読者の緊張感が持続する。三十分かからずに読み終わり、半日くらい、恐怖や、やりきれなさ、腑に落ちない感じを抱え込んで過ごせるのは、短編ならではの醍醐味でもある。

また、短編には、面倒な手続きも設定の説明もなしに、作家の奇妙きてれつ、奇想天外な発想のただ中に投げ込まれる快感がある。私のもっとも好きな短編に、小松左京の『地球になった男』というのがあるが、これなど好例だろう。何にでも変身できるようになった男が、最後に地球になってしまうという話で、ラストにはなんともいえない無常感が漂

う と同時に、バカ話に人生そのものが凝縮されているようで、忘れがたい。同じ作者の『日本沈没』や『復活の日』などが、私にはテーマや題材の規模からして、本来二千枚以上は費やすべき大作のように思え、長編とはいえ中途半端なあの長さが不満なのだが、短編については、『ヴォミーサ』のあからさまに論理的な帰結も『骨』の逆さまの歴史をたどる夢幻的な世界も、小さな作品の中に作者の壮大な世界が閉じこめられていて驚かされる。

優れた短編には、「話を作ってはいけない」どころか、極限まで練られた巧緻な話、あるいは作者の美学の凝結された世界、虚構の極みを効果的に描き出すものも多い。三島をあげるまでのこともないだろう。G・バタイユの『マダム・エドワルダ』『眼球譚』といったアブない作品、泉鏡花の幽霊譚など、短編ならではのきらめきを放っている。もちろん完璧な虚構世界の構築という点では、長編でも沼正三の『家畜人ヤプー』のような名作があるが、ここまでくると書き手の資質もさることながら、読み手の嗜好をかなり選ぶだろうという気がする。

短編を読む楽しみはさておいて、小説家として、短編を書く楽しみとは何かといえば、そっくり前述のことの裏返しとなる。

後味の悪い、納得のいかない、やりきれない作品で読者に感銘の代わりにトラウマを与え、壮大な観念的世界を扱い、奇想天外なバカ話を大真面目に吹き、臆面《おくめん》もなく芸術至上主義を標榜《ひょうぼう》し、倫理観とヒューマニズムを凌辱するオタク的美学を貫く、等々、作者の楽しみはつきない。しかし実際のところそこまでやるなら長編にしようというケチな根性が働く上に、描写至上主義が災いし、気がつけば唾棄すべき日常のリアリティーが顔を出す。もしそうしたことを克服し、会心の一作を物にしたら……たぶん大半の読者は逃げていくだろう。

篠田節子インタビュウ

ＳＦは、拡大して、加速がついて、止まらない

聞き手・構成：山岸 真

レムがいちばん怖かった

篠田　SFからもミステリーからもホラーからもなんとなく弾き飛ばされて、どこに行ったらいいかわからない篠田でございます。
山岸　篠田さんというと、一般には直木賞受賞作の——。
篠田　ここにいらっしゃるのは一般の人たち？（笑）
山岸　……ええと、受賞作の『女たちのジハード』（集英社文庫）が有名ですが、デビュー作はバイオSFですし、『斎藤家の核弾頭』（新潮文庫）は近未来SFです。それから、SFに関する発言もいくつかあるんですね。
　そのひとつが、瀬名秀明さんの『パラサイト・イヴ』（新潮文庫）の角川ホラー文庫版の解説で、篠田さんは、「論理がなく、用語とムードと手法だけがSFであるSF小説とは対照的な『パラサイト・イヴ』」と書かれています。つまり、篠田さんはかなり明確なSFのイメージをおもちだと思うのですが、いかがですか？

篠田　そうですね。なにかよく、これはSFでこれはSFではないといわれるのですが、たとえば『パラサイト・イヴ』も一部のかたには、とくに後半のホラー場面について、SFとは認められなかったと聞いています。ただ、じっさいに読んでみますと、方法論というか、発想において、あれはやはりとてもSFらしいSFではないかと私は思いました。それは解説に書きましたのでここでは触れませんが、SF的発想に基づいて書かれているけれどSFというジャンルにいれられないでいる作品が、けっこうある気がします。

ちょっと脱線しますけれど、いままで読んだ小説の中でいちばん怖い思いをしたのは、スタニスワフ・レムの『ソラリスの陽のもとに』（ハヤカワ文庫SF）なんです。惑星上のステーションの中で、そこにいないはずの女が出てきて、うろちょろする。気味悪いからカプセルに閉じこめて発射するのだけれど、なにごともなかったように戻ってくる。一トン以上ある宇宙船の中で暴れると、それがグラグラ揺れる。いままで読んだ小説の中で、あれだけゾーッとする描写をしている作品はないのですけれど。

山岸　そういう風にまとめると、幽霊譚というかホラーですね。

篠田　『ソラリス』がほんとうに優れているというか、すばらしい点がそこでないのはわかっているんですが、ただ怖いという点ではあの描写に勝るものはない。

ホラーというのは、とても節操がないというか、寛容な分野なんです。幽霊とかオカルトを扱うというよりは、ひとことでいうと、怖い場面が出てくればホラーになってしまう。要するに、舞台とか描写に非常に怖い部分があると、これはホラーの中にある。あるいはスプラッタ場面がはいっていてもホラーにはいる。犯罪小説などもいれられてくる。つまり、発想ではなく感触においてホラーっぽければホラーにはいるということになるのですけれど、おかげで、私を最初にうけいれてくれたのもホラーというジャンルでした。

道路に死体が埋まってた

山岸　小説のジャンルということでは、SFとミステリーの関係についても、前に面白い話をされていましたが……。

篠田　これは多分、ミステリー系の評論をなさっているかたの中に異論のある人もいると思うのですが、作家の側からすると、SFとミステリーには発想の違いみたいなものがあるのではないかと思うんですよ。

あるとき、ノベルズ系のミステリーの惹き文句で、「飛び降りたときは男だった。死体を見たら女に変わっていた。飛び降りるあいだに性転換が起きてしまったのか」と、そんなことが書いてあって、私すごく期待して読んだわけです。そしたら、飛び降りたやつは、そう見えただけで、ビルのむこう側の柵の内側にはいったのだと。死体は、たまたまだれかが、飛び降りた人間ではないものを置いていったというだけの話で――これは、ミステリーとしては完結しているわけで、トリックにおいても卓越したものがあるわけです。ところが正直な話、「つっまんねぇの」（笑）と思ったんです。では私だったらどうするかというと、結局性転換かなにかをその場で起こさせないと気がすまない（笑）。こういう思考形態をもった人間がワープロの前に行くと、どんどん思考がすっ飛んでいって、ミステリー的な常識的な論理の中で完結しない話を書くのではないかという気がする。

ここでひとつクイズを出したいのですけれど。いいですか、白板使っても……。

これ（と白板に線を引きながら）、道路です。二年前にアスファルトで舗装されていて、それを補修しようというので道路を掘り返すわけです。すると死体が出てきてしまった。ところがこの死体、一〇年前のものだということが鑑識の結果わかった。さて、どういう経緯があって二年前に舗装された道路の下に一〇年前に……あれ？　まちがえた、これじゃ当たり前だよね（笑）。ほんとうは、一〇年前に舗装された道路を直そうと思ったら、二カ月前に殺された死体が出てきたんだ。

これ、どういうことだと思いますか？　この中でミステリー系のかたでおわかりのかたがいらっしゃいましたらお手を……といっても、ミステリー系のかたがおいでのわけがないので、ミステリーの評論をやっているかたお聞きしたいと思います。おい、大森（笑）。

大森望　それはですね、地球にはマントル対流というものがあって（大爆笑）、それで流れてきてしまったと。

篠田　ミステリーの評論をクビにされるぞ。

大森　ミステリー的な発想をするには、キャリアがまだ浅いので。

山岸　それに大森さんはおもに新本格の人ですし（笑）。

大森　新本格だと、こういうSF的発想もOKですから。

篠田　……。ええ、ミステリー系だと、これは死体のトリックということで、殺したばかりの死体をなんらかの手段でそこにいれるということになるのですが……。この問題を私が出されたとき、マントル対流とはいわなかったのですが、地層の逆転が起こったのだと（大笑）、そう答えてミステリー系のかたに大いに馬鹿にされた。もうちょっと考えてみろといわれて、次に考えついたのが地底王国という（爆笑）、道路の地下にもうひとつの文明をもった帝国ができていて、彼らの墓場というのが上へ上へと掘っていく。これはもっと馬鹿にされました。

山岸　下から上へ掘るというと、小松左京の「（ネタバレのため題名省略）」という短篇（ハルキ文庫『時の顔』収録）がまさにそれですね。地底帝国はエドガー・ライス・バローズの《ペルシダー》（創元SF文庫）だし、篠田さんの答えもSFじゃないですか。

篠田　そういった作品の影響で、答えを思いついたわけではないですけどね。けれど、発想というか考えかたには、ふたつのタイプがあると思います。ミステリータイプの収束型・凝縮型の思考と、SFタイプの、妄想が止まらない――というと怒られるかな、どんどん拡大していくというか、拡大したまま加速がついて止まらないというものと。私の場合はあきらかに後者のSFタイプらしい。それをふつうに話すと、ビョーキかなとものすごく気にされたりするので（笑）、こうして小説を書いているわけですけれど。

山岸　現実の世界と、そこから飛躍した世界――舗装道路に埋まった死体でも密室殺人でもいいんですが――があって、そのあいだをつなぐ論理・理屈が、拡大していくものがSFで、収束にむかうのがミステリー？

篠田　論理的にきっちりはまって、完全に組み立てられて、合理的に納得のいくような形の解決を目指すのがミステリー。新本格の場合、一見SF的ではあるのですが、論理自体が収束していくという点では、やはりSFとはタッチが違うかなという感じがする。

山岸　SF的に拡大していくにしても、現実とそうでないものをつなぐところには、やはり論理が――

篠田　それは必要だと思います。

山岸　オカルトも、それなりの論理みたいなもので飛躍した世界を出してきますよね？

篠田　オカルトの場合は、論理以前の決まりごとでしょう。死後の世界とか祟りとか、あるいは霊とか、そういった決まりごとを物語の中に生かしていく。これが神林長平さんの『死して咲く花、実のある夢』（ハヤカワ文庫JA）になると、これは死後の世界の話というわけではないのですけれど、扱いかたがオカルト系やホラーの分野にいれられるものとはかなり違う。自由ではあるけれど、大変論理的な構成がされているわけです。

山岸　大脳生理学とかを使って議論を進めていく。

篠田　認知論も出てきますね。

山岸　さっきいった論理というのは、自然科学だけを指すわけではないということ？

篠田　そういう風に考えています。

山岸　SFには「センス・オブ・ワンダー」という定義不詳の万能用語があって、しばらく前には、この作品はセンス・オブ・ワンダーがある気がするからSFだ、ですませていたことがありました。いま篠田さんが話されてきたことは、そのセンス・オブ・ワンダーのエッセンスであるように思います。

知らずにSF読んでいた

山岸　そういうタイプの思考をされるようになったということは、やはりずいぶんSFを読まれてきたからなのでしょうか？

篠田　とくにSFファンということではなかったんです。冒険小説的なものが好きで、小学校の高学年ぐらいから、冒険小説やSFとか、あとはコナン・ドイルを読んでいました。プラス、『コンチキ号漂流記』とか『沈黙の世界』とか、そういった自然科学系のノンフィクションが好きでした。

山岸　そのころ、一九六〇年代後半というと、海外の名作SFとかを小中学生むけにリライトしたものとか、ジュブナイルSFとかが出ていた時期ですね。

篠田　打ちあわせをしているうちに、読んでいたことがわかりまして。

山岸　眉村卓『なぞの転校生』（講談社文庫）とか。

篠田　読みましたねえ。あとなんだっけ、ラベンダーの匂いをかぐとあの世へいっちゃう、いや、あの世じゃなくて――（笑）。

山岸　オカルトじゃないんだから。筒井康隆『時をかける少女』（角川文庫）ですね。

篠田　タイトルも作者の名前も忘れていたのですが、ストーリーなどはよく覚えています。あとはね、いちばん印象的なのは『黒い宇宙線』だったか……内臓が青く変わるのかな、洗濯機の中に落っこちたら洗濯物が青く染まってしまうという、なにかホラーな描写がありまして……。

山岸　それは中尾明『黒の放射線』じゃないんですか？（といきなりソノラマ文庫をとりだして、カバーの内容紹介を読みあげる）

篠田　あっ、それだ。あとで貸して（笑）。もっとも、私が読んだのは文庫ではなくて、最初に出たハードカバーのシリーズでした。

気がついてみると、SFファンと自覚はしていないですけれど、かなり読んでいるなと。てきとうに手を伸ばして、散々読んだあと、いまだに印象に残っているのがSFだという感じでしょうか。読んでいて面白いと思うのは、同じドイルでもシャーロック・ホームズではなく、『失われた世界』（ハヤカワ文庫SFほか）であったり、いちばん鮮やかに幼いころの記憶に残っているのが、ジュール・ヴェルヌの『海底二万里』（創元SF文庫ほか）とかそういう作品です。子どものころ図書館から借りてきて、ひと泳ぎしたあとベッドにひっくり返って読んでいる、その中でやはりすごく印象深いものがありましたね。

ただ、小説一般は高校ぐらいからかなり離れていまして、どちらかというとノンフィクション系を読んでいました。大学のときには、ほとんど小説らしい小説というのは読んでいない。古典文学とかむしろそちらのほうになってしまって。あとは、澁澤龍彦さんとかの耽美系のものですね。大学生や社会人になってからも、このSFが面白いから読め、とかいう悪い友達（笑）はいましたけど。

あとには戻れぬ道だった

山岸　そういう中で、公務員から作家の道へ進んだのは、なにかきっかけでも？

篠田　大変に不純なものであまりいいたくないのですけれど、転職を考えていまして、ちょぼちょぼと旅行記を書いて投書するとどんどん掲載されるという状態でしたので、ではひとつ文筆で身を立ててやるかと。ただし小説家になるというのは、女優やスーパーモデルになるのと同じくらい現実感のない話でしたので、ライターというか、市役所の広報課にでもまわしてもらえればいいかと思って、文章講座のつもりでカルチャーセンターに通いだしたんです。

そしたら妙な話で、足を突っこんだとたん、泥沼のようなところにずるずると足をとられてしまって（笑）、あとは全身小説家（笑）。この中にもいらっしゃいませんか、泥沼に浸かりつつあるかた？　ずぶずぶとここまで（と手で首のあたりを指す）浸かってしまえば、あとはデビューは早いですよ（笑）。

山岸　エッセイ集の『三日やったらやめられない』（幻冬舎文庫）には、デビュー当時から、いまの時代に作家をやっていく決意、といったことを書いた文章がいくつかあります。それは、カルチャーセンターでずぶずぶ浸かっていくあいだに生まれてきたわけですか？

篠田　通いはじめた当時は、澁澤龍彦的な世界にあこがれていまして、文章にかなり凝っていました。泉鏡花とか——あれは美文調でちょっとこちらの力がおよばないのですけれど。円地文子の文体もすごく好きですね。そういう完璧な文章によって、哲学的な世界を表現したいというような意図があって、最初カルチャーセンターの教室ではそういったものを三、四回書いたのですけれど、講師のかたに、「わけがわからん」といわれて。
というのは、講師のかたというのが、もう亡くなった直木賞作家の多岐川恭さんなんです。捕り物帖を得意とするかたで、ミステリーで乱歩賞も受賞されていますね。同じ教室に、戦争をテーマにして、非情に人が殺されていく不条理な世界を、乾いた、大変きれいな文体で書かれる女性がいたのですが、そのかたの作品を多岐川先生がなんといわれたかというと、「ああ、つまり世の中、神も仏もないってことだよね」と（笑）。たしかに不条理ってそういうことなんですけれど。
そういうじつに的を射た批評をしていただきまして、私の根性もしだいに叩き直されていきました。教室が終わって、そのあとに書いたのが、デビュー作となった『絹の変容』（集英社文庫）の第一稿です。

山岸　根性を叩き直されて、エンターテインメントにめざめていった？

篠田　エンターテインメント、あるいは読者サービスという言葉はとくに意識していませんが、やはり小説というのは読者がいてこそ小説であると。独りよがりな世界観を読者に対して押しつける、あるいは独りよがりな美学を押しつけるものではなくて、あくまで読者を揺さぶりながら、自分の表現したいものを見せていくのが小説ではないかと、そういう風に思い至ったわけです。

山岸　たとえば『絹の変容』は、それまで書いたものと具体的にどう違ったわけですか？

篠田　まず、明解なストーリーがあったということです。それまでですと、自分の表現したいものをどのように凝った形で表していくか、いかに表現するかということに相当重きを置いていたのですが、『絹の変容』のときにはどういうストーリーにしていくか、どういう展開にしていくかに関心があった。

山岸　ちなみに『絹の変容』の展開というと、世にも美しい繭を作る野生の蚕を発見した男が、世にも美しい絹を作ろうとして、蚕を遺伝交配で品種改良していくと……。

篠田　するとえらいことが起こってしまう。そうしたら、えらいことが起こりっぱなしでは小説にはならない。純文学だと最後に解決をあたえないでうすぼんやりしたまま、何気なく終わるというのはOKだと思うのですが、エンターテインメントだと、それでは読者を置き去りにしてしまうから、最後の解決まできちっと書いておくということですね。解決はついたのだけれど、またなにか変なことが起こるかもしれないということを暗示しながら終わるのは許されるけれど、解決しないまま終わらせてはいけない。

半年寝かすと見えてきた

山岸　先ほど『絹の変容』の第一稿といわれましたが……。

篠田　『女たちのジハード』は奇跡的に何十万部と部数を伸ばしましたけれど、〆切間際にパァーッと書いて編集さんに渡すほどの売れっ子じゃないですから（笑）。まず一稿を書いておいて、それが終わると別の作品を書いて、それでまた別のを書いて、六か月ぐらいたったら最初の一稿を見直して手をいれる。その段階で追加の取材をすることもあります。それが終わると別のものに取りかかり、また半年ぐらい置いてふたたび書きはじめ、それで三稿、四稿……というように手を加える書きかたをしています。だから長篇一作あたり、三、四年かかってしまいますね。

半年寝かせて、いったん他人の目、読者の目になって読み直すと、自分の書いた物語の大きな欠落が見えてくる。それに、一稿の段階では結末までいって、ちゃんとまとまってはいるのだけれど、読み返すと世界が小さく完結しているという印象をうけることが多いんですよね。それで書き直すと、ひとまわり世界が大きく開いていくという感じです。

山岸　たとえば『夏の災厄』（文春文庫）では、どういう形で書き直しが進んだのでしょう？　東京近郊の都市で、撲滅されたはずの日本脳炎らしき伝染病がなぜか突然大流行する、というストーリーですが。

篠田　一稿の段階では、じつは厚生省では伝染病の状況を完全に把握していたのだけれど、それを国民が知ると大きなパニックになって行政では手の施しようがなくなるということで、全部秘密にしておいたという風にしたんです。最後のところも、じつはやっぱり悪い意図をもった人がいて、犯罪組織、暴力団かなにかが、悪いことをやっていたという話になっていました。

けれど、国は全部知っていて、行政の末端の人たちはなにも知らないという設定にすると、コップの中の嵐、きわめてスケールの小さな話になってしまう。そこで二稿の段階で、国もなにひとつ実態を把握していなかったと――じっさい、そういうこともありうるということもわかりましたから――そういうことにしました。それから、いちばん悪いことをやっていたのはこいつだという書きかたというのは、これもまたやくざが出てきた段階でスケールが小さくなる。

山岸　スケールが小さいというと？

篠田　小説を読んでいて、大変不思議な現象が起こる、すごい怖いことが起こる。けれど、それが悪意のある人間の仕業、それが個人的な復讐だとか、やくざの抗争でした、というのでは広げた大風呂敷を畳んで、はい終わりみたいな……。これが国家間のやりとりになっても、なんとなくつまらないなという感じがどうしてもしてしまうんですよ。なにか人間の叡智が作りだしたものが、予想外の方向に働いていく、システム自体が意図しない方向に勝手に暴走するとか、そういう話のほうが生理的に好きで。これは好みの問題なのでしょうがない。

リチャード・プレストンの『ホット・ゾーン』（小学館文庫）をお読みになったかた、

いらっしゃいますか？　あれは悪人がウイルスをばら撒いたわけでもなんでもない。熱帯雨林にもともといて悪さもなにもしなくて、おとなしくしていたものが、そこが開発されたために外に出てきて人体にはいったときに、エゴイスティックな自我という形を取って暴れだす、というようなのが作者の解釈ですよね。

じつは私、寄生虫の話が大変好きなのですけれど、本来の宿主の体にはいっている段階では別に悪さもしないし、むしろ免疫機能に影響して共存している場合もあったりする。それがたまたま、人間が本来食べてはいけないものを食べてしまうとかして、本来の宿主でないものにはいったときに、いままで自然の一環として機能していたものが、いきなり結果的に攻撃して宿主を滅ぼす形になっていく。ああいう発想というのが好きなんです。

異質な世界と出会ってた

山岸　いまのお話は、相対的なものの見かたという、SFの基本といわれるところを連想させるのですが、篠田作品では、その相対化が小説としてまとめられるギリギリのところまで徹底してなされているように思います。さらに、ウイルス・寄生虫の話のような知識量とそれを作品に活かす手際、それに、たとえば『夏の災厄』で社会の動きを立体的に描く作風――こうした篠田作品の骨太さには、小松左京作品との類似を感じるんですが。

篠田　またまた恐れ多いことをおっしゃる。小松先生と並べられて、私居場所なくなってきたので帰ろうかな。

山岸　けれど、小松作品だと、事件の延長上に人類の存在意義はなにかといったテーマが出てくるのですが、篠田作品ではそれがないという違いはありますね。

篠田　人類の存在に謎はあっても、意義はない、と考えています。時代的背景も大きいですね。小松先生がいちばん作品を書いていた時代というのは、世界国家というものがひとつの思想としてありえた時代でした。東西冷戦の中で、国連の役割はなにかということが真剣に問われていたりもしましたし、人類というようにひとくくりにしていけるという、ある種希望のようなものがあった時代ではないか。エスペラント語というのがけっこう人類共通の言葉として注目を浴びていた時代でもありましたし、大きな戦争が終わったあとで、ひとつの可能性としてそういったものが模索されていた時代だったと思う。

それがいま、二〇世紀の末となってみると、冷戦構造が崩れたあとは、際限のない民族紛争の泥沼の中にはいっていくわけですよね。その中で、人類はひとつということは絵空事なのだというのがわかってきた。ここから先は、いかに違いを認めあっていくかという寛容さの問題だと思うのですけれど。

山岸　人類を種として、あるいは宇宙史の中の一生物として見る、といった視点はいかがですか？

篠田　いまはちょっと「人類」とひとくくりにするのは、難しいかな。抽象化された「人類」ではなかなか小説の題材にはしにくいですし。たとえば宇宙から人類全体にとっての脅威がきた場合、おそらく民族宗教間の抗争はそのまま、むしろその脅威を自分の方に有利に運ぶために利用することを考えると思う。

山岸　そういう認識をもたれている篠田さんが、いままでの作品でいちばん「大きな物語」を扱ったのが、最新長篇の『弥勒』（講談社文庫）になると思います。これは、チベットやネパールがモデルでよかったんですっけ？

篠田　チベット、ネパール、ブータン、シッキム、あのあたりを舞台に想定しています。

山岸　そこにまず、外界から閉ざされた架空の小国を、文化、政治、民族、産業、地勢にいたるまでこまかく設定する。その上で物語自体は、クーデターでそれが全部ひっくり返ってしまったところへ、その国の文化にあこがれていた日本人がたまたまはいりこむところからスタートする。そして、クーデター後の社会もうまく立ちいたっていないのを体験する——という大変にダイナミックな物語なんですが、これはそもそも、発想というか構想の発端はどこだったんですか？

篠田　最初に考えたのは、われわれが発展途上国やなにかに、とくにインド、ネパールあたりのアジアの国に抱く、エキゾチシズムへのあこがれというのがある。そこの美術とかそういったものに、精神的に深いものだという、幻想をともなった憧れかたをしていく。

それが裏切られていくといいますかね。結局のところ、その国の人間をあまり見ていなくて、その国がもっている文化の高度な部分のみを取りあげて評価していた、というところは描きたかった。

打ちあわせのとき、これはちょうどSFで、架空の惑星に地球人が乗りこんでいって異星人の文化と接触するという、ファーストコンタクトの話だよねといったんですが、よく考えてみると、セカンドコンタクトの話なんですよ。ファーストコンタクトは、主人公にとってすばらしい仏像であったり、建築物であったり、文化であったりするわけで、それを求めて現地に行ってみると、じつはそういうものを生みだした土壌がいろいろな問題をはらんでいる。その問題をはらんだ国の建て直しというのが、非常に過酷な方法で進められている。そういう形での異質な世界との出会いと衝撃。その中で共感をどこかで結んでいく。そういった話なんです。

山岸　というわけで、本日はヒマラヤ地方を舞台にした『弥勒』という異星文化人類学SFを書かれた（笑）篠田節子さんのお話をうかがいました。具体的な作品の話があまりできませんでしたが、篠田作品は、SF的な題材を使っていないものでも、SF読者にも面白いものが多いですから、ぜひ本屋で手にとってください。

篠田　今日は最後までおつきあいいただきまして、ありがとうございました（拍手）。

一九九九年五月二日　「ＳＦセミナー１９９９」にて（於：東京水道橋　全逓会館）

あとがき

トリックとキャラに興味は無いが、謎と神秘は好きだ。人の身体と心、文明に関わる謎も面白いが、自然と人との間に横たわる神秘もいい。

それは何？　なぜそうなっているの？　疑問や興味に引きずられ、やや暴走気味に書いてきた。

そうした小説をこのたび、SFとして認知していただいたのは光栄の極みだ。資料とノートパソコンと著書を担いで、うろうろ彷徨《さまよ》っていたところを、みなさんで席を詰めて「おばさん、ここ、座んなよ」と声をかけてくれた、そんなほっこりした気分を味わっている。

「ありがと。わるいね」と、シートに座り込み、リュックから果実を取り出す。

「どうだい、うまいだろ」

「うっ、苦っ。なんだこりゃ」

「うるさいね、子供の食い物じゃないよ。気に入らなきゃ返しな」

そんなやりとりをしながら、がたごとと路線バスに揺られて、さて、たどり着く先はどこだろう。

『絹の変容』でデビューしてから二十三年が経っている。思い返せば、出発点となったこの作品のテーマをきちんと読み解いてくださったのは、さるSF翻訳家の方だった。

いつも彷徨い、どこに行っても余所者《よそもの》、一作仕上げるごとに新人に逆戻り。そんな風通しの良い立ち位置を、自分ではけっこう気に入っている。風格になんぞ縁のない幼形成熟作家としては、死ぬまで好奇心と興味のおもむくままに、書き続けていきたいと思う。

Setsuko in Wonderland
――ジャンル横断実力作家はＳＦでも凄玉！

ＳＦ研究家　牧　眞司

そう、篠田節子はＳＦ作家だ。それも超一級の。

――と、編者のぼくとしては大見得を切りたいところだ。しかし、それは贔屓の引き倒しというものだろう。「超一級」は掛け値なしだが、篠田節子はジャンル横断的な小説家であって、ＳＦ、ミステリ、ホラー、ファンタジイ、スリラー、ロマンス……と広範囲を手がける。そのうえ、ひとつひとつの作品が特定の小説ジャンルの枠内に収まりはせず、いくつもの要素や題材をハイブリッドして相乗効果を発揮する。その題材も科学技術、超自然、芸術、職業、ビジネス、伝統文化、家族、恋愛、社会、政治……きわめて多彩だ。バックグラウンドにある情報量は膨大だが、それをそのまま出すのではなく、あくまで小説構成の必要に応じて咀嚼し、物語の血肉と化していく。

既成の小説のジャンルの尺度で計るよりも、まず「篠田節子の小説」として了解すべきだろう。この作家が凄いのはジャンルを書きわける器用さなどではなく、ジャンル間をあっさりと貫いてしまう膂力《りょりょく》である。こうした凄玉級作家としてほかに、皆川博子、宮部みゆき、恩田陸などが思い浮かぶ。

SFファンの一部には「SFプロパーでなければわからないSFらしさ」への信奉が根強く残っているが、〈SFマガジン〉が創刊したころならともかく、あらゆるメディアにSFが氾濫しているこんにち、そんなものはもはや思いこみにすぎない。SFらしさは奥義でもなんでもなくしょせんはジャンル小説のコードなので、ある程度のコモンセンスによって誰でも感得できる。まして篠田節子は子どものころから名作SFに接してきたのだ（それは本書に再録したインタビュウからもうかがえる）。SFに対する理解や感覚はSF専業読者になんら引けを取るものではなく、むしろ実作者として一歩も二歩も踏みこんだ見識を有している。前述したように、篠田作品はジャンル小説である以前にまず「篠田節子の小説」なのだが、しかし、ジャンル小説の規範をないがしろにしているわけではない。SF的な要素や題材を取りあげるとき、その手つきはまさしくSF作家のそれである。物語内部の整合性の取りかたや実際にある科学理論の参照——いわゆるSFのリアリティ——については、むしろ、いま活躍しているSF作家のほとんどよりもオーソドックスなくらいだ。

世間的にみれば篠田節子は直木賞を受賞した人気作家であり、実際、裾野の広い読者層から厚い支持を集めている（回転の速い現代の出版界にあって品切れになっている著作が少ないことからもそれがわかる）。それにひきかえ、いわゆるSF専業読者からの認知度は決して高いと言えない。それはもっぱら出版環境の問題だろう。SFレーベルから単著が出ていないし、版元も篠田作品をSFとして売ろうとはしていない。その点で、ジャンル越境実力作家のなかでも恩田陸と対照的だ。

あるいは、大衆受けのする物語の「わかりやすさ」がかえってSF専業読者に敬遠されている気もする。敬遠というと語弊があるかもしれないが、SF読者はテーマの先鋭性、表現の先鋭性に敏感なので、なんとなく複雑な物語や奇抜な設定のほうに惹かれ、わかりやすそうな小説（けっきょくコシマキの惹句や書評などしか判断材料がないのだが）は最初から守備範囲の外になる。しかし、表面的なわかりやすさと、テーマや表現の先鋭性はかならずしも相反するものではない。物語のレベルで読みやすく共感を求める読者には相応の満足を与えながらも、そこに描かれているディテールをつぶさに追える読者には数段高い視野が広がる。それが篠田節子の小説だ。

篠田作品は、扱っているテーマの切実性においても、物語の豊かな展開や表現の奥行きにおいても、現代SFの水準を大きく超える質を持っている。それを見逃していたらたいへんな損だ。ぼく自身はSFにかぎらず篠田作品全般が好きで、書評誌〈本の雑誌〉から「○○の10冊」という企画——日本人作家のなかから自由に一人を選んで重要作品十冊を紹介する――を持ちかけられたとき、迷わず篠田節子の名をあげた（ほんとうはちょっとだけ悩んだ。ちなみに、ほかに脳裏をよぎったのは内田百閒、太宰治、金井美恵子、町田康など）。その原稿は同誌二〇一二年十月号に掲載され、それを見たSFファン数人（それぞれけっこうディープな読書家である）から「篠田節子は読んだことないのだけど……」と言われ、これはなんとかすべきだと思ったのだ。正直なところぼくはワガママな読者なので自分が面白い作品を読めさえすればほかがどうなろうと知ったこっちゃないのだが、SF仲間と篠田作品について語りあえないのはちょっと寂しい。

さいわい篠田さんからの了解がいただけ、こうしてSFブランドにもっとも強い早川書房の、日本SFを数多収録しているハヤカワ文庫JAという、きわめて理想的なパッケージで「篠田節子SF短篇ベスト」が実現した。SFファンにとってはもちろんのこと、かねてよりの篠田節子ファンにとっても、本書はこの実力作家の魅力を新しい角度からとらえる機会になると信じている。

＊　＊　＊

以下、それぞれの収録作品について簡単にコメントしていこう。内容にふれるので、白紙状態での初読にこだわるかたは、どうぞ先に本篇をお読みください。

「子羊」

初出は〈SFマガジン〉一九九五年八月号。前述したように篠田節子はジャンル越境的な作家だが、本作品は明確にSFを意識して書かれた作品と言えよう。いま初出誌にあたって吃驚したのだが、この号には先ほど名前をあげた凄玉級作家のほかのふたり（皆川博子、恩田陸）も新作を寄せている。さて、本作品はカズオ・イシグロの有名作品と同様の題材を扱っているが、発表はこちらのほうが十年も先行している。物語の展開は伝統的なディストピアSFの流儀で、限定されていた主人公の視野がだんだん大きく広がり、それが直線的な躍動へとつながっていく。しかし、いまさらストーリーテリングの巧さを賞揚するのは、この作家にはかえって失礼というものだろう。特筆すべきは、作中にこらされた精神性／身体性のダイナミクスである。視点人物の少女M24は「神の子」と呼ばれ、閉じた宗教観のもとで魂の貴さばかりを信じて生きてきた。しかし、外部から来た汚い身なりの笛吹きの少年に、神の子とは「他者にとって必要な内臓のパッケージにすぎない」と告げられる。自分が対象化されてしまう戦《おのの》き。この魂／内臓のコントラストが物語の起動因だが、それと併走して音楽のモチーフがあらわれる。少年の奏でる曲に魅せられたM24は自ら笛を吹こうとするのだが、思うように音が出ない。魂を振るわせる音楽は、横隔膜、指、唇といった肉体のパーツひとつひとつの協合が必要なのだ。その事実に突きあたり、彼女は体と魂の関係が逆転するような感覚を覚える。音楽は大傑作『ハルモニア』をはじめ篠田作品に繰り返し扱われるモチーフだが、この作品ではテーマ系を際立たせる差し色のような役割を果たしている。

「世紀頭の病」

ドタバタ調で進行する疫病SF。二十八〜九歳の女性が急激に老化して死に至る「老衰症候群」がアウトブレイクし、社会に混乱をおよぼす。パンデミックによる人類の危機を描いたSFとしてはまず小松左京『復活の日』が思い浮かぶが、本作品はそういうスッキリした（という言い方は不謹慎かもしれないが）破滅ではない。というのも、罹患対象が限定されており、多くの者にとってはしょせん他人ごとだからだ。すべての男性と三十歳以上の女性はセーフだし、二十代前半以下の女性も当面は大丈夫でおそらくそのうちに治療法・予防法も確立されるだろう。なかには、妻がこの病気で死んだら存分に羽を伸ばせるなと期待している奴までいる。やがて、この病気が性感染症であり潜伏期間は十二〜三年、逆算すれば十代半ばでの性交渉による感染だと判明し、とたんに世論の風向きが変わる。つまり、かつての自堕落なコギャルたちがいまその報いを受けている、天網恢々《てんもうかいかい》じゃないか的な気分だ。いっぽう、当の患者たちも以前は「二十歳過ぎればババア」「オバサンになるくらいなら死んだほうがまし」とうそぶいていたのに、老化に直面すると醜く生に執着する。そのうち、傍観者だった男たちもじつはこの感染症と無縁ではなく、老化こそしないが勃起不全に陥ることがわかり、必死の悪あがきをはじめる。「隠喩としての病」を言いあてたのはスーザン・ソンタグだが、本作品はその隠喩（病の物語化）に振りまわされる人間の滑稽さをさんざんに笑いのめしている。

「コヨーテは月に落ちる」

高層マンションに迷いこんだ寺岡美佐子は、廊下やエレベータなど共有スペースをひたすら経めぐるだけで、外へも出られず部屋のなかにも入れてもらえない。絵に描いたような不条理小説で、トマス・M・ディッシュの傑作短篇「降りる」を髣髴とさせる。ただし、ひたすら無機的なディッシュ作品とは異なって、ここにはほかに迷いこんだ者もいるし住民も暮らしている。みな、それぞれの事情でマンションに閉じこめられている（もしくは閉じこもっている）のだ。そのなかで美佐子が特別なのはコヨーテに導かれている点だ。このコヨーテの存在が両義的で、そもそもコヨーテの後を追って美佐子はマンションに入ってしまったわけで、そう考えればコヨーテもマンションも不条理な状況をつくりだしている共犯とみなせる。しかし、彼女が絶望せずにいて、それどころか活力まで与えられるのはコヨーテの温もりや匂いや動きがあるからだ。むろん、忙しいだけで報いのないノンキャリア公務員として人生を棒に振りかけている美佐子にとって、コヨーテは輝かしい青春や生命の象徴だとも解釈できよう。しかし、一意的なメタファーに収束させる読みかたは、作品を矮小化するだけだろう。物語の序盤、無人の駅前に広がる廃墟の町、黎明を思わせる月明かりのなかをコヨーテが走っていく情景の幻想性が素晴らしい。物語の滑らかな運びやテーマの強度だけではなく、こうした作品の肌理《きめ》にこそ篠田節子の才が通っているのだ。

「緋の襦袢」

市の福祉事務所に勤めるケースワーカーが活躍する連作のうちの一篇。この連作はさまざまな趣向がこらされているが、本作品は怪奇の味わいである。現代ホラーというよりももう少し風情のある幽霊話で、書きようによってはジェントル・ゴースト・ストーリーに仕立てられる。しかし、篠田節子はそういう定型には落としこみはしない。視点人物はベテラン（もうすぐ四十になるが独身）で面倒見の良いケースワーカー大場元子。この作品で元子が職務として扱う「ケース」は老いた札付き女性詐欺師、大牟田マサの去就だが、物語の焦点となる「事件」はマンションの一室に取り憑いた幽霊だ。七十を過ぎてもいっこうに枯れる気配のないマサの図々しさ（女を売りものにして人を惑わす）を前にして、元子は「幽霊よりも生きている人間のほうが恐い」と慨嘆するのだが、当のマサも老人ホームにうんざりして「死人のほうが静かでいい」などとうそぶくのが可笑しい。マサに霊能力があるのか、それとも口先だけで誑《たぶら》かしているだけなのか、宙ぶらりんなまま余韻を持って終わるところも洒落ている。

「恨み祓い師」

異色ホラー。むしろ妖怪小説と呼ぶほうがふさわしい。ぼくは途中まで読んで、これは京極堂を呼んだほうがいいんじゃないかと思いました。案の定、それに相当する人物（女整体師の天城）があらわれて、厄落としをおこなう。妖怪の正体は読んでのお楽しみ。それはともかくとして、物語の序盤、際限なく繰りかえされる怨み節が壮絶だ。この物語の中心は家族や社会のなかで抑圧されつづけてきた島村トメと、その娘の多美代だが、この老婆たちにかぎらず、不遇をかこっている人物の鬱屈を描かせて篠田節子の右に出る者はいない。しかも、月並みの大衆小説とは異なり、不遇の人生をそのまま肯定したり（つまり社会が悪いんだ的な告発）、生半可な共感や慰めでぼやかしたりはしないところが潔《いさぎよ》い。さて、この作品は中盤、新しい視点人物の真由子（老婆たちが暮らす借家の家主の娘）が登場したところで大きく転調する。真由子の目を通して、ずっと老婆のままで変わらずに生きつづけている島村親子の謎が、不協和音のように広がりはじめるのだ。日常にまぎれて暮らす不死の者ども。レイ・ブラッドベリかチャールズ・ボーモントが好みそうな発想ではないか。ブラッドベリの「歓迎と別離」は十二歳の外見のままずっと変わることがない少年が主人公で、彼は周囲に不審に思われぬよう、ひとつところに長くとどまれない。本作品はそれとは正反対で、年寄りのままで外見が変わらぬふたりの老婆が主人公で、ずっと同じ借家に住みつづけている。そこだけ時間の流れが淀んでいるかのように。爽やかなブラッドベリ作品とは読み心地も対照的だ。彼女たちが内職で仕上げている、明るい色の楽しげなアップリケがかえって恐ろしい。

「ソリスト」

外形的に分類するならホラーだろうが、この作品が湛えているのは恐怖ではなく崇高美である。本書収録のインタビュウにおいて山岸真は、小松左京と篠田節子との類似性に着目したうえで、ただし篠田作品には「人類の存在意義はなにかといったテーマがない」と指摘している。けだし慧眼と言えよう。しかし、人類という項にとらわれずにみれば、篠田節子は小松左京にも比肩しうる宇宙的なモメントを秘めている。それは音楽への関心だ。篠田作品で主題化される音楽は趣味的なそれではなく、世界の根源をなす秩序、天界の数理である。そのありようを言いあらわすには、冷徹という言葉さえ生ぬるい。本作品の主人公である不世出のピアニスト、アンナは音楽に魅入られている。けっしてアンナが自分を表現するために音楽を選んだのではなく、音楽が彼女に取り憑き、意のままに弾かせているのである。人間性も倫理も感情もいっさいが関係ない。SFはヒューマニズムすら相対化する文学だとの考えかたがあるが、篠田節子はそれよりさらに先の地点にいるようだ。

「沼うつぼ」

書籍初収録。幻の魚を題材とした怪奇小説。ホラーというより猟奇ミステリと呼ぶほうがぴったりくるたたずまいで、これで文章がもっとどぎつかったら香山滋の作品といっても通りそうだ。それこそ仙花紙時代の探偵小説誌にひっそりと載っているような。ただし、洗練された表現や構成（とくに沼うつぼの来歴にふれる手つきのもっともらしさ！）、なによりも伝説の珍味を求めて狂奔する食通やマスコミへの冷ややかな視線は、まぎれもなく篠田節子だ。そのまなざしは、自分の正義を疑わないエコロジストにも等しく向けられている。そのいっぽうで、幻だから味わってみたいという虚しい欲望に対しても、言下に否定するのではなく、人間のどうしようもない心性としてとらえている。こうした「どうしようもない心性」の働きを篠田作品はさまざまなかたちで扱っているのだが、この作品で注目すべきは、美食に狂う人びとよりも、むしろそれに対置する主人公の関屋隆三の衝動だろう。沼うつぼの捕獲を持ちかけられた彼が、それまでの侮蔑から一転し、それを引きうけるくだりは壮絶だ。作中ではひとこと「不可解な怒り」と表現されている。

「まれびとの季節」

書籍初収録。土俗性と混交して独自に発展した離島の宗教文化が、交易の発達によって正統な教理に接触し、その落差によって甚大な混乱が生じる。ストレートなSFではないが、文化人類学的視点の取りかたはマイクル・ビショップやロバート・ホールドストックあたりに通じるものがある。著者本人によれば、この作品の執筆にあたって「民族的伝統の上に土着化した大宗教と、本山からやってきた改革運動との葛藤を描いて、信仰と人の暮らしとの関係を考えてみたかった」という。本作品が取りあげた題材はその後の長篇『コンタクト・ゾーン』へと大きく発展する。『コンタクト・ゾーン』では現地を旅行中の日本人女性三人に視点を据えてダイナミックな事変を客観的に——とはいえ、巻きこまれて否応なく冒険するはめになるので、俯瞰ではなく地を這うようなアングルからだが—

——描く。それに対して、「まれびとの季節」では島の司祭マフムドを主要な視点を担い、自分たちの日常がみるみる崩れていくさまを内側から追う。どちらの作品も迫真に満ちているが、その色合いがやや異なっている。読み比べてみるのも一興だ。また、本書収録のインタビュウで山岸真が指摘しているとおり、篠田節子の文化人類学ＳＦとして長篇『弥勒』も見逃せない。

「人格再編」

書籍初収録。老いや介護にふれた篠田作品はいくつかあり、ロボットテーマの傑作「操作手《マニピュレーター》」（後述）もそのひとつだが、この作品は、脳内物質の人工投与による気分の制御、萎縮脳を代替するチップによる記憶保持など、新しいテクノロジーを媒介にして人間の本来性（アイデンティティ）を問うていく。中核となるアイデアは「しあわせの理由」などグレッグ・イーガン作品とも共通する。しかし、形而上学＝認知科学的テーマ系へと先鋭化するのではなく、あくまで日常の地平において展開するところが篠田節子の独自性と言えるだろう。やはり日本ＳＦの先端で活躍している瀬名秀明にも同様の姿勢があるが、篠田はもっと泥臭い部分（家族の確執、高齢化社会の制度的限界と文化的歪み）をやすやすと盛りこみ、しかも紋切り型の文明批判には終わらない。この作品でも、口当たりのよい人道主義や正義への懐疑が示されるいっぽうで、生きることへ妄執する人間の「どうしようもない心性」が正面から受けとめられている。シリアスで現代的な題材を扱いながら、ブラックユーモアとも言える高度な笑いすら醸成してしまうところが、この作家の器量だろう。

「ルーティーン」

書き下ろし。本書の目玉のひとつである。お読みいただければおわかりのとおり、奇妙な味の作品である。構成そのものは、円熟期の星新一や山川方夫が書きそうな不条理、あるいはナサニエル・ホーソーンの最高傑作とも言われる「ウェイクフィールド」の静謐な無気味さにも通じるが、湿度や匂いまで伝えるような細部の丹念な（しかし簡潔な）描きかたは篠田節子一流である。冒頭のエピソードにあるJR武蔵野線の乗り換えはぼくも年に何度かおこなうことなので、いっそうなまなましく読むことができた（蛇足ながら「浦和」のつく駅は付近に七つもあってややこしいことおびただしい）。ところで、作者本人にうかがったところ、この作品の霊感源は、篠田さんが駅からの帰り道で実際に目にした木賃アパートの情景だという。窓が開け放しになっている部屋で、作業員風のオジサンがふたり半裸で寝転んでナイターを見ている。そのとき、篠田さんは「いったいどんな生活で、どんな世界、どんなライフヒストリーがあるのだろうか、と制御できないほどの好奇心に駆られた」そうだ。まこと小説家の業《ごう》と言うべきだろう。それにしてもこの作品で気になるのは、主人公に代わって二十年ものあいだ家族と暮らしていた男の正体だ。悪魔かドッペルゲンガーか、それとも別な時間線の自分か？　いかようにも解釈できそうである。

「短編小説倒錯愛」

エッセイ。これはいわばボーナストラックである。篠田節子の小説観が端的にうかがえる文章として収録した。十代ころに志賀直哉を読んだ経験にふれ、「ストーリーも文章もつまらなかった」と言ってのけるあたりは大喝采。小松左京作品の長篇と短篇の比較については、頷かれるファンも多いのではないか。また、「描写至上主義が災いし」とか、「唾棄すべき日常のリアリティー」といった口ぶりも、ひじょうに興味深い。結びの「会心の一作を物にしたら……」には、篠田節子の底知れなさが滲みでていると思うのは、ぼくだけだろうか。篠田さんはエッセイも面白く、とりわけ情緒的なことに流れるのではなく理屈だって考えたいSFファンの琴線にふれるものがある。一冊にまとめられたものとして、本篇を収めた『寄り道ビアホール』（朝日新聞出版→講談社文庫）のほか、『三日やったらやめられない』（幻冬舎→幻冬舎文庫）がある。また、動物行動学者・日高敏隆との往復エッセイ『人間について』（産経新聞ニュースサービス）は、意識を備えた存在として人間を特別視することなく、あくまで科学的に広範なアプローチをしており、現代SFの主題との共通点が多く示唆に富む。

「篠田節子インタビュウ——SFは、拡大して、加速がついて、止まらない」

ボーナストラックその二。もとは「SFセミナー1999」の企画としておこなわれたもの。ウェブマガジン〈SFオンライン〉に採録されたが、紙媒体に収録されるのは本書が初となる。聞き手の山岸真はSFファンにはいまさら紹介するまでもなかろう。グレッグ・イーガンやマイクル・コーニイの翻訳者にして、当代随一のSF目利きだ。その彼がデビュー作『絹の変容』時点から篠田節子を高く評価している。これは「お墨付き」と言ってよかろう。このインタビュウも、山岸真ならではの目配りの利いたアプローチがされていてスリリング。それにしても、まだ作家志望だったころの篠田節子が澁澤龍彦や泉鏡花に憧れていたという事実は興味深い。そちら側にギアを入れた小説（いわゆる純文学）も、ぜひ読んでみたいところだ。

＊　＊　＊

本書は、篠田節子のSF短篇の代表作をできるかぎり網羅することを目ざした。しかし、事情によって収録を断念せざるを得なかった作品もある。具体的に言うと、「操作手《マニピュレーター》」「深海のEEL《イール》」「リトル・マーメイド」である。「操作手《マニピュレーター》」は、本文庫で先ごろ刊行されたばかりの日本SF作家クラブ編『日本SF短篇50Ⅳ』に収録されたため。重複してもかまわないのではないかとの考えかたもあるが、本書では限られたボリュウムのなかでできるだけの篠田作品を収めたいので、SF読者既読率の高い作品を見送るのは理に適《かな》っている。『日本SF短篇50』（全五巻）は各年ごとのベストSFを選りすぐる（「操作手《マニピュレーター》」は一九九五年）という趣旨なので、篠田作品なしでは画竜点睛を欠く。ぼくとしては「喜んでお譲りしましょう」の気持ちなのだが、考えてみればあちらのアンソロジー企画のほうが本書よりずっと先に決まっていたのだから、偉そうなことを言うすじあいではない。未練ながらせめてコメントさせてもらうと、この作品はアイザック・アシモフ「ロビー」の超進化系とも言うべき内容。アシモフ作品がロボットと少女とのハートウォーミングな交流を扱っていたのに対し、こちらはロボットと老女の艶めかしい（しかしこのうえなくプラトニックな）恋情を描いている。恋愛SFの頂点だとぼくは思う。

「深海のEEL《イール》」は、これを収録した短篇集『はぐれ猿は熱帯雨林の夢を見るか』（文藝春秋）が近々文庫化予定（文春文庫）のため。実はこの短篇集はSFの興趣に富んでおり、どの作品も篠田節子SFベストにふさわしい。そのなかからとくにスラップスティック調が楽しい「深海のEEL《イール》」を採りたかったのだが、考えてみれば、この短篇集は一冊としての緊密度が高く、収録四篇（「深海のEEL《イール》」「豚と人骨」「はぐれ猿は熱帯雨林の夢を見るか」「エデン」）はそれぞれ独立しているものの、科学技術絡みのプロジェクトという点で一貫している。一冊として読んだほうがさらに凄味を増す内容なのだ。というわけで、SF読者に対して、『はぐれ猿は熱帯雨林の夢を見るか』をまるまる『篠田節子SF短篇ベスト2』として推薦しておこう。これまた、他人の褌《ふんどし》で相撲を取るようなことを言ってスミマセン。こちらも未練ながらコメントしておこう。「深海のEEL《イール》」は、レアメタルを豊富に蓄積した巨大ウナギをめぐる国際争奪戦を描いていて、幅広い分野にわたる情報量とそれを効果的に駆使するさまは最盛期の小松左京ばり、事態がエスカレートしていくドタバタを軽妙に綴る手さばきは筒井康隆を髣髴とさせる。笑撃SFの頂点だとぼくは思う。

余談ながら、『はぐれ猿は熱帯雨林の夢を見るか』の巻末に収められた壮大プロジェクトSF「エデン」の題名は、スタニスワフ・レム作品に因むそうだ。レムについては本書収録のインタビュウでも言及があるが、篠田節子とレムとの比較（影響というよりも親和性にこそ注目すべきだ）は興味深いテーマだろう。まあ、ぼくのような軽薄なファンは、大好きなふたりの作家がおなじタイトルの作品を書いているだけで大喜びなのだが。そういえば、表題作「はぐれ猿は熱帯雨林の夢を見るか」もフィリップ・K・ディックの有名作のもじりだし、「深海のEEL《イール》」はフランク・シェッツィングのベストセラー海洋冒険小説のパロディだ。

「リトル・マーメイド」は、これを収録した短篇集『静かな黄昏の国』（角川書店→角川文庫）からほかに「子羊」を採っており、さすがにひとつの短篇集から二篇持ってくるのは憚《はばか》られるので涙を飲んだ次第（『静かな黄昏の国』は二〇一二年三月に文庫新版が刊行されたばかり、いわばまだホットな刊行物だ）。打ちあけて言うと、「子羊」を採るか「リトル・マーメイド」を採るかずいぶんと悩んだ。けっきょく外形的にSFの度合いの高い「子羊」に決めたのだが、「リトル・マーメイド」のエロティシズムとグロテスクが混淆する境地（それは手垢のついたエログロではなく鮮烈な快楽／苦痛だ）も捨てがたい。人魚を喰らうという象徴性と身も蓋もない生物的な繁殖活動がひとつの地平で語られている。悪食SFの頂点だとぼくは思う。ところで『静かな黄昏の国』は角川文庫旧版の解説で大倉貴之が指摘しているとおり、「ジャンルとしてのホラーを意識」しつつ「多様性に富んだ」作品が収録されており、さながら『篠田節子ホラー・ショーケース』の趣向だ。これも本書と併せてぜひどうぞ。

＊　＊　＊

さて、篠田節子のSF短篇——厳密に言えば幻想小説や怪奇小説も含んでいるが、さいわい日本SF界では黎明期よりファンタスティックな要素のある小説はぜんぶひっくるめてSFと呼ぶ大らかな伝統があるので、なんの躊躇もなく胸を張っていられる——は、本書ならびに、これまで解説中で言及した短篇集（『はぐれ猿は熱帯雨林の夢を見るか』『静かな黄昏の国』）で、多くを読むことができる。ただし、篠田SFの醍醐味は、長篇でこそいっそう発揮される。せっかくなので、そのリストを掲げておこう。単行本として刊行された順である。今後の読書の参考にしていただければさいわいだ。

■篠田節子SF長篇（およびSFファンの興味に適う長篇）一覧

『絹の変容』（集英社→集英社文庫）小説すばる新人賞を受賞したデビュー作。バイオSF／パニック・サスペンス。美の追究（絹織物）、生物科学技術の逸脱（新種のカイコ）など後続作で発展するモチーフがすでにうかがえる。

『贋作師』（講談社ノベルス→講談社文庫）日本洋画界の大御所の遺作をめぐって、いくつもの死と確執が交錯する幻想ミステリ。謎の核心をなすのは陽の当たらぬところで美の極致をめざした若手画家であり、この長篇は篠田節子の芸術小説の第一弾にあたる。

『アクアリウム』（スコラ→新潮文庫→集英社文庫）地底湖にひっそりと棲む未知生物は、種の最後の生き残りだった。それと不思議な交感をしたダイバーは、彼女（女性の姿でイメージされる）を救うため、開発計画を阻止しようとする。滅びゆく種の孤独を抑えた情感で描いたSF。

『神鳥――イビス』（集英社→集英社文庫）絶滅した猛禽の怨念とそれを芸術へ昇華させた画家の妄執が交差する幻想小説。美の極致にいきついてしまった芸術家と、その壮絶な運命をあとからたどり畏怖／憧憬に駆りたてられる職業的画家という対照が、テーマと物語の双方にダイナミズムをもたらしている。

『聖域』（講談社→講談社文庫→集英社文庫）異様な迫力を備えた未完原稿の作者のゆくえを追う編集者は、彼岸との境界に踏みこんでしまう。幻視してしまう資質と創作への動機を主題化した幻想小説。

『夏の災厄』(毎日新聞社→文春文庫) 致死性の高い新型日本脳炎ウイルスの脅威に市井の人びとが立ちむかうバイオSF/パニック・サスペンス。死病が蔓延していくプロセスの生々しさ、それを支える疫学的なディテールは、小松左京『復活の日』を上まわる。

『カノン』(文藝春秋→文春文庫) 録音テープを処分しても消えることのない旋律。音楽の魔と行き場のない恋情とが交錯する幻想小説。

『ゴサインタン――神の座』(双葉社→双葉文庫→文春文庫) ネパールから嫁いできた女性がシャーマニックな力を発動させ、日本的な共同体を崩壊させてしまう。山本周五郎賞を受賞した幻想小説。

『斎藤家の核弾頭』(朝日新聞出版→朝日文庫→新潮文庫) 「国家主義カースト制」のもとで理不尽な立ち退き命令をくだした政府に対し、手製の核爆弾を切り札に宣戦布告した家族。スラップスティックな近未来SF。

『ハルモニア』(マガジンハウス→文春文庫)。イディオ・サヴァンのチェリストをめぐる芸術小説にして超能力SF。「芸術の至高点」への到達/破滅を主題としている点でアメリカ文学の俊英スティーヴン・ミルハウザーに通じるものがある。主人公の由希は日常的情緒を欠き、精巧な人形ガラテア、無垢なアリス、魔性のサロメ、さまざまな相貌を示す。ぼくが日本SFのオールタイム・ベストを選ぶとしたらトップ3に必ず入る大傑作。

『弥勒』（講談社→講談社文庫）平和な小国家が民主革命で地獄と化すさまを描くディストピア小説。山岸真が指摘するように文化人類学ＳＦの味わいがある。霊妙な仏教芸術と泥濘と化した地上の生活というコントラストが、作品に底光りする力を与えている。

『妖櫻忌』（角川書店→角川文庫）焼死した女流作家の文体が自動書記めいて秘書へと憑依する。創作行為に潜む執念を描いた幻想小説。

『コンタクト・ゾーン』（毎日新聞社→文春文庫）日本女性三人組が休暇先のリゾートで内乱に巻きこまれる。ファンタスティックな要素こそないがこの作品にも文化人類学ＳＦに通じる視点がうかがえる。

『ロズウェルなんか知らない』（講談社→講談社文庫）空飛ぶ円盤をネタに地域活性化を目論《もくろ》む連中の奮闘をペーソスをまじえて描く。ＳＦやファンタジイではないが、題材的にＳＦファンの興味を引く。

『転生』（講談社ノベルス→講談社文庫）パンチェンラマ十世が復活して中国政府の無謀な開発計画を阻止する。諧謔味たっぷりのスラップスティック・ファンタジイ。

『ホーラ――死都』（文藝春秋→文春文庫）エーゲ海の小島を訪れた不倫カップルが実在しないはずの教会で、宗教的な幻想体験に見まわれる。頽廃美の漂うゴシック・ホラー。

『仮想儀礼』（新潮社→新潮文庫）ゲームのメソッドとネット技術を駆使して新興宗教を立ちあげた失業者二人組。当初はうまく運んだが次々とトラブルに見まわれる。この作品もSFやファンタジイではないが、題材がSFファン好み。

『廃院のミカエル』（集英社→集英社文庫）ギリシャ寒村の打ち棄てられた修道院に迷いこんだ女性商社員と壁画修復士が遭遇する怪異。過去の惨劇がなまなましく甦る幻想小説。

『ブラックボックス』（朝日新聞出版）謎の食品事故をめぐるサスペンス・ミステリ。農業のファクトリー化と食品加工産業の構造的問題によって原因究明が困難になる。グローバルな農業や食の問題を扱っている点でパオロ・バチガルピや藤井太洋に通じるものがあるが、市井の一個人の視点からアプローチしてみせるのは篠田節子ならではだろう。

＊　＊　＊

最後になってしまったが、編者として謝辞を。

いちばんお礼をさしあげるべきはもちろん著者の篠田節子さんである。わがままな企画を承認してくださったうえに、素晴らしい新作まで描き下ろしていただいた。ほんとうにありがとうございます。

担当編集者の井手聡司くん、作品の再録を許可してくださった版元の方々、たいへんお世話になりました。もちろん、本書を手にとってくださった篠田節子ファンのみなさま、あるいは本書をきっかけに篠田ファンになるはずのみなさまにも最敬礼を。ご感想を聞かせていただけると嬉しいです。

初出誌・収録書一覧

「子羊」〈SFマガジン〉一九九五年八月号
『静かな黄昏の国』（角川文庫）
「世紀頭の病」〈週刊小説〉二〇〇〇年一月二十八日号
『天窓のある家』（新潮文庫）
「コヨーテは月に落ちる」〈オール讀物〉一九九七年新年号
『レクイエム』（文春文庫）
「緋の襦袢」〈週刊小説〉一九九四年十月月二十八日号
『死神』（文春文庫）
「恨み祓い師」〈小説すばる〉二〇〇二年七月号
『コミュニティ』（集英社文庫）
「ソリスト」〈オール讀物〉二〇〇四年二月号

『秋の花火』（文春文庫）
「沼うつぼ」 初出〈小説すばる〉一九九三年十二月号／書籍初収録
「まれびとの季節」〈メフィスト（小説現代）〉一九九九年五月増刊号／書籍初収録
「人格再編」〈小説新潮〉二〇〇八年一月号／書籍初収録
「ルーティーン」 書き下ろし
「短編小説倒錯愛」〈波〉一九九八年九月号
『寄り道ビアホール』（講談社文庫）
「篠田節子インタビュウ――SFは、拡大して、加速がついて、止まらない」
〈SFオンライン〉一九九九年五月二十四日号／書籍初収録

本書はハヤカワ文庫オリジナル版です。

著者略歴　東京都生まれ，東京学芸大学卒　1990年『絹の変容』で第3回小説すばる新人賞を受賞，91年デビュー，97年『ゴサインタン　神の座』で第10回山本周五郎賞，『女たちのジハード』で第117回直木賞，2009年『仮想儀礼』で第22回柴田錬三郎賞受賞

篠田節子ＳＦ短篇ベスト

ルーティーン

〈JA1142〉

二〇一三年十二月二十日　印刷
二〇一三年十二月二十五日　発行
（定価はカバーに表示してあります）

著者　篠《しの》田《だ》節《せつ》子《こ》
編者　牧《まき》眞《しん》司《じ》
発行者　早川浩
発行所　株式会社　早川書房

郵便番号　一〇一 - 〇〇四六
東京都千代田区神田多町二ノ二
電話　〇三 - 三二五二 - 三一一一（大代表）
振替　〇〇一六〇 - 三 - 四七七九九
http://www.hayakawa-online.co.jp

乱丁・落丁本は小社制作部宛お送り下さい。
送料小社負担にてお取りかえいたします。

印刷・株式会社精興社　製本・株式会社明光社

ISBN978-4-15-031142-1 C0193

本書は活字が大きく読みやすい〈トールサイズ〉です。